UMA NOITE NA ITÁLIA

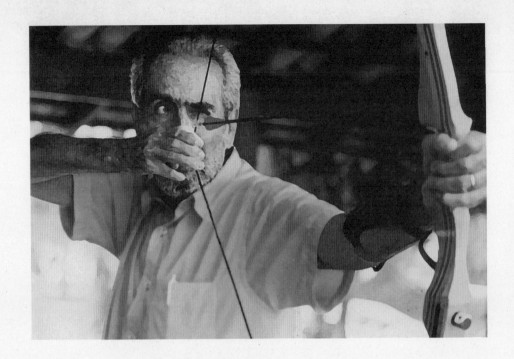

O Arqueiro

GERALDO JORDÃO PEREIRA (1938-2008) começou sua carreira aos 17 anos, quando foi trabalhar com seu pai, o célebre editor José Olympio, publicando obras marcantes como O menino do dedo verde, de Maurice Druon, e Minha vida, de Charles Chaplin.

Em 1976, fundou a Editora Salamandra com o propósito de formar uma nova geração de leitores e acabou criando um dos catálogos infantis mais premiados do Brasil. Em 1992, fugindo de sua linha editorial, lançou Muitas vidas, muitos mestres, de Brian Weiss, livro que deu origem à Editora Sextante.

Fã de histórias de suspense, Geraldo descobriu O Código Da Vinci antes mesmo de ele ser lançado nos Estados Unidos. A aposta em ficção, que não era o foco da Sextante, foi certeira: o título se transformou em um dos maiores fenômenos editoriais de todos os tempos.

Mas não foi só aos livros que se dedicou. Com seu desejo de ajudar o próximo, Geraldo desenvolveu diversos projetos sociais que se tornaram sua grande paixão.

Com a missão de publicar histórias empolgantes, tornar os livros cada vez mais acessíveis e despertar o amor pela leitura, a Editora Arqueiro é uma homenagem a esta figura extraordinária, capaz de enxergar mais além, mirar nas coisas verdadeiramente importantes e não perder o idealismo e a esperança diante dos desafios e contratempos da vida.

Lucy Diamond

UMA NOITE NA ITÁLIA

Título original: *One Night in Italy*

Copyright © 2014 por Lucy Diamond
Copyright da tradução © 2022 por Editora Arqueiro Ltda.

Todos os direitos reservados. Nenhuma parte deste livro pode ser utilizada ou reproduzida sob quaisquer meios existentes sem autorização por escrito dos editores.

tradução: Caroline Bigaiski
preparo de originais: Carolina Vaz
revisão: Carolina Rodrigues e Pedro Staite
diagramação e adaptação de capa: Gustavo Cardozo
imagem de capa: Kate Forrester
impressão e acabamento: Cromosete Gráfica e Editora Ltda.

CIP-BRASIL. CATALOGAÇÃO NA PUBLICAÇÃO
SINDICATO NACIONAL DOS EDITORES DE LIVROS, RJ

D528n

Diamond, Lucy
 Uma noite na Itália / Lucy Diamond ; tradução Caroline Bigaiski. - 1. ed. - São Paulo : Arqueiro, 2022.
 368 p. ; 23 cm.

Tradução de: One night in Italy
ISBN 978-65-5565-348-9

1. Ficção inglesa. I. Bigaiski, Caroline. II. Título.

22-78134   CDD: 823
            CDU: 82-3(410)

Gabriela Faray Ferreira Lopes - Bibliotecária - CRB-7/6643

Todos os direitos reservados, no Brasil, por
Editora Arqueiro Ltda.
Rua Funchal, 538 – conjuntos 52 e 54 – Vila Olímpia
04551-060 – São Paulo – SP
Tel.: (11) 3868-4492 – Fax: (11) 3862-5818
E-mail: atendimento@editoraarqueiro.com.br
www.editoraarqueiro.com.br

Prólogo

Io ricordo

(EU LEMBRO)

Durante muitos anos, sempre que pensava naquele verão na Itália, ela se lembrava do cheiro primeiro: a fragrância das buganvílias cor-de-rosa ao redor do bar de piscina de Lucca se misturava de um jeito inebriante com o odor do bronzeador de óleo de coco e da fumaça de cigarro. Naquele momento, ela ainda se sentia jovem e livre, com um vestido vermelho, uma atitude destemida e o melhor bronzeado de sua vida. O ar cintilava com o calor e com um milhão de possibilidades. Tudo podia acontecer.

No dia em que tudo mudou, ela tinha esticado a toalha numa espreguiçadeira, tirado o vestido e se sentado, ajustando as alças do biquíni. Então, bem quando estava prestes a se deitar e relaxar, sentiu um formigamento na pele – sexto sentido, talvez. Olhando através dos óculos de sol, avistou um homem na parte funda da piscina, apoiado na lateral, gotículas de água brilhando em seus braços fortes e bronzeados. Ele parecia olhar diretamente para ela.

Será que ela estava imaginando ou ele estava mesmo interessado nela? Baixou os óculos para confirmar, o mundo tomado por uma luminosidade repentina. Ele *definitivamente* estava de olho nela. E, melhor ainda, ele era lindo de morrer.

Seu corpo ficou em chamas quando os dois trocaram um olhar longo e intenso. Os barulhos ao redor da piscina pareceram sumir, como se o mundo tivesse sido colocado no mudo. Tudo o que ela conseguia ouvir era o batimento do próprio coração.

Ah, por que não?, teve a imprudência de pensar. Estava solteira, de férias e a fim de se divertir um pouco. Talvez o cara também estivesse na mesma situação. Sem pensar duas vezes, deu uma piscadela para ele. Seu coração deu um pulo quando ele respondeu com um sorriso que revelava dentes brancos perfeitos. E então ele estava saindo da piscina, a água escorrendo pelos braços musculosos: era alto, com um porte atlético, talvez 20 e poucos anos, pele dourada e um sorriso torto. Quando ele se endireitou, ela não pôde deixar de notar a forma como o calção de banho revelava apenas a parte superior dos ossos do quadril e sentiu um arrepio repentino de desejo.

Ele foi até ela, gotículas de água ainda grudadas ao corpo, sem tirar os olhos dela.

– *Ciao, bella* – cumprimentou, com um tom de voz baixo e rouco.

O sangue parecia latejar em suas veias. Ela ficou sem fôlego. Aquele era o momento pelo qual havia esperado durante todo o verão. Ela arqueou a sobrancelha num flerte e retribuiu o sorriso.

– *Ciao* – falou.

Mio padre
(MEU PAI)

Como jornalista, Anna Morley estava acostumada a transformar sua vida em manchetes; aquilo já era instintivo para ela. Sem nem ter consciência do que estava fazendo, até os eventos mais ordinários se tornavam manchetes incisivas gravadas em grossas letras garrafais pretas em sua mente.

ARRASADA! *Jornalista de 32 anos perde o ônibus de volta para casa.*

PERIGO NAS RUAS! *Buraco na calçada é "sinal claro de um acidente iminente", diz moradora, 32 anos.*

QUE SE FAÇA A LUZ. *Conselho municipal criticado por postes de luz queimados. A campanha no* Herald *começa hoje!*

JOGOS VORAZES. *Escritora faminta de 32 anos xinga a si mesma por não ter parado no mercado para comprar uma lata de feijões.*

Verdade seja dita, nenhuma daquelas manchetes era particularmente fascinante. Mas sua vida também não. Se Anna morresse naquele momento e precisasse de uma frase para a lápide, "O mesmo de sempre" resumiria tudo perfeitamente.

Mas então veio a notícia mais chocante de todas, quando ela menos esperava, e depois disso nada mais foi "o mesmo de sempre". Impressionante como uma única conversa podia mudar tudo.

Nora, a avó de Anna, morava na Clemency House, um asilo a oito quilômetros de Sheffield. Com um cheiro forte de xixi, desinfetante e repolho cozido além do ponto, era o lar de uma gama de aposentados em estados variados de confusão e decrepitude. Certamente era o último lugar na Terra em que alguém esperaria ter uma epifania.

7

Anna sempre visitava a avó no último domingo do mês e já conhecia quase todos os moradores àquela altura. Um falatório animado a recepcionava no salão – "Aaah, é a Anna"; "Acorde, querida, Anna está aqui, veja, veio visitar a Nora"; "Anna! Oi!" –, o que sempre a fazia se sentir uma espécie de celebridade enquanto abria caminho em meio ao mar de cabelos grisalhos e meias de compressão.

"Olá, Sra. Ransome, que vestido lindo está usando hoje."

"Olá, Violet, como vai o seu bisneto?"

"Olá, Elsie, eu trouxe as palavras cruzadas de hoje. Quer dar uma olhada?"

Nora sempre se levantava de sua poltrona favorita, de cor caramelo e com espaldar alto, e oferecia a bochecha macia e coberta de pó facial à neta para um beijo. Depois, as duas tomavam um chá amargo demais e conversavam por volta de uma hora antes de darem um passeio lento pelo jardim para que Nora tivesse a oportunidade de reclamar em particular sobre o morador que estava lhe dando nos nervos naquela semana. E normalmente era só isso.

Porém, daquela vez o padrão mudou. Era um dia de outono com muito vento. Nuvens escuras se sobrepunham no céu lá fora, enquanto no lado de dentro a calefação central estava ligada numa temperatura sonífera. Anna estava prestes a sugerir darem uma volta lá fora quando uma tempestade irrompeu e a chuva começou a cair forte, batendo com grandes gotas pesadas no vidro das janelas.

– Minha nossa! – exclamou Nora, piscando alarmada e cheia de medo, com a mão no pescoço enrugado.

Como sempre, ela vestia uma combinação excêntrica de roupas, com uma blusa creme e um casaquinho de lã verde de bolinhas, sua saia de tweed favorita e uma meia-calça marrom grossa que pendia folgada ao redor dos tornozelos inchados.

– Talvez seja melhor a gente ficar aqui dentro mesmo – comentou Anna, discretamente olhando para o relógio.

Já eram três da tarde. Pete iria jantar com ela naquele dia – "um frango assado com legumes", Anna tinha prometido, ambiciosa, embora soubesse com certeza absoluta que não havia um único vegetal em toda a sua casa, muito menos algo que ela pudesse regar com azeite e enfiar no forno.

Nora se virou e encarou Anna como se a visse pela primeira vez. Sua demência era uma fera imprevisível: em certos dias ela parecia lúcida e conseguia conversar normalmente, mas, em outros, um véu de confusão tomava seu rosto e ela só balbuciava frases incoerentes.

– Você se parece bastante com ele, sabia? – comentou do nada. – Gino, não era?

Sua dentadura estava se soltando, deixando as palavras indistintas.

– Gino? – repetiu Anna. – Do que a senhora está falando, vó?

– O italiano. Você sabe... – Os olhos dela estavam nublados e distantes, se afastando do rosto da neta. – Seu pai.

O estômago de Anna se revirou. Ela só podia ter ouvido errado.

– Meu *pai*?

Nora franziu a testa.

– Não foi o que eu acabei de falar? Coitadinha da sua mãe. – Ela balançou a cabeça, agarrando os braços da cadeira com dedos nodosos. – Só arrumava encrenca!

Anna teve dificuldade para respirar por um momento. Ela abriu e fechou a boca, seu cérebro queimando com perguntas urgentes e chocadas.

– Era esse o nome dele? – indagou, atordoada.

Até que enfim, pensou. *Até que enfim!*

– Gino? Era esse o nome dele? – insistiu ela.

– *It's a long way to Tipperary* – começou a cantar a Sra. Ransome nos fundos com uma voz esganiçada. – *It's a long way to go*.

Vários outros moradores se uniram à cantoria, e Anna teve que falar mais alto.

– Vó? – insistiu quando não obteve resposta. – Meu pai se chamava Gino?

Nora piscou.

– Olha só essa chuva! – comentou, admirada. – É melhor tirar as roupas do varal, né?

– Vó, a senhora não tem nenhum varal aqui. Estamos na Clemency House, lembra?

– *It's a long way to Tipperary, to the sweetest girl I knooooow...*

– Eu lavei as brancas de manhã – disse Nora com uma voz sonhadora. – As camisas de Albert e os lençóis. O vestido da escola dominical de Meredith com os laços cor-de-rosa.

E ela se foi, mais uma vez engolida pelas brumas desconcertantes do passado. Albert era seu marido, havia muito falecido. Anna não tinha ideia de quem era Meredith.

– Vó, me escute. A senhora se lembra de Gino? Como que ele era?

Anna registrou vagamente que alguém batia palmas fora do ritmo.

– *Goodbye, Piccadilly*. Cante com a gente, Nora! *Farewell, Leicester Square...*

Nora não prestava atenção. Ela estava em seu próprio mundo paralelo, com a cabeça inclinada para o lado como se escutasse vozes distantes.

– E a toalha de mesa! A gente teve que esfregar bem para tirar aquele molho, né, Susan?

Anna se encurvou, desanimada. Susan era a irmã da sua avó, falecida havia muito tempo; Nora volta e meia se confundia e achava que era Anna. Gino já estava tão longe quanto o condado de Tipperary.

– E agora está encharcada. Vamos lá! Cadê o cesto?

Ela se levantou, mas Anna a segurou pelo braço fininho.

– Fique sentada – pediu com gentileza. – A Sra. Eccles vai cuidar das roupas.

A Sra. Eccles às vezes era mencionada quando Nora começava com esses assuntos. Anna não tinha muita certeza de quem era a mulher, mas valia a pena tentar jogar o nome dela na conversa naquele momento, enquanto Nora estava delirando.

– *It's a long, long way to Tipperary, but my heart's still theeeeeere!*

Nora a encarou.

– Ivy Eccles? Tem certeza?

– Ah, sim – confirmou Anna com um tom tranquilizador. – Mas e quanto a Gino...

– Até parece! Ivy Eccles está mortinha da silva há trinta anos. Do que *é* que você está falando, querida?

– Alguém aceita uma xícara de chá? – Uma das cuidadoras apareceu com um carrinho e um sorriso largo. – Biscoitos de chocolate?

A cantoria parou abruptamente e foi substituída por murmúrios satisfeitos e cheios de expectativa.

– Ah, que maravilha – disse Nora. – Sim, por favor, me traga aqui, flor! – Ela se voltou para Anna, os olhos cintilando. – Aceita um, Susan?

Mais tarde, enquanto Anna dirigia para casa, sua mente rodopiava com novas manchetes estridentes.

QUEM É O PAI? *Até que enfim uma pista.*

VOCÊ CONHECE GINO? *Começa a caça ao italiano misterioso.*

GAROTINHA DO PAPAI. *Filha há muito perdida se reencontra com o pai.*

Gino. Seu pai se chamava Gino. Ele era italiano. Era como se uma porta tivesse sido aberta e a luz inundasse um quarto escuro e fechado após anos de silêncio.

A mãe de Anna sempre se recusara categoricamente a falar qualquer coisa sobre o pai dela. O nome dele nem constava na certidão de nascimento de Anna.

– Você não tem pai – dissera de modo carinhoso quando Anna era pequena e estava começando a perceber que a maioria dos colegas de turma tinha um pai e uma mãe, em vez de apenas a mãe. – Você tem a mim, e eu sou o bastante.

Anos depois, quando Anna cresceu e descobriu que, tecnicamente, o envolvimento de um pai era necessário em certa etapa do processo, a mãe não cedeu.

– Não fale comigo daquele traste – sibilou quando Anna teve coragem de perguntar de novo. – Acredite em mim, meu amor, é melhor que você nem saiba.

Durante sua infância em Chesterfield, apenas as duas numa casa alugada apertada, Anna nunca sentiu que era melhor não saber, nem por um minuto. Ela odiava não saber. Será que o pai era um psicopata? Um criminoso perigoso? Será que tinha ferido a mãe de alguma forma? Devia ter feito alguma coisa absolutamente medonha, já que ninguém se atrevia sequer a dizer seu nome em voz alta. (Ela quase tinha certeza de que não era Voldemort, mas esse último fato a deixou pensativa.)

Sua mãe era parteira, e ocorreu brevemente a Anna que talvez tivesse sido roubada de uma maternidade quando era bebê, o que justificaria aquele sigilo impenetrável. Talvez toda aquela história sobre o pai ser um traste fosse uma fachada, porque a mãe de Anna nem seria sua mãe verdadeira. Mas não, isso não era possível, porque as duas tinham a mesma bunda curvilínea e os seios grandes, e o mesmo pé ridículo de tão pequeno. Só que as cores saíram trocadas: a mãe tinha cabelos louros ondulados, olhos azuis e pele de porcelana, enquanto Anna tinha cabelos escuros, olhos castanhos e uma tez azeitonada.

– Gino... – murmurou enquanto passava pela rotatória para sair do anel rodoviário.

Em sua mente apareceu a imagem de um homem de pele trigueira e olhos castanhos brilhantes. *O italiano*, era o que sua avó tinha dito, e novas perguntas começaram a pipocar. Será que a mãe o conhecera durante as férias na Itália? Será que tinha sido um caso de verão que terminou mal? Onde estava o pai de Anna agora?

Ela baixou o espelho do para-sol e olhou seu reflexo enquanto esperava o trânsito fluir, os carros andando e parando a toda hora a caminho do centro da cidade. Ela tinha mesmo uns traços mediterrâneos, não tinha? Sempre era a primeira a pegar um bronzeado quando saía de férias com as amigas, fazendo as outras morrerem de inveja, e já tinha se perguntado se talvez um pedacinho de seu DNA não incluía genes gregos, indianos ou até persas.

Por fim, pela primeira vez, tinha uma resposta, um fato. Um pai italiano, acrescentando uma pitadinha estrangeira às origens britânicas de sua mãe, de Yorkshire. Isso fez Anna se sentir diferente: mais interessante, mais atraente.

– *Mamma mia!* – exclamou, virando na rua de casa e estacionando com pouca elegância numa vaga.

Tomada pela animação e pela curiosidade, ela subiu as escadas correndo até seu apartamento. Ela viera estudar em Sheffield catorze anos antes e nunca mais fora embora. Tinha saído dos dormitórios da universidade direto para as casas comunitárias em Broomhill e Crookesmoor, até chegar ao próprio apartamento de primeiro andar pertinho da Ecclesall Road. Na época, não tinha intenção de ficar tanto tempo assim naquele lugar, apenas alguns meses enquanto economizava para fazer algo mais interessante, como ir para Londres ou sair viajando. Mas então conseguira um emprego no jornal local, e, de alguma forma, seis anos depois, ainda não tinha saído nem do emprego nem do apartamento. Seus sonhos de trabalhar na redação de algum dos jornais nacionais, ou de ser mochileira em praias distantes, continuaram sendo apenas sonhos, menos prováveis a cada ano.

Naquele momento, ela observou o apartamento com novos olhos. Era apertado e bagunçado, com uma mancha de umidade persistente num canto do teto onde havia uma infiltração. O vaso de uma planta que dava os últimos suspiros ficava em cima da TV, e uma camada fina de poeira cinza cobria os rodapés. Parecia algo vindo diretamente da coluna "Livre-se da bagunça", que o jornal fazia toda primavera, só que apenas a foto do "Antes". Mas Anna ia, sim, transformar aquele lugar num ambiente incrível e bem chique um dia. Sem sombra de dúvida. Só não tinha dado certo ainda.

Num impulso, ela discou um número no celular e se jogou no velho sofá vermelho. A mãe atendeu depois de três toques.

– Alô?

– Mãe, sou eu. Escuta. Fui visitar a vovó hoje e...

As palavras de repente se embolaram em sua boca e Anna hesitou, sem ter certeza de como prosseguir.

– Está tudo bem? Ela está bem?

– Está, sim. – Anna engoliu em seco. – A questão é que ela disse...

Mais uma vez, sua voz falhou no momento crucial. *Pergunte logo! É só perguntar!*

– A ligação está horrível. Não estou ouvindo direito. O que ela disse? Ela está surtando de novo? Ninguém me avisou nada.

– Não, está tudo bem, é só que...

Anna correu a mão pelos cabelos longos, desamparada, então seus olhos recaíram numa foto no console empoeirado da lareira. Era dela com a mãe em Rhyl durante um verão, quando Anna tinha uns 9 anos, as duas bronzeadas e de óculos escuros, sorrindo para a câmera. Era uma das fotos favoritas de Anna, que a fazia se lembrar de castelos de areia, sorvete e um passeio num burro peludo coberto de areia. Elas tinham enfrentado muita coisa juntas. Será que era justo Anna fazer aquilo, naquele momento, pelo telefone?

– Não é nada – murmurou. – Só queria te dizer que ela está bem. Que tudo está bem.

– Ah, que bom – respondeu Tracey, soando um pouco confusa. – Que ótimo. E você também está bem, né? Aquela tosse chata já passou?

– Estou bem, sim, mãe. É melhor eu ir. Mande um beijo pro Graham. Tchau.

Ela desligou, sentindo-se uma covarde. *Isso é que é dar para trás.* Agora

Anna não tinha nenhuma informação nova, não tinha avançado nadica de nada. Largando o telefone, procurou entre os livros e panfletos enfiados de modo aleatório nas estantes até achar o antigo atlas escolar, então o folheou. Itália, Itália, Itália... ali estava.

Anna encarou o desenho do país como se ele pudesse lhe revelar segredos, passando um dedo pelos Alpes e ao longo da costa leste selvagem. Sentiu um frio na barriga ao sussurrar o nome das cidades para si mesma. *Nápoles. Florença. Siena.*

– Onde você está, Gino? – murmurou.

Envergonhada, percebeu que não conhecia quase nada sobre o país além de pizza, vinho Chianti e os romanos. Patético. E pensar que essa era a terra natal de seu pai! Muito bem, era hora de começar um intensivão.

Por causa de todo aquele drama, Anna se esqueceu completamente de Pete e do frango assado que era para estar preparando, até que a campainha tocou às seis da tarde, fazendo-a dar um pulo e tirando-a de seus devaneios. Ah, merda. *O jantar.*

Pete não era exatamente o galã de um amor tórrido com quem Anna sempre se imaginara – para ser sincera, era mais um caso de "dá pro gasto", mais um homem sem sal da Cornualha do que um verdadeiro pedaço de mau caminho. Apesar disso, era um cara decente que nunca a traíra nem roubara milhares de libras dela ou se assumira gay, situações que já tinham acontecido com suas amigas. Tá, ele não era o homem mais dinâmico ou passional do mundo – na verdade, Anna já tinha se perguntado se Pete sabia da existência da palavra "romance" –, mas ele era bom o bastante. Eles se divertiam juntos. Quer dizer, não naquele momento.

– Como assim, você esqueceu? – queixou-se Pete quando ela o deixou entrar. – Com direito a acompanhamento, foi o que você disse. Estou com água na boca desde o café da manhã!

Sua expressão era de total decepção, parecendo um cão de caça morrendo de fome.

– Desculpa mesmo, Pete, perdi a noção da hora. Aconteceu uma coisa incrível hoje, sabe? – começou Anna, e contou o que a avó tinha deixado escapar, aquele pequeno e brilhante fragmento da verdade. – Só consegui pensar nisso a tarde toda.

Ele observou a cozinha encardida e desprovida de alimentos onde nenhum frango assado dourado esperava para ser servido, nenhum molho espesso para pão borbulhava como lava no fogão e nenhuma batata assada chiava crocante no forno.

– Vamos para o pub, então? – disse ele com um suspiro e a mão na barriga. – Meu estômago acha que cortaram minha garganta.

Para ele estava tudo certo, pensou Anna, azeda. Pete sabia de onde vinha, conhecia seus pais, colecionadores de cerâmicas de gato, que moravam numa casa geminada impecável (com o adequado nome Wits' End, que podia significar "Não aguento mais"), e suas duas irmãs, casadas e com filhos, que viviam em algum lugar em Sheffield e tinham vidas tão animadas quanto um par de meias. Pete tinha uma família, tinha raízes, sabia com certeza seu lugar no mundo. Não fazia ideia de como havia tirado a sorte grande.

– Pete, acabei de contar que estou prestes a encontrar meu pai, e você só consegue pensar no próprio estômago? Não dá para demonstrar pelo menos um *pouquinho* de interesse?

A voz dela saiu com mais rispidez do que tinha pretendido, e a perplexidade tomou conta do rosto dele.

– Meu amor, com todo o respeito, você não está prestes a *encontrar* seu pai. Você só sabe o nome dele e de onde ele veio – salientou ele com o pedantismo irritante de sempre. – Deve ter um número considerável de caras chamados Gino na Itália, não se esqueça disso.

Anna rangeu os dentes.

– É, você tem toda a razão, Pete – respondeu, sarcástica. – É melhor desistir de vez então, né?

Ele assentiu como se fosse o fim da conversa.

– Vamos indo?

Ah, para que insistir? Ele era um sem noção.

– Acho que sim – murmurou Anna, revirando os olhos.

Ela imaginou onde o pai estaria jantando naquele domingo. Apostaria até o último centavo que não era numa espelunca barulhenta onde a descarga dos vasos não funcionava direito e o proprietário ficava olhando o decote das mulheres. De jeito nenhum. Gino estaria entretendo as pessoas numa grande mesa ao ar livre, nas colinas ensolaradas da Toscana, com oliveiras brilhando nas estradas abaixo. Haveria tomates gordos e bem vermelhos, muçarela cremosa regada com azeite de oliva, vinho tinto artesanal numa jarra especial de vidro. *Bambini* correndo descalços pelo chão empoeirado e quente, um cachorro erguendo a cabeça com preguiça para latir para as crianças de tempos em tempos...

Será que ele sabia que tinha uma filha na chuvosa Sheffield? Será que a havia *visto* alguma vez?

– Não está me ouvindo, né? – perguntou Pete, exasperado, enquanto Anna fechava a porta do apartamento e os dois desciam as escadas. – Você não ouviu uma palavra sequer do que eu acabei de dizer.

Anna ainda estava na Itália. Era tão mais legal lá.

– Não, me desculpe – confessou. – O que foi?

– Eu queria saber se você viu o jogo do United. Assisti na casa do meu pai. Sabia que ele assinou a Sky Sports? Foi incrível. O novo atacante é espetacular, estou falando...

– Que bom – disse Anna, mas já estava indo embora de novo, voando de volta para o pai e para a vida ensolarada dele.

Ela precisava encontrá-lo. *Precisava*.

A culpa por toda aquela situação com o frango assado, somada a quase uma garrafa inteira de vinho tinto, fez com que Anna nem protestasse quando Pete passou as mãos nela mais tarde naquela noite, depois que já haviam retornado para o apartamento dela, apesar de estar sentindo tanto tesão por aquilo quanto por uma luva de forno. Foi um evento bem mecânico, do tipo "entra e sai, entra e sai, aperta o seio, gemido" e pronto, e ela se sentiu distraída e bem pouco sexy durante todos os três minutos que aquilo durou.

– Bem – disse Pete depois, saindo de cima dela. – Acho que eu daria 7,5.

Anna tinha achado que era brincadeira na primeira vez em que Pete deu uma nota para a transa dos dois, mas pelo jeito ele realmente falara sério. Para seu grande horror, Anna descobriu que ele registrava as notas numa planilha no computador. Sério mesmo. Ela não tinha bisbilhotado, mas ele havia deixado a janela aberta por acidente um dia, e o título "Sexo com Anna" chamou sua atenção. E ali estava, preto no branco: a data, a nota e uma breve descrição de como tinha sido.

A. em cima, óleo de bebê, luzes acesas – esse tinha ganhado nota 10. Mas *A. de mau humor, irritada demais, um pouco apressado* mereceu apenas 6.

– Pelo amor de Deus – dissera Anna, horrorizada, com os olhos arregalados. – Pete, que diabos é isso?

– Você não se importa, né? – respondera Pete, com uma expressão marota. – Achei que era meio sexy.

Meio sexy? Meio psicopata, isso sim. Não tinha nada a ver com cartas de amor num papel perfumado nem um diário cheio de relatos de paixão. Anna queria nunca ter visto aquela planilha, queria apagá-la da memória.

– Você não vai... não vai mostrar isso para mais ninguém, né?

– Claro que não, querida. Isso é algo íntimo. Protegido por senha. Só para os nossos olhos. – Ele subiu a planilha. – Veja, você ganhou um 10 aqui. Lembra essa noite? Olá-á, Enfermeira.

E olá-á, Dr. Pervertido, pensou Anna meio nauseada, mas Pete parecia satisfeito consigo mesmo de um jeito tão jovial que ela não teve coragem de discutir. Porém, desde esse dia, ela não conseguia se impedir de pensar – às vezes até durante o próprio ato – como Pete descreveria cada transa. Era ótimo para acabar com o clima.

– Pete – disse Anna –, é melhor guardar as notas só para você, que tal? Tipo, mentalmente? Essa tabela faz com que eu me sinta sob pressão, como se eu fosse uma foca de circo ou algo assim.

Ele começou a brincar com um dos mamilos dela. Era extremamente irritante.

– Mas eu não quero transar com uma foca, *babe* – respondeu ele, se aconchegando nela.

Anna conseguia sentir o bafo alcoólico dele em seu pescoço.

– Eu sei, mas...

E não me chame de "babe", ela queria dizer. Isso só a fazia se sentir como Babe, o porquinho atrapalhado. Uma porca desobediente que não queria ganhar notas de 0 a 10 cada vez que fazia um número.

– Eu só não gosto, está bem? – falou depois de alguns momentos. – Pete?

Mas a mão dele tinha virado um peso morto no peito de Anna, e um ronco

17

gutural saiu de sua garganta. Quem era o porco agora?, pensou Anna, aborrecida, dando as costas para Pete e colocando o travesseiro sobre a cabeça.

MULHER SUFOCA NAMORADO DE MERDA, anunciou uma nova manchete em seu cérebro. Mas bem nessa hora Pete se virou e jogou um braço por cima de Anna.

– Durma bem, linda – murmurou em sonhos, e Anna se sentiu derreter.

Ele realmente a amava. Ela sabia disso. E estar com Pete certamente era bem melhor do que estar sozinha, não era?

Anna fechou os olhos, torcendo para sonhar com a Itália. Sua busca continuaria na manhã seguinte, prometeu a si mesma. Independentemente do que Pete dissesse.

Arrivederci

(ADEUS)

Catherine Evans olhou pela janela enquanto a chuva batia no vidro e soube que um capítulo da sua vida estava chegando ao fim.

Matthew e Emily estavam lá na entrada da garagem com Mike, que os ajudava a colocar tudo na mala do carro, enfiando ali todas as coisas essenciais para estudantes, como chapinhas de cabelo e caixas de som para iPods. Catherine subira até ali com a desculpa de que ia dar uma última verificada no quarto dos filhos, mas na verdade queria derramar as lágrimas a sós e adiar o momento inevitável da partida. O que ela ia fazer sem eles?

Na noite anterior, eles tinham pedido comida do Hong Kong Garden e aberto uma garrafa de espumante. Um por um, todos tinham brindado ao redor da mesa, sorrindo de alegria. Bem, todos menos Catherine. Ela mal tinha sentido o gosto da comida, o talharim descendo por sua garganta como minhocas frias, o cheiro de álcool e shoyu fazendo seu estômago revirar. *Não quero que eles vão embora.* Mike tinha feito um brinde ("Para Matthew e Emily: muita felicidade. Ainda bem que vocês herdaram o cérebro do pai, hein?") e tudo o que Catherine pôde fazer foi se controlar para não trancar as portas e impedi-los de sair.

Seu coração estava sendo arrancado do peito. Era como se os pulmões estivessem se contraindo. *Não quero que eles vão embora.*

– Ei, cai fora, esse carregador é meu – veio uma voz indignada lá de baixo.

Era Emily, com as mãos na cintura, o capuz com barra de pelo do colete cobrindo seus longos cabelos para protegê-los da chuva.

– Eu *sabia* que você ia tentar enfiar nas suas coisas só porque o seu não presta.

– Nem vem com essa – retrucou Matthew.

Ele sempre fora teimoso e equilibrado, contrastando com a natureza mais inconstante e volátil de Emily: a rocha e os fogos de artifício, a tartaruga e a lebre.

– O *seu* carregador é que não presta. Foi você que derrubou Coca-Cola nele, então...

– Chega de discutir, crianças. – Ali estava Mike, erguendo as mãos para os dois num gesto familiar de "Basta". – Onde a mãe de vocês se meteu, afinal? Será que se perdeu subindo as escadas?

– Acho que ela foi cheirar o travesseiro de Matthew pela última vez – disse Emily, tentando arrancar o carregador do irmão.

– Não seja insensível, Em. Está sendo difícil para ela.

– Não estou sendo insensível! Foi você que disse...

– Ali está ela, vejam, ali na janela. Mãe! Já estamos prontos!

Com os olhos marejados, Catherine se esforçou para sorrir para os três rostos questionadores que se ergueram para olhá-la.

– Já estou descendo – respondeu.

Cheirando o travesseiro de Matthew. Oras! Como se ela fosse fazer algo assim.

Ela ajeitou as cobertas antes de sair do quarto. Eles nunca iam saber.

Os dois estavam indo para a faculdade – "Estamos tão *orgulhosos*", dissera Catherine para todo mundo, abrindo um sorriso amarelo toda vez que surgia o assunto –, Matthew para Manchester, Emily para Liverpool. OK, do ponto de vista geográfico, nenhuma das duas universidades ficava tão longe assim de Sheffield, mas nenhum mapa no mundo conseguia calcular a saudade de uma mãe. Daria no mesmo se estivessem indo para Vênus.

Havia muito tempo ela temia aquele dia. Pelos últimos dezoito anos, os filhos tinham sido o epicentro de seu mundo. Eles *eram* seu mundo. Os dois com o mesmo cabelo cor de areia de Mike, e não ruivos e sardentos como ela, e tinham olhos azuis risonhos e nariz empinado. Já eram mais altos do que a mãe e irradiavam juventude e beleza, passando horas no banheiro e ainda mais tempo ao celular, enchendo a casa com música, produtos para o cabelo e amigos com calças caídas até a metade da bunda. Mas agora os dois estavam indo embora, e Catherine mal conseguia aguentar.

– Vamos pôr o pé na estrada, então – disse ela, saindo de casa com o melhor e mais corajoso sorriso que conseguia abrir no rosto. – Todo mundo pronto? Ninguém precisa dar um pulinho no banheiro antes da gente ir?

– Por favor, mãe – resmungou Emily, revirando os olhos.

– Desculpa – disse Catherine, se sentindo uma bobona.

Mais um minuto e ela ia tentar limpar o nariz deles.

– Tchau, pai – despediu-se Matthew.

Mike deu batidinhas nas costas dele.

– Tchau, filho. Vá lá mostrar para eles do que você é capaz.

Mike não ia acompanhá-los, infelizmente. Como o médico mais experiente no consultório, fora a uma série de congressos nos últimos tempos e tinha um monte de papelada para organizar.

– Vem cá, Em – disse em seguida, abraçando a filha e lhe dando um beijo no topo da cabeça. – Trabalhe duro, mas também se divirta, tá?

– Tá, tá – concordou Emily de bom humor, se desvencilhando do pai. – Pode deixar.

Catherine enxugou os olhos. Filhinha do papai, essa era Emily. Ela não ia estragar a convivência dos dois ao contar para Mike sobre as pílulas anticoncepcionais que havia encontrado na gaveta de calcinhas da filha nem sobre o saquinho com maconha que achara no bolso da calça jeans e definitivamente não ia mencionar as vezes que Emily tinha levado Rhys Blackwood escondido para o quarto para fazer sabe Deus o quê. Catherine tinha lidado com cada um desses delitos do seu jeitinho silencioso. Ia ser um inferno se Mike descobrisse como suas inúmeras lições sobre drogas, álcool e saúde sexual tinham sido totalmente ignoradas.

– A gente se vê depois – disse Mike para Catherine quando ela se acomodou no assento do motorista. – Dirija com cuidado, tá? Não pise no freio a cada dez segundos, você sabe como isso deixa as pessoas agitadas.

Ele fez uma expressão muito sofredora para Matthew e Emily, que riram.

Catherine não disse nada, mas ligou o motor, deu a ré e saiu da entrada de carros com cuidado. Ela viu Mike acenando pelo retrovisor até o fim da rua. Então eles viraram à direita, em direção à via expressa, e Mike se foi.

O novo dormitório de Matthew foi a primeira escala deles, uma hora depois.

– Então é isso – falou Catherine, com a voz débil, desligando o carro e erguendo os olhos para o bloco alto de apartamentos.

– Ótimo – disse Matthew, o primeiro a sair do carro.

Ele já tinha quase 1,90 metro, o menininho dela, e seus cabelos eram desgrenhados e chegavam até os ombros, para grande desagrado do pai. Estava usando um moletom de snowboard, calça jeans surrada e seus amados tênis Vans, e ficou ali olhando ao redor, observando seu novo território. Então jogou as mãos para o alto e gritou, como se estivesse no palco do próprio show:

– E aí, Manchester?

Cabeças se viraram na direção deles. Um grupo de garotas com cabelos longos e calça jeans *skinny* que estavam por perto abriram sorrisos largos para Matthew, depois soltaram risadinhas juntas, conspiratórias. Um pai descarregando um Volvo antigo que mais parecia uma lata-velha na próxima fileira de carros deu um sorriso torto para Catherine em reconhecimento. *Adolescentes*, seus olhos pareciam dizer. *Vivem em outro planeta, não vivem?*

Durante o curto tempo que levaram para tirar as caixas de Matthew do Toyota e carregá-las até o quarto simples e bem prático do garoto, ele já havia puxado conversa com um londrino usando uma camiseta que dizia ímã de mulher e um cara com dreads e piercing no nariz. Os três já estavam organizando uma ida iminente ao bar.

– Acho que já chamei a atenção de umas garotas lá embaixo – Catherine ouviu Matthew dizer para os outros de um jeito arrogante e irreconhecível.

Ela pigarreou.

– Bom – falou –, acho que vou indo, então.

Ela imaginara esse momento inúmeras vezes nas semanas anteriores, até tinha sonhado com ele. Lágrimas, abraços, um instante para reconhecer e agradecer tudo o que ela tinha feito por ele. O lábio inferior de Matthew talvez até tremesse...

– A gente se vê, mãe – foi apenas o que ele disse, com um tom de voz seco.

Espera... era só isso? Ele estava mesmo dispensando-a com apenas um "A gente se vê"? Estava redondamente enganado. Ela jogou os braços ao redor dele e o apertou com força, mas sentiu o filho ficar rígido como madeira. Ele já estava olhando por cima do ombro, pronto para seguir em frente, quando se afastaram.

Ah. Era só isso *mesmo*. Enquanto refazia o caminho até o carro, Catherine sentia como se tivesse sido esfaqueada. Seu coração doía e ela colocou uma mão no peito, tentando respirar fundo.

– Próxima parada, Liverpool! – exclamou Emily, sentando no banco do carona enquanto seu celular apitava com a centésima mensagem daquela manhã. Ela olhou para a tela e soltou uma risada.

– É do Matthew? – perguntou Catherine, esperançosa.

– Quê? Não. É só a Flo fazendo piada. A gente já vai, então?

– A gente já vai – concordou Catherine.

Com a filha talvez fosse diferente, disse para si mesma como consolo enquanto dirigiam uns cinquenta e pouco quilômetros a oeste até Liverpool. As garotas lidavam melhor com esse tipo de situação, não é? Emily ia querer que Catherine ficasse para tomar café e conversar, talvez até pudessem achar um lugar especial para almoçarem juntas, numa despedida, só as duas. Talvez aquela timidez que Emily sentira na escolinha se repetisse e ela se agarrasse às pernas de Catherine, chupando o dedo e se recusando a falar com outra pessoa. Tá, provavelmente não ia ser para tanto, mas ainda assim... Em precisava dela mais do que Matthew, sempre precisou, sempre ia precisar.

O novo lar de Emily era um apartamento com cheiro de alvejante e portas de incêndio pesadas que batiam forte quando as pessoas passavam. Era frio e vazio, bem diferente do quarto dela em casa, confortável com carpete felpudo e cortinas grossas, o teto ainda decorado com as estrelas e luas que brilhavam no escuro, colocadas quando Emily era criança.

Catherine foi tomada pelo impulso de segurar a filha pelos ombros e forçá-la a entrar de novo no carro, mas Emily já estava fazendo amizade com uma garota que vestia um moletom azul da Hollister e calça jeans vermelha.

– Amei suas botas – elogiou ela com um sorriso aberto, ignorando a mãe às suas costas.

Catherine pegou os pertences da filha e os carregou escada acima, fungando e bufando ao levar caixas de sapatos e sacos cheios de roupa. Quando o porta-malas do carro estava quase vazio, ocupado por um único par desamparado de chinelos laranja (abandonados no último minuto por não serem descolados o suficiente), ela ficou parada na cozinha do apartamento enquanto Emily e as novas colegas de quarto conversavam sobre festivais e empregos de verão terríveis, esperando que lhe oferecessem uma bebida ou se apresentassem.

– Alguém quer chá? – perguntou, por fim, quando continuaram a ignorá-la.

A cabeça de Emily se virou, o olhar acusatório. *Você ainda está aqui?*, é o que parecia dizer enquanto se aproximava às pressas.

– Mãe, você está, tipo, acabando totalmente com o meu estilo – sibilou ela, forçando Catherine para fora do apartamento. – Eu te ligo em alguns dias, tá?

– Ah – fez Catherine. – É claro, querida. Quer que eu te ajude a desfazer as malas, deixar seu quarto mais com a sua cara? A gente podia colocar alguns dos seus...

– Não, é sério, mãe, está tudo bem. Depois eu faço isso.

– Não se esqueça de usar as roupas térmicas se ficar frio, está bem? Você sabe que sempre fica resfriada no inverno. E não deixe a lição de casa acumular. Lembre...

– Mããããe! – Emily olhou por cima do ombro com medo de que alguém tivesse escutado. – Eu sei me cuidar!

Catherine abriu a boca, depois a fechou de novo. Parecia que não tinha passado muito tempo desde quando Emily chorava de noite, chamando a mãe, com medo de monstros que se escondiam nos cantos escuros do quarto. *Mamãe! Mamããããe!* Mas a mamãe não era mais necessária, isso estava bem claro.

– Está bem – disse Catherine, aceitando a bronca. – Acho que... Tchau, então. Eu te amo. Se cuide.

– Tchau, mãe.

Catherine se arrastou de volta para o carro e sentou-se ao volante, sentindo-se magoada e rejeitada, com uma dor visceral no peito. Seus filhos mal podiam esperar para se livrar dela. Eles a haviam descartado como as roupas da última temporada, tão indesejada como chinelos laranja.

Seus olhos ficaram marejados e ela permaneceu imóvel por alguns momentos, ondas de autopiedade tomando seu corpo. O irônico era que ela se preocupara, achando que *eles* se sentiriam abandonados no novo lar, quando na verdade foi ela que jogaram fora, foi na sua cara que fecharam a porta. Enquanto isso, seus passarinhos tinham voado para longe do ninho em direção a novos horizontes sem nem olhar para trás. Ah, por que ela não os tinha convencido a tirar um ano sabático para que ficassem em casa mais um tempinho?

Ali no estacionamento dos estudantes, a dois carros de distância, ela avistou outros pais sentados assim como ela, olhando pelo para-brisa com uma expressão meio boba, sem dúvida igualmente abalados por causa da separação recente. Eles também teriam que catar os caquinhos e começar uma vida nova e estranha sem filhos impetuosos que tomavam banho de horas e assaltavam a geladeira o tempo todo. Uma vida mais quieta, mais vazia.

Catherine assoou o nariz e se empertigou no banco do motorista. Era melhor ir para casa, então. Não havia motivo para ficar por ali a tarde toda.

Ao dar a ré bem devagar para sair do estacionamento, erguendo os olhos uma última vez para o prédio onde Emily agora morava (*Tchau, querida*), lhe ocorreu que ela deveria mandar uma mensagem para Mike, avisando que chegaria em casa mais cedo do que o esperado. Antes tinha falado que chegaria só no começo da noite, imaginando um dia muito mais prolongado.

Mas um carro já estava na traseira dela, outro casal desolado de pais forçando uma expressão confiante enquanto também iam embora. Ela não ia parar agora que já tinha começado, decidiu; ia fazer uma bela surpresa para Mike ao chegar mais cedo.

Se ao menos ela soubesse o tipo de surpresa que os dois teriam com a chegada antecipada dela, Catherine teria ficado no estacionamento da Universidade de Liverpool por muito mais tempo. Na verdade, talvez nem tivesse voltado para casa.

O tráfego estava agradavelmente tranquilo e parecia que nem tinha passado muito tempo quando Catherine virou a esquina na rua sem saída silenciosa onde morara nos últimos dez anos. Wetherstone era um vilarejo bonito no sul de Yorkshire com chalés de pedra dignos de cartões-postais, uma praça rodeada por árvores e uma comunidade amigável e unida. Era a uma distância conveniente de Sheffield, onde os gêmeos tinham estudado, e a um trajeto curto do centro de saúde onde trabalhava Mike.

Catherine saiu do carro e ergueu os olhos para o quarto da filha, desejando que Emily ainda estivesse lá, jogada em cima do edredom rosa desbotado enquanto trocava mensagens com os amigos e ouvia música. A tristeza a atingiu como uma faca e ela vacilou ao lado do carro por um momento.

Vamos lá, Catherine. Seja positiva. Era um novo capítulo e tal. Além disso, poderia ser um novo começo para ela e Mike também.

Agora eles poderiam viajar fora de temporada, tentar se reconectar um pouco (ele andava tão distante nos últimos tempos). Podiam até ser românticos de novo sem ouvir um comentário de "Ai, que nojo, vão pro quarto" ao fundo. Ainda não estavam velhos demais para isso, não é?

Sentindo-se otimista, ela destrancou a porta da frente e entrou.

– Cheguei! – anunciou, jogando a bolsa no banquinho do corredor e tirando os sapatos.

Ele deve estar no jardim, pensou sem muita preocupação ao ficar sem resposta. Ela subiu as escadas, com a intenção de tomar um banho rápido antes de preparar um chá e começar a pensar no jantar. Minha nossa, a partir de agora ela só teria que cozinhar para os dois. Ia ser uma bela mudança. A lista de compras ia ficar irreconhecível sem dois adolescentes saqueando tudo que havia na geladeira. Podiam esbanjar com um filé-mignon sem que Emily ficasse resmungando sobre vegetarianismo e também podiam tomar umas taças de vinho juntos sem se sentirem culpados por estarem dando um mau exemplo.

Ela ouviu música tocando no quarto deles. Ah, que ótimo. Pelo jeito Mike já tinha terminado com a papelada.

– Mike, você está... – começou Catherine, abrindo a porta.

Então ficou paralisada. E berrou.

Havia uma mulher loura na cama de Catherine usando apenas um batom vermelho, com uma expressão surpresa. E Mike também estava ali, com a bunda de fora, entre as coxas da moça, os músculos do traseiro comprimidos, os olhos arregalados de terror. *Não*, pensou Catherine, tropeçando para trás, arrasada. *Não*.

A mulher soltou um risinho.

– Ops – falou com uma voz arrastada.

Por mais incrível que fosse, ela parecia estar se divertindo. Se divertindo!

– Merda! – exclamou Mike, se desentrelaçando da mulher.

Ele pegou uma cueca largada no chão e cobriu as partes íntimas, estranhamente recatado.

– Cath... Eu não estava te esperando. Eu...

O cérebro de Catherine ainda não tinha conseguido processar o que via. Impossível. Aquilo não podia estar acontecendo.

– Catherine – tentou Mike de novo, andando até ela.

Um soluço escapou da garganta de Catherine e ela deu um passo para trás. Em seguida, a adrenalina ricocheteou por seu corpo enquanto ela descia as escadas correndo, seu coração martelando no peito. Não. Nem pensar. Não Mike.

– Espere! – ouviu Mike gritando, frenético. – Catherine!

Pela primeira vez em anos, ela não obedeceu. Saiu direto pela porta da frente e entrou aos tropeços no carro, seus dedos tremendo com tanta violência enquanto ela colocava o cinto de segurança que precisou de três tentativas até conseguir encaixá-lo. Então ligou o motor, saiu freneticamente de ré da entrada de carros e foi embora.

Una telefonata

(UMA LIGAÇÃO)

– *Buongiorno. Due cappuccini, una Coca* e... Você disse que queria sorvete, né, Lily?... Hum... *Gelato? Per favore?*

Sophie Frost ficou com pena da mulher de nariz rosado e blusa de frente única que estava com dificuldade para achar as palavras certas.

– Fique tranquila, sou britânica também – disse em inglês. – E temos sorvete de chocolate ou baunilha.

A mulher abriu um sorriso grato.

– Ah, que bom! Muito obrigada. Meu italiano é bem limitado, para dizer o mínimo. – Ela se curvou até a menininha ao seu lado, que sussurrou em seu ouvido. – Ela vai querer um sorvete de chocolate, por favor.

– É pra já – respondeu Sophie. – Se quiserem se sentar, eu levo para vocês em uns minutinhos.

Ela se virou para a máquina de cappuccino, cantarolando a música que tocava no rádio enquanto preparava o pedido. Outras pessoas às vezes reclamavam de trabalhar em bares e cafés, mas aquilo lembrava Sophie de estar num palco, se apresentando para uma multidão, principalmente quando o lugar estava cheio de gente. Ela gostaria ainda mais se ao menos lhe dessem uma salva de palmas e permitissem que agradecesse no final do espetáculo de vez em quando, em vez de apenas receber míseras gorjetas de moedas de 1 euro...

Mas, mesmo assim, trabalhar ali tinha suas vantagens, principalmente o fato de que ficava na ensolarada Sorrento, o cantinho de Sophie no paraíso. Por trás do ruído e da música do café, dava para ouvir bem de leve os gritos agudos das gaivotas lá embaixo na baía, e Emily sabia sem nem olhar que o grupo de sempre de *nonne*, enrugadas de um jeito que parecia impossível, estaria sentado do outro lado da praça com calçamento de pedras fazendo juntas seus crochês eternos, enquanto os animados maridos barrigudos batiam papo bebendo café *espresso* em copos minúsculos ou grapa a uma mesa externa do bar. Emily sabia que a trattoria ao lado logo ia acender os fornos e que o ar seria tomado pelos cheiros tentadores de pizza e orégano, e os donos dos iates desfilariam, seguindo na direção da Corso Italia e das suas lojas de grife. Garotas de pernas de fora passavam zumbindo em Vespas e buzinas ressoavam. Acima, o sol preguiçosamente fazia um arco no céu, lançando sua luz dourada nos gloriosos prédios de pedra antigos.

Era tudo tão perfeito. E era ali que ela morava! Não havia nenhum outro lugar no mundo onde preferiria estar. Abrindo a garrafa de Coca, ela se pegou imaginando como estaria o tempo lá em Sheffield e estremeceu quando lhe vieram à mente imagens de folhas úmidas, manhãs gélidas e frieiras. Já estavam na metade do outono naquele momento, mas ainda fazia agradáveis 23 graus em Sorrento.

– Prontinho – disse ao levar a bandeja para os clientes ingleses. – Dois cappuccinos, uma Coca, que acho que é para você. E um sorvete de chocolate delicioso.

– Muito obrigada – agradeceu a mulher, servindo a Coca no copo para o filho. – Como é que se diz, crianças?

– *Bigado* – murmurou o garoto.

– *Grazie* – balbuciou a menina, com uma expressão vitoriosa.

– Garota esperta – disse o pai, bagunçando o cabelo dela. – Obrigado – falou para Sophie, abrindo um sachê de açúcar e despejando-o no café.

Sophie os deixou em paz, mas percebeu que estava segurando a bandeja vazia de encontro ao peito como se fosse um escudo ao voltar para trás do balcão. Ela sempre julgava as famílias britânicas, em especial quando apareciam por ali – não conseguia evitar. Aqueles ali pareciam ser gente boa, mas ela já tinha visto verdadeiros horrores nas áreas de turistas abastados de Sorrento: do tipo ricaço e barulhento que atormentava os filhos, envergonhados e gaguejantes, para que fizessem os pedidos em italiano, forçando-os o tempo todo, jamais permitindo que apenas relaxassem e aproveitassem as férias.

Pais como os de Sophie, em outras palavras, que pareciam pensar que o sucesso era determinado pelo tamanho da conta bancária. Assim, era impossível se livrar de vez daquela sensação de ser um fracasso, não importava para onde fugisse.

"Garçonete num café?", ela imaginava a mãe berrando se tivesse a mínima ideia de que Sophie estava ali. "Que desperdício! Todos aqueles anos numa escola particular jogados no lixo!"

"Que desperdício de inteligência", vociferaria o pai. "Você tem a capacidade de aprender qualquer coisa que quiser. É *realmente* isso que você deseja fazer pelo resto da vida?"

Não era de se surpreender que ela tivesse se livrado daquilo tudo, se afastando como uma folha ao vento, impossível de ser encurralada por eles ou qualquer outra pessoa.

Ela não era a garotinha perfeita que eles queriam, mesmo depois de todas as aulas de montaria e espetáculos de dança e apresentações de piano com as quais a haviam bombardeado, sem mencionar a terrível escola apenas para garotas que teve que aguentar, cheia de meninas de nariz em pé que se achavam princesas e desprezavam Sophie por fazer parte dos "novos-ricos". Ser filha única era um saco, pensara com frequência, desejando ter um irmão com quem pudesse dividir igualmente o peso das expectativas dos pais. Mas, no fim das contas, ela havia rejeitado aquelas expectativas e chutado o balde. *Superem.*

Já fazia oito anos que tinha partido: oito anos de aventuras extraordinárias, de cidades estrangeiras agitadas e praias de areia branca, de encontrar emprego, casa e amigos em inúmeros países diferentes. Ela até havia sido sugada pelo turbilhão do maior caso de amor de todos – não que tivesse durado, infelizmente.

E então ali estava ela, com os brilhantes raios de sol mediterrâneos entrando pela janela, vivendo na praia e na *bella Italia* com seu amado passaporte. Sem vínculos com qualquer pessoa ou qualquer lugar. Sem trabalhar num escritório cinza deprimente se preparando para a aposentadoria, como seus pais sem dúvida gostariam que ela fizesse. *Eu venci*, pensou.

– *Signorina. Signorina!*

Ah, meu Deus, alguém estava estalando os dedos para ela. Que grosseiro. Sophie arqueou uma sobrancelha e seguiu com uma lentidão proposital até o homem em questão, que parecia ter perdido os bons modos ao passar pela porta. Ele recitou um pedido de almoço sem um único "por favor" ou "obrigado", olhando para os seios de Sophie o tempo todo. Em seguida, enquanto ela se virava na direção da cozinha, ele deu um beliscão forte na bunda dela.

– *Mi scusi!* – exclamou Sophie, se afastando enquanto ele e os amigos ficaram dando risadinhas às suas costas.

Sophie precisou de todas as suas forças para não dar na cabeça dele com o cardápio mais próximo.

Trêmula de raiva, foi até a cozinha e passou o pedido para Vito, o chef.

– Fique à vontade para cuspir no prato – acrescentou em italiano depois.

Ok, talvez nem tudo fosse perfeito, pensou enquanto respirava fundo por alguns momentos antes de voltar para o salão do café. Ainda assim, era um preço pequeno a se pagar pela liberdade. E isso, no fim das contas, era o que mais importava para ela, acima de tudo.

O que ela chamava de casa naqueles dias era um pequeno apartamento de frente para a agitada Piazza Torquato Tasso. O orçamento não permitira que ela esbanjasse com uma vista da praia, mas da janela dava para ver a *passeggiata* toda tarde, o passeio apreciado tanto por moradores quanto por turistas enquanto o sol descia em direção ao horizonte. Sophie tinha o próprio banheiro estreitinho com um chuveiro que pingava, uma cama de solteiro, algumas mudas de roupa, o computador e um ventilador temperamental que fazia circular o ar abafado. Ela não precisava de muita coisa além disso.

Quando chegara a Sorrento oito meses antes, tinha imaginado se instalar na cidade, fazer dela seu lar. Seu italiano era bom, e ela pensava que seria fácil se envolver com a comunidade, fazer amigos, conhecer os vizinhos. Afinal de contas, quem precisava de família?

Infelizmente, não foi bem o que aconteceu. Ela conhecia o Vito do café, e a gerente, Federica, e os dois sempre a trataram com bastante simpatia, mas ali não havia a mesma camaradagem que encontrara em outros lugares em que trabalhara. Não saíam para beber depois do trabalho, não socializavam fora do expediente. Na única vez em que Federica a convidara, com pena, para uma festa de família, Sophie se sentira completamente deslocada, seus cabelos curtos louros e repicados e olhos verdes destacando sua condição de forasteira.

Bom, ficar sozinha todas as noites não era o fim do mundo. Ela gostava da própria companhia, sempre tinha sido independente. Às vezes entrava no Facebook quando se sentia solitária. Tinha livros. Tinha todo um grupo de amigos virtuais ao redor do mundo que acompanhavam suas aventuras no blog de viagem que ela mantinha havia anos. Era o suficiente. Claro que era o suficiente!

De qualquer jeito, Sophie provavelmente ia seguir em frente agora que a temporada por ali já estava chegando ao fim. Havia trabalhado numa estação de esqui em Val Thorens dois invernos antes, e tinha sido bem divertido, justamente o que ela precisara para curar um coração partido. Toda a equipe tinha celebrado Natal e Ano-Novo junta, e tinha sido uma festa bem longa e gloriosa, muito melhor do que o peru acompanhado de um silêncio pesado em Sheffield. Durante o inverno sempre havia bastante trabalho no Noroeste, perto da fronteira com a Suíça. Talvez fosse hora de abandonar o mar e voltar para as montanhas...

Naquela noite, sentada no lugar de sempre na sacada com um livro, uma taça de vinho tinto e uma nectarina madura e bem suculenta, Sophie foi surpreendida por uma batida à porta. Aquilo era extremamente raro – para dizer a verdade, nunca tinha ocorrido. Provavelmente era engano, alguém com o número do apartamento errado, procurando os caras poloneses mal-encarados que moravam no andar de cima.

Sophie abriu a porta.

– *Sì?* Ah. *Buonasera*, Signor Russo.

Era o proprietário do apartamento. Socorro. Será que ele estava ali para dar o aviso prévio e expulsá-la? Talvez alguém tivesse reclamado que Sophie secava as calcinhas e as regatas no corrimão da pequena sacada. Certa vez, ela passara vergonha quando um sutiã rosa se soltou com uma rajada de vento e caiu no ombro de um senhor idoso que passava na rua lá embaixo, mas ele tratou a situação com bom humor, ainda bem – ou pelo menos foi o que Sophie pensou no momento.

– *Telefonata* – disse o proprietário, entregando um pedacinho de papel para ela. – Para a senhorita.

– Alguém me ligou? – perguntou Sophie, surpresa, depois viu o nome que estava escrito no papelzinho.

Samantha, uma de suas primas, e um número da Inglaterra. O estômago de Sophie se revirou.

– *Grazie* – agradeceu, fechando os dedos ao redor do papelzinho. – *Grazie, signor*.

Ah, merda. Ela fechou a porta às cegas, o coração martelando. Isso era um milhão de vezes pior do que um sutiã caindo no ombro de alguém. Samantha era casada com Julian, um vigário gente boa, e segundo o Facebook estava bem ocupada com uma criança pequena e um bebê recém-nascido. Ela não teria se dado ao trabalho de ir atrás da prima na Costa Amalfitana só para pôr a conversa em dia. Alguma coisa devia ter acontecido. Alguma coisa séria.

– Ah, graças a Deus, Sophie! Achei que você tinha evaporado. Mandei um monte de e-mails e mensagens, eu estava ficando sem ideias de como... Julian, pode pegar Henry para mim, por favor? Estou falando com Sophie. Não, a minha prima Sophie. Pronto, minha salsichinha...

– Alô? Sam? Você ainda está aí?

Sophie estava no corredor com eco do prédio onde morava, enfiando euros no telefone público. Ela não tinha tempo a perder.

– Desculpe, sim, estou. Me escute, é horrível ter que dizer isso, mas trago más notícias. É o seu pai. Ele teve um infarto bem feio. Ele está... bem, ele não está mais na UTI, mas ainda está bem debilitado. Você vai vir vê-lo?

Cada frase era como uma martelada. *Pai. Infarto. UTI.*

– Meu Deus – disse Sophie com a voz rouca. – Sim. Sim, é claro que vou.

– Se fosse meu pai, eu ia gostar de vê-lo, então pensei que...

– Sim. É claro. Obrigada, Sam. Diga para ele... Diga que estou a caminho.

Depois de ter desligado, Sophie se recostou na parede fria do saguão, meio largada. O choque a deixou com a cabeça leve, como se estivesse bêbada ou doente, muito aérea. Merda. Um infarto bem feio. Ah, pai...

Jim, seu pai, sempre fora um *bon vivant* – gostava de vinho e comida boa e, em confraternizações, dominava as conversas com suas histórias. Era um homem alto e robusto que tinha como maior felicidade caminhar pelo Peak

District com botas para trilha enlameadas e uma bússola. Era horrível imaginá-lo desfalecendo de dor, talvez caindo no chão, enquanto pressionava a mão inutilmente no peito.

Sophie tinha que voltar, não havia alternativa. Seu contato com os pais tinha sido bem limitado depois que ela saíra de casa daquele jeito dramático – um cartão-postal apressado de vez em quando, uma ligação breve e desconfortável no Natal –, mas era seu *pai*, um alicerce na sua vida, desesperadamente doente num hospital. Ela nunca tinha pensado de verdade sobre algum de seus pais não estar mais vivo. Agora estava atordoada.

De volta ao apartamento, correu os olhos pelo ambiente pequeno e sem graça como se o visse pela primeira vez: as cortinas marrons que não bloqueavam o sol direito, a camada de sujeira na janela provocada pelos engarrafamentos intermináveis na rua abaixo, aquela porcaria de cozinha minúscula com o fogão de uma boca e a geladeira... A vista fez Sophie querer chorar de novo. Ela estivera brincando de casinha ali, percebeu com um aperto no coração. Faz de conta, como inventava na infância, quando arrastava o jogo de chá da boneca e os ursinhos de pelúcia para debaixo da mesa e ficava brincando.

Nunca olhe para trás, era o que sempre dizia para si mesma. Mas dessa vez não havia como não olhar.

Dois dias depois, estava embarcando no avião. Abandonar seu emprego e sua casa na Itália tinha sido tão fácil que chegava a ser preocupante. Federica a abraçara e dissera que entendia. *Seu pai? Mas é claro que você deve ir!*

Sophie tinha colocado seus poucos pertences na mala, depois guardou as chaves do apartamento num envelope e o deixou na recepção para o Signor Russo. E pronto. Foi só cortar os laços, e mais uma vez ela estava livre.

Entrar num avião normalmente enchia Sophie de alegria, porém aquela jornada parecia um retrocesso, repleto de pavor. Mas ela não era covarde – longe disso. E não ia ser para sempre. Ela ia visitar o pai e garantir que ele estava bem, prometeu para si mesma. Ia manter a calma, falar com educação, se recusar a deixar que os pais a afetassem. E então iria embora de novo, para aproveitar um inverno movido a álcool. Simples assim.

– Estamos prontos para a decolagem – disse o piloto nos alto-falantes quando os motores começaram a rugir. – Tripulação a postos, por favor.

Adeus, Itália, pensou Sophie consigo mesma, chupando uma balinha e olhando pela janela enquanto o avião se inclinava e fazia uma curva. *Arrivederci*. Espero que não demore muito para eu voltar...

– Aqui está ele – disse a enfermeira, abrindo as cortinas em volta da cama. – Tudo bem?

– Obrigada – balbuciou Sophie, não se sentindo nem um pouco bem.

Ali estava o pai, deitado numa cama de hospital, com os olhos fechados e os cabelos grisalhos nas têmporas. Quando aquelas rugas tinham surgido?, perguntou-se Sophie, chocada. Quando ele tinha ficado tão *velho*?

Os monitores ligados a ele narravam a passagem do tempo com apitos e zumbidos regulares. Pela janela estreita, Sophie via a chuva caindo forte, como vinha fazendo desde que o avião pousara em Manchester. Sorrento já parecia estar a milhões de quilômetros dali, um sonho colorido do qual ela acabara de acordar. Não queria estar aqui, pensou entristecida.

Ela hesitou, com a mochila úmida nos ombros e a calça jeans molhada grudada nas pernas. Era tão estranho estar de volta. Todos aqueles sotaques de Yorkshire. A aparência acinzentada e sem graça do local. E a enxurrada de memórias que a golpeara enquanto o ônibus percorria as ruas de Sheffield: ensaios no saguão empoeirado da escola, as ocasiões em que bebeu sidra em Gladstone quando ainda era menor de idade, a batida satisfatória da porta da frente ao sair de casa...

– Oi, pai – sussurrou, ainda sem se aproximar da cama.

Havia uma cadeira vazia ao lado, como se esperasse a chegada de Sophie. Um filme curto passou por sua mente, em que ela tirava a mochila pesada dos ombros, dava os poucos passos até a cadeira, se sentava nela e pegava a mão do pai entre as suas. *Vamos lá*, incentivou a si mesma. *Vamos!* Mas ela não conseguia.

Observou o rosto do pai enquanto ele dormia, tomou nota de cada ruga nova ao redor dos olhos, dos fios brancos nos cabelos. As sobrancelhas salientes e o nariz largo lhe davam a aparência de um político, mas naquele momento ele estava com um rosto envelhecido e cansado, um homem diferente daquele que a havia ensinado a jogar xadrez e raramente a deixava ganhar; que a ensinara a andar de bicicleta, uma manzorra segurando a camiseta de Sophie pelas costas enquanto ela pedalava; que lhe dera o amor por Elvis e guitarras barulhentas.

– Pai? – chamou ela com a voz um pouquinho mais alta. – Sou eu, Soph. Sou eu...

Ela fez uma pausa, impedindo-se no último instante de dizer *Sou eu, Sophie-lhota*, o velho apelido que ele lhe dera. Ela se perguntou se algum dia ia ouvi-lo dizer aquele apelido de novo e sentiu a garganta ficar apertada. Afinal, qual era a gravidade da doença dele? Era do tipo "com um pé na cova" ou "duas semanas de atestado médico"? Samantha havia apenas lhe contado o básico durante o telefonema, e quando Sophie, mais tarde naquela mesma noite, conseguiu reunir coragem para ligar para a mãe e pedir detalhes, ninguém atendeu. Ela imaginara o som do telefone ecoando pela casa vazia enquanto a mãe estava ao lado da cama do pai, de vigília, e se sentiu muito, muito distante.

Seu coração acelerou. Ela não tinha certeza de que ainda queria saber os detalhes. E se a verdade fosse dolorosa demais para aceitar? Talvez ela devesse apenas ir embora, recolhendo-se à abençoada ignorância. Poderia dar meia-volta, retornar para o aeroporto, pegar um voo para um lugar novo, afogar as mágoas num uísque estrangeiro barato e...

– Ah, Sophie... Minha nossa.

Tarde demais. Ali estava a mãe, quase colidindo com Sophie ao entrar. Quatro palavras e já parecia o começo de uma briga. Sophie se preparou para a bronca.

– Oi, mãe.

Aquela frase não havia passado por seus lábios desde o Natal do ano passado, quando ela estivera numa cabine telefônica em Roma, bêbada a ponto de ficar incoerente. Oito anos tinham se passado desde a última vez em que permaneceram no mesmo cômodo, e olha só como estavam agora: uma desgrenhada e encharcada, a outra arrumada até o último fio de cabelo, sem um único deles fora do lugar, com maquiagem perfeita e uma blusa elegante. Era importante manter as aparências, Sophie imaginou a mãe dizendo para si mesma enquanto passava pó no rosto naquela manhã.

– Como ele está? – perguntou.

– Estável – respondeu a mãe com certa rispidez.

Ela foi até a cama e pousou a mão sobre a do marido.

– Jim, meu amor, sou eu.

E ali estava, a antiga dinâmica de poder se reafirmando: a mãe fisicamente ao lado do pai, os dois unidos enquanto Sophie era deixada de fora, no frio. Bom, no calor, reconheceu Sophie. Estava bem abafado ali. Ela deixou a mochila deslizar dos ombros e a colocou perto da parede.

– O que aconteceu? Quer dizer, como foi o infarto?

– A gente estava em Meadowhall – respondeu a mãe. – Comprando malas na Hanleys. Estamos com uma viagem marcada para as Ilhas Canárias em fevereiro, achamos que valia a pena esbanjar com algumas coisas novas para a ocasião. Seu pai gostou de uma, bem elegante, marrom... Enfim, do nada, ele não conseguia respirar, só caiu de joelhos e ficou agonizando no chão da loja. – Ela comprimiu os lábios, revivendo o momento. – A garota do caixa teve que chamar uma ambulância porque eu tinha me esquecido de carregar o celular. – Ela inspirou fundo, os nós dos dedos bem brancos enquanto agarrava a bolsa com vigor. – Trouxeram a gente para cá às pressas, com as sirenes ligadas. E ele está aqui desde então.

– Ah, mãe...

Sophie podia sentir a dor dela, como devia ter sido horrível, mas ainda assim não conseguia se forçar a dar nem um único passo para se aproximar dela. De qualquer jeito, a mãe provavelmente só iria empurrá-la para longe se Sophie tentasse lhe dar um abraço.

– Samantha me disse que foi um infarto bem feio – arriscou-se a dizer depois de um momento, o tom de voz desolado.

– Pois é. Parada cardíaca. – Ela fez uma pausa. – Samantha tem ajudado bastante. Visita o tempo todo, mesmo estando tão ocupada com as crianças. Encontrou você lá nas profundezas de... onde quer que você estivesse.

A pele de Sophie formigou com a censura implícita. Samantha, a menina de ouro; Sophie, a decepção. Ela já tinha ouvido aquilo um milhão de vezes. Manteve os olhos fixos na figura imóvel na cama.

– Mas ele deu uma melhorada desde então, não deu? – perguntou.

– Sim. Ele ficou inconsciente por algumas horas, e tiveram que colocar um tipo de balão no coração para ajudá-lo a trabalhar direito – contou a mãe. – A artéria coronária estava completamente obstruída, então tiveram que pôr stents nela e em outras duas. Mas ele... – Uma lágrima tremelicou nos cílios dela. – Ele está bem. Está melhorando.

– Deve ter sido aterrorizante – comentou Sophie.

De repente, o rosto da mãe se fechou, como se aquele lampejo de emoção tivesse sido um erro momentâneo.

– Nós vamos ficar bem – foi só o que disse, bruscamente.

Ah, o "nós" de sempre, aquela palavrinha que dizia tantas coisas. Sophie se enrijeceu quando a atmosfera no quarto mudou.

– Então... o que vai acontecer agora? Quanto tempo ele vai ter que...

Ela parou no meio ao ver que o pai se mexia debaixo das cobertas, franzindo o cenho enquanto dormia.

– Quanto tempo ele vai ter que ficar aqui? – terminou num sussurro, sem querer acordá-lo.

Ela temia não saber como falar com o pai quando os olhos dele se abrissem.

– Espero que não muito – respondeu a mãe. – Estão satisfeitos com o progresso dele, mas há uma série de variáveis em jogo.

Jim se mexeu de novo, e dessa vez seus olhos se abriram e ele piscou. Em seguida, avistou Sophie e sua expressão mudou de desconforto para surpresa.

– Soph! Olá, meu amor. Eu estava justamente sonhando com você.

Ela foi até ele – para o lado da cama oposto ao da mãe – e tomou a mão do pai, hesitante. Os dedos dele estavam pálidos e enrugados, como os de um senhor de mais idade.

– Pai, como você está?

– Ah, você sabe... Me recuperando. Logo vou estar na ativa de novo, de volta ao normal.

– Não é bem assim, Jim – murmurou a esposa, com os lábios apertados.

– Os preços na Hanleys estavam *tão* ruins assim? – perguntou Sophie, tentando fazer piada da situação, por mais patética que aquela estratégia fosse. – Eu sei que dizem por aí que os homens de Yorkshire são pães-duros, mas francamente, pai...

– Deve ter jeitos melhores de conseguir um desconto – admitiu ele com uma risada, depois apertou a mão dela. – É bom te ver, Soph. Muito bom. Quase vale a pena ter um infarto só para te ver de novo.

– Ah, pai... Não fale assim.

– Mas é sério. Você está com uma cara ótima. Como estão as coisas?

Ela hesitou. De alguma forma eles pareciam ter dado um salto gigantesco por cima de todas as coisas mais sérias e aterrissado numa conversa normal.

– Hum... ótimas – respondeu ela, cautelosa. – Estou morando em Sorrento. Conheci umas pessoas bem legais, gostei bastante do estilo de vida italiano, sabe como é...

– Que bom, meu amor. Seu bronzeado está incrível.

– Pois é. Sol todo dia.

Ela ergueu uma sobrancelha, indicando a janela marcada pelos pingos de chuva, e ele sorriu.

– Jim, acabei de falar com o médico e ele me atualizou – anunciou a mãe.

Sophie tentou ouvir enquanto a mãe falava sobre remédios e o resultado de testes. Mas o mundo parecia se inclinar, deixando-a tonta. Ela se sentiu zonza do nada.

– Está tudo bem? – perguntou o pai, notando seu desconforto. – Você ficou meio esverdeada.

– Estou bem. É sério.

Na pressa de pegar o ônibus para o aeroporto, ela não tinha tomado nada no café da manhã. Além disso, os preços do serviço de bordo do avião eram tão exorbitantes (4 libras por um sanduíche – como se ela fosse gastar assim!) que ela não tivera coragem de desembolsar nenhum centavo. Depois, quando aterrissou, ela estivera preocupada demais em pegar um ônibus até o hospital e seu pai e...

– Só vou dar uma fugidinha para tomar um café – decidiu. – Querem alguma coisa?

O pai a encarou, sério.

– Só quero que você volte para cá – respondeu. – Você vai ficar um tempinho, já que está aqui, né?

– Hum... – fez Sophie, pega de surpresa.

Ela não tinha onde ficar, percebeu, nem tinha pensado no que ia fazer quando chegasse ali.

– Pode ficar no seu antigo quarto. Não é, Trish? Como antigamente.

Como antigamente? Pouco provável. Ela não queria voltar a "como antigamente". Além do mais, ali estava Trish, a boca já se franzindo em desgosto. Estava claro que as palavras "Só por cima do meu cadáver" estavam se formando em seus lábios. Ela também não queria revisitar o "antigamente".

– Vou ficar na casa de uma amiga – decidiu Sophie rápido, para que as duas se safassem. – Volto num minutinho.

Ela saiu do quarto com as pernas bambas, o coração parecendo falhar como o do pai. Ficar na casa dos pais? Jamais. Preferia dormir na rua.

Sophie seguiu pelo corredor, tentando pensar para quem ligar primeiro. Ahn... ninguém lhe veio à mente. Ela tinha perdido contato com todos os colegas de escola anos antes. Que se dane, ela ia ficar num hostel se precisasse. Tinha torrado quase todo o dinheiro que havia guardado ao comprar a passagem do avião, mas podia arranjar grana o bastante para passar uma ou duas noites num lugar barato. *Mantenha distância*, lembrou a si mesma. Assim ela evitaria sofrer de novo.

Il segreto

(O SEGREDO)

Catherine não tinha ideia do lugar para onde estava indo quando disparou para longe de casa, lágrimas escorrendo pelas bochechas. Ela apenas tinha que ir embora, para bem distante do marido e... *dela*. Daquela mulher. Como Mike podia ter feito uma coisa dessas? E na *cama deles*!

Ela não conseguia se concentrar na estrada, mal prestava atenção nos cruzamentos e nas curvas ao acelerar, a adrenalina rugindo. O rosto da mulher ficava surgindo em sua mente, o jeito casual como ela tinha dito "Ops", como se achasse que a situação fosse engraçada. E pensar que tivera a cara de pau de olhá-la nos olhos e abrir um sorrisinho daqueles bem cínicos, deitada nos lençóis de Catherine com o marido de Catherine enfiando seu pênis traidor dentro dela.

Como aquilo tinha acontecido? Catherine não entendia. E a papelada de que Mike supostamente ia cuidar? Será que tudo aquilo tinha sido uma mentira? Será que ele tinha pensado "Ótimo, minha esposa e meus filhos vão ficar fora de casa o dia todo, vou transar com outra"?

Não. Não Mike. De jeito nenhum.

Ela já começava a duvidar dos próprios olhos, do próprio cérebro. Devia ter cometido um engano em algum momento durante aqueles dois minutos bizarros em que estivera no quarto. Mike sempre dizia que ela era tão observadora quanto uma toupeira. Ele tinha razão. Além disso, ele não era o tipo de homem que transava com desconhecidas à plena luz do dia numa tarde de domingo. Simplesmente não era. "Sua boba", imaginou-o dizendo quando voltasse. "Achou mesmo que eu ia pular a cerca? Até mesmo *você* pensar isso é ridículo."

Talvez tivesse sido uma alucinação estranha. Algum terrível nó no seu cérebro exaltado, provocado pelo estresse da saída dos filhos. Mas...

Ela engoliu em seco, o catarro bloqueando a garganta. *Não seja boba, Catherine*. Lá no fundo, ela sabia que não tivera nenhuma alucinação, que não fora nenhum engano. Ela tinha visto os dois, por mais que quisesse fingir que não. Mike e aquela mulher loura. Aquela mulher loura, atraente, com os seios empinados, definitivamente mais jovem e mais sexy. Pelada. Na cama de casal deles, com o edredom de penas de ganso jogado no carpete. Ela tinha visto os dois.

Transtornada pelo choque e pelo sofrimento, ela parou no acostamento com o pisca-alerta ligado, apoiou a cabeça no volante e caiu no choro.

Quase dezenove anos antes, Catherine tinha marchado para dentro da clínica completamente preparada para dizer: "Eu não quero o bebê." Tinha planejado agendar um aborto assim que fosse possível para se livrar do invasor em seu útero – aquele erro – e seria o fim da história. Ora, ela tinha apenas 20 anos, não tinha? Estava no segundo ano da faculdade e acidentalmente grávida por causa de um caso de férias – não tinha como manter a gravidez.

Ela ficou ali deitada na cama coberta com papéis-toalha, esperando enquanto a médica esfregava o gel azul gelado em sua barriga para, em seguida, começar a mover o aparelho.

"Nem olhe", tinha sido o conselho de sua amiga Zoe. "Nem é um bebê ainda."

Mas então a médica tinha anunciado "Gêmeos!" com uma voz bem animada, e Catherine se pegou inesperadamente vidrada pelo monitor, que mostrava duas cabeças bulbosas e corpos. Gêmeos! Não aglomerados de células, mas dois bebês de verdade crescendo dentro dela. Duas pessoinhas minúsculas. Uau.

As cabeças dos dois estavam próximas, como se travassem uma conversa particular naquela intimidade compartilhada e escura. Na verdade...

– Estão de mãos dadas – sussurrou Catherine, seus olhos arregalados em deleite.

– É o que parece, não é? Que fofura.

Era uma fofura. Era a coisa mais fofa que Catherine já tinha visto. E, no momento seguinte, uma força tomara seu corpo, algo primitivo e intenso, e ela soube que um aborto estava fora de questão.

– Obrigada – falou com voz fraca quando a médica limpou a meleca da barriga com uma rapidez profissional.

Depois de uma noite insone, ela pegou um trem para Sheffield com uma nova sensação de fascínio, ainda chocada com a própria decisão monumental. Na noite anterior, tinha se sentado na seção de ciências da biblioteca da universidade, se debruçando sobre qualquer livro que falasse sobre bebês e parto em que conseguisse pôr as mãos. Seu corpo lhe parecia uma bomba-relógio, um receptáculo precioso, enriquecido com mistério.

Segurando um papelzinho que continha o endereço de Mike, ela bateu na porta dele com a mão trêmula e esperou, de casaco e luvas sem dedo, carregando as imagens granuladas do ultrassom na bolsa.

Shirley, a mãe de Mike, atendeu a porta. Ela era uma mulher com cabelos cor de estanho e usava um vestido de lã cinza, com um pequeno crucifixo de prata pendendo do pescoço.

– Sim, meu bem? – perguntou.

– Mike está? Mike Evans?

A mulher a olhou com curiosidade.

– Não, querida, ele está na universidade, lá em Nottingham. Só vai voltar daqui a algumas semanas. – Shirley hesitou. Algo no rosto de Catherine claramente indicava que aquela não era uma visita casual espontânea. – Quer deixar um recado?

Por instinto, as mãos de Catherine foram até a barriga. Havia pouco tinha sentido os bebês se mexendo dentro de si pela primeira vez e a estranha sensação vibrante tinha voltado.

– Eu...

Shirley notou a posição das mãos de Catherine, a expressão hesitante no rosto dela, a urgência com que tinha perguntado sobre Mike. Era uma mulher prática que sabia reconhecer um desastre quando ele batia à sua porta.

– É melhor você entrar – disse ela.

Já era perto das seis da tarde e fazia horas que Catherine estava parada no acostamento. O sol tinha se escondido por trás das colinas sem que ela sequer percebesse. Os outros carros atravessavam com os faróis acesos a escuridão que se aprofundava. Ela não sabia o que fazer. Seu cérebro se recusava a funcionar direito. E se ela fosse para casa e aquela mulher ainda estivesse lá? E se ela entrasse e Mike e aquela mulher ainda estivessem transando, os dois rindo de Catherine?

Ops, a mulher poderia dizer de novo, daquele jeito malicioso. *Ela voltou, Mike. Se toca, né, querida?*

Sentindo frio, ela abraçou o próprio corpo, enfiando as mãos debaixo das axilas para esquentá-las. Ainda não conseguia acreditar. Aquela situação parecia um pesadelo, uma piada. Se ao menos ela não tivesse voltado para casa tão rápido! Se os gêmeos não estivessem tão ansiosos para se livrar dela e o tráfego na estrada não fosse tão tranquilo, talvez Catherine nunca tivesse interrompido Mike e a *outra*. Quem era ela, afinal? E fazia quanto tempo que ela transava com ele?

Meu Deus. Aquilo era horrível, parecia coisa de novela. A amante no quarto enquanto a esposa estava fora de casa. Aquilo não fazia o tipo do marido. Será que Mike estava doente? Surtando? Talvez estivesse num daqueles estados dissociativos em que a pessoa não sabe o que faz. Ela tinha visto um caso assim na TV uma vez. Tinha que haver alguma explicação, porque ele a amava, não amava? Ela era sua esposa!

A não ser... Um medo gélido a perfurou. A não ser que ele não estivesse doente. A não ser que ele soubesse exatamente o que estava fazendo. A não ser que ele simplesmente não a amasse.

O celular estava tocando, Catherine percebeu depois de um momento. Já passava das sete da noite e a cada minuto ficava mais escuro. Mais uma hora tinha passado silenciosamente sem que sequer percebesse. Talvez fosse *ela* quem estava surtando?

Seus dedos estavam entorpecidos de frio quando enfiou a mão na bolsa para pegar o celular.

– Alô? – atendeu com a voz rouca, a garganta ardendo de tanto chorar.
– Catherine – disse Mike. – Onde você está?
– Eu...
Ela piscou e olhou pela janela. Não conseguia ver nada.

– Não faço ideia – admitiu.

Que patético. Sabia que era isso o que Mike estava pensando. Que patético. Como alguém podia dirigir para algum lugar sem saber onde se encontrava? Às vezes Mike falava com ela com tanto desprezo que a fazia desejar sumir de vista.

– Não faça um barraco, Catherine – falou ele, por fim. – Só volte para casa e a gente vai conversar.

Então o telefone dela devia ter perdido o sinal, porque do nada a ligação foi encerrada.

Ela se recostou no apoio de cabeça do banco e soltou um suspiro longo e trêmulo. Ele queria conversar. Ele tinha dito: "Volte para casa." Eram coisas boas, não eram? Praticamente um pedido de desculpas. Ele devia se sentir péssimo com tudo aquilo.

Sim. Ela ia voltar para casa e ele ia explicar que tinha sido um erro estúpido, que nunca mais iria se repetir. Um momento de loucura, era o que ele diria. E então Catherine o perdoaria, provavelmente depois de chorar um pouquinho e tomar um tranquilizante para esquecer tudo aquilo. No dia seguinte, tudo voltaria ao normal. Nunca mais iriam mencionar o ocorrido.

Outros casais conseguiam superar a infidelidade, não é? Ela e Mike também superariam. Tinham que superar. Porque, sem ele, Catherine não era nada.

Quando ela entrou na casa, a primeira coisa que viu foi a mala dele no corredor, preta e ameaçadora. Um porta-terno estava pendurado no cabideiro, e ela o fitou, depois voltou os olhos para a mala protuberante. *Não*, pensou em pânico. *Não*.

Ela foi até a sala de estar como se estivesse num sonho. Mike estava sentado no sofá, balançando a perna com impaciência. Ele se levantou quando a viu.

– Sinto muito que você tenha descoberto desse jeito.

Aquela fala parecia tão ensaiada.

– Faz um tempinho que eu queria contar – completou ele.

Espera aí. O momento de loucura vinha acontecendo por "um tempinho"?

– Nós dois sabemos que não deveríamos ter nos casado, para começo de conversa – continuou Mike. – Eu dei um jeito pelo bem das crianças, mas agora que elas não estão mais aqui, eu...

Uau. Eles não deveriam ter se casado, para começo de conversa?

– Eu vou embora. Conheci outra pessoa.

– A loura – disse Catherine estupidamente.

Dã. Nota 10, Catherine. Muito bem observado.

– Sim. Rebecca.

Instalou-se um silêncio ensurdecedor. O sangue martelava nos ouvidos de Catherine. Por um momento, ela achou que fosse desmaiar.

– Isso está realmente... – Ela engoliu em seco. – Está falando sério?

– Bom, eu não iria fazer piada sobre algo assim, né?

A rispidez no tom de voz dele cortou Catherine como uma navalha.

– Eu... – Ela estava de boca aberta como uma tonta. – Eu não entendo.

– Eu não te amo – anunciou Mike, falando bem devagar. – Consegue entender isso? Você me prendeu quando ficou grávida. Eu nunca quis nada disso.

Lágrimas escorriam dos olhos de Catherine. Ela afundou na poltrona, as pernas repentinamente fracas.

– Mas...

– Veja bem – continuou Mike, exasperado. – Chegamos ao fim da linha anos atrás. Nós dois sabemos disso. É o melhor a se fazer. Não tem por que continuar sofrendo, não tem por que sermos infelizes juntos pelo resto da vida.

Infelizes? Era isso mesmo o que ele achava? Todo casamento tinha seus altos e baixos. A vida era assim. Não era?

– Daqui a uns dias eu volto para pegar o resto das minhas coisas. Adeus, Catherine.

L'investigatrice

(A DETETIVE)

Anna não tinha avançado muito na missão de encontrar seu misterioso pai italiano. Para sua grande irritação, no fim das contas Pete tinha razão e Gino era um nome extremamente comum na Itália. Havia dezenas de milhares de Ginos. Ela ia precisar de muito mais informação se um dia quisesse afunilar o campo de busca.

Tirando o lapso inicial que tinha desencadeado toda aquela situação, a avó não havia sido muito útil. Desde aquele dia, Anna tinha retornado ao asilo diversas vezes, esperando ajudar Nora a se lembrar com técnicas variadas, mas nada que saiu daquela empreitada servira para alguma coisa – exceto para deixar a avó confusa. Apesar da demência, havia algum tipo de bloqueio na cabeça de Nora, o que significava que ela ia continuar a lealmente proteger seus segredos o máximo possível até o fim.

Anna tinha falado mais duas vezes com a mãe ao telefone, mas em ambas tinha perdido a coragem de pedir alguma informação. Ainda assim, Anna era jornalista, não era? Ela sabia como desenterrar uma história melhor do que a maioria das pessoas. Ela tinha que achar um jeito.

– Colin – disse para o colega mais experiente do jornal numa manhã de novembro. – Se você estivesse procurando uma pessoa e a única informação que tivesse fosse o primeiro nome dela, o que faria?

– Desistiria – foi a resposta seca.

Colin, que tivera uma longa carreira como jornalista investigativo na BBC de Edimburgo, além de ter passado um tempo atuando como correspondente policial para o *Telegraph*, não tinha papas na língua.

– Ah. Certo. Mas, se decidisse continuar com a investigação, o que você faria para encontrar essa pessoa? Por onde ia começar?

– Se a única informação que eu tivesse fosse o primeiro nome da pessoa? Eu não ia perder tempo com isso. É impossível.

As sobrancelhas brancas e espessas dele se franziram. Colin sabia ser bem rabugento, principalmente quando era incomodado antes da cerveja do meio-dia.

– Quem você está procurando, Anna? – perguntou Joe, um dos jornalistas da editoria de esportes que estava passando pelo escritório com um café justo naquele momento. – Não me diga que alguém te passou a perna.

Desanimada, Anna tinha voltado a escrever seu texto sobre o grande acendimento das luzes de Natal, que precisava entregar na semana seguinte, mas nesse momento ergueu os olhos e abriu um sorriso amarelo.

– Não é bem assim – respondeu. – É o meu pai.

Ela não tivera intenção de ser tão transparente, mas havia alguma coisa no amigável e simpático Joe que sempre a desarmava. Ele tinha pernas e braços longos e maçãs do rosto salientes, e metade das garotas do escritório tinha uma quedinha por ele, com aquela face bem delineada e os cabelos negros num corte rente descolado.

– Ah – fez ele, parando de andar com uma expressão desconfortável. – Desculpa. Não quis bisbilhotar.

– Não tem problema – disse Anna.

Ela estava bem ciente de que vários outros pares de orelhas estavam esticados ao redor do escritório. O ambiente fora tomado por um silêncio repentino, intenso e alerta. Todo jornalista era enxerido, era parte do serviço.

– Eu nunca o conheci. Não sei nada sobre ele. Mas descobri esses dias que seu nome é Gino e que ele é italiano. Ou era... Pode ser que já tenha batido as botas.

– Uau – falou Joe. Ele se apoiou na ponta da mesa de Anna. – Isso deve ser bem esquisito para você.

– É. Eu diria que sim.

– Então você tem sangue italiano? Que bacana.

– Eu sei. Essa é a parte legal. A parte ruim é... bem, não saber nada além disso.

Colin ergueu uma sobrancelha. Até o escritor mais rabugento de todos, que só escrevia o que mandavam sem nunca questionar, não conseguia resistir a uma história tão tentadora.

– Na minha opinião, só há uma coisa que pode ser feita.

– Qual? E não diga "desistir" de novo porque acho que não consigo deixar isso pra lá.

– Você tem que ir até a fonte – disse Colin. – Ou seja, peça para sua mãe te contar a verdade.

Anna fez uma careta.

– Se ao menos fosse fácil assim, Col... Acredite, já tentei.

– Mas com certeza vale a pena tentar de novo – respondeu Colin com leveza. – As melhores histórias exigem que a gente cave um pouco até desenterrá-las. Faça as perguntas certas, nunca se sabe o que pode descobrir.

– Acho que sim, mas...

Na mente de Anna surgiu uma imagem da mãe: lábios comprimidos, a cabeça balançando de irritação. Não ia ser uma conversa fácil. Talvez Anna acabasse perdendo o único progenitor que tinha se sua mãe ficasse furiosa.

– Boa sorte – desejou Joe, se afastando. – Ou melhor, *buona fortuna*.

– Que isso?

– "Boa sorte" em italiano – respondeu Joe, estalando a língua numa censura de mentirinha. – Achei que você ia saber, considerando sua ascendência italiana e tal. Fique ligada, Morley.

Anna voltou para o trabalho, mas as palavras de Joe tinham tocado num ponto sensível. *Sua ascendência italiana*. Soava tão bem. E, melhor ainda, ele tinha razão. Anna devia descobrir mais sobre o país do pai.

Abandonando a história das luzes de Natal de novo, ela abriu um site de buscas e escreveu "cursos de italiano". Talvez não tivesse avançado muito na procura pelo pai, mas podia pelo menos garantir que estaria pronta para conversar com ele quando chegasse a hora.

Parecia que ela tinha perdido o timing dos cursos de língua italiana – todas as turmas de universidades começavam em setembro e continuavam até o verão, no meio do ano seguinte. Ahá! Não todas. Hurst College, um centro de educação para adultos, oferecia um curso de três meses chamado "Italiano para iniciantes: conversação", com início em janeiro.

– Dá pro gasto – murmurou, pegando o cartão de crédito e se inscrevendo naquele mesmo instante.

Depois hesitou, relutando antes de guardar o cartão de volta na carteira. Janeiro ainda estava a séculos de distância. Ela precisava de algo para segurar a barra até lá.

Voltou para a lista de resultados da pesquisa. Dava para estudar sobre a grandiosa arquitetura italiana na universidade – humm, mas era um módulo num curso de graduação, melhor não. Havia um curso sobre história italiana também, mas não era bem a praia de Anna. Foi então que viu *aquilo*. Giovanni's, uma delicatéssen muito fofa na Sharrowvale Road, dava cursos de culinária italiana na cozinha que ficava no andar superior das instalações. *Jantares rústicos italianos. Massa fresca. Sobremesas italianas clássicas.*

A barriga de Anna roncou. Agora sim. Ela amava comida italiana! Com alguns poucos cliques, se inscreveu num curso de "Introdução à culinária italiana" que começaria no sábado da semana seguinte. Depois, ouvindo o som de sapatos de salto ressoando nos arredores, rapidamente fechou o navegador. Aquele som significava uma única coisa: Imogen, sua editora, à espreita, e seus olhos de águia nunca perdiam um funcionário matando tempo.

Anna voltou para a matéria sem graça sobre o convidado misterioso que ia acender as luzes de Natal daquele ano, parecendo a imagem perfeita de uma jornalista bem-comportada enquanto seus dedos voavam pelo teclado. Sua mente, contudo, era um banquete de pesto caseiro e trufas de chocolate e um chef italiano beijando os próprios dedos enquanto cantava louvores sobre as habilidades culinárias de Anna. Talvez ela descobrisse que estava no seu sangue. Talvez houvesse essa camada escondida dentro dela, nunca vista antes.

"Bom, meu pai é italiano", imaginou-se dizendo para os colegas de turma com um ar blasé. "Devo ter puxado isso dele."

Então se lembrou de que nunca ia de fato conhecer esse pai a não ser que agisse. *Você tem que ir até a fonte*, tinha sido o conselho de Colin. Gostando ou não, parecia ser sua única opção. Ela ia ter que dar o braço a torcer e falar com a mãe.

Tracey Morley tinha virado Tracey Waldon após se casar com Graham Waldon cinco anos antes. Os dois viviam num bairro pacato de Leeds com a enorme coleção de cactos do marido e com Lambert, um gato laranja mal-humorado (seu irmão, Butler, tinha partido desta para a melhor no ano anterior).

Apesar de sempre terem sido apenas as duas durante a infância de Anna, mãe e filha não eram unha e carne como era de se esperar. O relacionamento delas não era feito de conversas diárias ao telefone e longos almoços cheios de fofoca ou dias no spa com roupões brancos luxuosos, como era o de algumas de suas amigas com as mães. Mas Anna não via problema nisso. Sabia que Tracey a amava profundamente e pularia na frente de um ônibus em alta velocidade para salvar a filha se fosse necessário. Porém, a mãe também era casca-grossa, suspeitava de qualquer coisa muito melosa. Era bem reservada, sempre tinha sido.

– Compras de Natal? – repetiu Tracey, desconfiada, quando Anna ligou para sugerir que se encontrassem. – O quê, nós duas?

– Achei que ia ser legal fazer alguma coisa juntas – comentou Anna, um pouco magoada porque a ideia não fora aceita de braços abertos. – Não temos que *realmente* comprar presentes de Natal nem nada do tipo – continuou, já que a mãe não respondeu de imediato. – A gente podia só almoçar e pôr o papo em dia, sabe?

Seguiu-se um silêncio de suspeita.

– Meu Deus! – exclamou a mãe de repente. – Você está grávida, Anna? É isso?

– Não!

– Porque achei mesmo que você estava com o rosto meio rechonchudo na última vez que a gente se viu, e eu falei para Graham, espere só, acho que em breve a Anna vai ter novidade para nós. E...

– Mãe! MÃE! Eu não estou grávida!

Ela se curvou em cima do telefone, desejando que não tivesse feito essa ligação no escritório. Os colegas dela deviam estar se divertindo muito com tanta informação pessoal voando por todos os lados.

– Pelo amor de Deus! Não posso sugerir que a gente se encontre para tomar café ou almoçar sem você tirar conclusões ridículas?

Ela revirou os olhos para Marla, que se sentava logo à sua frente, e a colega respondeu com um sorrisão, claramente curtindo o show.

– Tá bem, se acalme, foi só uma suposição – respondeu Tracey. – Mas graças a Deus. Sem ofensa, mas ainda não estou pronta para ser avó, muito obrigada.

– Não se preocupe, não tem risco de isso acontecer num futuro próximo – respondeu Anna com um tom de voz seco.

Por mais desleal que isso a fizesse se sentir, ela chegava a ser tomada por uma leve náusea ao pensar em ter um filho com Pete. Um mini-Pete, que sem dúvida ia organizar uma planilha para dar notas à maternidade inepta de Anna.

– Enfim... Sobre esse encontro. Por que a gente não vai almoçar no Living Room?

– Nossa, mas esse aí é chique demais, não acha? – comentou a mãe. – Tem *certeza* de que não está acontecendo nada? Você não está tentando me fazer um agrado antes de confessar que cometeu um crime terrível, né?

– Tá, então a gente pode ir ao Maccy D's se preferir. Ou melhor, a gente podia levar a própria comida numa lancheira! Foi só uma sugestão.

Ela estava prestes a soltar alguma coisa digna de uma adolescente petulante – *Na próxima vez não vou perder meu tempo!* –, mas deu um jeito de engolir as palavras. Afinal, era para aquilo ser uma ofensiva charmosa. Ela não queria estragar tudo antes que sequer recebessem os cardápios.

– Calma, esquentadinha! Eu posso dar uma de chique. Só estava comentando.

– Excelente – disse Anna com os dentes cerrados. – Então vou reservar uma mesa por volta de uma da tarde e mando uma mensagem para confirmar, está bem? Estou animada para te ver.

– Eu também. Eu acho.

No sábado, Anna chegou em Leeds meia hora mais cedo, então deu um pulinho naquela grande livraria Waterstones na Albion Street para matar o tempo. Passou sem olhar pelas mesas dos novos livros de ficção e foi direto até a sessão de viagens. Talvez não fosse questão de fazer as perguntas certas, pensou enquanto procurava o que precisava nas estantes. Talvez fosse questão de chegar preparada com o devido material também.

Vinte minutos se passaram voando enquanto ela folheava guias de viagem e mapas. Olhou para as fotos coloridas, admirando as vistas: o esplendor de Roma, os campos gloriosos de papoula escarlate na Toscana, a única e bela Veneza, a costa selvagem e as praias magníficas... Ah, como ela amava tudo aquilo! E o melhor era que aquele país também era dela. Anna sentia uma forte atração por aquele lugar, e foi quase pega de surpresa quando ergueu os olhos e se tocou de que ainda estava em Yorkshire. Olhando para o relógio, percebeu que chegaria atrasada se não se apressasse, então pagou rapidinho pelas compras e foi embora.

O Living Room era um restaurante elegante e de muita classe. Anna só tinha estado ali uma vez, na despedida de solteira de uma amiga; não era o tipo de lugar de onde sua mãe poderia sair em disparada, meio histérica – ou assim Anna esperava.

Quando Anna chegou, Tracey já estava lá, bebericando um cappuccino numa mesa de canto e jogando sudoku no celular.

– Oi, meu amor – falou, se levantando para dar um beijo na bochecha da filha.

– Desculpa o atraso – disse Anna, tirando o casado úmido e pendurando-o no encosto da cadeira. – Me distraí comprando uns livros. Planejando uma viagem.

– Você e Pete? Para onde vocês estão pensando em ir?

– Itália – respondeu Anna.

Pronto. Ela já tinha dito a palavra, antes mesmo de se sentar. Seu coração acelerou enquanto ela observava o rosto da mãe, procurando algum tipo de reação.

– Você já foi para lá? – perguntou Tracey.

– Eu? Ah, sim. Anos atrás, antes de você nascer. Uma viagem só de meninas, eu e sua tia Marie. Duas semanas em Rimini, foi completamente mágico.

A expressão dela estava saudosa enquanto Anna tirava os novos guias de viagem da bolsa.

– Rimini. Onde fica? – perguntou bem casualmente, engolindo as outras perguntas bem mais óbvias que borbulhavam na sua cabeça.

Cuidado – era disso que ela precisava. Discrição. Nada de movimentos bruscos. Nada de soltar um "Então, onde você conheceu o meu pai?", por mais que morresse de vontade de perguntar justamente isso. Para sua surpresa, parecia que aquela abordagem estava realmente dando certo.

– Fica no Norte, acho. Me dá essa coisa aí, vou achar no mapa. As praias eram lindas de morrer. – Ela folheou o guia, depois parou e encarou Anna, intrigada. – Espera aí, achei que Pete não curtia sair do país. Como que você conseguiu convencê-lo?

– Ah...

Merda. Ela não tinha pensado naquela história direito. E definitivamente não queria que mudassem de assunto para falar de Pete. Ela queria voltar para Rimini e as lembranças da mãe.

– Ainda não contei para ele, na verdade. Estou esperando o melhor momento. Pensei em organizar tudo antes para chegar com essa viagem dos sonhos de presente para ele. Então se você acha que Rimini é uma boa ideia...

Será que ela tinha se safado?

– É maravilhoso lá. Provavelmente mudou um pouco desde que eu fui, há... Nossa, há mais de trinta anos, que pensamento assustador.

Trinta anos. Sim, encaixava.

– E você nunca voltou?

Tracey cerrou os olhos.

– Bem, não, porque você nasceu, né? Depois disso não tive mais grana para ir para o exterior.

– Desculpa – disse Anna no automático, mas sua pele estava formigando.

Não, porque você nasceu, né? Ai. Meu. Deus. Sua mãe praticamente tinha admitido: um romance durante as férias na Itália tinha terminado numa gravidez indesejada. Não à toa, ela nunca queria falar sobre o pai de Anna. Precisaria admitir que nem sabia onde ele morava!

– Não precisa se desculpar, bobinha – disse a mãe, interrompendo os pensamentos de Anna. – Não foi sua culpa.

– Não. – Anna inspirou fundo. – A questão, mãe, é que...

– Eu mesma estou precisando de férias, para falar a verdade. Ir para algum lugar bem longe. Eu ia adorar fugir do inverno agora, pegar um pouco de sol.

– Pois é.

Anna fincou as mãos nos joelhos por baixo da mesa e se preparou. *É só perguntar.*

– Mãe... eu estava pensando...

– Está tão frio esses dias, você não acha? A gente colocou duas cobertas na cama, *e* uma delas é daqueles cobertores bem pesados, gravitacionais ou sei lá como se chamam. – Tracey parou de falar e lançou um olhar intenso para a filha. – Está tudo bem? Você está com uma cara estranha. Meio doentia. Tem certeza de que não pegou alguma coisa?

– Estou bem, mãe. Escuta, eu queria te perguntar...

– Talvez você e Pete devessem adiantar um pouco essa viagem, acho. Ir antes do previsto. Apesar de eu não saber ao certo se na Itália está muito quente agora.

Ela passou um dedo pela capa do guia de viagem com uma expressão sonhadora, e Anna perdeu a coragem. Talvez, no fim das contas, aquele lugar fosse público demais para fazer perguntas tão diretas. Ela precisava de uma nova abordagem.

– Eu não tinha pensado na melhor época do ano para ir – comentou enquanto sua mente trabalhava rápido. – Ouvi dizer que julho e agosto são de matar de tão quente. Talvez fosse melhor ir antes disso, quem sabe em junho?

Ela cruzou os dedos debaixo da mesa, torcendo para que a mãe mordesse a isca.

Na mosca!

– Quando mesmo que a gente foi? Deixa eu pensar. Tenho a sensação de que foi em junho também. É, isso mesmo, porque Marie tinha acabado de terminar o ensino médio e... – Uma expressão estranha passou pelo rosto dela. – Enfim, dê uma olhada nesse seu livro, é a melhor coisa. Mas não agora, tá? Vamos decidir o que a gente vai comer, estou morrendo de fome.

As duas examinaram o cardápio, mas Anna mal conseguia ler as palavras. Meu Deus do céu. Tudo estava realmente se encaixando. Se sua mãe e Marie tinham ido para a Itália em junho, fazia todo sentido que Tracey tivesse engravidado lá. O aniversário de Anna era em março, exatamente nove meses depois. E não havia como negar aquela expressão estranha que passara pelo rosto da mãe de Anna naquele momento. Por uma fração de segundo, ela tinha ficado toda ardilosa e misteriosa, claramente fazendo a mesma coisa que Anna: contando nove meses do dia do nascimento da filha. O quebra-cabeça estava se encaixando com muito mais facilidade do que Anna jamais esperara. Embora... Espera. Ela ainda tinha que conferir se o ano batia, só para ter certeza.

– Ainda assim – falou casualmente, como se a ideia tivesse acabado de lhe ocorrer. – Se é para fazer uma última viagem fabulosa antes de ter um filho, esse parece ser um ótimo lugar.

Tracey ficou em silêncio, e Anna escondeu o sorriso por trás do cardápio aberto. A mãe certamente não ia negar o fato de que tinha sido sua última viagem antes da gravidez. Evidências. Mais evidências!

Anna começou a correr os olhos pela lista de entradas, tentando se concentrar nas opções.

– Vai querer um aperitivo? – perguntou.

Silêncio. Baixando o cardápio, ela viu a expressão horrorizada da mãe.

– Que foi?

– Então você *vai* engravidar – respondeu Tracey.

Ela não estava radiante com a ideia de ganhar um netinho, isso era fato. Sua expressão estava mais perto da piedade.

– Oi?

– Última viagem fabulosa antes de ter um filho, você acabou de dizer isso. Ah, Anna... Você pensou bem no que está fazendo?

– Não, eu quis dizer...

– Não cometa o mesmo erro que eu cometi. Droga, que coisa horrível de dizer. Você não foi um *erro* nesse sentido...

– Mãe, não, você entendeu tudo errado.

– Bem, tá, sim, você foi um acidente, uma surpresa! Mas nunca indesejada. Criar um filho dá bastante trabalho, e você e Pete... Vocês estão mesmo preparados para fazer isso? Quer dizer, vocês nem moram juntos ainda.

– Mãe! Eu...

– Ele vai se mudar para o seu apartamento? É só que... e digo isso com as melhores intenções do mundo... o lugar não é muito espaçoso, né? Com certeza não é grande o bastante para três.

– MÃE! Para. Você entendeu tudo errado. A gente... – Anna suspirou. – Quer saber? Eu desisto. Vou pegar os espetinhos de frango e um peixe também. O que você vai querer?

A casa

(EM CASA)

Sophie já estava no Reino Unido havia duas semanas – para a surpresa de todos, inclusive a sua. Fazia anos que ela não passava um período tão longo em Sheffield. Tivera a intenção de ficar ali apenas um ou dois dias, mas, quase imediatamente depois de Sophie chegar, o pai tinha pegado uma pneumonia e ficara bem doente. Até a pessoa com o coração mais duro do mundo não teria coragem de ir embora.

Primeiro ela tinha se hospedado num hostel de mochileiros, para grande alívio de sua mãe. Mas o lugar estava cheio de australianos e neozelandeses exuberantes, aprontando todas longe de casa, passando as noites bebendo ruidosamente até cair. Bom, ela tinha feito o mesmo quando viajara pelos países de origem dos mochileiros, festejando a cada segundo. Mas naquele momento ela não tinha nenhuma intenção de se unir a eles, não quando estava surtando sem saber se o pai ia morrer ou não.

Bem ciente do fato de que estava acabando com a festa dos outros no quarto compartilhado ao lançar olhares furiosos para eles, pagou a mais para que a colocassem num aposento individual, mas a situação não melhorou muito. O novo lugar ficava na parte da frente do prédio e dava para uma rua bem barulhenta. Se não eram os festeiros barulhentos a acordando às duas da manhã, eram os ônibus e caminhões passando lá fora.

– Você está com uma cara péssima, meu amor – comentou o pai quando ela o visitou depois de mais uma noite sem dormir.

Ela o visitava todos os dias, já que não havia muito mais o que fazer por lá. Tinha perdido contato com todos os amigos de escola, e havia um limite de vezes em que dava para passear pela cidade sem um centavo no bolso quando estava chovendo.

– Olha quem fala, com uma sonda e um monitor cardíaco – respondeu Sophie. – Muito obrigada.

– Não, é sério. Onde você está hospedada? Está ficando mesmo em algum lugar? Não me diga que está dormindo num banco da praça ou algo assim.

– Pai! Acredite em mim, não estou dormindo num banco da praça. Minha cara não está tão ruim assim, está?

Caramba! Ela tinha dado conta de cuidar de si mesma durante os oito anos que passara viajando pelo mundo, pelo amor de Deus.

O pai pegou sua mão com afeição, e os dedos dele tinham aquela mesma sensação acolhedora e forte de sempre, desmentindo a fragilidade do momento. Ele sempre fora muito mais sentimental do que a mãe de Sophie, a pessoa a quem recorria nos momentos em que precisava de conselhos – isto é, até descobrir que ele a tinha traído da mesma forma que a mãe. A mão de Sophie ficou rígida quando ela se lembrou do quanto sofreu, de como ficou chocada ao saber que ele havia conspirado contra ela.

– Por favor, Soph... Por que você não fica com sua mãe? Sei que nós três tivemos...

– Nem pensar.

– ... tivemos nossas desavenças no passado, mas...

– É, para dizer o mínimo, pai.

Desavenças... Era um jeito de descrever o que tinha acontecido.

– Mas você é nossa *filha*. Queremos cuidar de você.

Sophie desviou os olhos. Ela quase conseguia acreditar no pai quando ele dizia coisas assim, mas a mãe ainda agia com frieza sempre que estavam no mesmo cômodo. Independentemente do que o pai dissesse, Trish não queria Sophie em casa de jeito nenhum, e ponto-final. Além disso, Sophie era orgulhosa demais para voltar para lá, mesmo se esticassem um tapete vermelho para ela. Nem se a mãe ficasse de joelhos e implorasse.

– Mas e quanto ao dinheiro? Você tem o suficiente para se sustentar?

– É claro que sim!

– Vou te emprestar um pouco.

Aquele velho insistente. Mesmo sofrendo com uma doença grave, não a deixava em paz. Ele estendeu a mão para o móvel ao lado da cama.

– Minha carteira está aqui em algum lugar.

– Pai, é sério, não quero seu dinheiro.

Ela nunca ia aceitar. Fazia anos que não pegava um único centavo dos pais e não era agora que isso ia mudar, mesmo que estivesse quase falida. Tinha que começar a tomar decisões, e logo. Se ficasse em Sheffield por muito mais tempo, queimaria todo o dinheiro que lhe restava naquele hostelzinho de merda. E o que ia fazer depois?

– Você tem uma reserva, então? Dinheiro para emergências?

– Sim, tenho um pouquinho guardado. O suficiente. Não se preocupe, estou bem. É sério.

– Desculpa. Mas não julgue seu pai, tá? Faz um tempo que não tenho a chance de te mimar pessoalmente.

Ela não disse nada. *E por que será, pai?*

Trish entrou justo naquele momento.

– Ah – fez, como sempre fazia quando avistava a filha.

Era o mesmo tom que alguém usaria ao notar um cocô de passarinho no carro: um som descontente e levemente irritado.

– Bom dia. Como você dormiu, Jim? Segundo a enfermeira, você passou melhor a noite.

– Dormi como uma pedra – respondeu ele, alegre. – Eu estava justamente dizendo para a Soph que é ela quem parece estar precisando de uma boa soneca.

O rosto da mãe continuou impassível. Ela provavelmente pensava que Sophie estava com olheiras escuras porque tinha virado a noite numa festa ou algo assim. *O problema é seu.*

– Hum... – fez, como se o assunto não a interessasse muito.

– Eu estava dizendo que ela devia ficar com você por um tempinho – acrescentou Jim, sem perder a oportunidade para provocá-las.

Sophie o fuzilou com os olhos, mas ele parecia imune.

– Sabe, se vocês duas se reconciliassem, um homem moribundo ficaria bem feliz.

Nenhuma delas estava disposta a tolerar aquele papo.

– Jim! Você não vai morrer!

– Não *diga* esse tipo de coisa!

As vozes das duas se sobrepuseram, igualmente horrorizadas.

– Por favor – implorou Trish. – Não brinque com coisa séria.

– Pode parar com essa história de se fazer de coitado – disse Sophie.

Os olhos dele cintilavam.

– Então vocês concordam em alguma coisa, afinal – comentou, astuto.

Sophie e a mãe se entreolharam, a atmosfera entre elas tensa e desconfortável. Em seguida, Trish franziu os lábios.

– Veja bem, se você realmente precisa de um lugar para ficar – falou ela inesperadamente –, bem... é besteira ficar gastando seu dinheiro suado se você pode ficar em casa, não acha? É uma grande besteira.

O quarto parecia estar prendendo a respiração, esperando a resposta de Sophie. *Casa*, era o que a mãe tinha dito. Aquele lugar não era mais a casa de Sophie.

– É muito gentil da sua parte – começou Sophie com firmeza –, mas...

– Ah, pelo amor de Deus! – exclamou Jim, quando a filha estava prestes a dizer que ia ficar na casa de um amigo imaginário. – Tenho que cair duro no chão para que vocês duas voltem a se falar como seres humanos? Por favor! Não podem fazer só essa coisinha por mim?

– Não se agite demais, Jim – alertou Trish.

– Tudo bem – murmurou Sophie.

– Só estou dizendo...

– Eu disse que tudo bem! – A voz de Sophie saiu mais alto do que fora sua intenção. – Tá – acrescentou com um tom de voz mais baixo. – Obviamente vou pagar pela estadia – acrescentou, uma última tentativa de independência.

– Você não vai fazer nada disso – retrucou a mãe.

Teimosia era um tema bem recorrente na família Frost.

– Ótimo – disse Jim, parecendo bem cansado de repente.

Ele fechou os olhos e Sophie percebeu como o rosto do pai estava pálido em contraste com o travesseiro.

– Vou tirar uma soneca – anunciou num sussurro, como se tivesse cumprido com uma obrigação. – Até mais tarde.

Sophie e a mãe se encararam.

– Bem... – disse Trish, sem muita convicção.

– Bem... – repetiu Sophie.

– Vou deixá-lo descansar um pouco. Preciso dar um pulinho no centro de qualquer jeito. Vou comprar umas coisas. – Ela hesitou. – Que tal picadinho para a janta?

– Eu sou vegetariana – comentou Sophie, depois se sentiu mal com a expressão magoada da mãe.

Se esforce mais, Sophie.

– Que tal se eu preparar algo pra gente? Assim você não precisa se preocupar.

Trish parecia prestes a discutir, porém baixou os olhos para Jim, que tinha a testa franzida, os olhos ainda fechados.

– Isso seria... bacana – disse com a voz fraca. – Obrigada.

Sophie foi buscar a mala no hostel, depois, mais tarde, pegou um ônibus até Fulwood Road, na direção da casa dos pais, em Ranmoor. No caminho avistou as casas e lojas pelas quais já tinha passado tantas vezes antes, ao mesmo tempo familiares e diferentes. Ela quase conseguia ouvir o barulho das rodinhas zunindo ao se lembrar de si mesma com Kirsty, a menina que morava na casa ao lado, patinando juntas por aquelas ruas, de mãos dadas, dando gritinhos ao seguirem em frente. Ela fumara o primeiro cigarro às escondidas naquele ponto de ônibus (tossindo e cuspindo, com a cara nauseada) e tomara o primeiro copo de cerveja quando adolescente na Gladstone Arms, subindo a rua. E então ali estava ela de novo, a cada passo se aproximando da casa dos pais.

Meu Deus. Tinha lhe parecido a coisa certa a fazer lá no hospital – a *única* coisa que podia fazer quando seu pai a encarou daquele jeito, implorando –, mas naquele momento Sophie estava se arrependendo amargamente de ter cedido às vontades dele. Hesitou do lado de fora do pub, de repente desejando uma tônica com vodca para aliviar um pouco o estresse. Então abriu a bolsinha de moedas e olhou para o pouco que havia ali dentro. Três notas de 10, uma amassada de 5, umas moedas de 1 libra e alguns trocados. Ao todo, 39 libras. Só isso.

– Achei você! – chamou uma voz atrás de Sophie naquele momento, e um rapaz moreno jovem e belo, com um corte de cabelo bem rente, saiu do pub.

Por um minuto Sophie achou que o cara estivesse falando com ela, mas logo em seguida avistou uma mulher se aproximando, vestindo um blusão preto, calça jeans *skinny* e botas até a coxa, com os cabelos longos e escuros presos num coque bagunçado.

– Freddie! – exclamou ela, correndo até o rapaz.

Os dois se beijaram cheios de paixão ali mesmo na porta do pub, suas mãos correndo pelo corpo um do outro. Sophie desviou os olhos. Fazia muito tempo desde a última vez em que alguém a segurara assim. Três anos e dois meses, na verdade: Dan, em Sidney. Mas ela não pensava mais nele, lembrou a si mesma.

Enfiou a bolsinha de moedas de volta na mala e foi com relutância para além do bar.

– Aqui vou eu – murmurou ao subir a rua.

Trish Frost obviamente não confiava nas habilidades da filha na cozinha, pois a geladeira estava cheia de pratos vegetarianos prontos do supermercado. Sophie, que estava acostumada a viver com o orçamento bem apertado – mesmo que precisasse comer macarrão instantâneo todos os dias da semana –, não tinha certeza se devia se sentir agradecida (um belo mimo) ou escandalizada (um belo desperdício de dinheiro). Mas a fome venceu. Toda aquela comida estava com uma cara boa demais.

– Obrigada, mãe – disse enquanto Trish lhe mostrava onde guardavam os biscoitos (como se Sophie fosse se esquecer *disso*) e o novo anexo da casa onde ficava a despensa e um lavabo.

– Deixe qualquer roupa para lavar nesse cesto aqui – disse Trish. – Eu passo a roupa todo domingo, então se precisar de alguma coisa...

– Tá tudo bem, mãe, é sério.

– O jantar é às seis – continuou Trish –, e agradeço se você não fumar dentro de casa. Isso inclui a janela do seu quarto. Mesmo se você se inclinar para fora, as cortinas ficam com cheiro.

– Eu não fumo – disse Sophie, pega de surpresa. – Faz anos que não fumo mais.

Meu Deus, elas realmente não sabiam nada uma da outra. Aquela mulher podia ter os mesmos olhos verdes e o mesmo nariz pequeno de Sophie, mas era como se fosse uma estranha.

– E eu falei sério sobre cozinhar – acrescentou. – Por que a gente não reveza? Prometo que já passou o tempo quando eu fazia o alarme de incêndio disparar toda vez que fritava um ovo.

Trish não respondeu.

– Coloquei a TV portátil no seu quarto – continuou –, e, por sinal, o chuveiro é meio temperamental. A água quente vai e vem, então não entre em pânico se de repente ficar fria enquanto você estiver tomando banho. Logo volta.

– Está bem.

– Pensei em dar um pulinho para ver o seu pai de novo depois da janta. Posso te dar uma carona se você quiser ir também.

– Ótimo. Obrigada.

– Bem. Então vou deixar você desfazer as malas.

Sophie ficou sem fôlego quando entrou em seu antigo quarto. Havia aquele mesmo edredom com uma estampa vermelha e preta em zigue-zague na cama, as mesmas cortinas combinando, o mesmo tapete azul-clarinho, mas todo o resto tinha mudado. O cheiro de perfume Impulse e patchouli tinha dado vez para o de sabão em pó, as paredes já não tinham mais nenhum pôster, e as cômodas estavam livres daquela zona de joias e maquiagem que ficava espalhada no topo. O cômodo também estava quieto. Sophie costumava deixar música tocando alto o tempo todo, o que provocava gritos periódicos de "Abaixe esse som, Sophie!".

Ela balançou a cabeça, pega de surpresa pela enxurrada de emoção repentina que sentiu. *Não seja boba, Sophie. É só um quarto.*

Desfazer as malas não demorou muito tempo – nunca demorava –, mas as poucas roupas de Sophie ficaram com uma cara bem surrada e ultrapassada ali naquele ambiente relativamente luxuoso da casa dos pais. Ela não tinha certeza se pegava tudo e jogava direto na máquina de lavar ou tacava fogo. Melhor lavar, decidiu, lembrando que não tinha dinheiro para substituí-las. Ainda assim, ter uma máquina de lavar ao seu dispor de novo seria muito bom, em vez de ter que lavar tudo à mão e pendurar no sol para secar. Sem falar nos vários prazeres de um longo banho quente de banheira, uma geladeira cheia de comida, programas de TV britânicos...

Ela correu os olhos para a televisão portátil que a mãe tinha deixado em cima da cômoda de roupas. Será que isso significava que Sophie não tinha permissão para usar aquela TV grande de tela plana que tinha visto no andar de baixo? A ideia era que as duas passassem as noites em cômodos separados?

Minha nossa. Independentemente de todos aqueles confortos bem-vindos, ia ser bem *des*confortável viver debaixo do mesmo teto que a mãe por qualquer espaço de tempo. Quanto antes não estivessem mais presentes na vida uma da outra, melhor. Mas, para sair dali, ela precisaria de um pouco de dinheiro...

Sophie levou o computador para o andar de baixo.

– Tem wi-fi aqui? – perguntou, abrindo o notebook em cima da mesa da cozinha.

Trish hesitou.

– Tem – respondeu com cautela.

– Você me passa a senha, por favor? Vou começar a procurar um emprego.

A boca de Trish se abriu, escancarada.

– Você vai procurar um emprego? Aqui em Sheffield?

Sophie deu de ombros.

– Não posso ir para o exterior de novo enquanto meu pai ainda está doente, né?

Trish murmurou alguma coisa que poderia ter sido "Isso nunca te impediu antes".

– Como é que é?

– Nada.

Sophie rangeu os dentes.

– Não se preocupe, vou embora assim que possível. Não estou mais feliz com a situação do que você.

– Eu nunca disse...

– Tá, que seja, não precisou dizer. Escute, preciso ganhar uma grana para conseguir voltar a viajar. Estou torcendo para ter uns empregos temporários agora no Natal nas lojas ou nos cafés da cidade.

– Ah. Você está pensando em ficar aqui todo esse tempo?
Sophie se eriçou.
– Por quê? Tem problema?
Só me dá a droga da senha, pensou sem paciência. Será que tudo ali seria uma luta?
– Não, é claro que não tem problema – afirmou Trish, apesar de sua voz dizer exatamente o contrário. – Aqui está.
Ela tirou do quadro de avisos da cozinha um cartãozinho com os detalhes de conexão do wi-fi e o colocou na mesa ao lado de Sophie.
– Obrigada.
Assim como era antes, parecia ser impossível para Sophie ter uma conversa normal com a mãe sem que algumas alfinetadas mesquinhas fossem ditas. Ficar ali seria ainda mais exaustivo do que tinha sido no hostel, ela já tinha certeza disso.

– Sophie está procurando emprego – contou Trish para Jim naquela tarde, quando voltaram ao hospital para visitá-lo.
– É mesmo? E para onde você vai dessa vez? Posso ir junto? Acho que um pouquinho de sol ia ajudar a sarar essa tosse.
Sophie fez uma careta para a mãe. Não que a busca dela por um emprego fosse segredo de Estado nem nada parecido, mas ela não gostou do jeito com que Trish anunciou o fato, com uma pitada de zombaria, como se fosse uma grande piada.
– Não vou a lugar algum por enquanto. Por isso preciso de um emprego.
– Ah. – Ele pensou sobre isso por um momento. – Onde você acha que vai da próxima vez, então? Já tem ideia?
– Talvez passar o inverno num resort de esqui – respondeu Sophie. – Ou talvez eu guarde um pouco de dinheiro e vá para o Sudeste Asiático por alguns meses. Aonde quer que o vento me leve.
Ele assentiu, com os olhos fixos nela.
– E depois? Você só vai continuar viajando, ano após ano, até chegar à minha idade? Nunca pensou em criar raízes em algum lugar, dar a chance para um emprego de verdade?

As perguntas pareciam um ataque. *Dar a chance para um emprego de verdade?* Aquilo foi um pouco rude.

– Pai, você não tem ideia do que eu venho fazendo nos últimos anos – disse ela, o calor subindo ao rosto.

– Na verdade, tenho ideia, sim. Tenho uma boa ideia. Como é o nome mesmo, daquele seu blog? "A viajante independente", não é?

– Você... Você lê o meu blog?

– Ora, é claro que sim. Está ali disponível para o mundo todo ver, não está? Como você está feliz de ter se livrado dos pais que interferem em tudo, como gosta de não estar mais presa às algemas da vida em casa... – Ele cerrou os olhos. – Como se sente solitária às vezes. Como odeia ter que fingir que está vivendo uma grande aventura quando às vezes se sente completamente infeliz.

– Como...? Mas...

Ela realmente ficou sem palavras por um momento, só ficou ali de boca aberta. Ah, merda. Eles *liam* o blog?

– Do que você está fugindo, Soph? – perguntou o pai, com um tom de voz mais gentil. – Com certeza não é mais da gente. De você mesma?

– Não estou fugindo de nada! – exclamou Sophie, se sentindo uma adolescente de novo. Por que eles simplesmente não a deixavam em paz? – E o que isso tem a ver com você, hein?

Depois de falar isso, ela deu a volta e saiu correndo do quarto.

Ela desceu o corredor às pressas, o coração acelerado, a respiração agitada e curta. Pensar em seus pais a espionando daquele jeito, lendo sobre suas experiências íntimas – e algumas delas tinham sido *realmente* íntimas –, era humilhante. Como eles tinham feito isso? Como tinham se *atrevido* a fazer tal coisa?

Encostando-se contra a parede, ela fechou os olhos, se sentindo enjoada enquanto detalhes e mais detalhes surgiam em sua mente. Então eles tinham lido sobre a vez que ela fora hospitalizada em Wellington quando caiu da bicicleta e perdeu a consciência. Tinham lido sobre o namoro tempestuoso com Dan, e sobre como ela se sentira destroçada depois. E tinham lido todas as coisas desagradáveis que ela escrevera sobre *eles*. Em seus textos, Sophie tinha acabado com os pais sem dó nem piedade, culpando-os pelos próprios percalços, tirando sarro deles por causa da vida suburbana sem graça que levavam.

Merda. Ela achava que ia vomitar. Não era de estranhar que a mãe agira daquele jeito com ela. Não era de estranhar que ela tinha surtado quando Sophie pediu a senha do wi-fi – provavelmente achou que uma nova postagem do blog estava prestes a ser divulgada, tudo sobre como era horrível estar de volta na casa dos pais.

O impulso de fugir explodia dentro de Sophie. Todo esse tempo ela soubera que não era bem-vinda de volta em Ranmoor. Ia arrumar suas coisas, depois pegar um trem para outro lugar e começar de novo. O pai estava se recuperando, não estava? Qualquer outro lugar seria melhor do que ali.

Então ela hesitou. Já eram oito da noite e estava escuro lá fora. Ela e a mãe tinham pegado uma chuva terrivelmente gelada quando correram do estacionamento para o hospital, o casaco de Sophie inclusive ainda estava molhado. Além disso, ela só tinha uns 30 e poucos tostões no bolso. Estava presa ali.

Ela passou uma mão pelos cabelos louros curtos, tentando tomar uma decisão, as palavras do pai ainda ecoando em sua cabeça. *Do que você está fugindo, Soph? Com certeza não é mais da gente. De você mesma?*

Una amica

(UMA AMIGA)

Depois que Mike foi embora, a única coisa que Catherine fez foi ficar deitada na cama, imóvel, as lágrimas escorrendo e molhando o travesseiro. O mundo parecia ter se encolhido ao seu redor, se reduzindo às paredes cor de lavanda do quarto, enquanto ela permanecia deitada ali, esperando que Mike voltasse. Ele não voltou.

A todo momento, ela ficava pensando: *Vou acordar desse pesadelo terrível e vai ser domingo de manhã de novo, com os gêmeos ainda em casa, prontos para ir para a faculdade.* Porque isso não podia ter acontecido na vida real. Não podia.

Mas as horas no relógio continuaram correndo, silenciosas e insistentes. O quarto ficou mais escuro à medida que a noite caiu, depois foi impregnado por uma luz dourada e rosada quando o sol nasceu. Os carros rugiram do lado de fora enquanto as pessoas iam para o trabalho. O som de passos ecoou na rua.

A qualquer minuto, pensou Catherine, *vou ouvir a chave dele na porta. Ele vai trazer flores, vai pedir desculpas, vai se explicar. Vai me dizer o quanto sente muito, o quanto estava errado.*

Ele não apareceu.

Na segunda-feira, Catherine se arrastou para fora da cama e fez algumas ligações: para a casa de repouso, para avisar que não faria o turno voluntário; para a escola, para avisar que não poderia ler com o terceiro ano naquela tarde; para a loja de caridade, para avisar que estava doente e não teria como ajudar por alguns dias. Uma gripe. Uma gripe bem forte.

Esgotada depois de todas aquelas mentiras e sem saber o que fazer em seguida, ela se sentou na frente do computador e abriu um site de busca.

Estou c..., escreveu, e uma lista de opções apareceu.

Estou com dor
Estou cansado de viver
Estou carente
Estou chorando

Meu Deus, havia tanta dor na internet. Tantas almas infelizes.

Estou com medo, escreveu Catherine, e apareceram outras opções.

Estou com medo o tempo todo
Estou com medo sem motivo
Estou com medo e sozinho

Lágrimas arderam em seus olhos. *Todas as alternativas*, pensou Catherine, enquanto uma lista de sites de saúde mental aparecia abaixo da caixinha de pesquisa, junto ao número de uma rede de apoio emocional e vários fóruns sobre ansiedade. As letras ficaram turvas e embaralhadas, o cérebro de Catherine nebuloso demais para entendê-las.

Ela apagou as palavras que tinha escrito e inspirou fundo.

Meu marido me deixou, escreveu com dedos trêmulos, e uma nova lista de resultados apareceu de imediato.

Meu marido me deixou por outra mulher
Meu marido me deixou por um homem
Meu marido me deixou depois que eu traí ele

Todos esses maridos que tinham ido embora, todas aquelas portas da frente batidas, todas aquelas esposas deixadas para trás, chorando e solitárias. Teria sido o suficiente para partir o coração de Catherine se ele já não estivesse aos pedaços.

Ela desligou o computador, incapaz de lidar com a tristeza alheia, então voltou para a cama e cobriu a cabeça com as cobertas.

Mike morava num alojamento para estudantes sujo em Nottingham quando Catherine por fim o encontrou e contou que estava grávida. Os olhos dele tinham se arregalado, aterrorizados.

– Você só pode estar de brincadeira – disse ele.

– Não estou – respondeu Catherine.

Se tivessem deixado Mike lidar com a situação por conta própria, Catherine suspeitava que ele a teria abandonado junto com os bebês. Porém, Shirley não estava disposta a deixar o filho – ou Catherine – se safar. Os dois se casaram apenas dois meses depois.

– Foi o que Deus quis – foi apenas o que falou, preparando a lista de convidados e desenterrando o melhor chapéu que tinha. – Colhereis o que plantareis.

Todas as amigas de Catherine acharam que ela havia perdido a cabeça.

– Tem certeza de que você quer fazer isso? – ficaram perguntando, amedrontadas, encarando sua barriga inchada. – Quer mesmo largar a faculdade e ser uma *esposa*?

A mãe de Catherine também achara que ela estava louca. Ela havia se separado do pai de Catherine anos antes e desde então não fizera segredo do fato de que preferia gatos a homens.

– Você só tem 20 anos, querida. Não importa o que faça, não se prenda a um cara e a crianças tão cedo.

Fustigada pela montanha-russa na qual parecia estar – a gravidez cansativa, o casamento, os planos de viver com os pais de Mike enquanto ele continuava os estudos em Nottingham ("Acho que vai ser melhor assim", dissera Shirley naquela voz que não aceitava argumentos e que Catherine já tinha aprendido a temer) –, Catherine se sentia incapaz de tomar qualquer decisão, como se tivesse acabado com seu futuro.

– Vou terminar a graduação depois – prometera às amigas sem entrar em detalhes, mas já sabia que não ia voltar para a faculdade.

Não foi nem um pouco fácil. Shirley era adepta da máxima "Quem pariu Mateus que o embale" e, quando os bebês chegaram, deixou Catherine se virando sozinha, todo dia, toda hora, enquanto estava ocupada organizando sessões de oração para crianças morrendo de fome em Uganda numa igreja ali perto. Os primeiros meses passaram num borrão de sonecas ligeiras, amamentação, fraldas e caminhadas longas e cansativas no parque das redondezas, numa tentativa de acalmar os bebês para que dormissem. Sua vida de estudante – os trabalhos, as aulas, as festas – parecia estar bem, bem distante, em outra galáxia, impossível de alcançar.

Quando Mike se formou, ele voltou para Sheffield e Catherine achou que podiam dividir melhor as tarefas entre os dois, especialmente depois de se mudarem para uma casa só deles – mas não. Mike trabalhava o tempo todo tentando provar seu valor no primeiro emprego no hospital. Já Catherine se sentia como uma vaca leiteira colocada para pastar. Embora tivesse por um tempinho se apegado à fraca esperança de que um dia voltaria à faculdade, nunca voltou. E, depois de alguns anos, parou até de mencionar o assunto.

– Para que você precisa de um diploma? – perguntara Mike uma vez. – Não é como se você fosse seguir carreira acadêmica mesmo. E, além disso, quem vai cuidar das crianças?

Foi somente na terça-feira que o mundo real se intrometeu, quando a campainha tocou com bastante insistência, seguida de batidas enérgicas na porta.

– Cath? Você está aí? Catherine!

Catherine deu um pulo com o barulho. A voz era estridente e alta. Era Penny, percebeu, que morava mais à frente na rua, com quem Catherine jogava tênis toda terça-feira. Já era terça? Devia ser.

Ela saiu da cama aos tropeços e abriu a janela do quarto. Seus cabelos estavam lambidos e emaranhados, não lembrava a última vez que tinha tomado banho. As lágrimas provavelmente tinham cavado sulcos em seu rosto.

– Ah, Pen... – começou. – Eu...

Tivera a intenção de repetir a mesma história – uma gripe, uma gripe bem forte –, mas foi pega desprevenida e a mentira se recusou a sair de sua língua.

Penny inclinou a cabeça para trás e arregalou os olhos para Catherine, assustada. Estava acostumada a ver Catherine limpa e bem-arrumada, com batom e um casaco confortável, e não daquele jeito – como alguém que tinha acabado de ser exumado.

– Minha Nossa Senhora, você está com uma cara péssima, menina – disse Penny, com o tato e a sensibilidade de sempre. – O que diabos aconteceu com você?

– Eu...

Para o horror de Catherine, lágrimas saltaram de seus olhos e caíram no teto de seu carro abaixo, formando pequenas poças no Toyota.

– Eu estou...

– Me deixe entrar – mandou Penny. – Me deixe entrar agora mesmo. Alguém precisa dar um jeito em você.

Catherine nunca tinha sido boa em fingir. Além disso, sua resistência estava no fundo do poço. Portanto, foi só uma questão de segundos até que Penny estivesse na cozinha, preparando um café forte para as duas e caçando os últimos biscoitos de chocolate com o ar de uma mulher acostumada a gerenciar crises.

– Vamos lá, me conte – incentivou Penny, batendo com as xícaras fumegantes na mesa.

Ela se sentou à frente de Catherine na velha mesa de madeira de pinus. Alta e magra, tinha cabelos negros brilhosos num corte curtinho com uma mexa azul-elétrico na franja, e seus olhos castanhos eram afiados, do tipo que não perdem um detalhe.

– O que foi que aconteceu?

Obediente, Catherine lhe contou. Levou dois biscoitos inteiros até que a história toda saísse, com uma pausa breve para assoar o nariz, secar os olhos e ganhar um abraço de Penny que foi bem apertado e forte, como se a mulher estivesse dando uma chave de braço no King Kong.

– Mas que diabos – disse Penny. – E eu aqui achando que você estava com dor de barriga ou com saudade das crianças. Eu não esperava nada *disso*.

– Nem eu – concordou Catherine, com a voz trêmula.

– Ah, querida... – Penny colocou a mão sobre as de Catherine. – Ele deve estar tendo uma daquelas crises de meia-idade. Aposto com você que até o fim da semana ele vai aparecer com o rabo entre as pernas, implorando o seu perdão.

– Ele disse que nunca me amou, Penny, que eu o prendi quando engravidei. Disse que a gente nunca deveria ter se casado.

Penny bufou.

– Que absurdo. Esses homens, eles não têm noção de nada, né?

– Deve ser minha culpa – arriscou Catherine com uma voz baixinha.

– Até parece – retrucou Penny. – É sua culpa que ele foi um canalha assim? Não me venha com essa.

Ninguém nunca tinha chamado Mike de canalha na frente de Catherine. Ele era médico, um membro respeitado da comunidade, o *marido* dela.

– Ele não é um... – começou, partindo automaticamente em sua defesa.

Penny ergueu uma sobrancelha.

– Ele transou com outra mulher e depois disse que nunca te amou. Ele é, sim, um canalha, querida. Sinto muito, não quero magoar você, mas esse aí é um canalha dos grandes. Não dá para ficar pior que isso.

A cabeça de Catherine estava zumbindo com todo esse papo de "canalha". Ela abriu a boca, mas nenhum som saiu. Penny apertou sua mão com força.

– Não se preocupe, você vai superar – falou. – Ele já foi tarde. E enquanto isso, pode contar comigo para cuidar de você.

– Acho que não preciso...

– Precisa, sim. Confie em mim, você precisa. Agora, eu sou sua amiga, Cath, então posso perguntar: quando foi a única vez que você comeu uma comida decente?

Era difícil lembrar a última vez em que ela tinha feito qualquer coisa que parecesse normal.

– Sábado? – chutou.

– E sem ofensa, querida, mas você está fedendo. Você tomou banho esses dias? Fale a verdade.

– Não exatamente.

– É. Foi o que eu pensei. Vá tomar um banho enquanto eu preparo alguma coisa para você comer. Vamos lá!

– Penny, não precisa fazer nada. Eu...

– E lave o cabelo, pelo amor de Deus. Parece que teve um vazamento de petróleo na sua cabeça. É sério, Cath. Banho. Agora. Já.

Catherine abriu a boca para protestar, mas Penny estava com as mãos na cintura e uma expressão bem característica nos olhos. Durante a vida Penny já tinha criado três filhos e seis cachorros bem teimosos e definitivamente não era alguém com quem as pessoas discutiam exceto se tivessem a resistência de um atleta olímpico. Ela já estava fuçando na despensa em busca de ingredientes. Enquanto se arrastava escada acima, Catherine ouviu o rádio ser ligado, em seguida, Penny tirar do programa *A hora das mulheres* e sintonizar em uma estação que tocava música pop. Segundos depois veio o som de cantoria e panelas batendo.

Catherine ficou embaixo do chuveiro e deixou a água cair sobre si, sentindo nada além de terror e pavor do que o futuro lhe reservava. Com certeza nem Penny seria capaz de resgatá-la daquele pesadelo...

– Sabe, você podia ver toda essa situação como uma oportunidade – disse Penny vinte minutos depois, passando água quente na tigela na pia e pingando um pouco de detergente.

Catherine já estava com uma roupa decente e com os cabelos limpos e secos, enquanto comia com gosto a omelete de queijo e presunto que a amiga tinha preparado. Meu Deus, como ela estava faminta.

– Uma oportunidade? – repetiu, a boca cheia de queijo cheddar quente e derretido.

– Sim, uma oportunidade. Um novo começo. Uma chance de fazer todas aquelas coisas que você sempre quis, mas nunca teve coragem. – Penny espirrou água com espuma pelos lados enquanto pensava. – Podia ir morar no exterior por um tempo. Podia...

– Eu não quero morar no exterior.

– Então você podia sair de férias. Fugir da Inglaterra e pegar um sol. Jogue as cartas certas e pode ser que você pegue outra coisa também, se é que me entende.

Catherine colocou uma mexa ruiva rebelde atrás da orelha e lançou um olhar fulminante para a amiga.

– Gonorreia?

– Não! Estraga-prazeres. Eu quis dizer um caso de férias, um Pedro ou um Jean-Paul bem gato. Bem do que você precisa para esquecer o marido canalha que te traiu.

– Penny!

– Foi só uma sugestão!

– Não sugira nada, então. E de qualquer jeito, já fiz isso uma vez, quer dizer, um caso de férias, e olha só no que deu.

– Sim, dezoito anos de felicidade e dois filhos incríveis. É bem disso do que estou falando.

Catherine comeu mais uma garfada de omelete, sem se dar ao trabalho de discutir. Penny já tinha se divorciado duas vezes e naquele momento estava tendo um caso com um novinho de 30 anos. Ela não tinha ideia.

– Ou... – continuou Penny, sentindo que as duas tinham chegado a um impasse – você podia voltar a estudar. Podia voltar para a faculdade!

– Para terminar um curso que comecei 21 anos atrás? Com certeza ia ser um recorde.

– Arranje um emprego, então. Um emprego de verdade. Nunca é tarde demais para mudar de carreira, e você ainda é jovem. É mais nova do que eu, sua vaca.

– E como que vou fazer uma mudança de carreira se eu nunca tive uma carreira? – destacou Catherine. – Além disso, estou ocupada demais com todas as outras coisas que faço.

– Quê, fazendo chá para umas velhinhas e vendendo roupas mofadas na loja de caridade?

– Tem o centro de resgate de cachorros também. E vou ajudar a Sra. Archbold a passar roupa, como prometi.

– Para mim parece que você precisa de uma folga, Cath. Ei, esta é minha melhor ideia: que tal umas férias só das meninas, só nós duas? Fugir do inverno para pegar um sol... o que me diz?

Catherine suspirou. Ela não conseguia decidir nada. Ela já tivera muita dificuldade para decidir se queria ou não salada com omelete.

– Não sei – respondeu com a voz fraca. – Tenho que falar com Mike primeiro.

– Mike que se dane. Você não precisa falar com ele se não quiser. E com certeza não precisa da permissão dele para...

– Não, eu quis dizer em relação ao dinheiro. Se a gente se divorciar... – Ela parou de falar, de repente perdendo o apetite de novo. – Se a gente se divorciar, não vou ter nenhum dinheiro, não é? Não posso ir passear no exterior com o dinheiro que ele tem guardado.

– Mas é claro que pode. É o mínimo que ele pode fazer, depois de todas as cicatrizes psicológicas que deixou em você, o merdinha traidor.

A vontade de resistir tinha abandonado Catherine junto com o apetite. Ela empurrou o prato para longe, cansada daquela conversa.

– Não consigo pensar direito – murmurou.

– Sem problemas. Desculpa ficar te enchendo o saco. É tudo do que você não precisa agora, né?

O lábio inferior de Catherine começou a tremer de novo. Ela assoou o nariz, sem olhar Penny nos olhos.

A amiga terminou de lavar a louça e secou as mãos no pano de prato mais próximo antes de se sentar à mesa.

– Quer ficar lá em casa com a gente por um tempinho? Só até pôr a cabeça no lugar? Prometo não ficar te enchendo o tempo todo.

Catherine conseguiu abrir um sorriso fraco. A casa de Penny era barulhenta e caótica, com adolescentes e cachorros para todo lado. Na última vez em que Catherine a tinha visitado, Darren, o namorado de Penny, também estava se exibindo, com o peito musculoso despido e uma toalha ao redor da cintura. Catherine não sabia se tinha energia para aguentar todo aquele bando no momento.

– É muito gentil da sua parte, mas acho que só preciso hibernar um pouco, se é que me entende. Cobrir a cabeça com o edredom e me isolar do mundo.

Penny não entenderia o que Catherine queria dizer. Para Penny, superar um homem envolvia pôr um vestido curto e salto alto, ficar amiguinha da tequila e sair para a balada com qualquer pessoa que estivesse disposta a acompanhá-la.

Mas, mesmo assim, ela assentiu e apertou a mão de Catherine.

– O que você quiser, Cath. O que for preciso. Mas você sabe que pode contar comigo, né? E vou ajudar você a superar tudo isso, prometo que vou.

Cucinando

(COZINHANDO)

Numa manhã fria de sábado em dezembro, na qual a grama cintilava com geada, Anna saiu a caminho da delicatéssen de Giovanni para o curso de culinária italiana que duraria o dia todo. Esperava não estar prestes a desonrar o povo de seu pai. Do jeito que era, seria capaz de cortar o polegar fora ao picar o alho de uma forma ambiciosamente rápida ou algo pior. Talvez tivesse sido esse o motivo para o pai abandoná-la, pensou freneticamente, se segurando no corrimão ao subir as escadas até onde seria a aula. Talvez ele tivesse visto nos olhos de Anna, mesmo quando ela ainda era um bebê chorão, que ela não daria conta de ser uma italiana decente. Talvez tivesse...

– *Buongiorno* – cumprimentou Giovanni com um sorriso acolhedor.

Anna enrubesceu até a raiz do cabelo.

– *Buongiorno* – respondeu.

– Você é Anna, certo? Seja bem-vinda. Agora todo mundo já está aqui e podemos começar.

Havia doze pessoas ao todo na aula: um grupo variado, gente jovem e mais velha, nenhuma das quais tinha uma cara particularmente de chef, para grande alívio de Anna. Depois de tomarem café e se apresentarem, lavaram as mãos, vestiram os aventais e começaram. Primeiro prepararam folhas de massa fresca com gema de ovo (surpreendentemente simples) e as usaram para fazer ravióli de espinafre e ricota (maravilhoso). Depois aprenderam a fazer *focaccia* (uma delícia) e uma *minestrone* italiana autêntica (o segredo era o excelente caldo de galinha) antes de terminar com uma *pannacotta* cremosa servida com frutas vermelhas. O melhor de tudo foi que, quando terminaram de cozinhar, se sentaram todos juntos e devoraram o que tinham preparado. Cada garfada era esplêndida.

– Gostou? – perguntou Giovanni, vendo a expressão extasiada no rosto de Anna enquanto ela raspava os restinhos de *pannacotta* do prato.

O professor era um homem alto e castigado pelo tempo, com fios grisalhos despontando dos cabelos e olhos escuros e brilhantes.

– Gostei – respondeu Anna com um sorriso. – Na verdade, meu pai é italiano, então...

Ela hesitou, fazendo uma careta por ter soado tão patética, mas Giovanni pareceu encantado.

– Seu *papa*? Ahh! Agora você pode cozinhar algumas delícias italianas para ele, hein?

O entusiasmo do instrutor era contagiante.

– Eu ia adorar – respondeu Anna com sinceridade.

A aula foi tão interessante e divertida que Anna passou a tarde do dia seguinte cozinhando outra *focaccia* em casa, dessa vez com alecrim e alho. Tá, talvez não tivesse ficado tão perfeita quanto a que haviam amassado e assado sob os olhos atentos de Giovanni, mas deixou o apartamento de Anna com um cheiro maravilhoso, e ela estava tão satisfeita consigo mesma que levou metade do pão para o trabalho na segunda, para que seus colegas pudessem provar.

– Isso aqui está divino – elogiou Joe, enfiando dois pedaços na boca ao mesmo tempo. Ele lambeu os dedos e abriu um sorriso largo para Anna. – Você já está com uma cara mais italiana, sabia?

– Ah, como você tem sorte – comentou Marla, que escrevia críticas de restaurante e reportagens especiais, com um suspiro.

Ela era a gostosona do escritório – com direito a apliques de cabelo e unhas perfeitas –, e naquele dia estava com um vestido curtinho rosa-bebê, meia-calça transparente e salto alto vertiginoso, embora lá fora estivesse nevando e a temperatura chegasse a dois graus negativos.

– Quer dizer, por poder comer carboidratos. Você consegue se safar por causa de todas essas curvas, mas pessoas com um corpo mais magro como eu... – Ela fez biquinho para a própria barriga inexistente. – É melhor recusar.

Anna se encolheu com aquele insulto não tão sutil, mas Joe já estava falando.

– Está me chamando de gordo? Que atrevida! – disse ele com uma indignação falsa, enfiando mais pão na boca.

– Não, eu... – começou Marla, atrapalhada.

Não, eu não estava falando de você, estava provocando Anna, foi o que não disse.

– Acontece que estou feliz com as minhas curvas, muitíssimo obrigado – continuou Joe, colocando uma mão na cintura e pestanejando.

Anna soltou uma bufada o mais discretamente que conseguia. Joe não tinha um grama de gordura no corpo; ele era esbelto e magro e sabia muito bem o que Marla quisera insinuar. O escritório todo sabia.

Marla comprimiu os lábios e começou a digitar bem rápido, e Joe sorriu para Anna.

– Como eu disse, delicioso demais – falou em voz alta.

Até o ranzinza do Colin declarou que os esforços de Anna foram triunfais.

– Ótimo trabalho – falou. – Quando podemos esperar a próxima remessa?

– É, quando vai ser a próxima aula de culinária? – perguntou Joe. – Já agendou? Talvez pudesse preparar um jantar para todos nós na próxima vez. Só não esqueça que Marla vai querer um prato de vegetais crus...

– Eu consigo te *ouvir*, sabia? – vociferou Marla.

– ... mas a gente prefere massa mesmo. Ou risoto. Você gosta de risoto, Col? Você não é vegetariano, é? Ou está recusando algum dos principais grupos de alimentos?

– Eu amo risoto – respondeu Colin. – Mas, para ser sincero, prefiro uma torta de carne.

– Então vai ser um risoto, uma torta de carne, uma cenoura para Marla e daí o que você quiser para você mesma.

– É melhor esperar sentado – disse Anna, rindo.

Mas, ainda assim, ela se regozijou com os elogios. Não lhes disse que já tinha começado a procurar outro desafio on-line e que descobrira uma escola de culinária na Toscana que parecia fantástica e oferecia cursos de uma semana. Talvez quando ela pudesse de fato falar o idioma, prometeu a si mesma.

– O que é tudo isso? Alguém trouxe comida?

A expressão de Anna congelou quando Imogen veio até eles, os saltos ecoando no assoalho. Ela estava vestindo um blazer estruturado lilás e sapatos combinando, que a faziam parecer uma versão autoritária da Daphne de *Scooby-Doo*.

– Só um pãozinho – disse Anna sem graça enquanto Joe ia embora. – Pode se servir.

– Ah, meu Deus, *focaccia*, meu grande inimigo! – exclamou Imogen, pegando o menor quadradinho. Ela era alta e elegante com cabelos prateados bem penteados, e tinha um sexto sentido quando o assunto era 1) jornalistas se comportando mal e 2) comida de graça no escritório. – A gente não ganha tantas calorias quando come em pé, né?

– É o que dizem... – murmurou Colin.

– Só um pedacinho não vai fazer mal... hummm. – Os olhos de Imogen se arregalaram quando ela mordeu o pão. – Ah, minha nossa. Está excelente, Anna. Maravilhoso. Não achei que você fosse do tipo doméstico, sem querer ofender.

Anna deu de ombros.

– Francamente, eu mesma não achava que fosse do tipo doméstico – respondeu. – Esse negócio de cozinhar é meio que uma jornada de autodescoberta.

– Hummm – repetiu Imogen, franzindo o cenho de leve ao observar Anna. Em seguida, assentiu consigo mesma e, antes de ir embora, falou em voz alta: – Interessante.

Anna corou, sem muita certeza sobre como entender aquela fala. Marla ergueu os olhos do próprio trabalho e os revirou.

– Interessante – repetiu com sarcasmo, sem emitir som, para as costas lilás da chefe.

Anna logo descobriu o que tinha deixado Imogen tão pensativa. No dia seguinte, ela foi chamada para o escritório da chefe para uma "conversinha" – palavra que dava um calafrio em qualquer funcionário.

Entrar no escritório de Imogen era meio que como entrar numa loja de bugigangas. Representações de papelão em tamanho real da atleta Jess Ennis e do ator Sean Bean ficavam apoiadas no arquivo, e as estantes eram decoradas com fotografias autografadas de todas as personalidades da cidade, desde o político David Blunkett ao músico Jarvis Cocker.

– Você queria falar comigo? – perguntou Anna com educação, contornando uma pilha de calendários do ano seguinte do Sheffield Wednesday que haviam sido largados no chão.

– Sim, eu gostaria que você assumisse a coluna de culinária do jornal – respondeu Imogen sem enrolação, juntando os dedos e observando Anna por cima dos óculos Armani.

– Você quer que eu... *o quê*?

Dizer que Anna estava surpresa era pouco. Durante os últimos doze anos, a coluna tinha sido escrita por Jean Partington, que fora chef de cozinha e tivera o próprio restaurante na cidade. Sim, todos sabiam que Jean, já com sessenta e poucos anos, estava ansiosa para pendurar o avental e viver uma vida mais calma, mas Anna tinha imaginado – assim como todos os outros – que Imogen ia acabar com a coluna ou ia desembolsar o dinheiro necessário para comprar receitas de um serviço de distribuição como vários jornais locais faziam.

– Quero que você escreva a coluna – repetiu Imogen, o sorriso ficando um pouco forçado.

– Mas... Bem, na verdade eu não sei nada sobre culinária – disse Anna com o máximo de educação que conseguia. – Quer dizer, a *focaccia* foi um caso isolado. Não costumo...

A voz dela morreu quando viu a reprovação no rosto da chefe.

– Vai levar dez minutinhos – insistiu ela. – Só procure algumas receitas no Google. Qualquer bocó consegue fazer isso. Você mesma disse que "esse negócio de cozinhar" é uma jornada de autodescoberta, não é? Gostei disso. Compartilhe a experiência com os leitores. Leve-os junto com você, incluindo erros e tudo o mais. Você é claramente a opção mais óbvia.

Certo. A trouxa mais óbvia, isso sim.

– Foi um curso de culinária italiana – ela se pegou dizendo em voz baixa. – No Giovanni's.

– Melhor ainda! Você podia escrever um artigo sobre sua experiência lá, peça permissão para usar uma das receitas. Dá até para tentar conseguir um cupom de desconto com Giovanni. Vamos *lá*, Anna! Você não precisa que eu te pegue pela mão assim.

– Está bem – concordou Anna, indo até a porta. Claramente continuar aquela discussão não ia dar em nada. – Deixe comigo.

Ela voltou para a mesa, chocada. Aquilo tinha mesmo acontecido?

– Está tudo bem? – perguntou Marla, a intrometida, quando Anna se sentou de novo.

– Na verdade, sim – respondeu Anna. – Ela quer que eu assuma a coluna de culinária de Jean.

As sobrancelhas perfeitamente delineadas de Marla subiram.

– Uau! Sua própria coluna? Como assim? – Ela forçou os lábios pintados de vermelho e finos a se abrirem em um arremedo de sorriso. – Nossa... Que legal.

Anna ignorou a falta de sinceridade na voz da colega. A cada segundo se sentia mais alegre à medida que caía a ficha. *Sua própria coluna.* Sim! Seu nome ia aparecer nos créditos pela primeira vez. Tá, era apenas numa coluna de culinária medíocre, um pedacinho minúsculo de espaço no meio do jornal, mas ainda assim... Sua própria coluna! Sobre comida! Ela mal podia esperar para contar ao Giovanni. Para contar ao seu pai!

– Isso significa que você var trazer mais pão e outras coisas para a gente provar? – perguntou Charlotte, uma das secretárias. – É só que se um dia você precisar de alguém para isso...

Anna abriu um sorriso.

– Você vai ser a primeira na lista – prometeu.

Em seguida, se sentindo levemente tonta, procurou o telefone de Giovanni e ligou para ele.

A primeira coluna saiu na semana seguinte. Ela e Geoff, um dos fotógrafos da equipe, tinham ido à delicatéssen e preparado um cenário na cozinha de Giovanni: Anna com chapéu de chef e avental, sorrindo, enquanto à sua frente havia uma variedade de comidas. Giovanni havia lhe dito que ficava feliz em deixar Anna usar a receita de *focaccia* contanto que lhe desse crédito e, além disso, se ofereceu para dar ao jornal um desconto exclusivo de 5 libras para clientes que gastassem pelo menos 25 libras na loja. Então unindo a receita, o voucher de desconto, a foto e um texto curtinho sobre o dia do curso, a coluna de Anna ocupou um terço da página, muito mais do que a coluna de Jean já ocupara.

Vou ser sincera com vocês, começou. *Minha competência como chef de cozinha não está nem perto da competência de Jean. Mas quero aprender alguma coisa nova a cada semana e espero que vocês topem me acompanhar nessa jornada e tentar as receitas comigo. Se eu consigo fazer isso, qualquer um consegue!*

Imogen anunciou que estava "eufórica" com os resultados.

– Esplêndido – falou. – Muito bom. Era bem isso que eu queria, Anna.

Encorajada pelo feedback, Anna partiu em busca de novas receitas para explorar na próxima coluna. Ela logo concluiu que escrever sobre comida era muito mais interessante do que escrever sobre as metas de reciclagem do conselho municipal.

Recentemente descobri que sou descendente de italianos, escreveu, certa de que sua mãe nunca leria a coluna, *então não tinha motivo melhor para tentar o clássico italiano: tiramisù. Na minha busca pela receita perfeita, preparei algumas variações, mas, na minha opinião, esta aqui é a mais gostosa. Espero que gostem. Me digam o que acharam!*

– Está ótimo – elogiou Imogen quando leu, assentindo em aprovação com tanto vigor que seus cabelos chegaram a se mexer. – Simpático e amigável. Gostei que você está nos contando uma história com a coluna à medida que avança. Continue assim!

Quando o jornal começou a cobrir todos os assuntos natalinos, Anna obedientemente ofereceu uma receita das clássicas tortinhas de Natal inglesas, sugerindo formas de inovar. *Tentei colocar um pouquinho de cranberry no recheio*, contou para os leitores. *Era o toque que faltava. Além disso, incluir uma fruta fez com que eu me sentisse menos incomodada com a manteiga e o monte de açúcar que vai na receita. Tenho certeza de que uma das minhas tortinhas equivale às cinco porções de fruta diárias que precisamos consumir. Na verdade, ficaram tão gostosas que o problema vai ser não comer cinco de uma vez!*

Não demorou muito para que Anna começasse a receber cartas e e-mails dos leitores – um ou outro no começo, mas a cada dia chegavam mais. Normalmente eram apenas pessoas lhe dizendo como tinham se saído testando as receitas dela, mas às vezes os leitores ofereciam as próprias sugestões.

Uso massa folhada na tampinha das minhas tortinhas, escreveu uma mulher. *Faz com que fiquem um pouquinho mais especiais.*

Tente colocar um pouco de raspas de limão ou laranja no recheio, foi a sugestão de outra leitora. *Dá para realmente sentir a diferença no gosto.*

Minha mãe sempre coloca um pouquinho de creme de ovos antes de botar o restante do recheio, propôs um e-mail. *Fica maravilhoso, uma sobremesa completa!*

– Isso é incrível – murmurou Anna consigo mesma.

Estava amando a ansiedade de todos para compartilhar dicas culinárias. Antes disso, o único feedback que ela costumava receber era um comentário grosseiro ou outro no site do jornal lhe dizendo que seu rosto estava gordo nas fotos ou reclamando que ela tinha escrito algum nome errado. Ela fez questão de listar as melhores dicas que recebeu para tortinhas na coluna da semana seguinte e agradeceu a todos que haviam entrado em contato. *Por favor, me digam o que acharam da receita desta semana*, concluiu, *pois eu realmente amo ouvir o que vocês têm a dizer. Entrem no site para dar uma olhada na seleção de comentários e dicas. Todo mundo está sendo tão prestativo!*

Impulsionada pelo sucesso inicial, Anna se pegou planejando ensopados calorosos italianos e bolos cremosos para os meses de inverno que estavam por vir, e talvez até um especial para o Dia dos Namorados em fevereiro – a comida do amor e coisas assim. Pela primeira vez em meses – anos! –, ela estava sentindo um entusiasmo novo com o trabalho. Não corria mais para a porta, aliviada, quando dava 17h30. Atualmente ela ia para casa sonhadora, mal percebendo a calçada congelada sob seus pés, pois sua mente estava recheada de tortinhas delicadas e sopas fumegantes.

– As cartas dos seus fãs chegaram – anunciou Joe na véspera de Natal, arrastando pelo escritório um enorme saco de correspondência.

– Mentira – sussurrou Anna, encarando o saco maravilhada. – É sério?

Ele riu.

– É claro que não, sua boba – respondeu Joe, os olhos escuros cintilando. – Só estou brincando. Essas aqui são as inscrições no nosso sorteio por ingressos para a Copa da Inglaterra.

Anna franziu o nariz.

– Muito engraçado.

– *Isso* aqui é seu – acrescentou, jogando um pacote e algumas cartas na mesa dela.

– Está fazendo bico como carteiro? – provocou Anna. – Não me diga que finalmente se cansou de jogar futebol na chuva todo sábado à tarde.

– Nunca – respondeu Joe. – Só estou ajudando. Vi que tinha algumas coisas para você, aproveitei para trazer. – Ele abriu um sorriso. – Além disso, estou morrendo de curiosidade para saber o que é isso – admitiu, entregando um pacote com um formato bem estranho para Anna. – Presente de Natal adiantado?

Anna pegou o pacote e o abriu. Vários utensílios de cozinha caíram na mesa: uma espátula verde brilhante, um batedor de claras turquesa, um ralador bacana e...

– Que diabos é isso? Um brinquedo sexual? – balbuciou Joe, pegando o último item.

Anna o olhou com severidade.

– Acho que é um espremedor. Sabe, para tirar o suco.

– É assim que se chama?

Ele girou o negócio entre os dedos com uma expressão sugestiva no rosto.

Anna soltou uma risada e pegou o cartão que acompanhava o pacote.

– São da Kitchen Shop em Meadowhall – leu. – Eles adoram a coluna e gostariam de saber se quero testar os novos produtos deles. Ai, meu Deus. Brindes, Joe. Ganhei brindes!

– Sorte a sua – disse ele. – Nunca ninguém deu uma espátula de graça para *mim*.

– Experimente só ser uma crítica profissional como eu – disse Marla da própria mesa. – Eu sou soterrada pelos brindes que recebo. Para ser sincera, perde a graça depois de um tempo. Quer dizer, ingressos para o teatro e refeições gratuitas toda noite... que *saco*.

Joe e Anna se entreolharam, em seguida Joe apoiou o saco de cartas no ombro como um Papai Noel jovem e atraente.

– Por sinal, minha mãe fez o seu panetone – acrescentou, se virando para ir embora. – Ela já falou que ninguém pode provar até o Natal, mas está com uma cara ótima. Mandou bem.

– Ah, que estranho... – interveio Marla inocentemente.

Anna se preparou. Marla era tão inocente quanto o vilão de *Oliver Twist*.

– Eu não ia dizer nada, mas minha mãe me disse que tentou a receita também. Ela até perguntou se por acaso você colocou as medidas erradas.

O panetone dela ficou bem estranho, tipo uma grande meleca. Foi parar na tigela do cachorro e nem ele quis chegar perto.

– É melhor não dar doces para cachorros – disse Anna, se recusando a morder a isca. – Enfim, valeu, Joe. Que bom que as medidas estavam certas no jornal da *sua* mãe – acrescentou, não resistindo. – E feliz Natal se eu não te vir depois.

– Para você também, Anna. Espero que o seu seja bem saboroso.

Anna sorriu quando ele foi embora, em seguida arrumou os novos utensílios ao lado da mesa. Brindes da Kitchen Shop! Isso sim era um elogio. Talvez ela pudesse sugerir uma seção com comentários sobre utensílios de cozinha para Imogen, na qual ela testaria vários equipamentos diferentes...

Ela começou a digitar de novo com uma nova onda de energia. *Obrigada, Jean Partington, por decidir se aposentar num momento tão oportuno*, pensou. *Essa é a melhor coisa que já aconteceu na minha carreira. E obrigada, mãe do Joe, por fazer minha receita também.* Quantas pessoas, perguntou-se Anna, tinham lido suas palavras e tentado fazer o próprio panetone durante as festas? Ela amou imaginar pratos para bolos cheios em toda a região, guardados a salvo em armários, enquanto todo mundo esperava o grande dia chegar. Seu pai com certeza estaria orgulhoso dela se soubesse que Anna estava levando um pedacinho da Itália para Yorkshire.

Il diario

(O DIÁRIO)

19 de abril de 1993

    Então, eu sei que foi errado, mas não resisti. Peguei a cerveja e joguei todinha na cabeça do Jamie. Ele ficou tipo: Que merda é essa? Mas todas as garotas berraram e celebraram bem alto quando eu fui embora. FOI ENGRAÇADO DEMAIS!

2 de junho de 1993

    Alex Zetland que vá comer merda se acha que tem uma chance comigo agora. Estou tão furiosa! Que canalha mais picareta e idiota. Eu dei uma cotovelada nele onde dói mais quando ele tentou me agarrar. E pensar que eu gostava dele!

11 de julho de 1993

    Zoe e eu vamos partir amanhã! Estou tããããão animada que é capaz de eu fazer xixi nas calças. Gary ficou tipo "Ainda estamos junto ou não?", mas daí eu falei: "Foi mal, Gazza, vou embarcar numa viagem de trem pela Europa, melhor não ter nenhum compromisso, né?"

    Ele ficou um pouco animado com a palavra "compromisso", mas daí caiu a ficha do que eu quis dizer. Será que eu fui dura demais? Bem, não estou nem aí.

    O que eu quero é me divertir na Europa e viver aventuras e tomar um monte, mas um monte mesmo, de cerveja!

Durante uma limpeza gigante e catártica, Catherine encontrou alguns de seus antigos diários. Meu Deus, impressionante como ela não levava desaforo para casa quando era estudante. Corajosa e dura na queda, se recusando a engolir sapo. Tá, Catherine precisava admitir que não sentia muito *orgulho* daquele comportamento no presente: jogando álcool em homens, agredindo as partes íntimas deles e os largando sem dó nem piedade quando saía do país... Ela esperava que Emily não estivesse se comportando daquele jeito na universidade – nem Matthew, na verdade. Mas aquela atitude de "nada vai me segurar" que brilhava nas páginas do diário era algo que Catherine chegava a admirar.

Ela costumava ser tão segura de si, tão confiante. Mas então conheceu Mike e tudo mudou. *Ela* mudou. Era só naquele momento, quando ele tinha ido embora, que Catherine começava a se questionar, a reavaliar o relacionamento dos dois. Será que tinha sido tão sólido quanto Catherine sempre pensou? Será que ela e Mike realmente formavam um ótimo casal?

Algumas semanas antes, ela estivera trabalhando na casa de repouso e escutou Nora e Violet, duas das idosas favoritas de Catherine, relembrando os romances intensos de tempos passados e soltando risadinhas maliciosas juntas. As histórias das senhoras fizeram Catherine se sentir vazia – e, em seguida, com inveja. Como aquelas duas tinham adorado seus namorados e casos! Será que Catherine podia dizer que já havia um dia sentido uma paixão daquelas por Mike?

Em seguida, mais ou menos uma semana depois, quando estava trabalhando na loja de caridade, uma jovem loura e bronzeada entrou, procurando calças pretas e camisas brancas que pudesse usar para trabalhar como garçonete, "porque passei os últimos oito anos viajando e todas as minhas roupas merecem ir para a lixeira". Mais uma vez Catherine parou, surpresa, e não conseguiu impedir um sentimento que a torceu por dentro, lembrando a Catherine mais jovem, que viajou pela Europa com a amiga Zoe, trabalhando aqui e ali, para depois pular em outro trem quando dava na telha. Quando tinha sido a última vez que ela fizera alguma coisa ousada?

A gota d'água veio alguns dias depois, quando um dos canos da casa rompeu e inundou a cozinha. Em pânico, ela ligou para o trabalho de Mike, mas foi informada que ele estava de férias em Seychelles.

– Ah – disse Lindsay, a recepcionista, confusa. – Que estranho. Achei que a senhora estava com ele, Sra. Evans.

– Não – respondeu Catherine, com pesar.

Ela não estava com Mike. Ela ainda estava em Wetherstone, com água suja até os calcanhares, preocupada com o encanamento. Onde é que Mike tinha arranjado dinheiro para tirar férias em Seychelles, afinal?

Ocorreu-lhe que talvez, só talvez, suas prioridades estivessem erradas todo esse tempo. E talvez, só talvez, ela devesse fazer alguma coisa a respeito disso.

Penny, é claro, apoiou completamente essa nova e positiva perspectiva quando Catherine lhe contou a respeito no caminho de casa depois de jogarem tênis certa manhã.

– Sim. Com certeza. *Carpe diem!* – disse Penny, batucando o volante para dar ênfase.

As duas estavam na BMW anciã de Penny, que cheirava a cachorro, onde havia pacotes de salgadinho e maços de cigarro vazios largados por toda parte.

– Então o que você vai fazer? Qual é o plano?

– Bem... – Catherine se acovardou com o tom mandão na voz da amiga. – Acho que só quero um pouco de diversão. Não quero acabar uma velhota numa casa de repouso sem nenhuma história para contar.

– Diversão – repetiu Penny pensativa, e seus olhos cintilaram. – Darren tem um amigo bem legal, eu poderia...

– Não esse tipo de diversão – cortou Catherine com firmeza.

A ideia de se jogar de novo num relacionamento a fazia ficar com vontade de vomitar. Ou talvez fosse apenas o jeito que Penny dirigia, pensou, quando a amiga fez uma manobra frenética para ultrapassar um Fiesta branco que estava atrapalhando o trânsito.

– Preciso arranjar um emprego – acrescentou depois de um momento.

Penny soltou um muxoxo.

– Você não tinha dito que queria se divertir? Ei, por que você não vem comigo na aula de dança country na quinta? É superdivertido. E tem uns caras gatos de morrer lá.

Dança country não lhe parecia muito atraente, nem a ideia de "caras gatos" usando botas de caubói.

– Hum... – fez Catherine com educação. – Eu estava pensando em outro tipo de aula, na verdade. Talvez.

– Ótima ideia, Cath. É o que as revistas sempre aconselham, não é? Faça uma aula à noite, pegue um professor sexy de carpintaria, blá-blá-blá.

– Não quero aprender carpintaria – informou Catherine.

– Dããã – disse Penny. – Carpintaria e mecânica e... sei lá, construção. Esses cursos sempre estão cheios de homens. CHEIOS.

– Carpintaria e construção não soam muito divertidos para mim – disse Catherine. – Eu estava pensando mais em algo como cerâmica ou...

– Nem pensar.

– Ourivesaria.

– Vai ter mulher demais.

– Um idioma, então. Italiano, talvez.

– Ah, agora sim. A língua do amor e tal. Gostei, Cath! Mande ver!

Ela freou com força numa rotatória, fazendo Catherine voar para a frente no assento. Ser passageira de Penny era como jogar uma roleta-russa de traumatismo cervical.

– Por sinal, eu fiquei de perguntar: o que você vai fazer no Natal? Quer passar com as crianças lá em casa? Meus pais vão passar com a gente esse ano, mas sempre cabe mais um. Preciso encomendar o peru logo, então me avise, tá?

– Muito obrigada, mas... – Ainda bem que Penny estava concentrada na rotatória e não tinha como ver a expressão no rosto de Catherine. – Na verdade, vamos passar o Natal em casa – contou, hesitante. – Nós quatro e os pais de Mike.

– *Como é que é?* – berrou Penny. – Do que você está falando? Vocês dois voltaram? Achei que ele estava na merda das Seychelles.

– Não. É só que...

– Mas ele vai passar o *Natal* com você? Como é que isso vai funcionar? Estou muito confusa. Os gêmeos sabem? Sinto que perdi uma parte crucial dessa história.

– Não, eles não sabem. E você não pode dizer nada. Foi ideia do Mike. Vamos... – Ela tossiu, temerosa da reação da amiga. – Nós meio que vamos fingir que está tudo bem entre nós.

Penny quase bateu na traseira de uma van.

– Vocês vão fazer o *quê?* – Ela trocou de pista e deu uma fechada na van, o que a fez ganhar uma buzinada e um gesto rude de mão. – Vocês vão *fingir* que está tudo *bem*?

O tom de voz de Penny deixava plenamente claro que ela achava que aquilo não passava de uma loucura. Ela provavelmente tinha razão.

– Só não consigo contar a verdade para eles – admitiu Catherine. – E Mike não quer contar também.

– Meu Deus do céu, Cath. Que loucura! Desculpe a grosseria, mas isso aí é uma idiotice do cacete. Então como que vai ser, você vai voltar para a cama com ele, agindo como a mamãe e o papai felizes de antigamente? E acha que os gêmeos nem vão *perceber*?

Catherine cruzou os braços, na defensiva. Não parecera algo *tão* insano assim quando Mike sugeriu na semana anterior. Na verdade, parecera até bem sensato, a solução mais fácil. Catherine até tinha imaginado, em momentos de fraqueza, se ele tinha esperanças de voltar para casa de forma permanente, se ainda poderia haver uma mudança de atitude, beijos apaixonados, um pedido de desculpas do tamanho do Papai Noel. Porém, isso tinha sido antes de Catherine descobrir que ele viajara para o exterior com outra pessoa.

Penny era como um cachorro com um osso. Recusava-se a largar.

– E quando outras pessoas começarem a falar? – perguntou. – Você sabe que *eu* levo segredos para o túmulo, mas não acha que fofoqueiras como a Sra. Archbold vão causar confusão? *Faz um tempinho que não vejo o seu pai por aqui. Ele voltou para casa?* Só isso já basta. Um comentário e a coisa toda desmorona.

Penny estacionou na rua onde moravam, puxando o freio de mão com força desnecessária, e Catherine correu os olhos para a fachada bem cuidada da Sra. Archbold, a duas casas da sua, dando de ombros com tristeza. Aquelas cortinas translúcidas haviam estremecido com tanta frequência nos últimos tempos que o fato de o trilho não ter caído até surpreendia Catherine.

– Bem... a gente vai tentar – falou. – Se descobrirem, descobriram. Mas acho que vale a pena. Eu daria qualquer coisa para passarmos um último Natal juntos, mesmo que seja tão falso quanto uma nota de 3 libras.

Penny lhe deu tapinhas na mão.

– Desculpa. Não quis te aborrecer. E entendo mesmo essa questão de Natal em família, mas... – Ela soltou o cinto de segurança. – Bem, boa sorte com isso. Só lembre que tem uma caixa de bombom de chocolate e um chapéu de festa com o seu nome lá em casa se der merda.

Catherine tentou ignorar as palavras pouco animadoras de Penny ao largar seu equipamento de tênis no corredor, pegar a pilha de cartas no carpete e ir até a cozinha.

Ela folheou as correspondências – todas para Mike, como sempre –, mas o último envelope saltou a seus olhos por ter a logo do banco Barclays na frente. Catherine franziu o cenho. Que estranho. Eles sempre tiveram conta no Co-op. Por que o Barclays estava escrevendo para Mike?

Era provavelmente alguma propaganda, pensou, colocando o envelope junto às outras cartas que tinham chegado para Mike. Ele tinha pedido que Catherine deixasse as correspondências no centro cirúrgico de vez em quando, mas ela preferira colocar tudo dentro de um envelope grande e mandar pelo correio. Não queria ter que ir presencialmente e sofrer a humilhação de ser alvo dos olhares solidários e do silêncio das recepcionistas. Ela estremecia só de pensar. *Lá vem ela. Sabia que ele a largou, né? Pobrezinha, olhe só para ela. Mas, para ser sincera, nunca soube o que ele viu nela. E sabe as férias que ele tirou esses dias? Só ele foi, e ainda levou outra junto. Pois é!*

Catherine suspirou por um momento, imaginando Mike e Rebecca caminhando juntos de mãos dadas numa praia de areia branca, se banhando em águas azuis cristalinas. Drinques. Protetor solar. Risadas. Era insuportável.

Ah, que aquilo fosse à merda. E ele também. Mike não tinha perdido tempo chorando por causa do fim do casamento deles, não é? Já tinha passado da hora de Catherine seguir a vida sem ele. Era hora de começar a canalizar a Catherine que fora todos aqueles anos antes, que era arrojada e corajosa e tomava as rédeas da própria vida. Sem outro minuto de hesitação, ela ligou o computador e se inscreveu numa aula de italiano noturna, com início em janeiro. Pronto. Era um começo. O começo de uma nova e ambiciosa Catherine. Ela quase conseguia ouvir seu eu mais jovem torcendo por ela.

Buon Natale!

(FELIZ NATAL!)

De um jeito ou de outro, já era dezembro e Sophie ainda estava na casa dos pais em Sheffield. Era quase tão surpreendente quanto o fato de ela e a mãe realmente ainda não terem se matado.

O pai de Sophie já estava em casa, perambulando para todo lado com vários medicamentos dados pelo médico e convalescendo, o que até o momento significara vários resmungos na direção da televisão e quebra-cabeças montados com pouco ânimo, enquanto a mãe de Sophie se matava de trabalhar preparando tonéis de sopa numa tentativa de acelerar sua recuperação. Jim era um paciente terrível, entediado e impaciente por ter que ficar em casa, desesperado para voltar ao trabalho, e insistia em ligar para o escritório toda manhã para se atualizar. Até aquele momento, ele só havia faltado ao trabalho por causa de doença duas vezes em toda a sua vida.

Porém, de acordo com Trish, qualquer coisa extenuante estava restritamente proibida.

– Você ainda não está fora de perigo, Jim – vivia lembrando o marido. – É para você levar as coisas com calma, sem ficar correndo por tudo como costumava fazer. Fique dentro de casa e termine aquele quebra-cabeça, pelo amor de Deus.

O Natal tinha evoluído desde a última vez em que Sophie o celebrou com os pais. Quando ainda era novinha, no começo do dia 25 ficavam sempre apenas os três, depois, à tarde, visitavam a avó dela para comer um pedaço de bolo e ganhar mais presentes, e na semana seguinte iam ao teatro para a clássica peça natalina. Porém, daquela vez parecia que todo o espetáculo estava nas mãos dos pais de Sophie, com a tia, o tio e a avó aparecendo para o almoço de Natal, e os primos de Sophie, Sam e Richard, chegando mais tarde, junto com filhos e cônjuges.

– Uau – disse Sophie para a mãe quando soube de todas as atividades que estavam por vir. – Quando que o Natal passou a ser agitado por aqui?

A mãe estava prensando círculos de massa na bandeja para a base das tortinhas de Natal inglesas e não olhou Sophie nos olhos.

– Nós não queríamos ficar sozinhos, só eu e Jim, quando você foi embora – confessou. – Então convidamos todo mundo para vir celebrar aqui em casa. E eles continuam a aparecer todo ano.

Sophie não sabia como responder. Todos aqueles Natais distantes que ela tinha aproveitado e nunca pensara de verdade nos pais que deixara para trás, acordando juntos numa casa silenciosa e desejando companhia.

– Deve ser por causa da sua comida deliciosa, mãe – disse, por fim.

Trish ergueu uma sobrancelha.

– Isso, ou ficaram com pena da gente.

Ai. Seguiu-se um silêncio desconfortável.

– Posso ajudar com as tortinhas? – arriscou Sophie depois de um momento.

– Obrigada – respondeu a mãe. – Se bem que não são exatamente as iguarias italianas com que você está acostumada, é claro.

– Ah, mãe, pare com isso, tá? Eu amo as tortinhas. E faz anos que não como uma decente.

As palavras saíram mais afiadas do que Sophie quisera, e Trish fez uma careta.

– Não precisa gritar – falou, parecendo magoada.

– Não estou gritando, é só que... – Sophie rangeu os dentes. – Parece que você está brava comigo o tempo todo.

A mãe soltou o cortador de massa.

– Não estou brava – declarou depois de um momento. Ela passou a mão pelo rosto, deixando uma faixa de farinha na pele. – Eu... Ah, não importa.

– Importa, sim. O que foi? Vamos conversar sobre isso. Você quer que eu vá embora?

– Não. É claro que não. Você é nossa filha. – Ela suspirou. – É só que você me deixa desconfortável. Como se estivesse criticando tudo por aqui.

Como se estivesse anotando tudo para depois escrever no blog: sobre como somos sem graça, suburbanos, como você mal pode esperar para ir embora de novo.

Sophie supôs que merecia isso.

– Eu não... Eu não penso essas coisas – protestou. – Juro!

Trish não disse nada.

– Mãe, eu prometo – disse baixinho. – Eu não faria isso com vocês.

A expressão nos olhos de Trish dizia: *Você já fez*.

– É só que seu pai e eu ficamos magoados – comentou, colocando colheres do recheio escuro e pegajoso na massa. – E por mais que ele não queira admitir, seu pai está bem frágil nesse momento. Ele não ia aguentar passar por isso de novo. Pode acabar com ele.

Sophie engoliu em seco.

– Sinto muito. Não sei o que mais você quer que eu diga – respondeu. – Não vou mais escrever sobre você e meu pai, tá? – Ela soltou um suspiro. – Nós três fizemos coisas que nos deixaram chateados ao longo dos anos, todo mundo fez algo que não devia.

– Ah, lá vamos nós. Eu estava esperando isso. Sabia que uma hora ou outra chegaríamos lá.

– Bem, é verdade! Não fui a única que fez besteira, né?

– Será que alguém pode preparar uma xícara de chá para mim?

A pergunta veio de Jim, desesperado para impedir o início da Terceira Guerra Mundial. A cozinha estava fervendo com tudo que não fora dito.

– Eu faço – murmurou Sophie.

Pelo menos ela tinha uma boa desculpa para sair de casa com frequência. Depois de dois dias de procura, conseguiu um emprego durante seis dias da semana num café no fim da rua, no qual servia café e bolos para mamães gostosonas que diziam "É melhor não" e em seguida se deliciavam com gosto com croissants folhados de amêndoa. O salário não era dos melhores, mas Sophie imaginava que até fevereiro teria dinheiro o bastante para uma passagem de avião para um lugar novo. Isto é, se sobrevivesse esse tempo todo em casa sem uma crise nuclear.

Obviamente isso não era bom o bastante para seus pais, pois uma noite Trish chegou em casa do trabalho com uma expressão triunfante, anunciando que tinha achado "um emprego para Sophie".

– Como é que é? Eu já *tenho* um emprego – reforçou Sophie. – No Nico's Café. Onde eu passei o dia todo hoje. Lembra?

A raiva cresceu dentro dela. Pais intrometidos nunca mudavam, né? Só acalentavam os filhos com uma falsa sensação de segurança antes de começar a enfiar o nariz onde não deviam de novo. *Você está fazendo tudo errado. Por que não faz isso aqui? Achamos que administração é a melhor opção. A Escola de Teatro não vai te dar um emprego estável. Você está cometendo um grande erro, filha...*

– Eu sei, meu amor. Mas esse é à noite, dando aulas de conversação em italiano no Hurst. Acho que está no papo.

Sophie queria gritar. Ah, agora ela via claramente – a mãe passando pela lista de ofertas de emprego no jornal às escondidas, fazendo o cadastro de Sophie em agências de emprego, tentando controlar os mínimos detalhes da vida da filha como antes.

– Mãe, eu sei cuidar de mim mesma, sabe? Você não precisa ficar procurando outros empregos para mim.

– Eu sei que não preciso. Foi o marido de Tina quem sugeriu.

– *O quê?*

Isso fez Sophie ficar realmente indignada. Será que a mãe tinha avisado para todas as amigas e colegas que a filhinha precisava de uma ajuda para arrumar um trabalho? Ah, que maravilha. As mãos de Sophie se cerraram em punhos e todo o seu esforço foi dedicado a ficar na cozinha em vez de correr escada acima e fazer as malas. Ela já tinha passado por isso antes, com os pais tentando ditar o que ela devia fazer com sua vida. Não ia permitir que acontecesse de novo.

– Se acalme, pelo amor de Deus. Eu só mencionei para Tina que você estava de volta por um tempinho, só isso. O marido dela é diretor de curso lá na faculdade, e acontece que a mulher que dá aula de italiano vai entrar de licença-maternidade. Então Tina, sendo muito gentil e prestativa, somou dois com dois, contou para o marido que você está aqui, é fluente em italiano e está procurando um emprego... – Trish abriu bem as mãos. – E Alan é seu tio. Ele pediu para conversar com você.

– Mas eu...

A raiva de Sophie começou a diminuir.

– Não estou me metendo – continuou Trish. – Não me importo se você vai conseguir o emprego ou não. Você já deixou bem claro que não tem intenção nenhuma de ficar por aqui. Tudo bem para mim.

– Ela está te fazendo um belo de um favor, mas é educada demais pra dizer isso – rosnou Jim, erguendo os olhos do jornal. – E ensinar italiano parece bem mais interessante do que servir mesas. Até você, teimosa como é, precisa admitir isso.

– Desculpa – disse Sophie de má vontade depois de um momento. – Tem razão. Parece mesmo interessante. Mas não vai rolar. Não vou conseguir a vaga.

– Por que não? Inteligente como é, você consegue fazer qualquer coisa.

Era Jim de novo, falando mais alto.

– Você não pode passar a vida toda trabalhando sem propósito! – exclamou Trish de repente. – A vida não permite ensaios, Sophie.

Sophie fulminou a mãe com os olhos.

– Que escolha de frase inconveniente vinda de você – falou baixinho, antes que conseguisse engolir as palavras.

– E é desnecessário desenterrar o passado assim – retrucou Trish, corando.

Ela provavelmente tinha razão.

– Desculpa – murmurou Sophie.

– Certo – disse Jim. – Isso quer dizer que você vai tentar, então?

– É que eu nunca dei aula de verdade antes, pai – respondeu Sophie, em seguida fez uma pausa, pensando sobre o assunto. – Bom, acho que já dei aula, na verdade, quando ensinei inglês para empresários na Venezuela, mas era tudo por baixo dos panos, dinheiro em espécie, sem contrato nem nada. As únicas referências que tenho são de empregadores estrangeiros.

– Melhor ainda. Com um pouco de sorte o marido da Tina não vai conseguir entender nem uma palavra nessas referências. – Jim riu da própria esperteza. – Aposto que você é uma ótima professora, Soph, por baixo dos panos ou não. Lida muito bem com pessoas... bem, exceto quando está discutindo com os pais. Mas você é paciente, articulada...

Sophie fitou o chão, sem saber o que dizer. O pai não era de fazer elogios sem motivo. Preferiria dar nome aos bois a puxar o saco de alguém.

A exaltação fez Sophie se sentir bem quente e confusa por dentro, de um jeito desconcertante.

– Obrigada.

– Você dá conta – concordou a mãe. – Pelo menos pense no assunto. Tina disse que ele ia amar conversar se você tiver interesse. Começa em janeiro. O que você tem a perder?

Hum, minha liberdade?, pensou Sophie imediatamente. Ser professora, mesmo que fosse apenas para cobrir uma licença-maternidade, era um compromisso bem maior do que limpar mesas num café ou servir bebidas num bar. Antes, ela sempre seguira em frente quando dava na telha, pedindo demissão num impulso, pulando num ônibus para um lugar novo se desse vontade. Mesmo em Caracas, ela tinha dado aula de inglês por... o quê? Umas três semanas, só até ter dinheiro para o próximo trajeto da viagem. Nunca foi nada sério.

De um jeito bem irritante, as palavras do pai ficavam ecoando em sua mente. *Parece bem mais interessante do que servir mesas...*

Para ser sincera, ele tinha razão. Ela conseguia servir comida e limpar mesas de olhos fechados. Era um jeito descomplicado de ganhar dinheiro. Mas, por mais que gostasse das amizades que fazia em cafés e de falar com pessoas novas todo dia, às vezes era bem entediante. Além disso, o salário não era lá essas coisas, e no trabalho tinha que ficar o tempo todo em pé. Ela já tinha acabado com vários sapatos sendo garçonete, era um crime contra os calçados.

– Não está com medo, né? – provocou o pai, vendo-a perdida em pensamentos.

– É claro que não! – retrucou Sophie, pegando o pedacinho de papel onde estava escrito o número de telefone. – Vou ligar para ele amanhã.

O Hurst College ficava no centro, a uma curta caminhada da estação – um tipo de lugar pouco atrativo, que não ganharia nenhum prêmio de arquitetura por seu design quadradão dos anos 1960 e decoração interna entediante. Ainda assim, de acordo com o panfleto da faculdade, vários cursos interessantes eram ofertados: cerâmica, culinária, línguas, engenharia, artes cênicas... O olhar de Sophie se fixou na descrição desse último curso e ela se pegou lendo os detalhes com certa voracidade: atuação e habilidades técnicas de teatro... técnicas de voz... caracterização e análise de roteiros...

– Sophie Frost?

Ela foi arrancada dos seus pensamentos pela voz e, ao erguer os olhos, viu à sua frente uma mulher com blusa e casaco azul-marinho. Sophie se levantou, tentando alisar os amassados na saia que tinha pegado emprestada da mãe.

– Sim, oi. Sou eu.

– Pode me acompanhar?

– Claro. Obrigada.

Com o coração pulando com um nervosismo repentino, Sophie seguiu a mulher pelo corredor. *Você consegue*, conseguia ouvir o pai dizendo. Bem, era hora de descobrir, né?

Alan McIntyre, o marido de Tina, era alto, com uma pequena corcunda nas costas, e falava com um sotaque escocês suave. Também tinha um aperto de mão devastador que quase quebrou os dedos de Sophie. Lembrando o conselho do pai – *Aperto de mão forte, personalidade forte* –, Sophie entendeu isso como um tipo de teste inicial e apertou com a maior força que conseguia. Alan soltou uma arfada, chocado, e soltou a mão de Sophie, lhe lançando um olhar de "ficou louca?". Então com isso as coisas claramente começaram bem.

– Sente-se – falou ele, examinando os dedos com a testa franzida. – Bem, como você sabe, estamos com uma situação para resolver. Dá para dizer que precisamos de um golpe à italiana.

– Ah, eu amo esse filme – disse Sophie com um sorriso, sentindo que tinha que compensar pelo aperto de mão desastroso. – Agora segurem-se aí, amigos...

– ... porque eu tive uma grande ideia! – terminou Alan McIntyre.

Os dois riram.

– Bom demais. Adoro Michael Caine.

– Eu também. Uma verdadeira lenda.

– Então... – Ele folheou alguns papéis na escrivaninha. Francamente estava uma zona, com pastas e documentos em várias pilhas. – Me conte um pouco sobre você. Como é o seu nível de italiano?

– Muito bom. Morei e trabalhei lá nos últimos dois anos – respondeu Sophie. – Fiz um intensivo em Roma quando cheguei ao país, mas nada como viver num lugar para forçar a gente a aprender o idioma bem rápido.

– Sem sombra de dúvida – disse Alan McIntyre, com um suspiro invejoso. – Que sortuda. Sabe, um dos meus maiores arrependimentos é nunca ter morado fora do país. Agora estou velho demais e tenho filhos demais e uma hipoteca grande demais para sequer *pensar* nisso. Só um sonho de aposentaria para aguentar esses invernos britânicos terríveis... Enfim... Desculpe. Onde na Itália você morou?

– Em Roma durante um ano, e mais recentemente em Sorrento, mais para o sul.

– Ah, eu conheço Sorrento. Lindo lugar. Praias maravilhosas. E a comida... Meu Deus. Melhor coisa que já comi.

Sophie soltou outra risada. Aquela entrevista estava parecendo mais um papo com um tio bem-humorado.

– A comida é boa mesmo – concordou.

– Tenho que voltar uma hora dessas, fugir dos filhos por uns dias com a esposa. Com certeza. Enfim. A entrevista. Sim. A aula que eu gostaria que você desse é... deixe-me ver. Terças à noite, das seis e meia às oito e meia, para iniciantes. Já tenho oito pessoas inscritas e realmente não quero cancelar. Vai durar dez semanas, com um recesso na metade. O que você acha?

– Demais! Quer dizer, sim, muito bom – respondeu Sophie, tentando soar profissional. Ela pigarreou e ajustou a postura. – Já andei pensando sobre os planos de aula... – Ela pegou o papel que havia arrancado da prancheta de garçonete, no qual havia escrito ideias durante um momento de ócio no café. – Na primeira aula posso abordar cumprimentos e apresentações, depois perguntas e respostas de conversação básicas como "Quantos anos você tem?" e "Qual é a sua profissão?"

– Excelente, excelente. E ouvi dizer que você já deu aula antes.

– Na Venezuela, sim. Dei aula de inglês. Apesar de ter sido há alguns anos.

Sophie fez uma careta, preparada para ver o entusiasmo do diretor ir por água abaixo.

Ele se recostou na cadeira, cerrando os olhos de leve ao observá-la.

– Sophie, vou ser sincero. Você não tem muita experiência, estou meio que me ariscando aqui. Mas gostei de você. E preciso de um professor de italiano. Então a vaga é sua se quiser.

Sophie usou todas as suas forças para não ficar com uma expressão muito espantada, mas não foi fácil. Meu Deus. Aquilo tinha mesmo acabado de acontecer?

– Eu quero – assegurou com um sorriso largo. – Não vou decepcionar o senhor.

Eles selaram tudo com um aperto de mão – dessa vez com muito cuidado –, e Sophie saiu dali com um emprego novinho em folha. Um golpe à italiana. Ela tinha uma sensação boa sobre aquilo.

STATUS DO FACEBOOK: *Sophie Frost – 25 de dezembro*

Feliz Natal, gente! Estou em casa em Sheffield pela primeira vez em anos. Um pouco estranho! Desculpa ficar tanto tempo sem postar nada. As coisas estão uma loucura. Espero que todos tenham um ótimo dia :)

Ela clicou em "Postar" e observou a mensagem carregar. Em seguida, passou os olhos pela timeline para ver o que seus amigos, espalhados pelo mundo, andavam aprontando. Lydia, com quem tinha compartilhado um apartamento na Nova Zelândia, estava de férias em Fiji com o namorado. *Juntinhos na rede. Feliz Natal, gente!*, tinha escrito. O extravagante e lindo Harvey ainda estava trabalhando em Berlim e passava o dia com Kurt, seu novo namorado, no apartamento todo branco e modernoso deles em Leipziger Strasse. E Marta e Toni, dois amigos holandeses, tinham passado o dia em Manly Beach, sem dúvida junto com metade dos mochileiros em Sidney.

Sophie sentiu um aperto no peito, lembrando o próprio Natal que tinha passado em Sidney com Dan. Eles tinham ido até Bondi Beach com uma churrasqueira portátil, uma caixa de vinho e todos os amigos. Havia música tocando. Todo mundo dançou na areia. O sol brilhou o dia todo. Depois, de noite, ela e Dan se sentaram no minúsculo jardim que ficava no pátio do prédio em que ela estava alugando um apartamento e fizeram brindes com espumante australiano. "Feliz Natal", murmurou Dan, se inclinando para beijá-la.

Mas ela não ia pensar naquilo. Principalmente porque já tinha superado Dan. Mal olhava o que ele postava no Facebook esses dias. Àquela altura ele provavelmente estava casado com filhos e um labrador gordo – não que isso significasse alguma coisa para Sophie, é claro.

– Sophie! Café da manhã! – chamou a mãe.

Sophie secou os olhos rapidamente – ela não estava *chorando*, devia ser alguma reação alérgica – e se apressou escada abaixo.

Dois sanduíches de bacon depois, além de uma barra de chocolate que pescou entre os presentes da meia de Natal, Sophie já estava se sentindo bem melhor. Ela se sentou com os pais na cozinha para descascar legumes para o almoço enquanto o CD *Now That's What I Call Christmas* do pai tocava no som estéreo.

– Hora dos presentes! – anunciava Jim de vez em quando, mandando Sophie até a árvore para buscar presentes para todos abrirem. – Hora do gim! – acrescentava às vezes também, abrindo dois Gordon's e servindo quantidades generosas no copo de todo mundo.

– Pegue leve com o álcool, Jim – disse Trish. – Ainda precisa cuidar do colesterol, lembra?

– Ah, o colesterol que se dane – respondeu Jim. – É Natal, mulher! Ninguém deve se conter no Natal.

Tia Jane, tio Clive e a avó de Sophie apareceram ao meio-dia, logo quando as batatas foram postas para dourar numa bandeja com óleo fervente. A casa estava cheia de barulho e exclamações e o tilintar de cubos de gelo quando novos drinques eram servidos. Naqueles dias a avó estava corcunda e meio carcomida, só conseguia ouvir alguma coisa se lhe gritassem no ouvido, mas continuou a sorrir e se divertir o tempo todo, cantando as músicas natalinas de Slade e Wizzard com um vigor surpreendente. Tia Jane ficou bêbada e soltando risadinhas depois de duas doses de xerez, deixando que tio Clive continuasse a resmungar sobre política com qualquer um que quisesse ouvir (ninguém), até Jim o desafiar a ajudá-lo a terminar o quebra-cabeça do vale Dovedale que havia abandonado na sala de estar.

– Será um prazer – anunciou Clive imediatamente. – Sou especialista em quebra-cabeças, sabe, Jim.

– É claro que é, Clive – respondeu Jim, dando uma piscadela para Sophie.

Depois de um almoço bem barulhento, chegaram mais visitas: Samantha e Richard, os primos de Sophie, com suas respectivas famílias – ao todo quatro crianças, um bebê de colo e um Yorkshire Terrier bem exaltado. A casa já estava lotada e conseguir um lugar no sofá era mais difícil do que garantir um ingresso para a final masculina de tênis em Wimbledon. A sala era uma confusão de crianças cheias de chocolate e papel de embrulho voando por todo lado, e o barulho estava no nível do caos... e o dia de Sophie estava sendo maravilhoso. Esqueça Bondi Beach e Berlim, isso era o que valia a pena: jogar charadas com a avó e os primos, comer bombons aos montes e rir como uma hiena quando tio Clive caiu no sono durante o discurso da rainha e roncou mais alto do que um porco selvagem.

Sophie olhou para a mãe, de quem era a vez no jogo de charadas extremamente competitivo. Até Trish estava corada e feliz, com seu melhor vestido e um pouquinho de maquiagem, fazendo o símbolo de um retângulo no meio do ar com a ponta dos dedos.

– É um programa de TV. Uma palavra.

Um aceno de cabeça. Trish contou nos dedos, depois mostrou quatro deles.

– Quatro sílabas.

Outro aceno.

– Última sílaba.

Ela apertou o lóbulo da orelha, depois apontou para si mesma.

– Soa como... Trish. Tri? Tri.

– Cri.

– Pri.

– Ri.

Negações com a cabeça para todos os chutes. Ela apontou para Sophie e para si mesma de novo.

– Ah! Soa como mãe.

– Mam.

– Mem.

Mais balançadas de cabeça.

– Outra sílaba, Trish.

– Terceira sílaba. Sapo? Rã!

– Alguma coisa... alguma coisa... rã-mãe.

– Segunda sílaba. Parece com... não. Nam.

– Num.

– Nom.

– No.

Um aceno vigoroso de cabeça.

– No! Alguma coisa... no-rã-mãe. Que diabos...? – Jim pulou, seus olhos brilhando. – *Panorama!* – gritou. – Só pode ser!

– Correto! – anunciou Trish com um sorriso, aplaudindo. – Muito bem, Jim! – Em seguida, sua expressão ficou tensa. – Jim? Você está bem, Jim?

Sophie se virou em câmera lenta, correndo os olhos do rosto da mãe para o do pai como se fosse um pesadelo. Ele estava com a mão no peito, ofegante, a boca se mexendo sem emitir nenhum som.

– Ai, meu Deus! – exclamou, amedrontada. – Chamem uma ambulância! Alguém chame uma ambulância!

La riunione

(A REUNIÃO)

Catherine sempre amou o Natal: a árvore, os presentes, a animação. Mas naquele ano estava tudo ofuscado pelas mentiras, pela enganação, pelo maldito ex-marido. Fingir que eram uma família feliz com Mike era como estrelar numa farsa de quinta categoria. Era uma tensão absurda tê-lo de volta em casa.

Por exemplo, como que ela tinha aturado aqueles roncos guturais de morsa noite após noite durante todo o tempo que ficaram casados? Ele também amava roubar as cobertas, sempre rolava para longe e as levava consigo, de modo que Catherine acordava várias vezes à noite, morrendo de frio, e tinha que puxá-las de volta. Também tinha se esquecido dos outros defeitos de Mike: o barulhão que ele fazia ao engolir a comida nas refeições; como ele nunca limpava a banheira depois de usar; a forma como podia ver uma pilha de louça suja ou um cesto cheio de roupas para lavar e não pensava nem por um segundo que aquilo também era sua responsabilidade. Já o controle remoto da TV parecia ter sido costurado à sua mão. Ele determinava os programas à noite como um ditador, destacando o *Radio Times* de Natal e o consultando o tempo todo.

Ele nem parecia notar o desconforto de Catherine. Na verdade, não parecia estar nem um pouco preocupado. Para ele, provavelmente estar ali era como tirar férias depois de ter que se virar sozinho no apartamento alugado por dois meses inteirinhos. Ali estava ele, o lorde da casa, assobiando no chuveiro, levando Matthew para ver o jogo de futebol e renovando o papel de motorista particular de Emily com um bom humor irritante. A cada dois ou três dias ele sumia à noite, provavelmente para transar no sofá alugado com aquela maldita Rebecca. Depois, quando voltava para casa e se enfiava na cama com Catherine, ela ainda conseguia sentir o cheiro do perfume dela nele. Isso a deixava enjoada. Por que diabos havia pensado que aquela farsa estúpida era uma boa ideia? A Catherine do diário jamais teria aceitado uma falcatrua como aquela. Teria virado uma cerveja na cabeça de Mike e lhe dito com todas as palavras para onde ir.

A tentação comia Catherine por dentro. Ela estava *louca* para contar. Mas devia a Matthew e Emily um último Natal perfeito, não é?

Havia pelo menos um lado positivo: os filhos estavam em casa de novo. É claro, não pareciam mais os mesmos adolescentes que tinham saído dali dez semanas antes. Matthew fizera uma tatuagem horrível no braço, de uma caveira com chamas saindo das cavidades oculares. Já Emily tinha descolorido seus lindos cabelos até ficarem brancos e os havia cortado bem curtinhos, além de agora ter um piercing roxo brilhando numa narina.

Catherine tentou esconder o desgosto, mas não era fácil.

– Eles estão crescendo, descobrindo quem são de verdade – comentou Mike, impaciente, quando ela abordou o assunto.

– Mas eu gostava de quem eles eram antes – respondeu ela, se sentindo desamparada. – Agora é como se eu nem reconhecesse mais meus filhos.

Na verdade, Catherine pensou, colocando outro cesto de roupa suja na máquina de lavar, ela mal os tinha visto desde que voltaram para casa, tampouco teve a chance de aproveitar as conversas belas e íntimas de mãe e filho que estivera esperando. Eles a tratavam como Mike: como uma criada que devia limpar e organizar tudo por onde passassem, deixar a geladeira estocada com os doces favoritos deles e colocar o jantar na mesa todo dia às seis da noite. Será que era só isso que ela significava para eles?

Mas, ainda assim, lembrou a si mesma, eles passariam um Natal maravilhoso juntos. Era isso o que importava.

Quando deu onze da manhã no dia de Natal, um grito histérico ameaçava escapulir de dentro de Catherine. Ela tinha acordado com o raiar do dia para lidar com o peru, em seguida tinha descascado e picado uma montanha de batatas, cenouras e couves-de-bruxelas. Tinha preparado uma farofa de castanhas com as próprias mãos, arrumado a mesa com a melhor toalha e os talheres de prata mais bonitos e polido todas as taças de vinho. Enquanto isso, Matthew e Emily batalharam no Xbox e Mike se perdeu em sua nova biografia política, ladeado por uma caixa de bombons de chocolate e seu melhor amigo, o controle remoto. Nenhum deles levantou um dedo para ajudar Catherine. Nem sequer prepararam uma xícara de chá para ela. Mas também, ela percebeu, nunca tinham feito nada disso. Durante todos aqueles anos, ela tinha permitido que isso acontecesse: tinha atendido a todas as vontades deles como se prestasse apenas para isso. Para eles, aquele era um dia de Natal perfeitamente normal.

Perfeitamente ruim, isso sim, pensou Catherine, irritada, servindo uma taça grande de vinho para si.

Quando chegou a hora de abrir os presentes, Matthew se desculpou, envergonhado, por não ter comprado nada para a mãe.

– Não tive tempo – falou, embora não tivesse feito nada além de ficar à toa desde que voltara para casa.

Já Emily deu para ela um kit de produtos de higiene pessoal com cara de vó que Catherine tinha visto em promoção na farmácia do bairro. Mike, é claro, não tinha se preocupado com toda aquela farsa de família feliz a ponto de realmente gastar dinheiro com a mãe e comprar alguma coisa para ela. Meu Deus, não. Mike gastar seu dinheirinho precioso e suado? Seria o apocalipse.

Shirley e Brian, os pais de Mike, chegaram logo após a missa.

– Catherine, querida, você está com o rosto tão vermelho! – exclamou Shirley, em seguida mordeu o lábio e perguntou: – Chegou a menopausa, é? Está apanhando das ondas de calor?

Emily soltou risadinhas, Matthew ficou com uma cara envergonhada e Mike enfiou outro pedaço de chocolate na boca. *Logo será você que vai apanhar*, pensou Catherine com raiva.

– Só muito ocupada na cozinha – falou. – Mike, que tal pegar uma bebida para seus pais?

– Ah, não, não precisa se preocupar, Mike, sei o quanto você anda trabalhando duro – protestou Shirley antes que ele pudesse mover um músculo sequer.

Não que Mike estivesse prestes a mover qualquer coisa, exceto talvez a mão para pegar mais chocolates na caixa.

– Bem, eu vou querer conhaque – pediu Brian com um tom de voz bem-humorado. – Já que é Natal.

– E eu vou querer xerez – disse Shirley. – Só um pouquinho. Já que é Natal.

E eu vou querer um ataque de nervos, pensou Catherine, se apressando de volta para a cozinha antes que mais alguém pudesse fazer um pedido. *Já que é a merda do Natal.*

Depois de meia hora – e outra taça de vinho –, o almoço estava pronto. Catherine colocou na mesa o prato de vegetais assados na manteiga, as batatas crocantes, a molheira, o molho de pão e o vinho. Enquanto ela buscava e trazia os pratos, Mike, Emily, Matthew, Shirley e Brian ficaram sentados à mesa e nenhum deles se ofereceu para ajudar. A qualquer minuto um coro de "Que demora é essa?" ia começar, pensou Catherine, furiosa.

– Aí vem ele! – exclamou Emily, seus olhos se iluminando quando Catherine apareceu com o peru, dourado e brilhando na travessa, com salsichas chipolatas enroladas com bacon aconchegadas na ave.

– Vem pro papai – disse Matthew, esfregando uma mão na outra.

– É a melhor refeição do ano – declarou Mike, lambendo os beiços.

– Ah – disse Shirley, soando confusa. – Esqueci de mencionar que agora somos vegetarianos?

Alguma coisa se partiu dentro de Catherine. *Família feliz, uma ova*, pensou. Ela não aguentava mais.

– Quer saber? – ouviu-se dizer com uma voz bem aguda. – Este é o pior Natal da minha vida. Vocês não merecem nem uma fatia de nada disso aqui, seu bando de preguiçosos.

E, antes que conseguisse se impedir, ergueu a travessa de peru acima da cabeça e jogou na parede.

Emily berrou. Mike gritou. Shirley soltou um guincho. Matthew deu uma risada nervosa.

– Mas que diabos...?! – exclamou Brian quando aquele peru enorme se chocou com uma foto de família emoldurada, sujando-a com gordura.

O peru quicou no radiador antes de pousar com pouca elegância no carpete, os pezinhos apontando para o teto. As salsichas choveram como balas de carne contra o papel de parede, deixando manchas oleosas por onde passavam. A foto se soltou do prego e caiu atrás do radiador com um clangor abafado.

– *Catherine!* – exclamou Mike. – O que você acha que está *fazendo*?

– Ela está bêbada – murmurou Shirley para Brian, com uma expressão horrorizada.

– Ela ficou doida – respondeu Brian no mesmo tom de voz, a boca escancarada.

Todos estavam encarando Catherine, espantados. Pelo menos naquele momento ela tinha a atenção de todo mundo. Naquele momento se dignaram a olhar para ela. *A tolerância tem limites*, pensou, cerrando os punhos.

– Não estou bêbada nem louca nem na merda da menopausa, muitíssimo obrigada – vociferou. – Mas cheguei ao limite, escutaram bem? Chega. Vocês que preparem o próprio almoço de Natal, eu vou para a casa da Penny. Pelo menos lá pode ser que me respeitem.

– Mas, mãe! – protestou Emily, os olhos de repente marejados. – É *Natal*! Você não pode ir embora!

– Mãe, desculpa – disse Matthew. – Senta aqui, eu dou um jeito no peru.

Tarde demais. Tarde demais *mesmo*. O momento para ficar comovida por lágrimas ou protestos já havia passado.

– Não se preocupe, o *papai* vai dar um jeito – zombou. – As aves que se entendam. Um galinha consegue dar conta de um peru, não é mesmo, Mike?

Mike tinha ficado pálido.

– Catherine... – implorou.

– Isso é ridículo! – balbuciou Shirley.

– Ah, vai à merda, Mike – respondeu Catherine, arrancando o avental. – E você também – acrescentou para a sogra.

Ela jogou o avental na mesa, onde ele caiu em cima das batatas assadas.

– Um feliz Natal de merda para vocês – falou, depois lhes deu às costas e foi embora.

Penny atendeu a porta com um chapéu de festa roxo e um vestido de lamê dourado.

– Ah, meu bem! – exclamou, alarmada. – O que aconteceu?

– Acabei de jogar o peru na parede. – Catherine soluçou. – E mandei a Shirley à merda. É o pior Natal de TODOS!

Penny a puxou para um abraço apertado e bem perfumado.

– Ah, é assim que esse maldito Natal é mesmo – falou, dando tapinhas nas costas de Catherine com ternura. – Venha ficar aqui com a gente um pouco. Estávamos prestes a começar e tem comida o bastante para afundar o *Titanic*.

– Tem certeza de que não tem problema?

Só então ela percebeu o que tinha acabado de fazer. Meu Deus. Ela só conseguia pensar nas perninhas do peru esticadas para cima, nas manchas de gordura no papel de parede, nas expressões chocadas ao redor da mesa. *Um feliz Natal de merda para vocês.* BLAM.

– Claro que tenho, Cath, quanto mais melhor. Vamos lá então, o que você quer para beber, querida?

– Uma taça bem grande de qualquer coisa.

– É pra já.

Meia hora depois, a campainha tocou de novo e Emily apareceu, o rosto pálido e marcado pelas lágrimas.

– Chegou bem na hora da sobremesa, meu bem – disse Penny, sem nem piscar. – Tome uma taça de vinho e dê um abraço na sua mãe, pelo amor de Deus.

– Você está bem, Em? – perguntou Catherine, apertando a filha de uma forma levemente embriagada. Meu Deus, aquele conhaque e depois o vinho Pinot Grigio tinham lhe subido direto à cabeça. – Sinto muito sobre o peru e... bem, sobre tudo.

– Sobrou uma coxa ou outra aqui se estiver com fome, Emily – ofereceu Penny, cujo chapéu de festa tinha descido e agora cobria um de seus olhos. – Ou pode pular direto para a sobremesa. Darren só está esquentando o creme.

– Como estão as coisas em casa? – perguntou Catherine. – Está tudo bem? Shirley e Brian ainda estão lá?

Emily parecia atordoada.

– O papai contou tudo para a gente – falou, a voz falhando com um soluço. – Sobre a tal da Rebecca. Ele disse que está apaixonado por ela e que vocês dois vão se separar. – A voz dela se ergueu num lamento. – Por que vocês tinham que contar para a gente justo no Natal? Vocês estragaram tudo!

– Sinto muito – disse Catherine, sentindo vontade de chorar. – Não era para vocês descobrirem assim.

– O que foi que ela acabou de dizer? – perguntou Janice, a mãe de Penny, colocando a mão em torno da orelha para ouvir melhor. – Aquele Mike gente boa te largou? Bem no Natal? Mas que babaca.

– Mãe! Não seja grosseira. Beba sua sidra e fique quieta – sibilou Penny.

– Eu mesmo não entendo – disse Darren, o namorado de Penny, entrando no cômodo com uma jarra de creme de ovos e uma lata de chantilly. Sacudiu o chantilly e enfiou duas grandes nuvens de creme direto na boca. – Uma gata como você, Catherine. O que esse cara tem na cabeça?

– Quem quer um pouco de sobremesa? – perguntou Penny, tentando mudar de assunto. – Tem creme de ovos e manteiga de conhaque e... Darren! Pare com isso! Quer mais vinho, Cath?

– Sim, por favor – disse Catherine. – Quero um pouco de cada, por favor. Vou infartar antes do fim do dia.

– E por que não? – disse Janice. – Aproveite, meu bem. Não é todo dia que a gente descobre que nosso marido é um canalha, né? Homens!

– Ei! – protestou Darren com bom humor. – Não somos todos canalhas, Janice. Na verdade, tenho uma coisa para falar. Isso vai animar todo mundo. – Ele pegou um objeto no bolso, em seguida se ajoelhou em frente a Penny. – Penny, você me dá a honra de...

– SIM! – berrou Penny antes que ele pudesse terminar de falar. Ela largou a colher de servir e pegou a caixinha na mão de Darren. – Sim, Darren, eu aceito!

– E lá vamos nós de novo – murmurou Tanya, a filha mais velha de Penny.

– Ahhh... – Janice suspirou. – Não é romântico?

– Deixe a gente ver – pediu Emily, se animando um pouco.

– Que maravilha, parabéns – disse Catherine, tentando ficar feliz pela amiga.

Não, ela *estava* feliz pela amiga. Muito feliz.

Pela janela, viu a porta da frente da própria casa se abrir, e Shirley e Brian saíram com passos largos, bufando, seguidos por Mike, que estava de avental e com uma aparência pesarosa e nervosa.

Aquele definitivamente era um Natal que ninguém ia esquecer tão cedo.

Emergenza

(EMERGÊNCIA)

— Chamem uma ambulância! — gritou Sophie mais uma vez quando Jim tombou no tapete, apertando o peito.

Seu rosto estava congelado e um gemido terrível saiu de seus pulmões. Num único momento, o Natal tinha acabado.

Houve um instante de silêncio aturdido, em seguida a sala explodiu num caos generalizado, vozes se erguendo com histeria descontrolada, crianças desatando a chorar, amedrontadas. Trish e Sophie correram para o lado de Jim.

— Ele não está respirando! — exclamou Sophie com urgência quando colocou a mão no peito do pai.

O rosto de Jim estava chocantemente pálido e sem vida. Será que eles o tinham perdido daquele jeito, sem mais nem menos? Será que já era tarde demais?

Trish parecia aterrorizada.

— O que a gente faz? — Ela engoliu em seco. — Jim! Você consegue me ouvir, meu amor? JIM!

Sophie estava pensando freneticamente. Quando trabalhou em Val Thorens, os funcionários tinham feito um curso de primeiros socorros obrigatório. Ela e os amigos tinham ficado com o pé atrás em relação às aulas na época, sem querer tentar o boca a boca com o boneco de plástico com cara grotesca. Estiveram mais interessados em planejar onde iam beber naquela noite. Mas, por sorte — por um milagre —, Sophie se lembrava de algumas informações, arquivadas num canto do cérebro sob "Pode ser útil um dia".

Ela colocou a mão no osso esterno do pai e empurrou com força duas vezes, lembrando que às vezes isso era o suficiente para fazer o coração voltar a bater. O tique-taque do relógio em cima da lareira era uma imitação cruel – um, dois, três... Nada aconteceu. Merda.

– Falem para os paramédicos que ele não está respirando – gritou por cima do ombro. – Vamos lá, pai – incentivou. – Vamos lá.

Ainda nenhum vestígio de vida. Com o próprio coração acelerado, ela se ajoelhou ao lado do pai, colocou a mão esquerda sobre a direita e entrelaçou os dedos sobre o peito dele. Trinta compressões, firmes e rápidas, lembrou o instrutor do curso lhes dizendo.

– Um, dois, três... – contou baixinho.

– O que está acontecendo? – exclamou Trish. – Cadê a ambulância?

– Parece que está a dois minutos daqui – disse Richard em algum lugar às costas dela. – Me avise se quiser que eu assuma, Soph.

Sophie não tinha intenção nenhuma de deixar outra pessoa assumir. Ela ia salvar a vida do pai ou morrer tentando.

– Doze, treze, catorze... – disse com urgência, ofegante, empurrando com força e desejando que tivesse prestado mais atenção quando estava nos Alpes franceses.

O que vinha depois? Tinha que puxar a cabeça para trás quando fosse fazer o boca a boca, lembrou. Apertar o nariz, depois colocar a boca em cima da boca da outra pessoa e respirar ali dentro, duas vezes. Trinta compressões, depois duas respirações.

– Vamos lá, Jim. – Trish soluçou, apertando a mão do marido e chorando na camiseta dele. – Por favor, Jim, volte. É Natal – acrescentou num lamento.

– Vinte e oito, vinte e nove, trinta.

Sophie inspirou fundo. *Pronto, pai?* Ela puxou a cabeça dele para trás, fechou o nariz dele com os dedos, em seguida colocou a boca sobre a dele e expirou devagar, sentindo o pulmão do pai inflar. A barba por fazer roçou seu rosto. Tal intimidade lhe parecia horrivelmente errada. *A qualquer minuto*, pensou, *vou acordar e tudo vai ter sido um pesadelo horrível*.

Duas respirações, mas ainda nada. *Por favor, preciso acordar agora. Por favor.*

Ela retomou as compressões no peito, adrenalina, angústia e desespero correndo por seu corpo. *Vamos LÁ, pai. Pare de brincadeira. POR FAVOR.*

– Chegaram! – veio um grito da janela.

Era Julian, o marido de Samantha. A ambulância estava estacionando. Ele correu para a porta da frente e, segundos depois, os paramédicos entraram às pressas, um homem e uma mulher com maletas de primeiros socorros, imediatamente avaliando a situação e tomando o controle.

– Muito bem, querida – disse o homem para Sophie, se ajoelhando do outro lado de Jim. – Sou Will. Deixe que eu assumo agora.

– Faz quanto tempo que ele está inconsciente? – perguntou a mulher para Trish, segurando o punho de Jim enquanto Will recomeçava as compressões.

Sophie ficou ajoelhada, observando desamparada os paramédicos fazerem o trabalho deles. Ela mesma estava com dificuldade para respirar, a agonia era tão grande.

– Ele vai...? – tentou falar, a voz falhando. – Ele vai ficar...

Ela não conseguia terminar a frase. Trish estava chorando com as mãos no rosto, e Sophie foi até ela e colocou um braço ao redor da mãe.

– Vamos lá, pai – repetiu, lágrimas escorrendo dos olhos. – Você nem chegou a comer uma fatia do nosso... – ela mal conseguia pôr as palavras para fora, a garganta estava apertada demais – ... do nosso bolo de Natal.

Que coisa estúpida e trivial para fazê-la chorar. Tão patética. Mas ela só conseguia pensar no bolo magnífico que tinha feito com a mãe e que ainda estava na cozinha, intacto. Jim ficou brincando a semana toda que ia pegar um pedaço, que não conseguia resistir mais um dia sem provar, até que Trish acabou tendo que esconder o bolo. Mais lágrimas caíram. O pai de Sophie fazia com que as coisas em casa fossem tão mais fáceis com as piadas e as provocações. E ele... E ele...

– Ok, senti a pulsação – anunciou a mulher bem nesse momento. – Ele está respirando.

Trish soluçou com ainda mais força e se agarrou a Sophie.

– Ele está vivo – disse Sophie, arfando, sem fôlego através das lágrimas.

– Você salvou a vida dele! – exclamou Trish, se engasgando com as palavras. – Você o salvou, Sophie.

Jim estava respirando, porém continuava inconsciente, e os paramédicos anunciaram que iam levá-lo para o hospital. No mesmo instante Trish começou a ficar agitada por causa da ceia de Natal, mas Samantha colocou a mão no ombro da tia e falou com ela, de mãe para mãe, de organizadora de várias ceias para outra, tentando acalmá-la.

– Agora você não vai se preocupar com mais nada além de Jim – ordenou. – A gente vai se virar muito bem por aqui. Trish, presumo que você vá na ambulância com Jim, certo? Sophie, eu te levo até lá. Não bebi nada, então posso dirigir sem problemas. Que tal pegar algumas coisinhas para o seu pai? Daí a gente vai.

– Obrigada – falou Sophie, entorpecida, enquanto Jim era levado numa maca para a ambulância.

Ela se apoiou no corrimão do corredor, por um momento sentindo que ela mesma ia desmaiar, depois conseguiu subir as escadas para pegar alguns produtos de higiene e pijamas para Jim. No quarto dos pais, ela viu o que restou dos presentes da meia de Natal dele ao pé da cama, onde ele os havia desembrulhado naquela manhã – uma laranja de chocolate, um pacote de bolas de golfe luminosas, um diário novo, umas meias com estampa de rena ridículas, uma miniatura do uísque The Famous Grouse... Lágrimas arderam em seus olhos. Ela amava que os pais ainda preparavam meias de Natal um para o outro mesmo depois de todos aqueles anos. Não era uma graça?

Fungando, ela preparou uma mala para Jim, incluindo as meias de rena na esperança de que o fariam sorrir. Isto é, se um dia ele acordasse. Se um dia ela o visse sorrir de novo.

Jim estava na sala de operações quando ela chegou ao pronto-socorro. Havia festões jogados por cima das telas dos computadores e cartões coloridos pendurados na área da recepção, mas naquele momento Sophie se sentia completamente isolada das celebrações de Natal do resto do mundo, como se a felicidade fosse algo que pertencesse a outras pessoas.

Trish estava na área de espera com o rosto pálido e meio esverdeado. Parecia ter encolhido desde a última vez que Sophie a vira: uma mulher pequena e assustada numa jaqueta azul-marinho, que se contorcia toda vez que um médico passava por perto.

— Ele ainda está inconsciente — ela informou para Sophie com a voz trêmula. — Falaram alguma coisa sobre colocá-lo num coma induzido enquanto resolvem as coisas. — Ela se agarrou à filha. — Coma, Sophie. Isso é ruim, né? E se ele nunca mais acordar?

— Ele vai acordar, mãe. Ele vai. — Se Sophie ficasse repetindo aquelas palavras, talvez conseguisse convencer a si mesma também. — A gente só tem que esperar agora. Você conhece meu pai. Forte como um touro.

— Mas e se ele morrer? O que eu vou fazer? Não vou saber me virar sozinha. — Mais lágrimas marejaram os olhos dela. — O que vou fazer sem ele?

Sophie fez Trish se sentar numa das cadeiras e segurou as mãos da mãe.

— Não pense nisso agora — pediu. — Vamos esperar para ver o que os médicos têm a dizer. Vamos lá, mãe, temos que ficar otimistas. Ele não ia querer que a gente ficasse sentada aqui chorando.

— Eu devia ter sido mais firme com ele — continuou Trish, parecendo não estar ouvindo. — O tanto que ele bebeu hoje! Mas eu falei para ele parar. Eu falei e falei! O que mais eu poderia ter feito, arrancar a garrafa das mãos dele?

— Não é culpa sua, mãe. Não é culpa de ninguém.

Ela sentiu uma pontada de remorso, lembrando como tinha brindado a própria taça com a do pai no almoço. *Tim-Tim!* Por que não tinha pensado em controlar melhor o comportamento dele também?

— Você falou mesmo para ele, eu ouvi. Ele só ficou animado demais, não foi? Não conseguiu se controlar. Um crianção, é isso que ele é.

Elas ficaram sentadas ali juntas, em silêncio, ambas ainda vestindo os casacos. A voz de Cliff Richard cantarolava no rádio, e Sophie, que nunca fora religiosa, se pegou rezando por um milagre de Natal. *Por favor, permita que ele viva*, pensou em desespero. *Farei qualquer coisa. Só quero mais tempo com meu pai. Quero que ele me veja fazer alguma coisa decente pra variar, que tenha orgulho de mim. É pedir demais?*

Horas depois, as duas ainda estavam nos mesmos assentos, a passagem do tempo visível apenas na coleção de chás e cafés de máquina medonhos, bebidos pela metade, espalhada ao seu redor. A abençoada Samantha apareceu com uma tigela cheia de sanduíches de peru, palitinhos, bolovos e duas fatias do bolo de Natal.

– Todo mundo mandou um beijo – informou, tirando primeiro uma garrafa térmica da bolsa e depois, após dar uma olhada furtiva para os dois lados do corredor, uma garrafa de conhaque. – Alguma novidade?

Trish balançou a cabeça, cansada.

– Não. Agora ele está passando por uma cirurgia. Ninguém nos conta nada.

– Vocês duas vão passar a noite aqui? Posso trazer escova de dentes e coisas do tipo se quiserem.

– Obrigada, querida – disse Trish. – Vamos ficar, mas não precisa voltar aqui. Você tem suas crianças, e, afinal das contas, é Natal.

– Elas estão bem. Vou voltar quando estiverem dormindo. Me mandem mensagem se lembrarem de mais alguma coisa.

Sophie estava se sentindo mal por um dia ter esnobado Sam, chamando-a de certinha em particular. Nunca mais faria outra crítica à prima, não depois de tamanha bondade.

– Obrigada, Sam – falou Sophie, abraçando-a. – Isso é muito gentil da sua parte. Você é maravilhosa.

Então ficaram apenas ela, Trish e a espera interminável mais uma vez. As duas comeram os sanduíches de peru juntas, ambas sentindo uma fome repentina, embora nenhuma estivesse disposta a encarar o bolo de Natal.

– Não parece certo comer sem ele – comentou Sophie.

Sorrateiramente, Trish serviu um golinho de conhaque para ambas nos copos de plástico da máquina de café.

– Sophie – falou de repente. – Eu queria pedir desculpas.

– Pelo quê?

– Pelo... você sabe. Pelo que eu fiz. A coisa com a Escola de Teatro. Eu não devia ter feito aquilo. Realmente me arrependo. – Novas lágrimas surgiram em seus olhos. – Não fui a melhor mãe que poderia ter sido, sei disso.

– Ah, mãe... – O conhaque correu pelo sangue de Sophie como uma corrente elétrica, e ela fechou os olhos por um momento, sem saber se estava pronta para ter aquela conversa na recepção deprimente do hospital. – Você não precisa pedir desculpas. É sério. Foi há tanto tempo.

– Preciso pedir desculpas, sim. Eu devia ter me desculpado na época. Sei que você nunca me perdoou.

Sophie percebeu que estava segurando o copo de plástico com tanta força que as bordas finas estavam rachando. Pelo jeito ela e a mãe iam, afinal, ter A Conversa. Ela já tinha pensado naquele momento vezes demais, já tinha ficado agitada com raiva e descrença. Quem não ficaria assim?

A briga tóxica tinha acontecido no último ano do ensino médio, quando Sophie e os pais passaram pela épica saga de discordância sobre "Qual é o Próximo Passo de Sophie". Contra a vontade deles, ela tinha se candidatado para estudar artes cênicas em Manchester. Contra a vontade *dela* (e completamente pelas suas costas), eles haviam preenchido formulários de candidatura para que ela estudasse administração em Sheffield, de modo que pudessem tê-la onde queriam. Aumentaria as chances de conseguir um emprego, tinham dito. Mais opções. Bom, que seja.

A entrevista e o teste em Manchester foram melhores do que ela poderia ter desejado, e Sophie voltou para casa se sentindo triunfante e animada com a direção que sua vida (com sorte) tomaria. Porém, infelizmente, para sua grande decepção, nenhuma oferta de vaga chegou para Sophie. A faculdade nem se deu ao trabalho de lhe mandar uma carta de rejeição. Será que ela tinha se saído tão mal assim?

É claro, os pais ficaram tão presunçosos como um cara rico num iate. *Sorte que a gente pensou naquele plano B, não é?*, disseram, brandindo o folheto de administração.

Sophie disse que não. Eles responderam que era a melhor opção. Sophie disse que não mais uma vez. Eles se ofereceram para pagar pelo curso. Não. Mas... *Não*.

Um impasse se seguiu até que Sophie finalmente tomou coragem, ligou para a faculdade em Manchester e perguntou por que ela não fora boa o bastante para o curso (ela imaginou que era melhor saber se não havia esperança para ela na carreira como atriz). Mas o que ela descobriu é que, no fim das contas, eles *tinham* mandado uma carta oferecendo uma vaga.

"Sim, você tirou uma nota bem alta no processo seletivo", disse-lhe a recepcionista. "Porém, de acordo com nossos registros, você rejeitou a vaga em fevereiro."

"Mas eu não rejeitei", gaguejou Sophie, sem acreditar. "Eu nunca recebi a carta! Mas eu *quero* a vaga!"

Era tarde demais, é claro. A faculdade já tinha preenchido a vaga – a vaga de *Sophie* – com outro estudante. Tremendo de raiva, Sophie confrontou os pais, e a verdade veio à tona. A mãe tinha se encarregado de rejeitar a vaga em Manchester no nome de Sophie.

"Fiz isso para o seu próprio bem!", exclamou com a voz estridente.

Àquela altura, Sophie saiu de casa de supetão, batendo a porta às suas costas.

Para seu próprio bem mesmo. Incapazes de acreditar que Sophie talvez realmente quisesse tomar as rédeas do próprio futuro, isso sim. Foi a gota d'água. Naquele mesmo instante, Sophie abandonou o ensino médio, mesmo faltando apenas dois meses para ela se formar, enfiou alguns pertences numa mala e foi embora, dormindo no sofá da casa de amigos e em camas infláveis e trabalhando como faxineira e garçonete dia e noite até que tivesse guardado dinheiro o suficiente para ir embora de vez. Ela não ia mais permitir que sua vida fosse ditada por Jim e Trish e ponto-final, droga.

– Veja bem – falou, se forçando a voltar para o presente. – Toda aquela coisa com a Escola de Teatro... não importa mais. Ser atriz provavelmente nunca teria dado certo pra mim. Talvez você tenha me salvado de um monte de mágoa.

Ela não acreditava numa única palavra do que tinha dito, mas não tinha energia para discutir naquele momento.

– Não é tarde demais – disse Trish com timidez. – Quer dizer... Você podia se candidatar de novo agora, sabe?

Sophie balançou a cabeça. A ideia tinha lhe ocorrido no passado, mas uma combinação letal de orgulho e finanças apertadas sempre a impediu.

– Não tenho dinheiro para isso, mãe – lamentou. – Vamos só deixar pra lá. Não importa.

– Foi só porque eu nunca tive muita coisa na minha vida – continuou Trish, secando os olhos com um lenço bem usado. – Eu queria que você tivesse todas as escolhas que eu não tive. Agora entendo que a gente deveria ter confiado em você e te apoiado, aceitado o que quer que você quisesse fazer, quer a gente concordasse com essa escolha ou não. – Ela serviu outro golinho de conhaque para as duas. – Sinto muito, filha. Eu te decepcionei.

Sophie inspirou bem fundo e ficou olhando para a máquina de venda automática sem enxergá-la de fato.

– Sempre senti que decepcionei vocês também – admitiu depois de um tempinho. – Senti que era uma decepção para você e o meu pai.

Trish balançou a cabeça.

– Uma decepção? Você? Ah, não. Sempre tivemos tanto orgulho de você, de todas as coisas incríveis que você fez. – As mãos dela tremiam ao redor do copinho de plástico. – Nossa Sophie, vendo o mundo, vivendo tantas aventuras. A gente amava ler o seu blog... bem, não tudo, não as partes sobre nós. Mas minha nossa! Os lugares que você conheceu! Eu admiro você, de verdade. O seu pai também. Eu nunca teria feito metade das coisas que você fez.

Sophie se sentia atordoada com aquele desabafo emotivo pouco usual.

– Ah, mãe... – falou, comovida. – Obrigada.

As duas se olharam e sorriram. Foi o melhor momento do dia todo. Por uma fração de segundo, enquanto se deleitava com o que definitivamente parecia ser amor brilhando no rosto da mãe, Sophie até esqueceu por que estavam no hospital.

– Agora pegue aqueles palitinhos, por favor, ainda estou morrendo de fome – pediu Trish, soando mais consigo mesma.

– Aqui está – disse Sophie, entregando a tigela.

No fim das contas, talvez milagres *realmente* acontecessem no Natal, maravilhou-se enquanto mordia um bolovo. Se ao menos mais um milagre pudesse acontecer, por favor, na sala de operações...

La vigilia di Capodanno

(O RÉVEILLON)

– Dez... nove... oito... – contava o homem com o microfone, seu rosto corado preenchendo a tela da TV.

Anna olhou para Pete, que estava com a cabeça caída no encosto do sofá, de boca escancarada e com os olhos fechados. Parecia que precisaria de uma dinamite para acordá-lo.

– Sete... seis... cinco... – entoava a enorme multidão aglomerada ao redor da London Eye e ao longo da margem do rio. Havia um mar de luzinhas minúsculas vindo de celulares e câmeras, erguidos como testemunhas secundárias daquele evento.

– Pete – sibilou Anna, dando uma cotovelada nele. – Pete!

A cabeça do namorado balançou com o impacto do empurrão, mas os olhos dele permaneceram fechados. Uma linhazinha brilhosa de baba escapou pelo canto da boca e desceu até o queixo.

– Quatro... três... dois...

Ali estava a imagem obrigatória do Big Ben, o cronômetro com contagem regressiva gigante projetada na lateral da torre, o Palácio de Westminster iluminado como um castelo de conto de fadas.

– Pete! – chamou Anna, pondo mais força na cotovelada. – Acorde!

– Um... Feliz Ano-Novo! – exclamou o apresentador, sorrindo.

A multidão deu vivas e se abraçou. Mil fotos novas passaram a existir. Fogos de artifício explodiram por cima do rio Tâmisa, explosões brilhosas no céu refletidas na água negra abaixo. A tradicional música anglófona "Valsa da Despedida" começou a tocar enquanto votos de Ano-Novo passavam pela tela da TV.

Anna suspirou com impaciência e fechou a cara para Pete. Que grande celebração aquela. Na TV, todo mundo estava dançando e se beijando. Ali no apartamento, Pete começou a soltar um ronco baixo e sibilante. Ela lhe deu um empurrão.

– PETE!

Os olhos dele se abriram rapidamente, seu rosto tomado por uma expressão desnorteada.

– Quê? O que aconteceu? Por que você fez isso?

– Porque já é Ano-Novo! – respondeu Anna, exasperada. – Você perdeu!

– Ah! Já? Devo ter cochilado.

– Pois é – concordou Anna, fulminando-o com o olhar. – Deve ter mesmo.

– Me dê um beijo então. Hummm. Feliz Ano-Novo, meu amor. Acho que vai ser incrível.

– Pois é.

O ano em que vou encontrar meu pai, pensou Anna. *Vou encontrá-lo.*

– Acho que você tem razão – acrescentou com um pouco mais de entusiasmo.

Ela terminou de tomar o restinho de *prosecco*, que já estava quente àquela altura.

– Quer outra bebida? Tem aquele licor estranho que minha mãe e Graham me deram.

– Vá em frente. Vamos ousar um pouco.

Anna foi catar a garrafa da pilha de presentes no meio dos embrulhos amassados que ainda precisava organizar. *Meta de Ano-Novo*, pensou consigo mesma. *Ser organizada. Limpar esse chiqueiro um pouco. Com certeza vai rolar este ano.*

– Acha que é para tomar com gelo? – perguntou, olhando cheia de dúvidas para a garrafa.

A mãe tinha comprado o licor no último verão, depois de passar uma semana viajando em caravana pela Espanha, e o rótulo da garrafa trazia ilustrações de palmeiras extravagantes e um vulcão em erupção. Era o tipo de coisa em que só se tocava depois de estar completamente embriagado.

– Sim, se você tiver.

Anna abriu o minúsculo compartimento do freezer, no qual achou um pacote de iscas de peixe pela metade, um Cornetto de séculos atrás e ervilhas congeladas. A bandeja de gelo também estava ali, porém inutilmente vazia.

– Pensando bem, vamos tomar puro – decidiu.

Ela abriu a garrafa e a cheirou, recuando quando o aroma pungente e adocicado atingiu suas narinas. Inferno. Segunda meta: abastecer o armário com bebidas de mais qualidade. Não conseguia imaginar o pai italiano chegando perto de uma porcaria como aquela. Uma imagem surgiu em sua cabeça: fogos de artifício estourando acima do Coliseu. *Feliz Ano-Novo, pai.*

Ela encarou o Cornetto, sentindo uma fome repentina, depois fechou a porta do freezer antes que começasse a devorá-lo. Terceira meta: comer comidas mais saudáveis. Sopas nutritivas e smoothies recheados de vitaminas. Ela definitivamente tinha ganhado uns quilinhos no Natal, com todas as comidas que tinha preparado. Quarta meta: voltar a correr. Ela, Chloe e Rachel tinham começado a participar religiosamente da corrida semanal no Endcliffe Park durante o verão, mas perderam o pique quando o tempo esfriou.

– Pensou em alguma meta? – perguntou para Pete, levando dois copos e a garrafa de volta para o sofá.

Ela serviu um pouco para cada um e se sentou, cruzando as pernas. O aquecimento tinha desligado séculos atrás e a temperatura lá fora tinha despencado. (Quinta meta: dar um jeito no *timer* da caldeira, ou pelo menos achar o manual de instruções.)

– Bem...

Ele deslizou um braço ao longo do encosto do sofá às costas de Anna e olhou para ela com solenidade. Em seguida, cometeu o erro de tomar um gole da bebida, o que imediatamente desencadeou um acesso de tosse, arruinando o que quase virara um momento romântico.

– Meu Deus! O que *é* isso? Será que sua mãe quer envenenar a gente ou algo assim?

Temendo o motivo por trás daquela expressão melosa com que ele acabara de olhar para Anna (o que diabos ele estava planejando?), ela falou por cima das tosses.

– Tenho algumas. Metas, quer dizer. Encontrar meu pai, é claro. Organizar o apartamento... – Ela olhou ao redor de maneira crítica. – Na verdade, talvez eu me mude para outro lugar – decidiu com um otimismo repentino. – Este lugar está uma zona. Era para eu ficar aqui só seis meses.

– Eu queria falar com você sobre isso – disse Pete.

Aquela expressão esperançosa tinha voltado, a bebida abandonada com segurança na mesa. Ele pegou a mão de Anna e começou a brincar com os dedos dela.

– Talvez esse vá ser o ano em que a gente vai morar junto, Anna.

– Morar junto?

Caramba. Ela não tinha previsto aquilo.

– É. Eu e você. Eu podia me mudar para cá a princípio, depois a gente podia procurar um lugar juntos. O que você acha?

O que ela achava? O instinto de Anna era pular daquele sofá e fazer o sinal da cruz, como se estivesse repelindo um vampiro faminto. Nem pensar. Pete a deixaria completamente louca. Para começo de conversa, ele ia querer que os dois transassem todas as noites, e além disso os pés dele tinham um cheiro horrível quando ele tirava as meias, o som estéreo dele ia tomar conta da sala de estar, Anna ia precisar arranjar espaço para os álbuns do Sheffield United que ele colecionara a vida toda...

– Hum... – começou, sem querer magoá-lo. – Eu nunca pensei mesmo sobre...

– A gente está namorando há *anos*, Anna. Todos os nossos amigos estão sossegando, começando uma família. Além disso, a gente ia poupar uma fortuna. Acho que seria uma boa ideia, não concorda?

Não, pensou ela com veemência. Não, ela definitivamente não achava que seria uma boa ideia. As maniazinhas irritantes dele a fariam subir pelas paredes em dois dias.

Então por que você ainda está namorando com ele, Anna?, perguntou uma voz em sua cabeça.

– Ahn... – fez, virando a bebida, se esquecendo de que haviam trocado o espumante gostoso por aquele licor diabólico grotesco.

Sua garganta queimou com o álcool e ela se engasgou, sentindo ânsia de vômito.

– Acho que a gente não devia apressar as coisas – conseguiu dizer após se recuperar.

– Mas a gente não estaria apressando nada – protestou Pete. – É que me parece a hora certa, só isso. Não estou dizendo para a gente se casar nem nada disso.

– Que bom – Anna deixou escapar antes de conseguir se impedir. Argh. Era o suco de vulcão falando. – Quer dizer...

– Mas talvez seja hora de a gente aumentar nosso nível de comprometimento – continuou Pete, apertando a mão dela.

Anna o encarou. De onde ele estava tirando aquela bobagem? Parecia uma frase arrancada direto de um artigo de uma revista ruim.

– Além disso – acrescentou Pete, do nada soltando a mão dela e parecendo desconfortável –, vou ser expulso do meu apartamento no mês que vem.

– Você vai ser... Ah.

Então era disso que se tratava. *Típico*, pensou Anna, rangendo os dentes. Típico de Pete. Ele nem conseguia fazer um gesto romântico sem estragar tudo, pelo amor de Deus.

– Certo – disse ela, já que ele continuou calado. – Entendi. Olha, nós dois estamos meio bêbados agora. Vamos falar sobre isso outra hora, quando a gente puder pensar direito, tá? Vou pra cama.

Ele pousou a mão na coxa de Anna e a olhou com malícia.

– Você leu a minha mente, querida. Vamos começar o Ano-Novo com o pé direito, o que me diz?

No dia 1º de janeiro, após Anna conseguir se desgrudar de Pete (ufa!) para buscar a avó na Clemency House ("Oi, Violet", "Feliz Ano-Novo, Elsie", "Olá, Sra. Ransome!"), as duas dirigiram até Skipton com a mãe e Graham para visitar a tia Marie e sua companheira Lois. Anna estivera tão ocupada com o trabalho nos últimos tempos que não tinha feito nenhum progresso na busca por Gino, mas esta, percebeu, poderia ser uma chance para continuar a investigação. Marie estava presente naquela viagem fatídica a Rimini com a mãe de Anna todos aqueles anos antes, não foi? Talvez ela pudesse lhe dar a próxima pista de sua busca.

Marie era uma mulher alta e tristonha cuja boca pendia para baixo nos cantos, como se a vida fosse uma eterna decepção (*Pobre Lois*, Anna sempre pensara), mas os olhos da tia se iluminaram quando Anna a encurralou na cozinha sob o pretexto de ajudar com a louça e perguntou sobre a viagem.

– Rimini? – disse Marie, cobrindo a terrine de ricota e lentilhas com plástico-filme. (Anna já sabia que, depois de uma única fatia, a avó ia soltar pum o caminho todo de volta para casa.) – Ai, minha nossa! Faz anos que não penso naquele verão. Foi pura diversão. Sua mãe e eu, a gente realmente abriu os olhos pro mundo.

E as pernas também, pelo jeito, pensou Anna, enchendo a pia com água quente e detergente.

– Parece incrível – disse casualmente. – Eu mesma estava pensando em tirar umas férias por lá. Você por acaso não tem algumas fotos antigas que possa me mostrar?

– Ah, sim, provavelmente. – Marie enfiou um enroladinho de salsicha que tinha sobrado na boca enquanto pensava. – Mas onde será que estão? Deve ter tudo mudado desde a época que a gente foi, é claro, mas eu tinha mesmo algumas fotos em algum lugar...

– Não precisa achar hoje – falou Anna. A última coisa que ela queria era que sua mãe descobrisse sua missão. – Que tal me mandar pelo correio se você acabar encontrando algumas?

– Sim, claro – concordou Marie. – Eu estava mesmo querendo dar uma ajeitada nos meus álbuns de fotos. Vai me dar algo para fazer, né?

– Obrigada – agradeceu Anna, tentando esconder a alegria.

Quem disse que ser detetive particular era difícil? Até o momento, Anna estava conseguindo tudo de mão beijada.

Alguns dias depois, Anna foi até o Hurst College depois do trabalho, sua cabeça ainda cheia com as receitas deliciosas que estivera pesquisando naquela tarde: tagine de cordeiro cozido lentamente, um guisado de feijão picante e orzo, pudim de pão e manteiga com creme de ovos e canela... Meu Deus, ela estava morrendo de fome. Por sorte tinha se programado e preparado um misto-quente naquela manhã. Naquele momento estava um pouco esmagado nos fundos de sua bolsa, mas Anna estava com tanta fome que nem se importou.

Dentro da faculdade havia uma agitação de estudantes, jovens e mais velhos, checando listas de aulas num quadro de avisos. O bom humor de Anna aumentou. Ela estava tão feliz por estar ali. Olha só todas aquelas pessoas numa noite fria e escura de inverno em busca de conhecimento! Era bem inspirador. Ela só precisava achar um lugar para sentar e comer o misto-quente primeiro.

Uma mulher com cabelos cheios de frizz, uma verruga enorme no queixo e uma prancheta nas mãos se aproximou dois segundos depois de Anna ter se acomodado nos degraus para desembrulhar o pacotinho de papel-alumínio.

– Perdão, por questões de saúde e segurança, não é permitido se sentar aqui – avisou. – Você veio para uma aula?

– Vim – confirmou Anna, se levantando. – Italiano para iniciantes.

– Fica na sala C301 – informou a mulher, consultado a prancheta. – Pegue o elevador para o terceiro andar e siga as placas até o bloco C. É a primeira porta à esquerda.

– Obrigada – disse Anna, distraída demais pela fome para prestar muita atenção.

O que a mulher tinha dito? Terceiro andar, depois... alguma coisa. Ela foi até o elevador e apertou o botão com o número 3, depois tirou o papel-alumínio do misto-quente e deu uma mordida sorrateira. Que se dane, ela ia comer no elevador se precisasse.

Uma mulher ruiva apareceu ao seu lado.

– Por acaso você está indo para a aula de italiano? – perguntou.

Ela tinha pele pálida, sardas e olhos azuis um pouco afastados um do outro, o que lhe dava um ar assustado. Num chute, devia ter 30 e tantos anos, perto dos 40.

Anna mastigou bem rápido, ciente de que havia derrubado vários pedacinhos de queijo ralado perto das botas. Não era uma visão muito agradável.

– Estou – respondeu.

– Ah, que bom. Você tem ideia de onde é para a gente ir? – A mulher fez uma pausa, como se tivesse se lembrado dos bons modos. – Prazer, por sinal. Meu nome é Catherine. – Em seguida, franziu a testa. – Espere aí... a gente se conhece?

– Acho que não – disse Anna, depois acrescentou: – Eu sou jornalista, então pode ser que a gente tenha se conhecido quando eu estava fazendo alguma matéria, talvez.

As portas do elevador se abriram com um barulhinho, e as duas entraram. A barriga de Anna roncou.

– Desculpa – falou, mostrando o sanduíche. – Fui eu. Estou morrendo de fome. Com licença.

Ela acabara de dar outra mordida quando o rosto de Catherine se iluminou.

– Ahh! Já sei. Você é a chef, né? A moça da culinária. Eu nunca esqueço um rosto.

A chef! A moça da culinária! Uau. Ser reconhecida em público – isso não era incrível? Mas não era nem um *pouco* incrível ser reconhecida enquanto ela estava devorando um misto-quente de pão branco com queijo ralado. Com certeza isso nunca tinha acontecido com a Nigella.

Anna engoliu o que tinha na boca com pressa e abriu um sorriso.

– Sim – falou. – Eu mesma. Mas não sou nenhuma chef, sou uma total novata. Mas... você lê a coluna?

– Se eu *leio*? Eu amo a sua coluna. Sempre recorto as receitas e guardo porque são deliciosas. Fiz a sua farofa de castanhas para o almoço de Natal. Não que eu tenha tido a chance de provar.

– Ah, é?

– E suas tortinhas ficaram fantásticas. Até melhores que aquelas que a gente compra na confeitaria.

– Obrigada!

Anna não conseguiu impedir uma onda estonteante de prazer. Receber e-mails e cartas de leitores era uma coisa, mas realmente conhecer alguém – uma pessoa de verdade! – que tinha usado suas receitas era incrível.

– Melhores que aquelas que a gente compra na confeitaria, é? Uau. Vou pedir para entalharem isso no meu túmulo.

Catherine abriu um sorriso tímido.

– Quem quer comida pronta, afinal? Nada como um docinho caseiro.

Anna soltou uma risada.

– Exato! Talvez eu até faça uma tatuagem disso. Boa!

Ping!

Terceiro andar, anunciou a voz do elevador justo naquele momento, e as portas se abriram.

Anna jogou o resto do sanduíche no lixo quando as duas saíram no corredor e olharam de um lado e do outro.

– Ahá. Italiano para iniciantes é por ali – falou, apontando para um aviso na parede.

Catherine parecia hesitante agora que tinham saído do espaço confinado do elevador.

– Nossa. Estou um pouquinho nervosa – confessou. – Com certeza vou ser a aluna lerda que fica nos fundos da sala.

– Nem vem! – exclamou Anna. – Quer dizer, se você for, eu vou estar bem do seu lado. Não sei absolutamente nada. *Pizza*. *Spaghetti*. Esse é o meu limite.

– *Prosecco* – arriscou-se Catherine.

– É, essa eu também conheço. – Anna sorriu. – Escute só a gente, já somos praticamente fluentes.

A sala de aula já estava cheia. Uma loura magra estava sentada à mesa na frente da sala – a professora, presumiu Anna. Sentadas olhando para ela estavam duas mulheres asiáticas que deviam ser irmãs, uma com mechas cor-de-rosa no cabelo, a outra com uma expressão meio amuada. Havia também uma senhora de mais idade com óculos de gatinho escarlate extremamente estilosos, tricotando alguma coisa com uma lã rosa cintilante, um senhor de mais idade ao seu lado (marido e esposa?), assim como dois homens – um jovem moreno, que estava jogando alguma coisa no celular sem fazer contato visual com ninguém, e outro um pouco mais velho (com seus trinta e poucos anos), que mantinha os cabelos castanho-claros num corte bagunçado e tinha um rosto receptivo e simpático.

– Essa é a aula de italiano? – perguntou Anna.

– *Sì* – respondeu a moça que estava na frente da sala.

Uma energia nervosa saiu de seu corpo quando ela se levantou. Havia algo élfico em sua aparência, com queixinho pontudo, olhos verdes e cabelos louros curtos.

– *Buonasera, mi chiamo Sophie*. Meu nome é Sophie.

Ah. Ela era britânica. Anna tinha imaginado que o professor seria italiano, mas a moça tinha sotaque de Sheffield, em vez de qualquer lugar mais exótico.

– Meu nome é Anna, e essa é Catherine – apresentou Anna rapidamente, esperando que a decepção não estivesse visível em seu rosto.

– Maravilha – disse Sophie. – Podem se sentar. Acho que todo mundo já chegou. Vamos começar!

A aula teve início com uma rodada de apresentações, primeiro da própria Sophie.

– Pode ser que eu não pareça muito italiana para vocês – desculpou-se ela com um olhar na direção de Anna.

Droga. O desânimo dela devia ter ficado óbvio então.

– Mas garanto a vocês que viajei e trabalhei na Itália pelos últimos anos e amo a língua e a cultura quase como se fosse nativa de lá – continuou Sophie. – Talvez a gente pudesse começar conhecendo um pouquinho mais cada um de vocês. Digam seu nome e expliquem por que estão aqui hoje à noite.

O casal de idosos começou.

– Meu nome é Geraldine, e esse é Roy, meu marido – falou a mulher, soltando o tricô e sorrindo para todos. – Vamos celebrar nossas bodas de rubi agora no verão e compramos um pacote de viagem para a Itália.

– Sempre quisemos ver os afrescos em Florença – comentou Roy.

– Pisa, Roma, Pompeia, Nápoles... vamos conhecer tudo – continuou Geraldine. – Vai ser a maior viagem da nossa vida, não é, Roy?

Os olhos dele brilharam com adoração pela esposa através das lentes grossas dos óculos.

– Com toda a certeza, meu amor.

– Que maravilha – disse Sophie. – Bem, sejam bem-vindos à turma, os dois! Vou garantir que estejam equipados com todo o vocabulário de que vão precisar antes de viajarem.

– Contanto que eu saiba como pedir uma taça de vinho do porto, consigo me virar – disse Geraldine, sorrindo como uma garotinha travessa.

Sophie sorriu de volta.

– Acho melhor eu te ensinar a pedir uma taça de champanhe, já que serão suas bodas de rubi – respondeu. – Quem é o próximo?

– Meu nome é George – disse o rapaz com cabelos castanhos. – E estou aqui por causa da minha meta de Ano-Novo, que é usar mais minha cabeça. Não tenho planos de ir para a Itália tão cedo, mas ia ser ótimo poder pedir comida num restaurante italiano e entender o que realmente estou pedindo.

– Está ótimo para mim – disse Sophie. – Que bom ter você aqui, George. E você?

Ela se virou para Catherine, que ficou da cor de um tomate. Ela tinha o tipo de pele clarinha que ficava corada com muita facilidade.

– Eu... Eu estou com um pouco mais de tempo agora que... bem... agora – gaguejou ela. – E, como George, não tenho usado muito a cabeça nos últimos tempos.

Todo mundo riu, imaginando que ela estava fazendo uma piada, mas Catherine cobriu a boca com a mão, uma expressão constrangida em seu rosto.

– Ai, minha nossa, eu não quis dizer que... – exclamou quando George fingiu ficar indignado. – Eu só quis dizer que... Ah, me desculpe. – Ela soltou uma risadinha nervosa. – Tenho certeza de que você é muito inteligente, George. Eu que sou a tapada aqui. Não consigo nem falar minha própria língua direito, que dirá italiano. Quem estou tentando enganar?

– Ei, eu já ouvi coisas bem piores – respondeu George com bom humor. – Você vai ter que se esforçar bem mais se quiser me ofender.

Catherine cobriu o rosto vermelho com as mãos.

– Dá para ver que eu não saio muito, né? Um caso perdido!

– Nada disso – disse Sophie gentilmente. – E é bom se desafiar assim. *Brava!* Quem vai agora... Ahh. Anna, certo? Eu te conheço de algum lugar.

Anna sorriu.

– Sou jornalista – respondeu. – Nos meus sonhos sou a repórter investigativa de política do *Newsnight*, mas no mundo real escrevo a coluna de culinária do *Herald*.

– É claro! Eu sabia que tinha alguma coisa familiar em você. Minha mãe ama sua coluna – comentou Sophie. – E você está aqui por que...?

– Porque descobri há pouco tempo que sou descendente de italianos – disse Anna. – E quero explorar isso, conhecer a cultura, aprender o idioma. Também estou experimentando com a culinária italiana – continuou, se sentindo tímida de um jeito pouco usual com os olhos de todos a encarando. – Ainda não cheguei a Prada e Versace – fez piada. – Talvez uma Ferrari também... tenho que aceitar a italiana dentro de mim, certo?

Todos riram.

– Certíssima – concordou a garota com os cabelos cor-de-rosa, sorrindo.

– Obrigada, Anna – falou Sophie. – Você tem planos de visitar sua família italiana?

Anna não estava muito a fim de entrar em todos os detalhes de não saber exatamente quem era seu pai, que dirá o resto da família.

– No momento, não – respondeu com hesitação.

– Bem, nos mantenha informados – pediu Sophie, percebendo a reticência de Anna. – Quem é o próximo? Freddie, não é?

Freddie era o cara jovem, o Sr. Descolado, sentado sozinho nos fundos da sala. Muito atraente com a camisa preta, o colarinho bem passado, percebeu Anna. Ou ainda morava com a mãe ou era um daqueles caras raros que tinham padrões elevados de cuidados pessoais. Pete podia aprender uma coisa ou outra sobre o assunto, pensou consigo mesma.

Ele fez uma pausa, de repente com uma expressão de dúvida.

– Hum... Preciso mesmo dizer? É meio que patético.

Os ouvidos de Anna se animaram. Ai, ai. Um homem misterioso, é?

– É claro que não precisa – respondeu Sophie. – Se preferir não contar para a gente, não tem problema.

Geraldine se inclinou para a frente de um jeito inquisitivo.

– É por causa de uma garota? – perguntou.

Todo o jeito descolado de Freddie sumiu num instante e ele balançou a cabeça, os olhos fixos na mesa. Anna trocou um sorriso maroto de quem sabe das coisas com Catherine e Geraldine. Só *podia* ser por causa de uma garota, a julgar pelo jeito que Freddie incisivamente se recusava a dar uma resposta.

Sophie estava com a testa franzida.

– Freddie... – murmurou, pensativa. – Por acaso eu te conheço de algum lugar? Você não é um jornalista famoso também, é?

Ele balançou a cabeça.

– Não. Ainda estou na faculdade – falou.

– Você vive perto de Ranmoor? – arriscou Sophie. – Definitivamente já te vi em algum lugar... – O rosto dela se iluminou. – Ahh! Pode ter sido na Gladstone Arms?

Ele abriu um sorriso tímido.

– Provável – respondeu. – Meus pais moram ali perto, então às vezes apareço por lá.

– Deve ter sido isso – disse Sophie. – E olha só, meus pais também moram por lá. Mundo pequeno. – Ela se virou para as irmãs. – E por fim – falou –, meninas?

– Meu nome é Nita – disse a garota com a expressão meio amuada –, e essa é Phoebe, minha irmã. A gente está aqui porque... – Elas se entreolharam. – Porque achamos a língua italiana linda – concluiu com pouca convicção.

Phoebe soltou uma bufada.

– Fale por você – disse ela. – Só estou aqui porque *ela* me convenceu. E ela só está aqui porque quer conhecer uns caras gatos italianos!

Isso fez todo mundo rir, até Freddie, e qualquer gelo que ainda restasse foi imediatamente quebrado. Sophie deu um sorrisinho.

– Seu segredo está a salvo comigo – prometeu para Nita, que estava fulminando a irmã com os olhos. – Não se preocupe. O que acontece na aula de italiano *fica* na aula de italiano. – Ela bateu palmas. – Certo! Melhor eu ensinar vocês a dizerem olá para os caras gatos italianos então, né? Não vamos mais perder tempo. Boa noite e sejam bem-vindos!

Anna chegou em casa cansada, mas eufórica. Ela realmente tinha gostado da aula. Sophie parecera nervosa no começo, mas logo entrou no ritmo quando começou a ensinar vocabulário para eles. Logo todos estavam praticando conversas curtas e entrecortadas em pequenos grupos. Tinham aprendido cumprimentos básicos e como se apresentar, números, os dias da semana e os meses, antes de terminarem com palavras para diferentes membros da família.

Anna tinha se deleitado quando disse para a turma:

– *Mio padre si chiama Gino*. – Foi libertador dizer as palavras em voz alta quando tivera que agir com tanta cautela perto da mãe e da tia nos últimos tempos. – *Mia madre si chiama Tracey*.

– *Brava*. – Sophie sorriu. – Seu pai se chama Gino, sua mãe se chama Tracey. Geraldine? E os seus pais?

Durante todo o caminho até chegar em casa, Anna deixou que as novas e desconhecidas palavras cantassem por sua cabeça. *Buongiorno. Come stai? Sto bene. Mi chiamo Anna. Come ti chiami?*

Ao abrir a porta da área comum no térreo do prédio onde morava, viu um pacotinho endereçado em seu nome junto à pilha de cartas na estante. Seu coração deu um pulo quando reconheceu a letra da tia. Será que eram as fotos de Rimini? Ela subiu a escada correndo até o apartamento e entrou antes de abrir o pacote cuidadosamente fechado com fita adesiva.

Eram as fotos, *sim*. Ai, meu Deus. Evidência de verdade daquele verão na Itália. Anna se sentou no braço do sofá e passou por elas com mãos trêmulas. Uma foto a fez perder o ar.

Ali estava sua mãe com um vestido vermelho brilhante, posando com o braço ao redor de um homem num restaurante à beira-mar. Era noite, a mãe estava com batom e salto e parecia jovem, bonita e extremamente feliz aconchegada naquele homem. Em contraste, ele tinha os cabelos escuros e a pele azeitonada, e era perdidamente lindo. Uma de suas mãos estava apoiada na cintura de Tracey num jeito bem possessivo.

Anna praticamente parou de respirar ao encará-lo. Ele se parecia tanto com ela que Anna não conseguia tirar os olhos dele. Tinha que ser seu pai. Tinha que ser.

– *Buonasera, Gino* – sussurrou, se embebedando de cada detalhe do rosto do homem.

Ela quase estava com medo de piscar, caso a foto sumisse enquanto não estava olhando.

– *Buonasera, papa.*

Che lavoro fai?
(QUAL É A SUA PROFISSÃO?)

Catherine realmente gostou da primeira aula de italiano. Bom, tirando a parte em que insultou o coitado do George ao dizer que ele não tinha usado a cabeça nos últimos tempos, é claro. Ainda bem que ela conseguiu não soltar mais nenhuma besteira durante o resto do encontro, e seus colegas ainda estavam falando com ela quando a aula terminou. Ao longo dos dias seguintes, ela praticou o vocabulário que tinha aprendido ao redor da casa, no carro e enquanto adubava o jardim. Ela até surpreendeu o carteiro ao lhe dizer "*Buongiorno*" com alegria quando ele bateu na porta para entregar uma encomenda.

Depois que a semana passou e ela voltou para a segunda aula na faculdade, estava se sentindo bem animada para aprender mais.

– *Buonasera!* – exclamou Sophie quando Catherine entrou na sala. – *Come stai, Catherine?*

– *Sto bene, grazie* – respondeu Catherine com timidez. *Estou bem, obrigada.* – E você? Quer dizer, *Come stai?*

– *Sto bene* – respondeu Sophie. – Pode se sentar enquanto a gente espera os outros.

Sophie estava com uma aparência bem frágil, pensou Catherine, consternada. Ela já tinha percebido isso na semana anterior. Reparou nas suas olheiras escuras, e seus pulsos estavam finos demais, espreitando das mangas do pulôver como gravetos ossudos. Catherine estava prestes a perguntar se tudo estava realmente *bene* quando o resto da turma começou a chegar.

– Boa noite, senhoritas – disse Geraldine, entrando com uma nuvem de Chanel.

Ela estava bem estilosa, com um casaco azul-cobalto lindo e saltos combinando, além de uma bolsa brilhosa, preta e enorme, do tipo que conseguiria nocautear qualquer assaltante em potencial com um único golpe.

– Minha nossa, como está frio lá fora, né? Vai nevar hoje à noite, de acordo com o rádio. Acho que vamos ter que pegar o cobertor extra depois, Roy.

– Acho que você tem razão, querida – disse ele, a seguinte. Ele deu uma piscadela para Catherine e Sophie. – Eu concordo com tudo que ela diz, sabe – sussurrou sem abaixar muito a voz. – É assim que a gente vai celebrar quarenta anos juntos no verão.

– É esse o segredo, então? – Sophie deu uma risada. – Vou me lembrar disso caso um dia eu ache um marido. Contanto que ele saiba que tem que concordar com tudo que eu diga, seremos felizes. Olá, Anna! Oi, George, podem ir entrando.

Quando todo mundo já tinha chegado, soltando exclamações sobre o frio e tirando os casacos e cachecóis, a segunda aula começou.

– Hoje vamos aprender mais algumas palavras e frases em italiano para que vocês consigam começar a ter conversas mais longas – informou Sophie. – E vamos aprender um pouquinho mais sobre todo mundo no processo. – Ela se virou para o quadro-negro e escreveu algumas palavras. – *Che lavoro fai?* – falou. – Isso significa "qual é a sua profissão?".

O estômago de Catherine deu um pulo. *Profissão?* Ela não tinha profissão! O que é que ela ia dizer?

– Então, Phoebe, vamos começar com você. *Che lavoro fai?* Qual é a sua profissão?

Phoebe enrolou uma mecha longa de cabelos nos dedos. As mechas cor-de-rosa tinham sumido, percebeu Catherine, substituídas por uma tintura degradê impressionante, com os quinze centímetros da ponta dos cabelos em tons de vermelho.

– Sou cabeleireira – respondeu.

– Ahh, *uma parrucchiera* – informou Sophie, escrevendo as palavras no quadro. – Eu devia ter adivinhado. Então você responderia "*Sono parrucchiera*", que significa "Sou cabeleireira". Quem vai agora?

Eles passaram por todos na classe, que disseram suas profissões para Sophie. É claro, os outros alunos tinham vidas bem mais interessantes que Catherine. Anna, como ela já sabia, era *giornalista*. O simpático George que ela tinha insultado era jardineiro, *giardiniere*. Nita e Freddie eram estudantes, Roy era professor aposentado, e Geraldine foi enfermeira.

– Mas agora estou fazendo um teatrinho amador, para me manter ocupada – informou aos colegas, com os olhos cintilando. – Então me diga, Sophie, como que se fala "Eu sou atriz"?

À medida que todo mundo respondia, Catherine sentiu o rosto ficar cada vez mais quente e mal conseguia se concentrar nas respostas dos outros. Socorro! O que diabos *ela* ia responder? Ah, eu? Eu sou uma dona de casa divorciada. Burra demais para conseguir um emprego. Quem ia querer me dar um?

– E, por fim, Catherine – disse Sophie com um sorriso. – Conte para a gente com o que você trabalha. *Che lavoro fai?*

Catherine abriu a boca, desejando que pudesse dizer alguma coisa impressionante.

– Eu sou...

Uma lista de mentiras surgiu em sua cabeça, tentadora.

Sou artista de trapézio. Sou cirurgiã. Sou astronauta. Mas não. Ela não sabia mentir. Todos iam achar que ela tinha ficado louca se começasse a contar tantas mentiras descaradas.

– Sou só mãe – falou, por fim, soltando uma risadinha. – Não tenho... Eu nunca...

Geraldine se inclinou para a frente, tentando fitar Catherine nos olhos.

– O trabalho mais difícil do mundo – declarou com firmeza, resgatando a colega. – Não tem nada de "só mãe".

– Tem toda a razão – concordou Sophie. – Minha mãe diz a mesma coisa. Especialmente tendo que lidar com uma filha como... Enfim... – Ela mudou de assunto. – Então você pode dizer *"Sono madre"*. Sou mãe. Quantos filhos você tem, Catherine?

– Dois – murmurou Catherine, se sentindo uma fracassada.

A qualquer instante Sophie ia perguntar quantos anos eles tinham e Catherine teria que dizer 18, quase 19, na verdade já não moram mais em casa, e todo mundo ia saber que ela não era uma mãe dona de casa que se ocupava levando os filhos para a escola e preparando biscoitos com seus pequenos.

– *Sono madre*. – Sophie escreveu as palavras no quadro. – *Io ho due bambini*. Tá? Sou mãe. Eu tenho dois filhos.

O rosto de Catherine queimou enquanto ela repetiu as palavras em italiano. Desejou ter mencionado o trabalho voluntário que fazia, em vez de ter se referido à própria vida com tanto remorso. Tudo estava na forma de falar, lembrou a si mesma. Penny não tinha profissão – ela cuidava da casa e dos filhos e dos cachorros, entre jogos de tênis e idas ao shopping e almoços. Será que Penny teria falado daquele modo, tão sem graça, com tanta vergonha de si? De jeito nenhum. Penny teria feito todo mundo rir com a resposta. Provavelmente teria pedido para Sophie traduzir "rainha da festa" ou chamado a si mesma de "escrava doméstica" com uma expressão cômica e sofrida. Ela não teria dado desculpas pela própria forma de viver.

Depois de conversarem sobre a profissão de cada um em pequenos grupos, Sophie levou a aula para um tema ainda mais excruciante.

– Então, descobrimos que Catherine tem dois filhos – falou, sorrindo para a aluna. – Que outras perguntas podemos fazer para os outros?

– Você é casada? – sugeriu Roy, erguendo a mão.

– De onde você é? – disse Anna.

– Você está solteiro? – propôs Nita.

– Todas essas são perguntas boas e podem ser usadas em conversas – disse Sophie. – Vamos começar com o estado civil. *Sei sposata?* – Ela escreveu as palavras no quadro. – Isso significa: "Você é casada?" E para dizer "Sim, eu sou casada" diríamos...

Ah, socorro. Aquilo era um pesadelo! Ela realmente ia ter que responder àquela pergunta? *Não, não sou casada. Meu marido me deixou. Aparentemente ele nunca me amou. Sim, posso até ter uma aliança no dedo, mas pelo jeito a coisa toda foi uma farsa!*

Catherine se levantou abruptamente. Não tivera a intenção de fazer isso, mas de repente suas pernas empurraram a cadeira para trás e ela estava de pé.

– Só vou dar um pulinho no banheiro – mentiu, correndo na direção da porta.

– Ah – fez Sophie, surpresa. – Bem, faltam só dez minutinhos até o intervalo, então...

Catherine não parou.

– Já volto! – exclamou por cima do ombro, escapulindo.

Lá fora, no corredor, ela se encostou na parede fria e apoiou a cabeça nas mãos. O que Penny faria naquele momento?, perguntou-se, desesperada. A amiga provavelmente ia fazer piada de toda aquela questão de "Você é casada?" no seu estilo típico, pensou Catherine. "Como se diz 'canalha inútil' em italiano?", iria perguntar, fazendo todo mundo rir enquanto ela revirava olhos fulminantes para o teto. Talvez até exibisse a nova aliança de noivado para todos verem. "Como se diz 'a terceira vez é a que vale' em italiano?", ia perguntar, balançando o dedo anelar.

Mas Catherine não era capaz de agir assim. Penny era Penny, e Catherine era Catherine, ambas de naturezas bem distintas. Ela devia apenas voltar para a sala de aula e sofrer com as consequências. Nem mesmo precisava contar a verdade sobre aquela pergunta idiota de "Você é casada?". Não era como se Sophie e o resto da turma se importassem. Ela podia muito bem anunciar "Sim, sou casada" sem dar detalhes sórdidos.

Vá em frente, disse para si mesma com ferocidade, empurrando a porta da sala de aula mais uma vez.

– Desculpa – murmurou, se acomodando em seu lugar. – Precisei assoar o nariz.

– Sem problemas. Então, Catherine: *Sei sposata?*

Catherine torceu as mãos embaixo da mesa e deu o seu melhor para parecer normal.

– *Sì* – respondeu com os dentes cerrados, lendo as palavras no quadro. – *Sì, sono sposata.*

Sim, sou casada. Ah, se eles soubessem...

– *Brava!* – elogiou Sophie. – Vamos fazer uma pausa. Estejam de volta em dez minutos, por favor.

Il bar

(O BAR)

– Muito obrigada, gente, você estão se saindo muito bem.

No fim da aula, Sophie empilhou os folhetos que tinham sobrado e sorriu para todos. Duas semanas de aula e ela estava gostando bastante da turma de italiano para iniciantes, mesmo que Catherine tivesse ficado meio estranha na metade da aula daquela noite. Será que Sophie tinha feito alguma besteira sem querer?

– Não esqueçam a lição de casa para a próxima quinta – acrescentou. – Até mais. *Ciao!*

Depois de algumas semanas turbulentas, a vida de Sophie estava aos poucos voltando aos eixos. O pai tinha ficado uma semana internado no hospital, após passar por uma cirurgia de ponte de safena, mas já tinha voltado para casa e estava se recuperando. Jim e Trish tiveram que adiar a viagem para as Ilhas Canárias, mas parecia um preço pequeno a se pagar.

A Guerra Fria entre Sophie e a mãe tinha começado a derreter nos últimos tempos, primeiro com uma tentativa de descongelamento na noite de Natal, para em seguida virar uma torrente forte de gelo derretido nos dias seguintes. Como ambas estavam exaustas e esgotadas com a saúde de Jim oscilando daquele jeito tão aterrorizante, elas se apoiaram de um jeito que nunca tinham feito, encontrando conforto na presença da outra. O trauma do colapso de Jim e a repercussão tinham reiniciado o relacionamento das duas, levando-as de volta ao ponto de partida. Um novo começo.

Era uma medalha de honra muito estranha, ter salvado a vida do próprio pai. Trish fazia questão de contar para cada amigo e vizinho o que Sophie tinha feito, com todos os mínimos detalhes. Era a primeira parte da história que ela relatava toda vez.

– Sophie foi incrível – maravilhava-se para qualquer pessoa que lhe desse atenção. – Do tipo que a gente vê em séries de TV. Ele estaria vestindo um paletó de madeira se não fosse nossa Sophie, pode ter certeza.

Se a mãe a estava tratando como uma mistura de Florence Nightingale e Anjo da Misericórdia, o pai era ainda pior.

– Eu te devo uma, filha – afirmou para Sophie mais de uma vez, apertando a mão dela, seus olhos marejados.

Mas também, nos momentos em que não estava se sentindo tão sentimental, ele tocava o sininho que ficava perto da cama e gritava "Enfermeira Frost! Enfermeira Frost!" quando precisava de alguma coisa.

– Não vou me dar ao trabalho de te ressuscitar da próxima vez – resmungava Sophie quando ia ver o que ele queria.

Ela sorriu consigo mesma ao pensar no sorriso do pai. Meu Deus, como era bom ver aquele sorriso de novo! Ela guardou as anotações na bolsa grande e preta, levemente ciente da voz de Geraldine falando ao fundo.

– Quem aceita sair para um drinque rápido? Eu e Roy colocamos *Holby* para gravar hoje à noite, então estávamos pensando em dar um pulinho no The Bitter End se mais alguém quiser vir com a gente.

The Bitter End era um pub a uma curta caminhada da faculdade, lembrou Sophie, distraída, vestindo o casaco e pendurando a bolsa no ombro. Ela nunca fora ao local – bom, para falar a verdade, não tinha ido a lugar algum nos últimos tempos –, mas parecia ser um bar das antigas, que ainda não tinha sido levado à morte pela febre dos gastrobares.

– Sophie? Você vem?

Geraldine de repente estava bem à sua frente, um sorriso grande e esperançoso nos lábios. Para uma aposentada, ela até que era bem elegante nos movimentos.

– Ah... eu? – confirmou Sophie, surpresa.

– Sim, você – respondeu Geraldine. – Eu teria convidado você em italiano, mas não sei fazer isso ainda. O que nos diz? Um drinque rápido antes de cada um seguir seu caminho?

– Não precisa ir se não quiser – acrescentou Roy logo em seguida, como se estivesse acostumado a contornar as palavras da esposa. – Mas eu ia adorar conversar um pouco sobre a Itália. Que lugares você visitou, dicas para iniciantes...

– Melhor então pelo menos pagar um drinque para Sophie, querido, se vai ficar ocupando ela a noite toda – avisou Geraldine, abrindo um sorriso carinhoso para o marido. – O que nos diz? Os outros vão... Bem, só o Freddie que não vai. Pelo jeito ele tem um compromisso. Mas ele disse que talvez da próxima vez.

Ah, pensou Sophie, lembrando a cena romântica que tinha visto em Gladstone – Freddie e a menina bonita com um blusão preto correndo um na direção do outro. Talvez ela fosse o motivo para Freddie estar aprendendo italiano em primeiro lugar, para que ele pudesse impressioná-la com seu jeito culto.

Geraldine ainda estava esperando uma resposta.

– E então? – insistiu.

– Por que não? – disse Sophie. Fazia séculos que ela não saía para beber com alguém. – Vai ser ótimo.

– Vejamos. Temos aqui um vinho tinto para Anna, um suco de laranja para Catherine, uma Guinness para George, um vinho do porto com limão para Geraldine, um... o que é isso mesmo?

Roy cerrou os olhos para a bebida vermelha sórdida no copinho de shot.

– É Sourz, Roy – respondeu Phoebe, abrindo um sorriso para ele. – É um tipo de licor. É meu, obrigada. A sidra é de Nita.

– Obrigada – disse Catherine com timidez.

Eles tinham achado duas mesas grandes num cantinho aconchegante do The Bitter End, um pub das antigas com painéis de madeira escura nas paredes, medalhas de bronze de cavalo pregadas nas vigas pretas e uma lareira crepitante.

– Uma Coca diet para Sophie e um *bitter* para mim. Prontinho! – Roy pousou a última bebida na mesa com um floreio e colocou a bandeja de lado. – Bem, saúde! É muito bom sairmos juntos assim para conversarmos direito. Não precisamos falar italiano agora, certo, Sophie?

Ela abriu um sorriso largo.

– Com certeza não. Vocês todos podem relaxar e serem vocês mesmos por mais uma semana. – Ela ergueu o copo. – Mas talvez eu só devesse ensinar vocês a dizerem "Saúde" em italiano, depois desligo o modo professora. É *salute*!

– *Salute!* – disseram todos em coro, batendo os copos.

– Olha, estou me sentindo bem cosmopolita agora – comentou Phoebe, tomando um gole da bebida. – Vou contar pra vocês, meu namorado adora todas essas palavras novas que estamos aprendendo. Ele me fez ficar sussurrando "*Tuuutti Frrrruuuti*" no ouvido dele enquanto a gente estava... – Ela ficou com o rosto bem vermelho, lembrando de repente que estava com um grupo de pessoas relativamente desconhecidas, então tossiu. – Hum...

Nita deu uma cotovelada nela.

– Pheebs! A gente não quer saber todos os seus segredinhos sórdidos! – exclamou, horrorizada, mas todo mundo estava rindo.

– Gostei da ideia – brincou Geraldine, cutucando Roy.

Ele pareceu surpreso por um momento, depois ergueu uma sobrancelha de um jeito tão malicioso que todo mundo voltou a rir, até Phoebe.

– Mas a língua tem um som tão gostoso, né? – Anna suspirou. – *Mamma mia!* Mal posso esperar para ir para lá.

– Você já marcou a viagem? – perguntou Sophie, lembrando vagamente que Anna tinha dito algo sobre ter família na Itália.

– Ainda não. – A expressão dela ficou enigmática. – Ainda estou tentando decidir para onde ir. Estava pensando em Rimini. Alguém conhece?

Sophie balançou a cabeça.

– Fica no Norte, né? Na costa leste. Mas nunca fui.

Nem os outros, pelo jeito.

– Eu conheço a Sicília – sugeriu George. – Me diverti horrores lá. Ainda tenho um guia de viagem se quiser emprestado.

– Eu estava trabalhando em Sorrento antes de vir para cá – acrescentou Sophie. – É um lugar ótimo para passar as férias. Primeiro porque a cidade é linda de morrer, e além disso é bem fácil sair de lá e passar o dia em Pompeia ou Nápoles.

Mas Anna não parecia muito animada com a Sicília ou com Sorrento.

– Eu meio que preciso ir para Rimini – falou de uma forma misteriosa. – Vejam bem, estou numa missão.

– Que intrigante! – exclamou Geraldine, se inclinando para a frente de modo que seus brincos brilhantes balançaram. – Que tipo de missão? Conte mais!

Anna tomou um gole do vinho.

– É uma longa história – comentou. – Não quero entediar vocês com ela.

– Ah, não seria nem um pouco entediante – assegurou Geraldine, mas Roy colocou a mão em cima da mão da esposa em aviso.

– Não pegue no pé dela – falou. – Ela vai nos contar se quiser.

Anna realmente parecia estar se sentindo pressionada, pensou Sophie.

– Bem... É só que... Estou procurando meu pai – contou ela.

– Ele está perdido? – perguntou Phoebe, confusa.

– Cale a boca, sua boba – sibilou Nita. – Você está bebendo rápido demais.

– Ahh – fez Geraldine, parecendo atipicamente desconfortável. – Desculpe, querida. Não quis me intrometer. Não é da minha conta.

Anna deu de ombros.

– Não, não tem problema. – A boca dela se contorceu, como se ela estivesse calculando se ia continuar ou não, mas depois as palavras jorraram de seus lábios. – Vejam bem, eu nunca conheci meu pai. Minha mãe sempre se recusou até a me dizer o nome dele. Mas daí minha avó deixou escapar que ele se chama Gino e é italiano. E eu acho que ele e minha mãe se conheceram quando ela estava de férias em Rimini.

Veio um coro de *ohh* e *ahh* de todos.

– Uau – disse Sophie. – Que incrível!

– Você sabe mais alguma coisa? – perguntou George. – Quer dizer, você conseguiu descobrir mais alguma coisa sobre ele?

– Eu consegui uma foto – disse Anna. – Mas é só isso, na verdade. Sei que é um tiro no escuro, mas eu estava pensando em ir para lá e apenas mostrar a foto para as pessoas, para todo mundo que conseguir. Sou jornalista, estou acostumada a seguir uma pista, então... – Ela abriu as mãos à sua frente. – O que mais eu posso fazer? Quero muito conhecer meu pai. Tenho que tentar.

– Por isso você está aprendendo italiano – concluiu Sophie.

– Pois é. – Anna fez uma careta, insegura. – Então, por favor, garanta que eu saiba dizer "Você conhece esse homem?" até o fim do curso, Sophie. Preciso de todo o vocabulário para encontrar pais, para que eu esteja pronta e preparada para o que der e vier.

– Boa sorte – disse Catherine.

– É, vou ficar de dedos cruzados – acrescentou George.

Geraldine se inclinou para a frente e deu um tapinha na mão de Anna.

– Tenho certeza de que você vai encontrar seu pai – falou. – E que, quando isso acontecer, ele vai ficar encantado de ter uma filha maravilhosa como você.

Lágrimas marejaram os olhos de Anna e ela piscou até se livrar delas com um sorriso fraco.

– Ah, Geraldine... muito obrigada – disse.

– Olhe só o que você fez! – exclamou Roy. – Tinha que fazer a menina chorar! Francamente, não posso sair de casa com ela. Peço desculpas pela minha esposa, pessoal. Acreditam que tolero esse tipo de coisa há quase quarenta anos? Não é à toa que meu cabelo está branco.

Sophie soltou uma risada. Roy a lembrava de seu pai, fingindo ser um sofredor, embora ficasse claro para qualquer pessoa que ele amava o jeito da esposa.

Geraldine deu um tapinha de brincadeira nele, em seguida ergueu a taça.

– Para a missão de Anna – pronunciou.

– Para a missão de Anna – disse todo mundo em coro.

– E um final feliz – acrescentou Nita. – Um pai italiano, isso é tão legal. Ei, você vai nos avisar se ele tiver algum filho gato, né?

– Achei que você gostasse do Freddie! – Phoebe deixou escapulir, o que a fez ganhar um tapa da irmã.

Catherine pigarreou e corou.

– Mais alguém quer outra bebida? – perguntou.

À medida que a primeira bebida virou a segunda, depois a terceira, a turma se dividiu em grupinhos menores, e conversas mais íntimas se desenrolaram. Sophie estava sentada perto de Geraldine e Roy e escutou a aposentada começar a pedir conselhos para Phoebe sobre o próprio cabelo.

– É para a peça – explicou Geraldine, de um jeito meio pomposo. – Lembram que eu disse que eu estava fazendo teatro amador? Seria maravilhoso se você pudesse me dar algumas dicas sobre qual visual eu devo usar, querida.

– Qual é a peça? – perguntou Sophie, curiosa. Fazia anos que ela não ia ao teatro. – Você conseguiu um papel bom?

– Ela é a estrela, é claro – respondeu Roy com lealdade.

– Roy Brennan, deixe de ser mentiroso, não sou nada disso – zombou Geraldine. – Só tenho duas falas, querida. A peça se chama *O dinheiro fala mais alto*, e eu sou uma corretora de imóveis. Duas falas, é só o que me deram, tentando vender uma mansão para uma fedelha tapada que acabou de ganhar na loteria. – Ela contorceu os lábios. – Posso ajudar a senhora com alguma coisa? – falou com uma voz exagerada. – Essa é minha primeira fala. Ainda não decorei a segunda. Estou indo com calma, sabe?

Sophie soltou uma risada.

– Não dá pra apressar essas coisas – concordou com solenidade. – *O dinheiro fala mais alto*, é isso o que você disse? Acho que não conheço essa.

– Ah, não duvido. O próprio diretor escreveu e é uma porcaria, para ser sincera.

Ela revirou os olhos, e Sophie não conteve o pensamento de que Geraldine estava sendo desperdiçada num papel de duas falas. Ela tinha "atriz principal" escrito na testa.

– Então, Phoebe, como eu estava dizendo. Um penteado de corretora de imóveis... O que você me aconselha?

Phoebe estava com uma expressão um pouco embriagada e seu corpo balançava no banquinho enquanto ela falava.

– Ai, nossa, sei lá, alguma coisa bem-arrumadinha, nada exagerado ou espalhafatoso...

Geraldine pareceu ficar consternada com o conselho.

– Ah... – fez, comprimindo os lábios.

– A não ser que ela seja uma corretora de imóveis rebelde – acrescentou Phoebe com rapidez. – Sabe, tipo, se ela for meio ousada.

– Ousada. – Geraldine assentiu. – Gostei disso.

– Nesse caso, sugiro dar um pouco de cor. Não aqueles xampus azuis nem nada bobo assim, só uma mecha linda lilás ou alguma coisa do tipo.

– Hummm.

– *Ou* – continuou Phoebe, vendo que a sugestão não tinha sido muito bem acolhida – eu podia cortar seu cabelo num corte chanel chique bem lindo. Talvez um pouco repicado. Solto na frente, bem glamoroso. É. O que acha?

– Esplêndido! – pronunciou Geraldine. – Vai cair como uma luva. Muito obrigada, Phoebe. Quando chegar mais perto, vou agendar uma hora para você me beijar bem linda.

Phoebe cuspiu a bebida (de um verde sinistro que parecia positivamente radioativo).

– Para eu te *deixar* bem linda – corrigiu.

– Me deixar bem linda! Meu Deus, acho que bebi demais – disse Geraldine, dando risadinhas. – Roy, fique de olho em mim, está bem? Vou me meter em encrenca desse jeito.

Phoebe abriu a bolsa e tirou um cartão de visitas.

– Aqui está – falou, entregando o cartão para Geraldine. – Sophie, quer um também? Mais alguém? Cath, preciso dizer, você ia ficar linda com uma franja. Pensei nisso assim que pus os olhos em você.

– Ah! – disse Catherine, parecendo surpresa, mas contente. – Acha mesmo?

– Tenho certeza. Me dê um toque se quiser que eu faça mágica com você, tá?

– Pode deixar.

– Também vou marcar uma hora – prometeu Sophie.

Ela guardou o cartão de Phoebe na bolsa, planejando surpreender a mãe com um presente. Depois de toda a correria na vida de Trish ultimamente, cuidando de Jim, ela merecia ser um pouco papariçada.

– Então, Geraldine – continuou –, quando a gente vai poder te ver na peça? Espero que você saiba que todo mundo aqui vai comprar ingresso para a primeira fila.

Geraldine bateu palmas e soltou um gritinho animado.

– Ah, façam isso mesmo! Roy, quando é a peça mesmo? Eu sou péssima com datas. É em fevereiro. Mas vão, sim. Vai ser maravilhoso!

Já eram quase dez da noite quando a turma de Sophie debandou e cada um cambaleou numa direção diferente, dando tchau no ar gelado. Um vento congelante açoitou o rosto de Sophie enquanto ela caminhava até o ponto do ônibus ali perto, mas não conseguia parar de sorrir. Até Nita, com aquela expressão amuada que parecia ter sido esculpida em seu rosto, ficava bem encantadora depois de um drinque e era extremamente inteligente também, considerando o doutorado que estava fazendo. Sophie e Geraldine conversaram sobre atuação por um tempão, depois Anna lhe fez perguntas sobre viajar pela Itália. George tinha feito todo mundo rir quando contou sobre uma banda horrível da qual fizera parte, e Catherine era muito gentil e simpática com todos, mesmo que não parecesse ter uma gota de autoconfiança.

Sophie estava acostumada a puxar conversa com pessoas que não conhecia. Tinha virado especialista nisso depois de tantos anos viajando. Havia um esquema-padrão de conversa com outros viajantes – de onde você é, faz quanto tempo que está viajando, que lugares já conheceu, qual foi a melhor parte da viagem (cogumelos alucinógenos na praia eram citados com frequência), qual foi a pior parte da viagem (disenteria e assaltos eram citados com frequência), para onde você vai agora. O que a tinha surpreendido na conversa daquela noite era como todos os seus alunos estavam profundamente enraizados em Sheffield. Ninguém falava sobre ir embora ou fazia competição sobre o lugar mais remoto que já tinha visitado. Em vez disso, pareciam felizes em estar ali. Interessante.

Ela subiu no ônibus e se sentou no andar superior, ainda perdida em pensamentos. Depois, enquanto passava pela catedral, iluminada contra o céu escuro, não pôde deixar de se lembrar de todos os concertos de Natal da escola que aconteceram ali, do jeito que os passos ecoavam quando as pessoas andavam, o cheiro empoeirado da construção antiga. Havia tantas memórias naquela cidade, esperando para emboscá-la a cada esquina, lembrando-a de tempos que já se foram.

Do que você está fugindo, Soph?, o pai tinha perguntado daquela vez no hospital. Estava ficando cada vez mais difícil lembrar a resposta.

Una scoperta

(UMA DESCOBERTA)

– Ei, pare de surtar, é como cair de um cavalo – sibilou Penny, tirando a rolha de um vinho tinto com um ruído baixinho. – Você precisa voltar para a sela imediatamente. Confie em mim.

Catherine fuzilou a amiga com os olhos, mas infelizmente Penny estava de costas – de propósito, sem dúvida – enquanto enchia quatro taças com vinho Merlot. Como cair de um cavalo, realmente. Catherine estava com vontade de empurrar Penny debaixo dos cascos de um cavalo naquele momento, isso sim. *Venha jantar aqui em casa no sábado*, tinha dito. *Só eu e Darren*, tinha dito. *Vou me livrar das crianças, a gente vai poder relaxar e rir juntos.*

Que generosa, pensara Catherine, agradecida, ao bater na porta da frente de Penny às sete da noite com o Merlot e uma caixinha chique de chocolates com menta. Que prestativa.

Ela devia ter percebido, pela expressão furtiva de Penny, que a amiga tinha uma carta escondida na manga.

– Catherine... esse é Callum, amigo de Darren – disse Penny quando entraram na sala de estar.

Os cachorros estavam fingindo ser um tapete peludo na frente da lareira a gás, como sempre, e Tanya, a filha mais velha de Penny, estava jogada na poltrona discutindo em voz alta no telefone. Levantando-se do sofá de couro caramelo, com um sorriso cheio de expectativa no rosto corado e suíno, estava Callum, uma vista não muito agradável em sua camisa verde-marciano da Fred Perry e calça chino bege.

Sua vaca enxerida, pensou Catherine, levada a um silêncio apavorado pela surpresa. No espaço de jantar nos fundos do longo cômodo ela viu que a mesa havia sido posta para quatro, com velas e taças de vinho. *Eu vou te matar, Penny.*

– Prazer em conhecer você – cumprimentou Callum com uma voz surpreendentemente aguda.

Ele provavelmente era sempre confundido com uma mulher no telefone, pensou Catherine.

– Oi – respondeu ela, plenamente ciente da calça jeans velha que estava vestindo, da bata vermelha que usara o dia todo, do fato de que não havia se dado ao trabalho de passar maquiagem *porque aquilo supostamente era apenas um jantar casual com Penny e Darren.*

Ela se virou para Penny e perguntou com um tom de voz sufocado:

– Precisa de ajuda na cozinha?

Callum tinha cinco anos a menos que Catherine e era pelo menos uns três centímetros mais baixo. Ele trabalhava com uma empilhadeira num armazém, contou para Catherine quando ela lhe perguntou sobre sua vida.

– Ahh – respondeu com educação. – Hum... Que tipo de coisa você empilha?

– Em geral caixotes – replicou ele, formando uma pilha enorme de purê e ervilhas no prato como se estivesse demonstrando a destreza necessária no trabalho.

Em geral caixotes. Pelo amor de Deus. Onde tinham achado aquele cara?

Catherine fez uma cara feia para Penny, que, para ser justa, estava começando a parecer extremamente arrependida.

– Pensei que ele era gente boa – sussurrou com uma expressão culpada na cozinha, enquanto as duas lavavam a louça do prato principal (um filé de porco curado, com purê e ervilhas; Penny nunca seria escolhida para participar do *MasterChef*). – Darren sempre fala que ele é hilário quando estão no pub.

– Bom, eu não estou rindo – respondeu Catherine.

Ficar sentada no próprio sofá solitário como uma tapada num sábado à noite estava começando a parecer bem mais agradável do que ficar presa ali com o Porquinho.

– Desculpa, querida – disse Penny, tirando uma pilha de tigelas do armário. – Achei que você podia se divertir um pouco, só isso. Não estou dando uma de cupido nem nada disso.

– É claro que não, Pen.

Penny tinha esbanjado e descongelado um bolo chique Sara Lee, porém, quando o serviu, descobriram que ainda havia lascas de gelo na massa, portanto estava frio e crocante de um jeito um tanto desagradável.

– Então – disse Catherine com coragem, fazendo uma careta quando um pedacinho de gelo fez sua língua formigar –, como estão os preparos para o casamento?

– Estou pensando em ir para Amsterdã para a despedida de solteiro – disse Darren, dando uma piscadela para Callum.

– Legal – respondeu Callum, entusiasmado. – Fui lá na despedida do meu irmão, a gente viu um show de striptease irado. As holandesas topam *qualquer coisa*.

– A gente fez uma reserva num pub bem legal para a recepção – comentou Penny com rapidez, percebendo a expressão de Catherine. – Os convites vão ser enviados semana que vem. – Ela deu um pulo para pegar uma revista do aparador e folheou até uma página marcada com um post-it antes de enfiá-la na frente de Catherine. – O que você prefere para as madrinhas, por sinal? Grinalda de flores cor-de-rosa ou lavanda?

– Ah! Então Tanya aceitou ser madrinha? – perguntou Catherine, surpresa.

A filha de Penny tinha se recusado categoricamente mais cedo naquele mês, argumentando que já fora madrinha de casamento da mãe duas vezes e não chegaria nem perto de outro vestido estúpido, muitíssimo obrigada. Depois de muitas súplicas, ela tinha feito uma "concessão" e aceitado ser madrinha se pudesse usar preto, plenamente ciente do fato de que Penny nunca concordaria com algo do gênero. (Tanya estava passando por uma fase de "tudo preto" que envolvia bastante delineador, *death metal* e poesia ruim. Cores não faziam mais parte de sua vida.)

– Não. Eu desisti de Tanya, ela disse que preferia morrer a usar babado. Os cachorros vão ser as madrinhas.

– Os *cachorros*?

– É, mandei fazer umas coisinhas de flores para eles usarem no pescoço. Vão ficar tão fofos.

– Que gracinha – disse Catherine, se perguntando se a amiga estava brincando.

Ela não estava.

– Sim! Quer dizer, contanto que eles não façam xixi no cartório. Imagina só a cena? Falando nisso, quer mais bolo?

Quando a noite chegou ao fim, Callum insistiu em acompanhar Catherine até em casa, mesmo que desse para ver a porta da frente dela da casa de Penny.

– Não precisa se incomodar – disse Catherine, vestindo o casaco.

Era velho e rasgado, de jardinagem, inclusive com um bolso descosturado, porque ela não achara que precisava pôr uma roupa legal para passar uma noite tranquila na casa da amiga. Daquele dia em diante, ela nunca mais ia voltar a bater na porta da amiga sem a) estar toda maquiada; b) vestir roupas limpas; c) olhar antes pelas cortinas de renda para investigar se quaisquer solteiros cobiçados – ou assim chamados – também tinham sido convidados.

– Como um cavalheiro, eu insisto – disse Callum com a voz arrastada.

Um cavalheiro? Aquele que tinha passado metade da noite comentando sem parar sobre as glórias das "holandesas" desinibidas e os clubes de *lap dance*?

– Como alguém que é perfeitamente capaz de atravessar a rua sem acompanhante, *eu* insisto – retrucou Catherine.

Ele precisou de alguns segundos para processar as várias palavras na frase. Depois abriu um sorriso grande.

– Gosto de uma garota esperta. Vamos lá, linda. Vou te levar para casa. Ei, a gente podia tomar um último drinque, o que você acha?

Será que ele era louco? Catherine lançou um olhar suplicante para Penny, implorando ajuda.

– Callum, querido, está tudo bem – disse-lhe Penny.

Ela tinha tomado um tanto de vinho Dubonnet e seus olhos estavam começando a desfocar.

– A gente se vê em breve, tá?

– Obrigada, Penny – disse Catherine, lhe dando um abraço.

Apesar do arranjo desastrado, tinha sido legal passar a noite longe da tela da TV. No fim das contas, se deixada a sós, Catherine teria apenas assistido a algum programa horrível como *Estradas mortais*.

– Valeu, gata – disse Callum, colocando os braços gordos ao redor de Penny e apertando.

Ele era mais baixo do que Penny e apoiou a cabeça com bastante aconchego no ombro dela. Estava olhando direto dentro do decote da amiga, notou Catherine com repulsa.

– Corra – sussurrou Penny por cima da cabeça dele, e Catherine se esgueirou porta afora, dando um último aceno para Darren antes de atravessar a rua às pressas.

Mas não rápido o suficiente.

– Ei, espere! – veio um grito, segundos depois. – Achei que a gente ia...

Catherine começou a correr. Ela abriu a porta da frente o mais rápido possível e praticamente caiu dentro do hall, girando todas as fechaduras e até trancando a corrente por via das dúvidas. Em seguida, espiou pelo olho mágico e viu Callum percorrer a rua andando em zigue-zague.

– *Show me the way to your hoooome* – escutou-o cantando um momento depois e ficou sem saber se ria ou chorava.

Ela deslizou pelo radiador até estar sentada no carpete, com a cabeça apoiada nos joelhos e os braços ao redor das pernas. Se quisesse, poderia ter convidado Callum para um "último drinque" – e tudo o que viria depois. Eles poderiam estar transando bem naquele instante, no carpete do hall de entrada, se ela tivesse lhe dado o mínimo incentivo.

Mas só o pensamento lhe deu vontade de vomitar o pernil cozido e o bolo de chocolate. Fazia tanto tempo desde a última vez em que ela sequer *olhara* para outro homem. Sempre foi extremamente fiel. Só a ideia de deixar alguém que não fosse Mike despi-la, tocá-la, beijá-la... Será que algum dia estaria pronta para isso? Ou estava destinada a passar o resto da vida sozinha?

"Adote um gato", tinha sido o conselho compassivo da mãe na última vez que tinham se falado ao telefone. "Não vão ficar te enchendo o saco como um homem e são bem mais limpos." Se a alternativa eram homens como Callum, então Catherine estava começando a achar que a mãe tinha razão.

No domingo, ela dirigiu até a casa de repouso para o turno do meio-dia, ajudando na cozinha e com a pilha interminável de roupas para lavar. Esse era apenas um dos vários trabalhos voluntários que ela havia se comprometido a fazer: ela tinha um fraco para causas nobres. Mike não tinha gostado muito da ideia de ela conseguir um emprego ("Seu emprego é ser minha esposa", foi o que sempre lhe disse), então aos poucos ela acumulou formas de preencher os dias vazios: ouvindo criancinhas lerem na escola primária local, fazendo compras para as idosas do bairro, trabalhando algumas manhãs numa loja de caridade, levando para passear cachorros de um abrigo de animais das redondezas, catando lixo com o grupo Woodland Trust... "Ah, a Catherine vai topar", era o que as pessoas costumavam dizer, e ela sempre teve dificuldades em dizer não.

Mas ela tinha afeição pelas senhoras que moravam na Clemency House, assim como pelos poucos homens que também residiam lá, é claro. As histórias que ouvia! As vidas que aqueles idosos tinham vivido! Violet Wicker, por exemplo, tinha sido dançarina na juventude – uma *showgirl* em vez de uma bailarina principal – e tinha dançado pelo mundo todo. Ela ainda sabia dar alguns passos num dia bom. E também havia Alice, que podia ter uma aparência bem doce e frágil, mas que foi uma ativista política enérgica quando jovem. Ela acampou no Greenham Common nos anos 1980 por meses a fio para protestar contra armas nucleares e liderou marchas na Downing Street, a rua da residência oficial do primeiro-ministro da Inglaterra.

– Fui presa tantas vezes por violação da paz que brincaram dizendo que iam construir uma cela só para mim – contou com alegria para Catherine.

E, é claro, havia Nora, que tinha as histórias mais safadas sobre suas façanhas quando era jovem e deslumbrante. Ela era de matar.

Todas aquelas mulheres incríveis. Catherine esperava ter algo interessante para contar se vivesse tempo o bastante para ir parar num lugar como aquele.

À tarde, ela ainda estava pensando sobre isso quando dirigiu até o abrigo de animais e levou dois cachorros para dar uma volta no bosque. Violet, Alice e Nora podiam ser todas idosas e trêmulas, com sapatos ortopédicos grumosos e de vez em quando esquecendo o ano em que estavam, mas, sempre que falavam sobre o passado, seus olhos se iluminavam e dava para ver vislumbres de como deviam ter sido em seu auge: jovens e vibrantes e deixando sua marca no mundo.

Qual era a *sua* marca?, perguntou-se Catherine, mal percebendo os cachorros puxando a guia, frenéticos, quando um esquilo pulou numa árvore à frente deles. O que ela ia relembrar no futuro e contar com orgulho?

Tinha que existir alguma coisa, pensou consigo mesma. Tinha que ter algo nobre, corajoso e empolgante que ela pudesse fazer. Não é?

Começou a cair o mundo enquanto Catherine passeava e ela teve que correr de volta para o abrigo com os cachorros, todos pingando e cheios de lama. Eles não se importaram nem um pouco – uma sacudida rápida e uma secada com um cobertor e já estavam bem. Catherine, porém, precisou se arrastar de volta para o carro, com frio e encharcada. Ia pular direto debaixo do chuveiro quando chegasse em casa, decidiu, já imaginando o chocolate quente e a torrada que prepararia para si depois.

Contudo, esses planos evaporaram de sua cabeça quando ela entrou na rua de casa e viu o Peugeot de Mike na garagem. Os nós dos dedos de Catherine estavam brancos no volante quando ela estacionou ao lado do outro carro. O que ele estava fazendo ali? Tinha ficado longe desde o Natal e aquele incidente horrível com o peru voador. Certamente não teria aparecido para uma conversa agradável e uma fatia de bolo. Alguma coisa ruim devia ter acontecido. Alguma coisa grande. Meu Deus, por favor, que as crianças estejam bem.

Puxando o freio de mão com força, ela saltou do carro como um míssil, lutando com as chaves na porta da frente.

– Mike? É você? Está tudo bem? – perguntou.

Ele apareceu descendo as escadas, com uma expressão irritada.

– Onde diabos você *estava*? – exclamou. Em seguida, parou na metade das escadas e a encarou. – Nossa, Cath, o que você andou aprontando?

– Q-Quê? – Ela engoliu em seco, tendo esquecido por um momento sua aparência enlameada. – Eu saí. O que foi?

– Meu Deus, olhe só para você. Está pingando em todo o tapete, pelo amor de Deus.

Como ele conseguia aquilo – fazer com que ela se sentisse tão pequena em questão de segundos? Ela tirou o casaco com subserviência e o pendurou, se sentindo completamente imprestável. Sem sombra de dúvidas, a aparência de Rebecca estava sempre impecável.

– O que você está fazendo aqui? – perguntou, tentando retomar o controle da conversa. – Você não me respondeu. Tem alguma coisa errada? O que aconteceu?

– Eu te liguei o dia todo – respondeu Mike, impaciente. – Quando você não se deu ao trabalho de atender, eu entrei. Eu precisava pegar a documentação da hipoteca para dar o pontapé inicial aqui.

Dar o pontapé inicial? Ela o encarou com uma expressão perplexa.

– Do que você está f-f-falando?

Ele se recusava a encará-la nos olhos, percebeu Catherine.

– Do que você acha? Veja, Cath, você tem que seguir em frente. A gente vai se separar. E, falando sem rodeios, esta casa é minha.

– Mas...

– Eu comprei, eu fiz todos os pagamentos da hipoteca. E agora quero comprar um lugar para morar com Rebecca, então... – Ele deu de ombros. – Vou colocar a casa à venda.

– Mas e eu? – perguntou Catherine com a voz trêmula. Seu coração martelava no peito. – Este é o meu lar.

Ele desviou os olhos.

– Sinto dizer que isso não é problema meu – disse. – Desculpa, mas não consigo sustentar duas casas. Vou mandar alguns corretores virem esta semana, tá?

– Espera, Mike! A gente precisa conversar sobre isso – pediu Catherine, mas ele já estava passando por ela e caminhando até o carro.

Sem olhar para trás, ele ligou o motor, saiu de ré na rua e foi embora.

Merda. Ela vinha temendo esse momento: sair de casa, ter que recomeçar em outro lugar. Ainda não tinha emprego nem qualquer forma de renda, nenhuma reserva de emergência ou plano B. Pensamentos desregrados e desesperados se atropelavam na sua cabeça. Será que teria que rastejar de volta até a casa da mãe em Reading? Pedir para ficar com Penny? Prostrar-se para o conselho municipal, implorando por algum tipo de acomodação temporária? Será que ia acabar dormindo nas ruas?

Não. É claro que isso não ia acontecer. Mike era um homem bom, ele não ia jogá-la na rua sem lugar para ir. Ou será que ia?

A porta da frente ainda estava aberta, e Catherine a fechou com a mão trêmula, imaginando outra mulher naquele mesmo lugar, fechando a mesma porta. Outra família logo ia se mudar, atraída pelos cômodos espaçosos, o belo jardim, a proximidade a uma escola primária excelente e comodidades locais. Enquanto isso, o que ia acontecer com *Catherine*?

Foi então que ela percebeu a maleta com os documentos abandonada no corredor. Mike tinha se esquecido de levá-la. Catherine a pegou, imaginando o que ele tinha guardado ali dentro. Todos os recibos da hipoteca, sem dúvida, e mais alguma papelada relacionada à casa, de modo que pudesse "dar o pontapé inicial". Um pontapé certeiro, destruindo toda a vida de Catherine.

Os dedos dela hesitaram nas travas de metal. Estaria bisbilhotando se lesse os papéis?

Não, concluiu. Ambos tinham morado naquela casa durante dez anos. Podia ter sido Mike quem pagou por tudo, mas ainda assim era o *lar* dela.

As travas soltaram um clique alto quando Catherine abriu a maleta. Ali dentro estava uma série de pastas finas de plástico transparente, ordenadamente rotuladas HIPOTECA, CASA e SP. Catherine franziu o cenho. SP? O que era SP?

Ela tirou aquela pasta de baixo das outras, mas na pressa a derrubou e os papéis voaram por todo lado no carpete do corredor. Agachando-se para catá-los, ela congelou ao ver uma série de extratos bancários do Barclays Bank. Que estranho. Uma sensação vibrante de déjà-vu surgiu dentro dela enquanto ela encarava os papéis. Desde quando Mike tinha uma conta bancária separada? Catherine sempre achou que tudo entrava na conta conjunta deles, no Co-op. O que estava acontecendo?

Em seguida, ela pegou um dos extratos para olhar de perto e sua boca se abriu em choque. Respirando com força, ela leu os números mais uma vez, imaginando que seu cérebro a estivesse enganando.

Mas não. Estava tudo ali, preto no branco. Quase 100 mil libras numa conta separada para Mike, com cada pagamento listado como uma transferência de CENTAUR. A boca de Catherine estava seca. Ela não conseguia entender. Não fazia sentido. Quem ou o que era Centaur, e por que dera tanto dinheiro para o marido dela?

Il foglio di calcolo

(A PLANILHA)

– Você não se importa, né? Vão ser só algumas semanas.

Anna se importava, sim. Ela se importava bastante que Pete tivesse decidido por conta própria que ia usar o apartamento dela como um depósito para suas inúmeras caixas de tralha enquanto procurava outro apartamento.

– Não – falou com os dentes cerrados enquanto ele jogava uma caixa cheia de livros de fantasia com capas sórdidas na cama.

– Ótimo. Que tal colocar a água para ferver, querida? Estou morrendo de vontade de tomar um chá.

Não dá para morrer mais rápido?, ela quis berrar, mas se conteve no último segundo. Após escalar uma torre oscilante de caixas e caixotes – por que havia um bumerangue saindo de uma delas? Desde quando Pete já tinha chegado perto do hemisfério Sul? –, ela soltou palavrões em voz baixa ao entrar na cozinha. Estivera testando uma variedade diversificada de receitas de bolos de gengibre naquela noite para a próxima coluna e tinha deixado duas belezuras escuras e viscosas esfriando num suporte, o cheirinho se espalhando pelo apartamento, só que Pete tinha enfiado uma caixa rotulada como "Coisas da Cozinha" no balcão, e ao fazer isso tinha, de algum jeito, feito com que poeira e sabe Deus o que mais caíssem nos bolos.

Aquilo era um erro terrível. Deixar que ele guardasse os programas malditos de futebol e os vídeos de ficção científica no apartamento de Anna era o começo de um caminho sem volta. Ela tinha conseguido adiar a ideia de os dois morarem juntos por enquanto, mas até quando ia conseguir impedir

Pete de se mudar para lá? Ela realmente teria que bater o pé, começar do zero, se livrar de Pete *e* das tralhas dele. Do contrário, antes que percebesse, anos iam se passar e ela ia acordar um dia uma idosa, ainda morando naquele apartamento com ele. E ia se odiar por isso.

– Preciso fazer isso – murmurou.

– Fazer o quê, amor? Me mostrar seus seios? – Ali estava ele, aparecendo na cozinha com os lábios ressecados curvados naquele sorriso atrevido irritante. – Meu bem, agora, sim, estamos falando a mesma língua. E você até fez um bolo pra mim. Dois bolos! Aquela xícara de chá já está saindo?

Ela inspirou fundo. Aquela hora era tão boa quanto qualquer outra. Independentemente de quanto medo sentisse de virar uma solteirona velha, solitária e ressecada, a alternativa – aquilo – parecia pior a cada minuto.

– Pete – disse Anna, tentando deixar o tom de voz neutro e calmo. Ela soltou a garrafa de leite e cruzou os braços. – Escute... Eu estava pensando.

– Uau!

Ele fingiu cair no chão por causa do choque. Engraçadinho.

– Parabéns, querida, mas eu estava vindo aqui pra dizer que preciso tirar o carro. Parei em mão dupla e o vizinho acabou de aparecer para me dar uma bronca. – Ela apontou os dois dedos indicadores para Anna como um apresentador de TV cafona. – Então guarde esse pensamento para depois, querida. Já volto.

Disse o homem com tão poucos neurônios que dava para nomear todos, pensou Anna quando a porta se fechou com um baque. Ela acidentalmente-de-propósito colocou leite demais no chá de Pete, só para irritá-lo, depois pousou os olhos na foto de Rimini que tinha prendido à geladeira e suspirou, desejando estar lá naquele momento. Bem longe, sentindo o sol quente na pele nua, com óculos escuros no rosto e chinelos de dedo nos pés enquanto trocava histórias de vida com o pai. Em vez disso, não sentia nada além de uma claustrofobia que avançava à medida que as posses de Pete invadiam seu espaço.

Encontrar o pai na Itália *ia* acontecer, Anna estava determinada. As outras pessoas na aula de italiano a tinham olhado como se Anna fosse meio insana na outra noite, quando tinha contado para eles seu plano. Provavelmente todos pensavam que ela perdera a cabeça, se jogando numa caça maluca atrás do pai, com o arsenal composto apenas por uma única foto dele. Mas ela não ia desistir. De jeito nenhum. Ia se arrepender pelo resto da vida se deixasse de explorar aquela pista.

O telefone dela vibrou. *Vou aproveitar que tô no carro pra pegar mais algumas coisas*, dizia a mensagem de Pete. *Volto daqui a uma hora bj.*

Mais coisas? Quantas tralhas Pete tinha? Não parecia ser muito quando estavam espalhadas sem organização na casa dele, mas do dia para a noite parecia que ele tinha se tornado uma versão masculina de Imelda Marcos, aquela antiga primeira-dama das Filipinas com sua coleção interminável de sapatos. Naquele ritmo, não ia sobrar espaço para Anna andar pelo apartamento.

Fazendo cara feia para os bolos de gengibre cobertos de poeira, ela cortou uma fatia do bolo de Natal (já estavam na segunda semana de janeiro e o gosto continuava fabuloso) e levou a fatia e uma xícara de chá para a sala, com a intenção de ler alguns e-mails enquanto esperava Pete voltar.

Porém, foi só dar um passo dentro da sala para perceber que Pete tinha conseguido cercar o computador dela na mesinha de canto com uma barricada de caixas e uma mala. Anna soltou um gemido de exasperação. Excelente. Como é que ela ia conseguir trabalhar assim?

Xingando com ferocidade, ela se enfiou no espacinho que sobrou no sofá e zapeou pelos canais da TV enquanto comia o bolo. Nada de interessante estava passando. Então seus olhos pousaram na maleta do notebook de Pete, equilibrada em cima de uma das caixas. Que se dane, ela ia usar o dele mesmo. Ela achava que ele lhe devia alguns favores.

Adivinhar a senha foi fácil: Blades. As coisas que sempre estavam na mente de Pete eram futebol e sexo, só podia ser um ou outro, e Blades era o apelido do Sheffield United, seu time. Depois, ela entrou na internet e começou a responder os comentários e e-mails mais recentes de seus leitores. A última receita fora um ensopado vegetariano caprichado que aquecia até as noites mais frias. Incluía abobrinha, grão-de-bico, molho de tomate caseiro e vários outros vegetais e ervas, e tinha ficado absolutamente divino, modéstia à parte. Considerando os vários e-mails que recebeu, seus leitores pareciam compartilhar da mesma opinião, exceto por alguns carnívoros obstinados que tinham entrado em contato para dizer que ficaria melhor com umas fatias de *pancetta* ou frango em cubos. Sempre havia alguém achando que sabia fazer melhor, mas Anna não deixava que isso a abalasse. Ela nunca tinha alegado ser qualquer coisa além de amadora.

Muito obrigada, gente, escreveu. *Seus comentários sempre são bem-vindos, e recebi várias sugestões ótimas. Enquanto isso, tenho alguns bolos de gengibre diferentes esfriando na cozinha... Vou passar a receita do mais gostoso para vocês essa semana. Continuem a cozinhar!*

Os minutos passaram de um jeito tão gostoso que ela perdeu completamente a noção do tempo. Quando voltou a olhar para o relógio na prateleira em cima da lareira, percebeu que a) estava com um torcicolo horrível de ficar com a cabeça abaixada olhando para o notebook; b) já eram dez da noite e Pete ainda não tinha voltado.

Como se ele estivesse lendo a mente dela, o celular de Anna vibrou bem naquele momento com outra mensagem. *Decidi ficar na casa da minha mãe. A gente se vê amanhã? Pete bj*

Tá bom, até. Boa noite bj, respondeu Anna. Era errado que a primeira reação dela fosse alívio por poder dormir sozinha na cama àquela noite? Sim, concluiu, se sentindo culpada. Boas namoradas supostamente não se alegravam com a ausência do namorado.

Ela estava prestes a fechar o computador de Pete quando, com um calafrio de desgosto, lembrou-se da infeliz planilha que tinha encontrado uma vez – "Sexo com Anna" – e todas as notas de 0 a 10 que Pete tinha dado para ela. Será que ele ainda a atualizava?, se perguntou. Devia ser fácil de achar...

Planilhas. Mais recentes. "Sexo com Anna". Sim, ali estava ela, entre o documento dos gastos mensais e o catálogo da coleção de livros de ficção científica e fantasia. De fato ela estava em maus lençóis. Franzindo a testa por causa do que estava fazendo, ela abriu o arquivo para ler os últimos comentários.

Ela disse que estava com dor de cabeça. De novo – 5

Anna com calcinha de vó, quase perdi o tesão. Com certeza engordou no Natal – 6

Um saco. Tive que fechar os olhos e pensar na gostosona de Downton Abbey – 5

Que diabos...? Os olhos de Anna se arregalaram à medida que ela passou pela lista de reclamações: uma ladainha de sexo ruim e desinteresse. A melhor nota que ela tinha recebido nos últimos três meses foi um 7 solitário em dezembro. Um 7! Enquanto isso, Pete ficava reclamando dos seios dela, do tamanho das coxas, do jeito que ela o beijava... Estava tudo tão errado. *Todo mundo engordava no Natal, era a lei!* E daí? Uns quilinhos a mais não importavam. Além disso, não era como se Pete fosse todo musculoso, com aquela barriga mole e esponjosa dele. O único tanquinho que tinha era um de lavar roupa que viera numa caixa com os produtos de limpeza. Quem era ele para julgar?

Anna fechou o computador, seu coração batendo a mil, sem querer continuar a ler. Por que ele não havia lhe dado o fora se achava que ela não era atraente? Por que se dar ao trabalho de agir normalmente?

Anna apoiou a cabeça nas mãos, sabendo muito bem o quanto estava sendo hipócrita, que devia estar fazendo as mesmas perguntas para si mesma. Os dois já tinham passado do prazo de validade fazia seis meses. Eram um hábito, algo conveniente um para o outro. Bem, não mais. Assim que tivesse a chance, ela ia terminar. Arrancar o band-aid.

O celular dela vibrou de novo, e ela teve um sobressalto. Então abriu a mensagem, mais uma de Pete. Mas essa era um pouco mais estranha do que o normal.

O garotão tá latejando. Ele quer vc. Tá com tesão? ;-0

Abaixo estava uma foto do pênis rosa dele, ereto.

Anna encarou a foto por um total de cinco segundos, os olhos quase saindo do rosto de tão arregalados. Meu Deus do céu. Mas o quê...? Era essa a ideia dele para reacender a chama da relação? Mandar mensagens picantes do quarto de hóspedes da casa da mãe?

Anna umedeceu os lábios, se perguntando como responder. Será que iria ao menos mandar uma resposta? Talvez devesse fingir que estava dormindo quando a mensagem chegou, dar uma desculpa de manhã. Mas o que ele ia escrever na planilha nesse caso? *Vaca frígida, nem me deu atenção para bater uma no telefone.*

Ela mostrou a língua para o notebook. Ah, e daí que ele escrevesse isso? Que ele pensasse o que quisesse, Anna ia dar o pé na bunda nele até o fim da semana mesmo e aí ele ia poder reclamar dela o quanto quisesse.

Mas, ainda assim, ela não conseguiu impedir um calafrio estranho de curiosidade. Ela e Pete nunca tinham feito sexo por telefone. Na verdade, pensando bem, ela nunca tinha feito sexo por telefone com ninguém. O que é que ela devia fazer? Descrever algumas fantasias sórdidas numa mensagem? Ou enfiar o celular na calcinha e tirar uma foto para Pete? (Na verdade, melhor não, a situação ali embaixo estava meio desleixada. Ele podia achar que estava olhando para a imagem de uns matos selvagens de Bornéu.)

Talvez ela devesse apenas ir na dele como um tipo de experimento social. Podia até conseguir uma matéria especial anônima naquelas revistas com capa brilhosa – elas sempre publicavam esse tipo de porcaria.

Já tinham se passado três minutos e ela ainda não tinha respondido. Àquela altura ou ele já tinha "perdido o tesão" ou estava se masturbando pensando "naquela gostosona de *Downton Abbey*". Será que Anna tinha perdido o momento?

Tô molhadinha pensando em você, escreveu em resposta, meio excitada, meio horrorizada com a própria ousadia. *Me fode com força, garotão.*

O dedo dela pairou sobre o botão de "Enviar". Anna hesitou. *Meu Deus*, pensou, olhando para as palavras e torcendo o nariz. Era tão clichê, não era? Como se tivesse saído direto de um filme pornô de baixo orçamento. *Me fode com força, garotão.* Que falta de originalidade.

Ainda pior do que isso, percebeu Anna no momento seguinte, era o conhecimento de que Pete com certeza ia salvar qualquer mensagem picante no celular e mostrar para todos os amigos. Uma vez ela tinha ouvido um amigo de Pete, Andy Gorgon ou Flash, como era conhecido, se gabando no bar sobre a namorada Kirsty o ter deixado "entrar pela porta dos fundos", incluindo os detalhes mais sórdidos. Anna não queria ser o assunto de uma conversa semelhante de jeito nenhum. Imaginou-se entrando com Pete no pub um dia e vendo olhares maliciosos e sorrisos tortos. Eca, não, muito obrigada.

Deletar, deletar, deletar. Em vez daquilo ela escreveu "ATREVIDO!", incluindo um emoji piscando o olho. Era melhor ser clichê ou soar como um ator de comédia? Ela estava confusa demais para decidir. Enviou a mensagem e ficou sentada ali por alguns minutos, esperando Pete responder.

Como não recebeu nenhuma resposta, deduziu que tinha perdido o momento. Do jeito que Pete era, já devia estar roncando debaixo do edredom de nylon da cama de hóspedes da casa da mãe dele, lenços empapados na lixeira e um sorriso satisfeito no rosto. Sentindo uma mistura peculiar de decepção e alívio, Anna vestiu o pijama e se acomodou na própria cama.

– Então o que você inventou essa semana? – perguntou Marla na quinta-feira. – Por favor, não me venha com mais uma daquelas coisas vegetarianas – acrescentou alegre, seu sorriso tão aberto e deslumbrante que quase enganou Anna e a fez pensar que a colega estava sendo simpática. – Não aguento essa comida de coelho, entende o que eu quero dizer? Como que as pessoas *sobrevivem*?

– Bolo – respondeu Anna, curta e grossa, erguendo os olhos do computador.

Ela estava digitando a melhor receita de bolo de gengibre, confiante de que seus leitores iam curtir. Uma vez que tinha cortado as partes empoeiradas, o bolo tinha ficado apimentado e úmido e, como num passe de mágica, parecia ficar ainda mais gostoso a cada dia.

– Ahh – fez Marla com um tom de voz duvidoso –, hummm.

– O que você quer dizer com esse *Ahh, hummm*?

Marla inclinou a cabeça para o lado, com os olhos bem abertos.

– Bem, não quero criticar, é claro, mas tem certeza de que é a melhor opção? Porque, tipo, estamos em *janeiro*. E todo mundo está cuidando do peso, com as metas de Ano-Novo e coisa e tal.

Quem não conhecesse Marla tão bem poderia pensar que ela estava profundamente preocupada em nome de Anna.

Por sorte, Anna a conhecia muito bem.

– Nem todo mundo está fazendo dieta – respondeu, digitando ainda mais rápido mesmo que estivesse cometendo erros de ortografia.

– Ah, eu sei! Quer dizer, *eu* nunca faço dieta, graças a Deus! Eu ia morrer se fosse gorda. Mas sei que nem todo mundo tem a sorte de ter um metabolismo acelerado como o meu. – Ela soltou uma risadinha tilintante. – Mas não estou dizendo que *você* deveria fazer dieta, Anna, é óbvio.

Ela *com certeza* estava dizendo que Anna devia fazer dieta.

– Deus nos livre que alguém pense *isso*, Marla – disse Anna com um controle admirável, continuando a digitar, irritada, numa velocidade insustentável.

"Mistuer a farniha com o fremneto em p´o", dizia a segunda linha da receita.

– Quando as pessoas me conhecem, elas sempre falam, nem *vem* que você é crítica gastronômica! É tão magrinha! Você come *mesmo* a comida ou só olha e sente o cheiro? É tão engraçado! Hashtag hilário.

Hashtag mentirosa, isso sim, pensou Anna, digitando ainda mais rápido. "Baat os oovvos e junte cm a msitura de inrgeditentes secs". Ela estava justamente se perguntando como ia conseguia destravar o maxilar para dar uma resposta quando o som revelador de saltos finos poderosos soou às suas costas.

– Moças, bom dia – disse Imogen, chegando com uma nuvem de perfume Dior.

O terno do dia era de um preto fúnebre porque o proprietário do jornal, Dick Briggs (ou Big Dick como todo mundo o chamava), era esperado para uma reunião.

– Marla, Anna, vocês têm um minutinho? Tive uma daquelas minhas ideias brilhantes, modéstia à parte.

– É claro! – bajulou Marla, batendo as pestanas longas como a puxa-saco que era.

– Você vai sair de férias na próxima semana, certo? – perguntou-lhe Imogen.

– Vou. Desculpe esfregar isso na cara de vocês, gente, mas estarei na Malásia tomando um pouquinho de sol no inverno – anunciou Marla para todo o escritório, como se alguém tivesse o mínimo interesse. – Prometo que não vou ficar me gabando *muito*, mas só posso dizer que vai ser num hotel cinco estrelas, muitíssimo obrigada, com uma daquelas piscinas infinitas, e...

Imogen interrompeu a ostentação:

– Enquanto você estiver fora, pensei que Anna podia te substituir e escrever sua coluna. O que você acha, Anna? Só pensei que seria o próximo passo perfeito para você, já que é nossa expert em comida.

O silêncio que se seguiu foi tão completo que dava para ouvir uma gota de chuva caindo numa piscina infinita.

— Ah — fez Anna, surpresa. — Sério? Seria ótimo.

— Não! — protestou Marla, mal conseguindo esconder a raiva.

Ela fez o esforço honrado de se recuperar, mas seu sorriso agora mais parecia uma careta.

— Quer dizer... Infelizmente, não acho que Anna seja a *melhor* escolha — falou. — Acontece que é necessário ter experiência para ser crítico gastronômico. Sem ofensa, Anna, mas é uma habilidade minuciosa e...

Imogen cerrou os olhos.

— Acho que ela vai fazer um ótimo trabalho — disse, usando seu tom de voz mais severo, que não aceitava argumentos. — Marla, se puder orientar Anna e lhe passar algumas anotações antes de sair de férias...

— Mas...

— Obrigada, Marla. Obrigada, Anna. Estou ansiosa para ver o que vocês duas vão fazer juntas. Esplêndido!

Marla ficou encarando a chefe ir embora, com desprezo evidente.

— Os leitores não vão gostar nem um pouco *disso* — falou com amargura, antes de se virar para Anna com os lábios cerrados. — Não me leve a mal, Anna, você é uma ótima jornalistazinha...

Uma ótima jornalistazinha! Que vaca condescendente. Anna começara a trabalhar no jornal muito antes de Marla.

— E você fez um trabalho bem legal com essa coisinha de *culinária*... — Ela falou aquilo como se Anna estivesse escrevendo sobre cocô de cachorro. — Mas, sabe, meus leitores gostam bastante do meu jeito especial de escrever. É bem engraçado e inteligente...

É a primeira vez que ouço isso, pensou Anna sombriamente.

— Então, sem ofensa, mas...

Anna já tinha ouvido o bastante.

— É a merda de um comentário sobre um restaurante com quinhentas palavras, Marla, não é exatamente a página de Opinião no *The Guardian*. Tenho certeza de que vou dar conta.

Marla arfou, indignada.

— Bem, se é assim que você se sente, talvez *outra pessoa* devesse cobrir a coluna enquanto estou de férias — vociferou. — Que pena que você é tão *desdenhosa* em relação à parte central da seção de entretenimento.

— Pelo amor de Deus! — exclamou Colin, como um urso acordando da hibernação. Ele deu um soco na mesa. – Dá pra calar a boca? Tem gente tentando trabalhar aqui!

Marla se virou para a própria mesa e começou a agredir o teclado com violência, lábios bem apertados. Anna não conseguiu impedir que um sorrisinho secreto surgisse em seus lábios. Crítica gastronômica substituta, hein? "Nossa expert em comida", era como Imogen a tinha chamado. Isso era definitivamente o que se chamava de *resultado*.

L'agenzia di lavoro

(A AGÊNCIA DE EMPREGOS)

Catherine mal pregou os olhos na noite de domingo. Os poucos sonhos que teve foram marcados pela ansiedade: outra pessoa morando na casa, Catherine do lado de fora, olhando, incapaz de abrir a própria porta da frente... Para depois acordar suando frio, enjoada só de pensar que aquilo poderia se tornar realidade em breve.

Quando Catherine não estava se estressando com a perspectiva de ficar desabrigada, seu cérebro ficava tentando desvendar o estranho mistério daquela quantia tão grande de dinheiro na conta de Mike. Alguma coisa definitivamente suspeita estava acontecendo. Claro, ele ganhava um bom salário como um médico sênior que tinha várias responsabilidades no centro cirúrgico, mas não *tão* bom assim. Pelo menos não bom o bastante para que ele tivesse como esconder milhares e milhares de libras numa conta secreta. Então de onde tinha vindo todo aquele dinheiro extra?

Todos os romances criminais que Catherine já tinha lido começaram a saltitar em sua mente. Será que ele estava chantageando alguém? Será que estava envolvido em algum caso de fraude? Será que... Os olhos de Catherine se arregalaram. Será que estava matando pacientes idosos e de alguma forma adulterando o testamento dessas pessoas?

Quando o sol nasceu, ela sabia que não ia conseguir mais dormir, então se levantou e preparou um café forte. Em seguida, pegou a pasta de documentos e espalhou os papéis na mesa da cozinha. Não, definitivamente não era fruto de sua imaginação. De acordo com os extratos bancários, durante os últimos dezoito meses, Mike recebera valores altos de dinheiro regularmente (5 ou 10 mil libras a cada remessa), sempre da mesma empresa – Centaur. Então ele provavelmente não estava eliminando senhorinhas, a não ser que Centaur fosse o mandachuva maligno ligado à conspiração.

Catherine tirou pó do velho notebook (Mike tinha levado o mais novo e moderno consigo) e o conectou à internet. Se Mike estivesse aprontando alguma coisa, ela ia descobrir exatamente o que era, pensou com uma explosão repentina de energia. Inferno, ela ainda era esposa dele, não era? A esposa que logo seria destituída. Ela tinha o direito de saber.

– O que você está escondendo de mim, Mike? – murmurou ao abrir o navegador.

Embora desse o seu melhor, ela não conseguiu descobrir muito com a investigação on-line. Segundo o Google, havia centenas de empresas em todo o mundo chamadas Centaur, e Catherine não conseguia imaginar nenhuma delas conectada a Mike, por mais que tentasse. Sentindo-se sem esperança, ela franziu o cenho para os extratos bancários enquanto seu segundo copo de café esfriava, sabendo que alguma coisa crucial lhe havia escapado, porém sem conseguir descobrir o que era.

Estava prestes a se levantar para tomar um banho quando um pensamento lhe ocorreu. Não importava se resolveria ou não aquele mistério: como Mike ameaçava vender a casa e pô-la na rua, Catherine ia precisar de um emprego logo. Tipo, imediatamente.

Mais tarde naquela manhã, Catherine entrou na agência de empregos de Jenny Hayes no centro da cidade, imaculadamente vestida com o único terno preto que tinha. Estava pronta para a luta. Não podia ser tão difícil assim, né?

– Preciso de um emprego – falou sem rodeios para a mulher sentada atrás da recepção. – Qualquer coisa. Não sou chata.

A recepcionista ficou sem reação por um momento. Tinha mais ou menos a idade de Catherine e usava óculos grandes, com armação preta, que faziam sua cabeça parecer levemente achatada. (Será que ela tinha nascido por parto com fórceps?, Catherine se pegou imaginando.) Havia uma caneca na mesa na qual estava escrito "Don't Worry, Be Happy", o que era meio irônico considerando que a recepcionista parecia ser a pessoa mais indisposta a abrir um sorriso que Catherine já tinha conhecido.

Estava prestes a fazer outra tentativa quando a recepcionista falou.

– A senhora precisa mandar seu currículo – orientou com um tom monótono e entediado, sem tirar os olhos da tela à sua frente. Ela digitou algo rapidinho, as unhas bem-feitas voando por cima do teclado. – Depois vamos cadastrá-la no nosso banco de dados e entrar em contato se surgir alguma vaga adequada.

– Sim, eu já fiz isso – informou Catherine com educação.

Ela tinha enviado uns vinte na primeira semana de janeiro, numa onda otimista de Ano-Novo.

– Mas não recebi nenhum contato de vocês. Então eu só queria saber...

– Nome?

– Catherine Evans.

A recepcionista suspirou como se tudo aquilo fosse uma perda de tempo, em seguida digitou o nome da Catherine.

– Mill Cottage, na Forge Lane?

– Isso mesmo.

– Não. Não tem nada. Sinto muito.

Catherine rangeu os dentes.

– Tem que ter alguma coisa que eu possa fazer. Sinceramente, não importa o quê, tanto faz.

Da janela da agência, os olhos dela de repente avistaram um jovem abraçando uma mulher bem mais velha. A mulher estava bem glamorosa, com um casaco estilo *trench coat* bege clássico e cabelos louros recém-escovados. Quando os dois se separaram, sorrindo, Catherine percebeu, chocada, que o jovem era Freddie, seu colega da turma de italiano. Uau! Ela não esperava que ele estivesse namorando uma mulher daquelas.

A vaca grosseira de trás do balcão pigarreou de forma exagerada.

– Eu *perguntei*: a senhora tem alguma experiência em escritório?

– Quê? Ah, perdão. Experiência em escritório. Bem, eu já cuidei de alguns arquivos e coisas do tipo para o meu marido.

Sorrateiramente, ela cruzou os dedos.

– Alguma experiência com entrada de dados?

– Hum...

Que diabos era aquilo?

– Eu aprendo rápido – arriscou-se.

– Sabe digitar?

– Mais ou menos. Não... – Ela fingiu estar digitando bem rápido com os dedos. – Mais... – Ela fez mímica de catar milho no teclado. – Mas eu chego lá no final. E sou boa de ortografia. E pontuação. Tirei nota máxima em gramática no ensino médio.

As narinas da recepcionista tremelicaram como se ela estivesse sentindo algum cheiro nojento.

– Então a resposta é sim – balbuciou Catherine. – Sim, eu sei digitar.

– Mas não...

Foi a vez da recepcionista de fingir digitar bem rápido no ar. Seu rosto estava contorcido numa expressão de desprezo.

– Não. Não... – Catherine decidiu não fazer a mímica de novo. – Não assim.

A recepcionista balançou a cabeça.

– Sinto muito. Não temos nada disponível no momento – repetiu.

– Eu posso aprender a digitar mais rápido! – exclamou Catherine. – Prometo. Vou praticar todo dia até que eu... – Ela fechou os dedos num punho para que não a envergonhassem de novo com mais mímicas estúpidas. – Até que eu saiba digitar bem rápido. Até que eu deixe marcas no teclado de tão rápido que estiver digitando.

Por alguns momentos, prolongou-se um silêncio terrível, como um tapa na cara. Depois, a recepcionista começou a digitar enfaticamente de novo. Ela digitava rápido, do jeito certo, sem nem baixar os olhos para o teclado, percebeu Catherine com melancolia.

– Mas *tem* uma vaga, então? – insistiu. – Se eu soubesse digitar rápido, você teria me dado detalhes de uma vaga? Eu consigo, não importa o que seja. Por que não me dá uma chance?

A recepcionista a encarou com uma expressão fria.

– Sinto muito – repetiu pela terceira vez, não parecendo sentir nada. – Não. Temos. Nada. Disponível. No. Momento.

Catherine ficou cabisbaixa.

– Obrigada mesmo assim – pegou-se dizendo fraquinho, antes de fugir de lá às pressas.

Do lado de fora, ela se encostou na parede, se sentindo humilhada. Bem, aquilo tinha sido tão constrangedor quanto era humanamente possível.

– Uma já foi, faltam nove – murmurou.

Ela pegou a lista de agências com que tinha entrado em contato e riscou a de Jenny Hayes com tanta força que a caneta rasgou o papel. Jenny Hayes e aquela mulherzinha metida a besta que trabalhava para ela podiam enfiar a entrada de dados num lugar bem doloroso. As coisas só podiam melhorar depois daquilo, certo?

Errado. As coisas só pioraram. A agência Seletiva era... bem, era seletiva demais para ela. A Nomeações Nobres não lhe deu boas-vindas dignas da realeza. Até na Deusas do Lar, que se especializava em trabalhos de limpeza, não tinham nada adequado para Catherine. Ela estava começando a ficar desesperada. Será que ninguém a queria? Será que não havia nada que ela pudesse fazer?

– Ei! Catherine!

Ela estava justamente subindo a Pinstone Street na direção da última agência na lista quando ouviu seu nome. Virando-se sem expressão, avistou Phoebe, da aula de italiano, com a cabeça enfiada para fora de um salão de beleza ali perto e acenando.

– Oi – cumprimentou Catherine, feliz por finalmente ver um rosto amigável. – Hair Raisers... é aqui que você trabalha então?

– Isso mesmo. O que você está aprontando? Fazendo umas comprinhas?

Catherine fez uma careta.

– Tentando conseguir a porcaria de um emprego – respondeu. – E estou falhando miseravelmente. Pelo jeito não tem nada disponível.

– Eu sei. – Phoebe, compreensiva. – O meu Liam está tentando conseguir alguma coisa também. Que droga, né?

– Uma droga mesmo. Daquelas amargas e horríveis que te deixam um trapo.

Phoebe soltou uma risadinha.

– Ei, por que você não entra um pouquinho e toma um chá? Só tenho cliente daqui a uma hora e parece que você precisa descansar.

Os pés de Catherine estavam acabando com ela. A ideia de se sentar e beber alguma coisa era tentadora demais para resistir.

– Seria ótimo – aceitou, agradecida. – Muito obrigada.

Phoebe a contemplou por um momento.

– Olha só – falou. – Como estou livre, por que não faço um corte rápido e dou uma escovada nos seus cabelos? Por conta da casa.

– Ah, não posso aceitar.

– Claro que pode. Entre, me dê seu casaco. Estou te dizendo, você ia ficar tão bonita de franja...

Antes que Catherine se desse conta, seus cabelos estavam sendo lavados com um xampu espumoso com cheirinho de maçã enquanto uma xícara de café fumegava ao seu lado.

– Prontinho – disse Phoebe depois, guiando Catherine até uma cadeira grande e confortável na frente de um espelho e lhe penteando os cabelos úmidos. – Eu estava pensando em dar mais definição na frente, talvez umas camadas atrás para dar mais volume, e você precisa deixar que eu corte uma franja, Cath. Confie em mim, vai revolucionar seu rosto.

– Ahn...

Catherine não estava cem por cento certa de que queria que seu rosto passasse por uma revolução, mas Phoebe era tão encantadora e convincente (e o café estava tão gostoso) que ela não teve forças para resistir. E fazia séculos desde que se preocupara com o cabelo. Sempre o prendia só num rabo de cavalo. Uma mudança seria boa.

No momento em que Phoebe estava preparando as tesouras para começar, uma mulher com cabelos louros platinados e um casaco branco entrou pela porta. Catherine se virou na cadeira. Ah, não. Não era ela, certo? Não podia ser. Por favor, não!

– Ai, meu Deus, quase cortei sua orelha fora, Cath! – exclamou Phoebe. – Está tudo bem?

Catherine mal ouviu. Estava ocupada demais encarando a recém-chegada. Um imaculado casaco estilo *trench coat* branco. Saltos pretos. Uma bolsa de couro caramelo com um corte bem-feito. É claro, ela não estivera usando nada daquilo da última vez em que Catherine a vira. Só o batom vermelho era o mesmo.

– Cath? – dizia Phoebe, confusa. – O que aconteceu? Você ficou bem pálida. Mudou de ideia sobre a franja?

– Tenho hora marcada às duas com Melissa – anunciou a mulher para a recepcionista. – Rebecca Hale.

Rebecca. Então *era* ela. Vista pela última vez como veio ao mundo, com as pernas ao redor da cintura de Mike. Com aquele sorrisinho cínico nojento. *Ops.*

– Merda – murmurou Catherine, virando a cabeça para esconder o rosto enquanto alguém ajudava Rebecca a colocar uma capa protetora preta. – Ah, meu Deus. Preciso ir.

– Por quê? – Phoebe se sentou na cadeira ao seu lado. – O que aconteceu? Você não está se sentindo bem?

– Aquela mulher que acabou de entrar, não olhe, o nome dela é Rebecca. Meu marido me largou pra ficar com ela.

– Ah, minha nossa – disse Phoebe. – Ah, não. Que coisa horrível. – Ela baixou a voz: – E ela é uma vaca. Vem sempre aqui para retocar a raiz, nunca dá gorjeta.

As mãos de Catherine tremiam no colo. Ela se sentia nauseada.

– Eu só quero sair daqui. Não quero que ela me reconheça.

– Não se preocupe – disse Phoebe, lhe dando um tapinha no braço. – Quando eu tiver terminado, nem você vai se reconhecer. Fique sentadinha que eu vou mandar ver.

Catherine prendeu a respiração enquanto Rebecca era levada para uma cadeira próxima e a cabeleireira começava a conversar com ela sobre o que precisava ser feito. Depois Rebecca pegou um iPad e começou a usá-lo com um ar de presunção. Para alívio de Catherine, ela parecia entretida com o que quer que estivesse fazendo e nem prestou atenção quando a cabeleireira começou a repartir seu cabelo em seções para tingi-lo. Enquanto isso, Phoebe estava atacando os cabelos de Catherine com a tesoura, parando de vez em quando para conferir se o comprimento estava igual dos dois lados. Ela se postou na frente de Catherine para cortar a franja, e Catherine fechou os olhos enquanto tufos macios de cabelo caíam em seu colo. Um celular começou a tocar em algum lugar, e o corpo de Catherine ficou rígido quando ela ouviu a voz de Rebecca.

– Sim – falou. – Bem, ele pode voltar às quatro? Eu te avisei que eu tinha uma reunião hoje à tarde, Paul.

– Reunião, uma ova – murmurou Phoebe, se aproximando para igualar as pontas da franja nova de Catherine. – Ela sempre vem pra cá. Nunca arruma o cabelo no fim de semana, como a maioria das pessoas que trabalha. Opa, desculpa, não falei por mal, Cath.

– Não se preocupe – disse Catherine.

– Prontinho – disse Phoebe com um tom de voz satisfeito depois de um momento. – Já pode abrir os olhos. Me diga o que você acha do comprimento. Está bom assim?

Catherine abriu os olhos com cautela e encarou a mulher no espelho. Sua testa tinha desaparecido. Assim como as mechas longas e as pontas duplas. Em vez disso, ela estava com um corte chanel na altura dos ombros que rodeava seu rosto, com uma franja reta que lhe caía logo acima das sobrancelhas.

– Eu disse que ia ficar bom, não disse? Você tem maçãs do rosto lindas, Cath, seu rosto é perfeito para esse corte. E vai ficar ainda melhor quando eu fizer uma escova. O que você achou?

– Uau – disse Catherine, ainda fascinada com o próprio reflexo.

Ela parecia ter rejuvenescido cinco anos.

– Ficou tão diferente. Nem pareço mais comigo mesma.

– Vou secar pra você. Vai ficar incrível. Só vou pegar o spray de brilho, espere aí.

Phoebe foi procurar numa coleção de embalagens e Catherine abriu um sorriso tímido para a mulher no espelho. Ela parecia uma pessoa diferente. Talvez até uma pessoa mais confiante.

– Não quero saber! – A voz de Rebecca se elevou com irritação ao fundo. – É só fazer o que estou mandando. E confira se o pagamento da Centaur foi feito, tá? Não quero mais ouvir reclamações.

Catherine inspirou fundo com bastante força enquanto as palavras ecoavam em sua cabeça. Um pagamento da Centaur? Será que Rebecca estava conectada à Centaur?

– Prontinho – disse Phoebe, borrifando loção nos cabelos de Catherine e ligando o secador.

Depois disso, Catherine não conseguiu ouvir nada além dos próprios batimentos cardíacos martelando no peito.

De volta em casa, ela foi direto para o escritório de Mike. Já que sabia que havia uma conexão entre Mike, Rebecca e todo aquele dinheiro, ela tinha que dar uma olhada em tudo de novo. Devia haver alguma pista em algum lugar.

Ela pegou os extratos bancários. O primeiro pagamento tinha sido feito em junho de 2011, no ano retrasado. O que mais estivera acontecendo naquele período? Se ela conseguisse achar um registro antigo das consultas de Mike, talvez conseguisse reconstruir os passos dele nas semanas que levaram àquele depósito generoso inicial de 10 mil libras. *Estou na sua cola, Mike*, pensou.

Ela procurou pelas gavetas da escrivaninha dele, em busca de alguma coisa que pudesse lhe dar uma pista. Avançou com cuidado no começo, como se ele pudesse aparecer às suas costas para gritar com ela, mas logo acelerou, levada pela curiosidade. Pastas da aposentadoria, atas de várias reuniões, seguro do carro – estava tudo ali. Também havia uma infinidade de canetas e blocos de notas com logos de empresas farmacêuticas, um maço com as informações das universidades dos gêmeos, folhetos de conferências e...

Ela parou quando um cartão de visitas caiu de um dos blocos de conferências. Primeiro vinha o nome Schenkman Pharma, seguido por *Rebecca Hale, Gerente de Relacionamento com Clientes*. Abaixo estava um telefone empresarial e o ramal particular. Alguém tinha incluído o número de celular atrás com caneta preta. Schenkman Pharma. SP.

A boca de Catherine ficou seca enquanto ela segurava o cartão por um momento. Um pedacinho de história. Os dois deviam ter se conhecido numa daquelas conferências horríveis. Ah, ela conseguia ver tudo com bastante clareza. Pegue um médico entediado, acrescente uma Rebecca traiçoeira e uma pitada de noitadas no hotel da conferência e álcool à vontade. Depois misture.

Canetas e blocos de notas e canecas de baixa qualidade não eram os únicos brindes que ele trouxera da conferência, então. Um cartão de visitas entregue em mãos, unhas com esmalte vermelho se demorando mais do que o necessário. *Esse é o meu celular. Me ligue.* O clichê mais velho da história.

Os lábios de Catherine se contorceram enquanto ela imaginou os amassos embriagados no elevador, as patas suadas de Mike na blusa de seda da outra mulher. *O que se passa na conferência fica na conferência. Em que quarto você está? Aceita um drinque?*

Então Catherine franziu a testa. Espera aí. Rebecca estivera falando sobre os pagamentos da Centaur no salão de beleza mais cedo – porém o cartão dizia que ela trabalhava na Schenkman Pharma. Será que havia duas Rebeccas? Uma em cada cidade? O que estava acontecendo?

Com muito cuidado, como se estivesse diante de um material radioativo, Catherine pegou o panfleto de onde o cartão de visitas de Rebecca tinha caído. Abril de 2011, uma conferência da Schenkman Pharma no hotel Bartlett em Blackpool, leu na capa. Ah, que glamoroso.

Ela abriu a brochura e correu os olhos pela primeira página. *Bem-vindo à Schenkman Pharma, uma nova estrela na indústria farmacêutica*, blá-blá-blá. Meu Deus, só a programação já bastava para dar sono: menções aos benefícios dos novos medicamentos maravilhosos da empresa, uma visão geral das inovações tecnológicas recentes na área da medicina, as técnicas de pesquisa e os estudos dos testes clínicos. Ela quase sentiu uma compaixão incômoda por Mike, por ter que aguentar um fim de semana inteiro de palestras de vendas de representantes nerds de medicamentos. Mas então se lembrou das instalações luxuosas do hotel e dos restaurantes cinco estrelas, que deviam ter ajudado a aliviar de certa forma o tédio. Assim como o *open bar* e Rebecca Hale, sem dúvida.

Franzindo o cenho, ela começou a guardar o cartão de visitas de volta na brochura, tentando conectar o que tinha descoberto com o que tinha ouvido antes. Depois ergueu os olhos para o relógio: seis e meia. Tarde demais para ligar para um escritório.

Ela guardou todos os arquivos e pastas onde os tinha encontrado. A última coisa que queria era que Mike soubesse que ela andara bisbilhotando. Porém, deixou o cartão de visitas em cima da escrivaninha.

– Ainda não terminei com você – murmurou.

La fotografia

(A FOTOGRAFIA)

Quando Anna chegou ao trabalho na segunda-feira de manhã, alguma coisa estava diferente no escritório do *Herald*. Todo mundo parecia estar estranhamente calmo e relaxado. Duas das secretárias davam risadinhas num canto enquanto trocavam histórias das façanhas do fim de semana, e havia um cheiro delicioso de café fresco saindo da cozinha. Colin até estava assobiando.

Anna inclinou a cabeça para o lado enquanto olhava ao redor, tentando entender o que havia de diferente. Foi então que seus olhos recaíram na cadeira vazia de Marla e ela lembrou. Ah, sim! Marla estava de férias. A semana toda. Cinco dias inteirinhos sem nenhum comentário sarcástico ou impertinente, sem nenhum insulto dito sob um disfarce fajuto de inocência. Era o céu na terra. Quem diria que uma manhã de segunda podia ser tão maravilhosa?

Anna se sentou à sua mesa, ligou o computador e então percebeu uma pilha de papéis empilhados ali com um post-it num tom amarelo-ovo no topo. *Restaurantes a serem avaliados*, dizia um rabisco feito às pressas. *Pode escolher. 500 palavras para Imogen até quinta às 16h.*

Anna sentiu um aperto no coração. As anotações que Imogen tinha pedido para Marla providenciar eram só aquilo mesmo? Um post-it de merda, só isso? Ah, que maravilha. Muito obrigada mesmo. Qualquer outro jornalista de respeito teria até completado uma crítica extra com antecedência em vez que empurrar o trabalho para um colega. Mas não Marla. Sendo como era, naquele momento ela devia estar esticada numa espreguiçadeira, o óleo de bronzear brilhando enquanto ela sorria para si mesma, esperando que Anna fosse um completo desastre naquela semana. Depois, é claro, Imogen ficaria furiosa e Marla ficaria toda "*Bem, não vou dizer que eu avisei, mas...*".

Anna percebeu que estava fazendo um barulho baixinho bem parecido com um rosnado e parou na mesma hora, antes que acabasse com a nova tranquilidade na redação. Jogando sujo, Marla Tucker? Bom, você escolheu a pessoa errada com quem jogar. Só por isso, Anna ia escrever a melhor crítica gastronômica do *mundo*. Isso ia ensinar uma lição para Marla.

Amassando o post-it inútil numa bolinha e jogando na lixeira, Anna folheou os papéis: todos convites para restaurantes na cidade e hotéis rurais com cardápios novos que gostariam que o jornal provasse. E havia um monte! Não era de se estranhar que Marla sempre tinha aquela expressão presunçosa no rosto – dava para jantar todas as noites da semana com aquela pilha, além de ainda fisgar uns almoços gratuitos também por via das dúvidas. A pergunta era: aonde Anna deveria ir primeiro? Ela bem que podia se aproveitar da situação ao máximo. Qual era o lugar mais chique, aquele em que ela normalmente não teria dinheiro para comer?

Descartar os gastrobares e as pizzarias baratinhas eliminou uma quantidade considerável de opções. Um oportunista tinha até enviado um panfleto da nova barraquinha de kebab na London Road. Vai sonhando, querido!

Ainda bem que havia escolhas de mais classe. Anna se prolongou no cardápio de um restaurante francês chique bem perto de Leopold Square – devia custar uma fortuna. Talvez um restaurante fino perto de Peace Gardens? Hum, parecia luxuoso demais, de um jeito preocupante. Na experiência de Anna, não dava para relaxar em lugares assim – *e* as porções sempre eram minúsculas. O que mais tinha de bom? Ah...

Aí, sim. Enrico's Italian Kitchen – *esse* parecia interessante. Ela correu os olhos pelo cardápio de amostra grampeado no convite, sua boca enchendo de água: risoto, massas, pratos *al forno*... Ela umedeceu os lábios e pegou o telefone.

– Olá – disse quando Pete atendeu. – O que você vai fazer de bom na quarta à noite?

– Ah, oi, amor – disse ele com um tom de voz surpreso.

Foi só então que Anna lembrou que era para estar bem brava com o namorado. Ele havia lhe dado um bolo na última hora no sábado à noite, quando ficara de acompanhá-la na festa de aniversário de Chloe, amiga de Anna, num bar. A despedida de solteiro de um amigo, foi o que Pete tinha dito às 20h15, dois minutos antes do horário que Anna tinha combinado de sair de casa. Ainda pior, ele nem tinha ligado para pedir desculpas no dia seguinte. Extremamente rude, isso sim. Não era de se estranhar que ele tivesse ficado desconcertado ao ouvi-la falar com tanta simpatia, ainda mais perguntando sobre os planos da semana dele.

– Hum... futebol com os caras – respondeu Pete depois de um momento.
– Por quê?
– Achei que vocês jogassem futebol na quinta, não?
– Mudou. Por quê? O que você queria fazer? Como você está, por sinal?
– Eu que devia estar perguntando isso. O que foi aquilo no sábado? Aconteceu algum problema? Eu tentei te ligar, sabe?
– Desculpa por isso, querida. Não dava para ouvir o celular na balada, por isso não atendi.

Anna girou uma caneta entre os dedos, sem saber ao certo se acreditava em Pete. E ainda não tinham falado sobre o *sexting* da semana anterior. O que estava acontecendo?

– Ah, certo – disse ela. – Que tal na terça, então?
Houve uma pausa.
– Ahn... Tenho um negócio do trabalho.
– Sério?
Pete nunca tinha "negócios do trabalho". Ele escapava da mesa às 17h15 em ponto todo dia.
– Pois é. É que... Uma pessoa vai sair da empresa. Vão fazer uma festinha.
– Numa terça?
– Sim! É permitido, não é?
Ele estava ficando na defensiva. Anna suspirou, sem paciência.
– *Quando* que eu posso te ver então?
– Você está puta comigo agora, não está?
– Não, eu...
– Eu sabia. É por isso que não te liguei, porque sabia que você ia me encher o saco.
– Pete, eu só queria...

– Olha, querida, eu estou no trabalho. Vamos falar sobre isso depois, tá? Preciso ir. Até mais.

Anna ouviu a ligação ser encerrada e arfou, sem conseguir acreditar. O que diabos tinha acabado de acontecer? Ela tinha ligado para Pete a fim de convidá-lo para jantar no restaurante italiano mais legal de Sheffield, mas de alguma forma Pete tinha conseguido transformar a ligação em Anna sendo a chata que acabava com o barato dele.

– Inacreditável – murmurou, irritada. – É *inacreditável*.

– O quê? – perguntou Joe, passando ali bem naquele momento. – O ônibus 19? Nem me fale. Vinte minutos atrasado de novo. Um barril andaria mais rápido do que aquela joça.

Anna ainda estava furiosa por causa de Pete.

– *Você* não recusaria uma noite num restaurante italiano maravilhoso, né, Joe? – perguntou, raivosa.

– Mas é claro que não – disse ele. – Por quê, está convidando?

Anna riu.

– Não, é que...

Era naquele momento em que Joe devia ter soltado uma risada também e dito: *Só estou brincando*. Mas não foi o que ele fez. Em vez disso, ficou parado ali, na expectativa, como se estivesse seriamente esperando que um convite fosse feito.

– Bem... – disse Anna, hesitante. – Vou mesmo precisar que alguém vá comigo. É para uma crítica gastronômica, lembra que estou cobrindo a coluna da Marla? Pete não vai poder ir.

– Eu posso – ofereceu-se Joe imediatamente. – A não ser que seja hoje à noite ou quinta.

– Eu estava pensando na quarta.

– Beleza.

– Espera... sério?

Ele deu de ombros.

– Por que não? Pode ser divertido.

Anna pensou no assunto. Por que não? Não era um encontro de verdade. Joe era um colega jornalista, eles podiam trocar ideias. E ele tinha razão – podiam se divertir juntos, também. Melhor ainda, era uma chance para Anna praticar seu italiano.

– Beleza, combinado – concordou. – Vou reservar uma mesa para nós. Valeu, Joe. – Depois, só para que ele não ficasse com nenhuma dúvida em relação a esse acordo inesperado, ela acrescentou: – Você é um amigo de verdade.

Na noite seguinte, era aula de italiano de novo, e Anna ficou feliz em ver os outros alunos. Depois de uma única noite no pub juntos na semana anterior, ela já sentia que eles eram seus novos amigos.

– Oi, Geraldine, como estão indo os ensaios? – perguntou ao entrar na sala.

(Maravilhosos, ela já sabia as falas e estava tentando negociar um figurino novo para o espetáculo.)

– O que aconteceu no seu encontro às cegas? – perguntou para Nita ao abrir o livro.

(Ele chegou atrasado e tinha um bigode, foi a resposta, com direito a uma cara feia. O número já tinha sido deletado do telefone de Nita.)

– Que cabelo lindo, uau! – maravilhou-se para Catherine. – Pheebs, é obra sua?

– Toda minha – respondeu a cabeleireira, parecendo lisonjeada.

Os próprios cabelos dela estavam presos em duas tranças naquela noite, o visual de uma garotinha de escola recatada.

– Ficou ótimo, né?

– Obrigada – disse Catherine, corando. – Fiquei bem feliz. Gente, peçam para Phoebe dar uma repaginada em vocês essa semana. Ela faz milagres!

Phoebe se inclinou para a frente, os olhos brilhando.

– Por sinal, Cath – comentou. – Tenho péssimas notícias. Depois que você foi embora, aconteceu um acidente horrível com o casaco branco de Rebecca. Caiu café em tudo. Não faço ideia de como aconteceu.

– Não! – murmurou Catherine, com uma alegria chocada, depois soltou uma risadinha, cobrindo a boca com a mão. – Sério mesmo?

– Sim. Ela disse que nunca mais vai aparecer no salão. Ficamos todas tão tristes. Realmente vamos sentir falta daquelas gorjetas inexistentes.

Ela deu uma piscadela travessa.

George ergueu uma sobrancelha.

– Nossa, parece que o seu salão merece o próprio programa de TV – comentou. – Seu cabelo ficou ótimo, por sinal, Catherine.

– Obrigada! – respondeu, ficando vermelha.

– Se um dia você precisar de um corte, George, é só aparecer – ofereceu-se Phoebe no mesmo instante, entregando um cartão de visitas. – Posso te dar um daqueles cortes maneiros de *boyband*, com franjas fofas compridas e...

Ele balançou a cabeça com um sorriso.

– Estou feliz com meu cabelo meio desgrenhado e bagunçado, obrigado – respondeu, passando a mão pelos fios louros e batendo as pestanas. – Mas vou me lembrar disso, Pheebs, caso um dia eu queria dar uma mudada no visual.

Como lição de casa na semana anterior, Sophie tinha pedido que cada aluno preparasse algumas frases sobre si mesmo, incluindo expressões em italiano que tinham aprendido até então. A aula começou com cada um lendo essas frases em voz alta, às vezes se embaralhando com a pronúncia de algumas palavras, embora alguns alunos – bem, Geraldine – tivessem se jogado teatralmente no sotaque, até enrolando os erres e fazendo gestos exagerados com as mãos.

Depois de elogiar os esforços de todos – mesmo Phoebe, que sempre dava risadinhas quando dizia que ia à "*palestra*" (academia) –, Sophie passou a ensinar vocabulário relacionado a cidades (mercado, catedral, agência de turismo etc.) e nacionalidades. Anna sentiu um arrepio percorrer seu corpo ao se imaginar chegando a Rimini e pedindo informações em italiano fluente. Ela com certeza ia organizar essa viagem. Qualquer dia desses.

Como sempre, a aula de duas horas passou num piscar de olhos.

– Excelente, gente, vocês estão se saindo muito bem – elogiou Sophie no final. – A gente se vê na próxima aula. *Ciao!*

– *Ciao!* – responderam os outros com entusiasmo, em coro.

Quando Anna estava prestes a sair, Sophie a chamou.

– Podemos conversar rapidinho? – perguntou.

– Claro – disse Anna.

– Era em Rimini, né, onde você acha que sua mãe conheceu seu pai? – perguntou Sophie sem enrolação.

– Sim, isso mesmo. Por quê?

– É que eu tive uma ideia. Um amigo meu está trabalhando lá agora, pelo que vi no Facebook. Eu estava pensando... Se você me emprestar aquela foto do seu pai, posso escaneá-la e enviar por e-mail para o meu amigo, para ele ver se reconhece onde foi tirada – propôs Sophie. – Ia te dar uma ideia de onde começar a procurar, né, se ele conseguir identificar o lugar exato. Pode ser que ele até conheça seu pai!

Os batimentos do coração de Anna aceleraram.

– Isso seria incrível – falou. – Muito obrigada! – Ela pensou na foto escorada na mesinha de cabeceira, desejando que pudesse entregá-la naquele exato momento. – Como posso te entregar a foto? Por acaso você vai passar no centro durante a semana? Eu trabalho no escritório do *Herald*, então posso dar uma fugidinha e te encontrar a qualquer hora.

– Eu vou dar uma passadinha no centro na quinta – disse Sophie. – Que tal a gente tomar um café?

– Perfeito – disse Anna. – Você conhece a Marmadukes? Eu te encontro lá por volta das onze. Obrigada!

Do lado de fora da sala de aula, Catherine a esperava.

– Hum... Anna, posso te perguntar uma coisa?

– Claro – respondeu Anna. – Podemos andar enquanto a gente conversa? Meu cartão de estacionamento vence em quinze minutos.

Elas desceram o corredor.

– Eu descobri uma coisa – disse Catherine, sem rodeios. – Uma coisa meio estranha, que não fez sentido para mim. Sei que jornalistas são especialistas em chegar ao fundo de uma história, então eu só estava pensando...

O sorriso educado de Anna congelou em seu rosto. Isso acontecia de vez em quando – lhe pediam que ela investigasse um testamento perdido, ou as pessoas lhe contavam, indignadas, sobre alguma injustiça que tinham sofrido no trabalho, na esperança de que Anna desse destaque à situação no jornal. Os motivos normalmente eram egoístas. Ela ficou feliz por ter dado um limite de tempo de quinze minutos para Catherine. Dada qualquer oportunidade, algumas pessoas ficavam falando e falando sem parar.

– Bem... É um médico, basicamente. Clínico geral. Ele é um bom médico, mas sei que alguém anda lhe dando milhares de libras, quase 100 mil nos últimos dezoito meses. E não sei por quê.

Anna franziu o cenho. Não era a história de sempre, ela tinha que admitir.

– E você não sabe quem é esse doador misterioso?

– Não. Esse é o problema. O que você pensaria, como jornalista, se soubesse desses dois fatos?

– Como assim, que um médico anda recebendo pagamentos misteriosos? – disse Anna, passando pela porta giratória na entrada da faculdade e saindo na noite fria e escura. Ela ficou tremendo enquanto esperava Catherine aparecer, enfiando as mãos nos bolsos do casaco para aquecê-las. – Eu pensaria que esse médico estava recebendo propina – respondeu. – Chantagem ou suborno. Me parece suspeito.

– Foi o que eu pensei – disse Catherine.

Apesar do frio, havia certo brilho nela, como se estivesse queimando com uma energia nervosa.

– Quem é? Qual é a história? – perguntou Anna, sem conseguir conter o interesse.

– Hum... É complicado.

Droga. Ela já estava se fechando, justamente quando tinha atiçado a curiosidade de Anna.

– Bem, se você precisar que eu ajude a dar uma investigada, é só avisar – ofereceu-se, tirando um cartão de visitas da bolsa e o entregando. – Sou tão boa com jornalismo investigativo quanto com culinária e fico feliz em ajudar.

Catherine guardou o cartão com um aceno da cabeça. Parecia estar pensando muito em alguma coisa.

– Se o médico em questão *estivesse* envolvido em algum esquema ou algo assim, o que você acha que aconteceria com ele se fosse pego?

– Depende do que ele realmente fez. Quer dizer, é possível ele estar recebendo esse dinheiro de algum paciente agradecido?

– Não – afirmou Catherine. – São pagamentos regulares de uma empresa. Não é nenhum paciente agradecido.

Intrigante.

– Bem, nesse caso, pressupondo algum tipo de fraude ou corrupção, o médico pode ser preso – disse Anna. – Com quase certeza absoluta perderia a licença, se foi extorsão ou suborno. Difícil dizer sem saber a história completa, mas definitivamente teria consequências.

– Foi o que eu pensei.

Anna parou na entrada do estacionamento.

– Tem certeza de que não quer conversar sobre isso agora? Prometo que será confidencial.

Ei, vou até gastar mais grana com o estacionamento, pensou consigo mesma. Catherine negou com a cabeça, se desculpando.

– Melhor não – falou. – Talvez outra hora.

Anna deu de ombros, tentando disfarçar a decepção. Não havia nada pior do que alguém passar uma história suculenta bem debaixo do seu nariz para depois arrancá-la.

– Você que sabe – disse. – Mas é claro que, se você suspeita de alguma coisa ilícita, e se tiver provas, realmente é melhor levar para a polícia. Porque senão pode acabar sendo acusada de ser cúmplice do crime.

Isso a assustou. Tinha sido o objetivo de Anna, é claro. Se havia alguma coisa que iria convencer Catherine, quietinha como era, a falar, era a possibilidade de também acabar atrás das grades por ter ficado de bico calado.

Era difícil decifrar a expressão da outra sob a luz fraca do poste, mas ela parecia bem desconfortável.

– Vou ficar com isso em mente – falou. – Obrigada, Anna. É tudo meio...

Anna se pegou se inclinando para a frente. *Vamos lá, Catherine, solte a língua.*

– É complicado – repetiu Catherine. – Desculpa.

– Não precisa se desculpar.

Anna não ia conseguir nada naquele momento. Ela ergueu a mão para acenar e apertou o botão na chave do carro para destrancá-lo.

– A gente se vê semana que vem.

Olhando por cima do ombro ao abrir a porta do carro, viu que Catherine parecia perdida em pensamentos ao seguir o próprio caminho. O mistério atiçou a mente de Anna e uma onda cheia de novas manchetes ganharam vida.

DESCOBERTO! *Médico local acusado de fraude.*

NO XADREZ! *Médico chantageado chora no tribunal.*

NÃO, DOUTOR. *Médico perde licença por estelionato.*

Aquilo tinha todas as características de uma matéria de capa, sem sombra de dúvida, pensou Anna, ligando o motor e colocando o botão do aquecedor fajuto no máximo. Ela foi embora com as perguntas jorrando em sua mente.

Cosa stai facendo?

(O QUE VOCÊ ESTÁ FAZENDO?)

STATUS DO FACEBOOK: *Sophie Frost*
Estou...

Era quarta à noite e Sophie estava deitada na cama com o computador, seu cérebro girando como a roda de um hamster enquanto ela tentava pensar em algo remotamente interessante para escrever.

Estou impaciente.

Ela deletou. Era verdade, mas soava negativo demais, reclamão demais. Ninguém gostava de gente reclamona no Facebook.

Estou planejando meu próximo passo.

Ela torceu o nariz. Também era verdade, mas daí alguém com certeza ia responder com *Qual vai ser o próximo destino, Soph?*, e ela seria forçada a admitir que não sabia ainda. Deletou essa frase também.

Estou sentindo como se a vida tivesse estagnado. ☹

Definitivamente não. Reclamando de novo. Vamos lá. Se recomponha. Seja positiva.

Feliz por meu pai estar se recuperando. Arrasou, Jim!

Aquilo era um avanço, embora não fosse exatamente o tipo de atualização emocionante que ela costumava postar. Desde que havia começado a usar o Facebook, sua timeline virara algo parecido a um tour misterioso e mágico – em tudo quanto era lugar, com as fotos e o bronzeado de prova.

Provando coquetéis com Dan em Darling Harbour. Eu sei que você quer!

Nadei com golfinhos em Kaikoura hoje. INCRÍVEL.

Buongiorno, amici! Agora em Roma, trabalhando como guia turística. Tô amando.

A vista da minha sacada... Não me odeiem ;)

Naquele momento parecia uma outra vida, uma vida que ela tinha deixado para trás abruptamente. O que tinha para dizer nas atualizações de agora? *Outro turno esplêndido no café. Preparei em média 9 mil lattes e ganhei o assombroso total de £2,75 em gorjeta. EBA!*

Levei meu pai ao médico hoje. Arrasando!

Vendo novela com meus pais. Vivendo no limite.

A vista do meu quarto... Quem não ama uma rua sem saída?

Era como se seu mundo tivesse encolhido numa escala gigantesca em questão de meses: de oceanos, montanhas, praias e florestas tropicais às dimensões de uma casa geminada nos subúrbios, a um café péssimo a duas quadras dali e à rota do ônibus para a faculdade uma vez por semana. Ela ficava se imaginando como um mapa digital em que alguém tinha dado cada vez mais zoom, de modo que o resto do planeta não estava mais visível. Horizontes distantes e aventuras pareciam tão inatingíveis quanto uma onda de calor no pico do inverno.

Mesmo que naqueles dias estivesse gostando de verdade da companhia dos pais, ficar na casa deles estava começando a cansar. Ela sentia muita saudade de ser independente – não apenas em relação às viagens, mas também às pequenas coisas: sair quando quisesse sem ter que explicar quando estaria de volta, cozinhar quando lhe desse vontade de comer em vez de seguir o horário das refeições dos pais, não ter que pedir permissão antes de trocar o canal da TV... Era trabalhoso morar com os pais, mesmo quando insistiam em cozinhar e passar as roupas dela. Todas aquelas conversinhas e afazeres domésticos:

Alguém viu os meus óculos?

O chá está pronto!

Vista alguma coisa decente, pode ser, querida? A vovó vai fazer uma visitinha em alguns minutos.

Quanto tempo você vai ficar no chuveiro?

Ela sentia mesmo falta de ter algo empolgante para compartilhar no Facebook de vez em quando, também.

Sophie Frost... está com bastante inveja do que vocês andam aprontando.

Sophie Frost... vai precisar tirar o pó do passaporte se as coisas continuarem assim.

Sophie Frost... não tem nada para dizer.

A pior parte era que ela não conseguia imaginar as coisas mudando tão cedo. Para ser bem sincera, estava dura. Mesmo se soubesse aonde queria ir em seguida (nenhuma ideia), ainda não tinha os recursos para uma passagem de avião, nem dinheiro o bastante para alugar um lugar só para si nesse meio-tempo. Além disso, tinha se comprometido a dar a aula de italiano pelo menos até a Páscoa e não podia deixar seus alunos na mão.

Talvez crescer fosse assim – a vida real. Talvez ela só tivesse que mandar ver e seguir com a vida, engolir o choro. Ela voltou a olhar as atualizações dos amigos no Facebook com uma pontada de inveja. Todos os outros pareciam ter algo interessante para compartilhar:

Matt Howard: Aprendendo a mergulhar. Vamos nessa!

Nell Shepherd: Sou titia com orgulho de novo. Josie e Rob tiveram o segundo bebê ontem. Um menininho! Vou voar para vê-los na semana que vem.

Ella Fraser: Partindo para Marrakesh em duas semanas. Alguém quer me encontrar lá?

Dan Collins...

Sophie encarou a tela quando uma nova atualização apareceu. Dan Collins? Adrenalina se espalhou por seu corpo quando ela viu o nome dele. Não conseguiu segurar um gritinho abafado de empolgação ao ler o que ele tinha escrito.

Dan Collins: De volta a Manchester. Estavam com saudade?

A respiração de Sophie ficou acelerada e curta, e ela sentiu uma dor no peito ao encarar a foto do perfil dele, de Dan sorrindo com uma cerveja num bar qualquer. Logo em seguida ela fechou o computador com força, antes que escrevesse algo de que se arrependesse (QUANDO POSSO TE VER DE NOVO???) e foi preparar uma xícara de chá. Tudo parecia surreal, como se estivesse flutuando. O chão da cozinha parecia se inclinar enquanto Sophie caminhava, as palavras ainda ecoando em seu cérebro.

Dan Collins: De volta a Manchester. Estavam com saudade?

Dan Collins. Manchester. Saudade? Saudade? Saudade?

Ai, meu Deus. Na última vez em que Sophie o tinha visto fora em meio às lágrimas no aeroporto de Sidney três anos antes, quando Dan tinha voado para fora da vida dela. *Sim, Dan, é claro que fiquei com saudade. Eu nunca vou parar se sentir saudade de você, seu idiota.*

Eu não quero que você vá, tinha soluçado enquanto eles se abraçavam pela última vez.

A gente vai se encontrar de novo, tinha dito Dan contra o cabelo dela. *Tenho um pressentimento.*

Ele provavelmente dizia isso para todas. Afinal, ele tinha conseguido se livrar de Sophie e voar para Auckland. Obrigado e adeus. Foi legal, mas agora eu vou partir pra outra.

Legal. Tinha sido mais do que legal. Tinham sido os melhores sete meses da vida de Sophie, viajando pela Austrália com Dan. Eles tinham apoiado um ao outro durante empregos temporários terríveis (o pior dela: uma fazenda de bananas em Queensland onde cobras e baratas eram visitas regulares; o pior dele: um emprego como vendedor de porta em porta no qual ele tinha que se vestir como um morango e tentar não levar uma surra). Tinham alugado um carro e explorado as Montanhas Azuis, a ilha Fraser e Noosa. Tinham surtado com cogumelos ruins em Nimbin e passado noites rindo, embalados pela bebida, em Sidney. Tinham nadado nus em Cooge Beach no Réveillon. Sophie até tinha dito "Eu te amo" com sinceridade pela primeira vez na vida.

Então, numa tarde ensolarada de sábado, Dan dissera que estava indo embora. O visto australiano dele ia expirar e ele havia comprado uma passagem para a Nova Zelândia. Tinha sido incrível, mas...

– Eu podia ir com você – soltou Sophie, logo depois de receber a notícia.

Os dois estavam numa feirinha chamada Glebe Markets e o ar estava cheio de tambores e do cheiro de cebola frita. Barraquinhas próximas ofereciam leituras de tarô, calças jeans Levi's de segunda mão, massagens e sorvete de soja.

– Não precisa fazer isso – disse Dan.

A alguns metros dali, alguém fazia malabarismo com bastões de fogo. Uma rodinha havia se formado ao redor da pessoa, a multidão batendo palmas com entusiasmo.

– Eu sei que não – respondeu Sophie.

Ele virou o rosto para ela com uma expressão arrependida.

– Talvez a gente deva apenas... – falou, e deu de ombros.

Uma senhorinha chinesa pegou o braço de Sophie.

– Ei, moça, quer uma massagem? – perguntou, apontando para a própria barraquinha ali perto.

Sophie a ignorou.

– Como assim?

– Bem... Não saí viajando com a intenção de começar a namorar sério. E foi incrível, não me leve a mal, foi ótimo estar com você, mas...

– Quer massagem?

– Não! – Sophie quase gritou com a mulher, libertando o braço.

Ela estava tremendo, a feirinha à sua frente virando um caleidoscópio de pedacinhos fragmentados.

– A gente não precisa *namorar* sério – falou, desejando que não soasse tão desesperada. – Podemos apenas... ficar juntos.

– Moço? Ei, moço. Quer massagem?

– Não, obrigado. – Ele pegou Sophie pela mão e eles entraram ainda mais na feirinha. – Olha, você é incrível. É completamente maravilhosa, divertida e linda. E, se a gente estivesse na Inglaterra agora vivendo vidas normais, eu provavelmente ia querer... sei lá... casar com você ou alguma loucura assim. Mas...

Sophie fechou os olhos. Por que sempre tinha que haver um *mas*?

– Mas a ideia era que essa viagem fosse para mim. Faz sentido? Eu, Dan, viajando o mundo por conta própria. E é meio como eu quero que seja.

Eles estavam perto de uma aula de percussão e o barulho estava fazendo todos os ossos do corpo de Sophie vibrar. Dan quase tinha que gritar para ser ouvido. Ela o encarou, tentando não chorar, se perguntando como podia ter entendido tudo tão errado.

– Mas eu achei... – ela conseguiu dizer, em seguida engoliu em seco. As batidas incessantes dos tambores estavam fazendo a cabeça dela girar, e Sophie ergueu a voz. – Mas eu achei que A GENTE SE AMAVA!

Justamente quando ela estava gritando as palavras, os tambores ficaram em silêncio. Cabeças se viraram e todo mundo encarou a garota inglesa de rosto vermelho berrando. Sophie caiu no choro e fugiu dali, abrindo caminho pela feirinha sem olhar para onde ia.

Argh. Que momento infeliz. Embora Sophie tivesse chorado e ficado de mau humor e, em seguida, tivesse perdido completamente a dignidade e implorado, Dan tinha ido embora uma semana depois com um abraço pouco satisfatório e nada mais.

Ela foi deixada para trás desolada e confusa, sentindo tanta saudade que nem conseguia pensar direito. Não comia, dormia ou sequer conseguia formar uma frase. Aquilo estava tão errado! Aquilo era tão injusto! Ele tinha até dito que se *casaria* com ela se estivessem no Reino Unido, não tinha? Ela tinha ouvido aquilo com os próprios ouvidos. Como alguém conseguia *dizer* aquilo para alguém e em seguida voar para outro país sem essa pessoa? Não fazia nenhum sentido.

Por fim, Sophie quebrou todas as próprias regras e comprou uma passagem de avião para Auckland, chegando lá dez dias depois de Dan com a esperança de conseguir encontrá-lo.

Infelizmente, naquele espaço de tempo, ele tinha desaparecido por completo, engolido pela Nova Zelândia sem deixar rastro. Independentemente do número de mensagens que Sophie lhe mandou, independentemente do fundo do poço a que tinha chegado, perambulando pelos *points* dos mochileiros e mostrando para todos a foto de Dan (*Você viu esse homem?*), ela só recebeu o silêncio dele e respostas negativas e olhares piedosos do resto das pessoas.

Ele já tinha ido embora. Fazia muito tempo. E nunca mais seria visto, mesmo que Sophie sempre ficasse atenta ao rosto com sardas e ao sorriso largo de Dan, mesmo que sempre esticasse o ouvido em busca daquela risada alta demais tão característica dele. Os dois supostamente ainda eram amigos no Facebook, mas isso não significava nada. Ele quase nunca atualizava o status e tinha mais de 600 "amigos" listados na última vez que ela olhou.

Uma vez, embriagada, Sophie tinha passado pela lista completa de amigos, se torturando ao imaginar com quantas daquelas mulheres Dan já tinha transado. Será que ele se divertira com um caso em cada continente? Ele não parecia ser esse tipo de cara, mas talvez Sophie fosse apenas ingênua.

– Está tudo bem, querida? – perguntou a mãe, entrando na cozinha e a vendo parada, imóvel, na frente do balcão, a xícara vazia exceto pelo saquinho de chá.

– Hum... sim – respondeu Sophie, distraída, perdida num ciclo de memórias felizes.

Dan Collins estava de volta no mesmo país que ela. Na verdade, estava a menos de 65 quilômetros, logo além do Peak District. Ela tinha que vê-lo de novo.

– Mãe, posso abrir uma garrafa de vinho? – perguntou, sentindo a necessidade repentina de afogar aquele choque estrondoso com alguma coisa.

Só chá não seria o suficiente.

– É claro – respondeu Trish. – Fique à vontade. – Ela hesitou. – Tem certeza de que está tudo bem?

Sophie abriu um sorrisinho determinado para a mãe.

– Está tudo ótimo – respondeu.

No dia seguinte, o trabalho foi mais lúgubre do que nunca. Estava caindo o mundo e todo cliente que entrava no café parecia mal-humorado. Grant, o chefe de Sophie, supostamente dera um pulinho no mercado de atacarejo, embora ela tivesse certeza de que o havia visto entrando no pub do outro lado da rua meia hora antes. Enquanto isso, Sophie teve que cuidar de tudo sozinha. Já tinha queimado a mão duas vezes na máquina de café, e depois um menininho enfurecido tinha trombado com tudo numa mesa, batendo a cabeça e espirrando bebidas por toda parte.

Enquanto cada segundo entediante e estúpido se arrastava no relógio, ela se pegou olhando para a porta, desejando que Dan irrompesse por ela e levasse Sophie para longe de tudo aquilo.

Cometi um grande erro, ele diria. *Passei séculos vasculhando o mundo atrás de você. Vamos fugir juntos e viver felizes para sempre!*

A porta se abriu bem nesse momento e Sophie se virou com uma onda insana de otimismo, mas, para sua decepção, não era nem Dan nem Grant, de volta para ajudar, mas uma mulher ruiva, lutando para entrar com um guarda-chuva e uma brisa congelante. Então Sophie percebeu que era Catherine, da aula de italiano.

– Ah, oi – falou. – Tudo bem?

Catherine fechou o guarda-chuva e o deixou atrás da porta.

– Oi! – cumprimentou, surpresa. – Eu não sabia que você trabalhava aqui.

– É, infelizmente – resmungou Sophie antes que conseguisse engolir as palavras. – Você mora na região, então? Nunca te vi por aqui antes.

– Moro em Wetherstone, mas faço uns turnos na loja de caridade da Cancer Research bem aqui do lado – disse Catherine, desenrolando o cachecol. – Eu perdi o ônibus e está tão horrível lá fora que pensei em me mimar com um café enquanto espero.

– Boa ideia – disse Sophie. – Pode se sentar que eu já levo para você. Quer mais alguma coisa? Um bolo? Um salgado?

Catherine deu uma olhada nos doces no balcão, depois balançou a cabeça com relutância.

– Melhor não – falou. – Estou com o dinheiro contadinho. Ainda não consegui um emprego.

Sophie baixou a voz.

– Na verdade, estamos com uma promoção especial hoje. Doce de graça apenas para meus alunos de italiano. Pode escolher o que quiser.

– Tem certeza? Você não vai se encrencar?

– Não se preocupe. Meu chefe está no pub e não vai saber a diferença quando voltar. Pode escolher.

Sophie preparou um café para cada uma enquanto Catherine deliberava olhando os doces, por fim escolhendo uma fatia de um bolo de chocolate.

– Boa escolha – disse Sophie, colocando a fatia num prato. – Se importa se eu me sentar com você? Não parei o dia todo.

– Fique à vontade – concordou Catherine com um sorriso.

Elas se sentaram perto do balcão para que Sophie pudesse se levantar rapidinho para atender quaisquer clientes que aparecessem se necessário, mas por ora a chuva parecia ter esvaziado a High Street.

Catherine cortou um pedacinho do bolo e o colocou na boca.

– Que delícia – elogiou. – Faz quanto tempo que você trabalha aqui, então? Não pode ser muito tempo, você ainda está tão magrinha. Se eu tivesse que trabalhar com doces como esse o dia todo, eu ficaria do tamanho de uma casa numa semana.

– Depois de um tempo perde a graça, para falar a verdade – disse Sophie. – Comecei logo antes do Natal. Eu morei na Itália antes disso por uns dois anos.

– Eu lembro que você comentou isso. Em Sorrento, não foi? Você estava lá a trabalho, para estudar, ou só tirando umas férias gostosas prolongadas?

– A trabalho. Em bares e cafés – respondeu Sophie. – Nada muito empolgante, mas meio que era melhor por ser no exterior, se é que você me entende.

– Nossa, sim. Trabalhei em lugares horríveis enquanto estava viajando de trem pela Europa. Como camareira, faxineira, bartender... A gente faz o que é preciso, né?

– Exato. E quem se importa quando a gente pode sair do trabalho e ir direto pra praia? – Sophie olhou pela janela, para a chuva que continuava a castigar a cidade. – Engraçado que fazer a mesma coisa em Sheffield no inverno congelante não é tão interessante assim.

– Mas você também tem as aulas – lembrou Catherine. – Todo mundo parece estar gostando bastante delas. Eu sei que eu estou.

Sophie sorriu.

– Valeu. É, estou gostando de dar aula também, mas é só uma coisa temporária, por algumas horas por semana. Depois que terminar não sei o que vou fazer. – Ela começou a brincar com a colher de chá. – No começo pensei em economizar e viajar de novo, mas...

– Mas...? – incentivou Catherine quando Sophie parou de falar no meio da frase.

– Mas meio que estou gostando de estar de volta à Inglaterra. Ah, não sei.

– O que está te impedindo, então? – perguntou Catherine com curiosidade. – Quer dizer, eu sei que o clima não está maravilhoso agora, acho que todo mundo está tentado a fugir para pegar um sol. Mas não tem uma parte de você que quer... criar raízes?

Sophie torceu o nariz e tentou organizar os pensamentos em frases coerentes.

– A questão sobre criar raízes que me deixa louca é que a gente tem que ser sincera – falou com hesitação. – A gente tem que dizer: "Essa sou eu. Isso é o que eu posso fazer. Sou professora, ou sou médica, ou sou casada e tenho cinco filhos. E é isso."

Catherine franziu o cenho, sem entender a lógica.

– Mas, quando a gente está viajando, ninguém sabe na verdade. Quando a gente está viajando, ainda tem o potencial de fazer qualquer coisa, ser qualquer coisa. É só quando a gente para e realmente tenta fazer essas coisas que descobre do que realmente é capaz, eu acho.

Meu Deus. Aquele intervalo estava ficando bem profundo e significativo. Ela nunca tinha articulado aquele pensamento de verdade em voz alta – ou até mesmo dentro da própria cabeça – antes.

– Mas isso faz parte, né? – disse Catherine. – Chega uma hora em que todo mundo tem que tomar decisões sobre o que vai fazer da vida. Até eu.

– Mas e se eu não *puder* fazer nenhuma dessas coisas? É isso que me assusta. Quando eu estava no exterior, não importava que eu era apenas uma garçonete, em vez de fazer alguma coisa que exigisse mais de mim, porque era tipo, ah, bem, é claro que eu *poderia* ter um emprego incrível no Reino Unido se quisesse, só que escolhi viajar e conhecer o mundo. E tudo bem com isso.

Catherine assentiu.

– E você está preocupada que, por estar no Reino Unido, as pessoas vão começar a te julgar se você não fizer alguma coisa incrível. Vão presumir que você está trabalhando como garçonete porque é a única coisa que consegue fazer. – Ela bebericou o café, cansada. – Eu meio que estou no mesmo barco. Nunca tive um emprego de verdade porque meu marido sempre... Bem. É uma longa história. Mas agora estou precisando procurar um trabalho e pelo jeito não tem muita coisa que eu possa fazer. Um emprego, ou a falta de um, pode definir muito as pessoas.

– Sim. É bem isso. E trabalhar aqui... – ela acenou com um braço ao redor do café – ... me define como uma fracassada.

– Quem disse isso? Ninguém na sua turma pensa assim, Sophie. Todos nós achamos que você é incrível.

Sophie abriu um sorriso grato para ela.

– É muito gentil da sua parte, mas não é como se eu fosse qualificada ou sequer tivesse experiência. É só outra coisa em que dei um jeitinho. – Ela soltou um suspiro pesado. – Acho que, para ser realmente sincera, estou preocupada com o que meus pais pensam de mim. Nunca disseram isso com todas as palavras, mas sei que eles gostariam que eu estivesse fazendo alguma coisa mais impressionante.

– Sophie. Preste atenção. Como mãe, tudo que eu quero é que meus filhos sejam felizes. Esse é meu principal desejo. E aposto que seus pais pensam assim também.

– Sim, mas... – Uma figura familiar emergiu do pub Hare and Hounds, tropeçando um pouco na calçada. – Ah, droga, meu chefe está voltando. É melhor eu voltar ao trabalho. – Ela se inclinou e deu um beijo na bochecha de Catherine antes de se levantar num pulo do banquinho. – Obrigada. Você é a primeira pessoa com quem consegui conversar sobre isso. Já me sinto bem melhor só de ter desabafado.

– Que bom – respondeu Catherine. – E só para você saber, você não é uma fracassada. Não é mesmo. Sua aula é a melhor parte da minha semana. De coração.

Sophie ficou comovida.

– Obrigada. Fico feliz em saber disso.

– Bem, é verdade. Você é incrível. – Ela olhou para o relógio. – É melhor eu ir, meu ônibus vai chegar em um minuto. Não se preocupe com isso, tá? Você vai achar a coisa certa logo, tenho certeza. Obrigada pelo bolo!

– Disponha.

Vendo Grant se aproximar, Sophie se apressou para tirar os copos e o prato do bolo da mesa, desejando com todas as forças que Catherine tivesse razão.

La cena

(O JANTAR)

Na quarta-feira à noite, Anna se preparou para o jantar com Joe se sentindo meio estranha com toda a situação. Ir a um restaurante com outro homem, mesmo que fosse a *trabalho*, parecia uma traição a Pete. Mas não era um encontro, lembrou a si mesma com firmeza, enquanto escovava os cabelos até formarem grandes ondas e retirava o excesso do batom. Joe estava lhe fazendo um favor, ajudando uma colega, era só isso. Nada de mais.

Ela se observou no espelho com um olhar crítico. Não queria exagerar e se arrumar demais (Joe morreria de susto), mas aquele *era* um restaurante chique, então não dava para aparecer lá com a calça jeans de sempre e tênis All Star. Por fim escolheu um vestido tubinho verde-esmeralda com mangas curtas que tinha comprado numa promoção da Reiss e saltos pretos. Na verdade, talvez aquilo *fosse* meio exagerado. Ela trocou por botas de cano alto e assentiu consigo mesma, satisfeita. Melhor. Assim não parecia que ela havia se esforçado demais. Com um casaco preto bonitinho e uma bolsa brilhosa também preta, ela estava pronta. Justamente quando estava prestes a sair de casa, lembrou que um bloco de notas poderia ser útil para anotar detalhes do cardápio e do jantar. Ahh, sim. Até porque era trabalho e tal. Ela enfiou um bloco na bolsa e saiu apressada.

Tinha combinado de se encontrar com Joe para uns drinques antes em Porter Brook, e ele já a estava esperando no bar com um copo de *bitter* quando ela chegou. Será que Anna se enganou ou os olhos de Joe realmente se arregalaram um tantinho quando ele a viu toda arrumada, vestindo suas melhores roupas?

– Minha nossa, Morley – brincou quando ela se aproximou, fingindo puxar o colarinho da camisa. – Acho que a temperatura acabou de subir um grau aqui dentro.

– Ah, cale a boca – disse ela, revirando os olhos. – Uma taça de vinho tinto, por favor – pediu à bartender, em seguida se equilibrou num banquinho ao lado de Joe. – E aí, como foi sua entrevista hoje à tarde? Já conseguiu convencer os Tigers a deixarem você ser o mascote do time?

– Ainda não. Cafajestes. E eu ia ficar tão bem numa fantasia de tigre. – Ele abriu um sorriso largo para ela. – Foi tudo bem. Eu me encontrei com Sean Davies para pôr o papo em dia, lembra dele?

– Nunca ouvi falar.

– Já ouviu, sim. Ele jogou nos Tigers quando era adolescente, assinou com os Harlequins depois de uma única temporada. Marla tem um pôster enorme dele na mesa. Tem cara de que deveria estar numa *boyband*.

– Ah, *ele*. Conheço, sim. O único jogador de rúgbi que não tem o nariz quebrado ou orelhas amassadas.

– É só uma questão de tempo. Mas, enfim, sim, ele é gente boa. Realmente consegue formar uma frase decente, o que é sempre bem-vindo. Acha que tem chance de entrar na seleção galesa para o Seis Nações também.

– Uau – fez Anna, pagando pela bebida.

Ela não era muito fã de rúgbi.

– Uau mesmo – concordou Joe, ignorando o sarcasmo dela. – Porque, se ele entrar, vou ter a chance de cobrir as partidas com uma conexão legítima de Sheffield. O máximo!

Eles pegaram as bebidas e se sentaram a uma mesa.

– Então – começou Joe, como quem puxa conversa –, quais são as novidades sobre o seu pai? Conseguiu descobrir mais alguma coisa?

Anna começou a lhe contar sobre a foto, e Rimini, e como Sophie talvez fosse conseguir ajudá-la.

– Quando eu tiver mais informações, vou pular num avião e bater perna até encontrá-lo, pode apostar.

– Boa sorte – disse Joe. – Espero que encontre.

– Tenho um pressentimento de que vou encontrar – respondeu ela. – Já até sonhei, sabe? Sonhei que estava na Itália e o via do outro lado da rua, só de relance, e daí tudo ficou em câmera lenta. Nós dois éramos bem parecidos no meu sonho, então eu corria até ele e ele me notava e os olhos dele meio que se iluminavam porque ele percebeu, ele simplesmente *percebeu*, que eu sou filha dele...

Anna parou de falar, se sentindo vulnerável por expor seu sonho secreto em público assim, mas Joe assentia.

– Esse é o sonho, né? Que ele só fique, tipo, olha minha garotinha, e vocês sintam uma conexão imediatamente?

Ela deu de ombros.

– Eu sei que é só uma fantasia. Mas seria algo por aí. – Ela bebericou o vinho, morno e defumado. – Depois disso, não sei. Talvez, se a gente se der superbem, pode ser que eu fique um tempinho na Itália com ele.

– Você sairia do *Herald*?

– Bem, não sei. Talvez.

– Você realmente vai desistir de trabalhar num jornal local contundente em *Sheffield* pela chance de morar na *Itália*? Você vai mesmo abrir mão de *tudo isso*?

Anna abriu um sorriso.

– Imagine só, hein? Mas pode ser que eu tenha toda uma família nova em algum lugar. Eu ia gostar de conhecê-los, não acha? E eu ia amar fazer alguma coisa diferente de verdade. Acho que ia me acostumar rápido ao estilo de vida italiano, todo aquele sol e a comida maravilhosa. – Esse último item a lembrou do que eles deviam estar fazendo e ela olhou para o relógio. – Merda, melhor a gente ir, vamos chegar atrasados.

Contornando as cadeiras e mesas até a saída, Anna de repente notou Freddie, seu colega de italiano, do outro lado do pub. Que mundo pequeno! Ela estava prestes a gritar seu nome quando ele se inclinou no assento e abraçou a pessoa sentada à sua frente: um cara alto numa camisa com estampa de caxemira.

– Ah! – exclamou. Então Freddie era gay?

– Que foi? – perguntou Joe, quase a atropelando por trás.

– Nada – disse Anna, caminhando para a saída.

Nita ia ficar arrasada quando soubesse, pensou.

Estava frio do lado de fora, com estrelas reluzindo no céu escuro, e Anna se pegou desejando ter vestido algo mais quente do que um casaquinho leve. Por sorte não tinham que andar muito, desviando de uns bandos barulhentos de estudantes e grupinhos de garotas cambaleando entre *wine bars*.

Enrico's era o Mulligan's Bar até pouco tempo antes – um pub irlandês conhecido pelas noites turbulentas e por permitir que clientes permanecessem ilegalmente no estabelecimento depois do horário de encerramento. Atualmente, tinha uma aparência bem mais respeitável com uma placa nova elegante pendurada na frente. As paredes internas haviam sido pintadas fazia pouco tempo e velinhas cintilavam sobre as mesas. Assim que Anna e Joe passaram pela porta da frente, ela sentiu cheiro de alho e legumes assados, e seu estômago soltou um ronco alegre de expectativa.

O maître os guiou até a mesa e entregou um cardápio com capa de couro para cada um, assim como o cardápio de bebidas.

– Boa escolha – comentou Joe, olhando ao redor para a luz fraca, as toalhas de mesa limpas e bem passadas, e a cozinha aberta nos fundos do restaurante onde três *chefs* estavam em ação. Ele pegou o cardápio de bebidas. – Imagino que a gente não vá precisar disso aqui. Você tem que ficar com a cabeça limpa para escrever sua crítica, certo?

Anna o encarou.

– Está brincando, né? Me passe isso aí. A gente vai provar de tudo, meu bem. Não dá para escrever uma crítica decente sem provar as bebidas, né?

– Como sempre, muito profissional.

– Você sabe que sim.

Ela correu os olhos pela lista de vinhos da casa. Branco, tinto, rosé, espumante... Anna ergueu os olhos e abriu um sorrisão para Joe.

– Qual veneno você vai querer? É que eu estava pensando em provar o *prosecco*.

– Gostei do seu estilo. Vamos dar uma olhada.

Ela segurou o cardápio longe dele de brincadeira.

– Achei que você queria ficar com a cabeça limpa.

– Eu? Jamais. Só estava preocupado com você. Não seria adequado ficar caindo de bêbada no trabalho, né?

Anna arqueou uma sobrancelha.

– Isso me parece um desafio.

Os dois riram.

– Mesmo que você fique completamente alterada, ainda assim vai escrever alguma coisa melhor que a Marla – disse Joe. – Então vire o copo, é o que eu digo.

Anna sentiu o corpo formigar com o elogio inesperado.

– Obrigada – disse. – Quer saber, acho que vou chutar o balde e pedir um coquetel. Nossos leitores iam querer que provássemos uma variedade grande de bebidas pelo bem deles, não acha? Não podemos nos limitar apenas ao vinho branco de sempre ou algo assim.

– Que atencioso da sua parte – disse Joe. – Também vou pegar um coquetel. – Ele correu os olhos pelo cardápio de bebidas. – Um Bellini, esse tem meu nome escrito nele. – Ele deu uma piscadela. – Quando em Veneza...

– Estamos em Sheffield.

– Não seja estraga-prazeres. Vamos lá, essa é a sua chance de viver seu sonho italiano, por apenas uma noite.

Ela o olhou com uma expressão sofrida.

– Não consegue ouvir os sinos vindo do *campanili*? O som da água batendo nas gôndolas? O bater de asas de mil pombos levantando voo da Praça de São Marcos?

– Você fala como se conhecesse bem – comentou Anna, surpresa.

– É, fui para lá ano passado com a Julia.

– Ahh.

Julia. Aquilo era um baita balde de água fria na conversa. A famosa e bela Julia, namorada de longa data de Joe.

– O que você está a fim de comer? – perguntou, mudando de assunto.

Eles se debruçaram sobre os cardápios por um momento. Todos os itens pareciam absolutamente deliciosos, mas Anna não conseguiu impedir um sentimento intrometido de decepção ao notar que tudo estava escrito em inglês. Que pena – ela estava torcendo para ter a chance de impressionar Joe com seu vocabulário de italiano, traduzindo diversos pratos para ele. Será que isso era meio deprimente da parte dela?

Era. Porque ele tinha namorada e ela tinha namorado, lembrou a si mesma com firmeza. Não era para estar tentando impressionar Joe ou, aliás, qualquer outro homem. Qual era o seu problema?

– Boa noite. Os senhores já decidiram o que vão beber?

O garçom tinha aparecido ao lado deles de repente e ficou parado ali, atento, a caneta a postos.

– Acho que sim – respondeu Joe. – Anna?

Ela ergueu os olhos para ele e Joe sorria para ela de um jeito tão meigo e afetuoso que fez o cérebro de Anna se embaralhar.

– Hum... – começou, tentando se recompor. – Vou querer um Spring Sling, por favor.

– E eu vou querer um Bellini. Obrigado.

– Que tal dividir umas *bruschettas* enquanto a gente espera a comida?

– Com certeza. E azeitonas também, por favor.

– Sem problemas. *Bruschettas* e azeitonas. Obrigado.

O garçom era italiano e Anna ficou extasiada ao ouvir o sotaque dele. Mal conseguiu conter a vontade de perguntar de onde ele era. *Di dove sei?* Mais uns drinques e ela ia pegar a foto do pai e passar pela equipe de garçons, pensou consigo mesma. *Você já viu esse homem?*

– Ei, valeu pelo convite, por sinal – disse Joe quando o garçom sumiu de novo. – Que regalia.

– Obrigada por vir – respondeu Anna. – Isso me lembra... – ela procurou na bolsa o bloco de notas – ... que eu provavelmente deveria anotar algumas primeiras impressões deste lugar antes que a gente beba demais.

– Sempre em busca de um furo.

– Com certeza. – Ela começou a escrever. – Bom atendimento – murmurou enquanto corria a caneta no papel. – Velas. Um cardápio decente, você concorda?

Ele assentiu.

– Um cardápio decente.

– O garçom pronunciou "*bruschetta*" direitinho – continuou, a caligrafia ficando mais bagunçada e abreviada à medida que ela escrevia. – Uma atmosfera bacana e animada. Espaço para umas trinta pessoas, o que você acha?

– Sim. A música é meio ruim, na minha opinião. Acho que o dono gosta de soft rock, pelo jeito.

Eles prestaram atenção nas notas ao fundo de *power ballad*, daquelas lentas com guitarra, e Anna torceu o nariz.

– Música ruim – escreveu, depois escondeu o bloco de notas quando o garçom voltou com as bebidas. – Isso já serve. A crítica está tomando forma.

– Está praticamente se escrevendo sozinha – concordou Joe quando o garçom colocou os coquetéis com cuidado à frente deles. – Saúde!
– *Salute!* – disse Anna, batendo o copo no dele. – Tim-tim.
– Tim-tim.

O garçom pigarreou e os dois tomaram um susto, tendo quase esquecido que ele estava ali.

– Já estão prontos para fazer o pedido dos pratos principais? – perguntou enquanto Anna e Joe soltavam risadinhas.

O mundo pareceu se encolher ao redor da mesa à luz de vela dos dois à medida que a noite avançou. Anna não conseguia se lembrar de jamais ter rido tanto num jantar. Eles passaram pelo cardápio de bebidas, ambos decidindo que PornStar Martinis (maracujá, vodca e champanhe) eram as coisas mais incríveis do mundo, e depois cada um forçou uma sobremesa goela abaixo. "Pelo bem da crítica" tinha virado o lema da noite.

A conta ficou bem salgada quando por fim declararam que estavam cheios, e Anna entregou o cartão esperando que a) não fosse rejeitado; b) o jornal realmente fosse reembolsar o valor total. Marla não tinha deixado nenhuma informação referente a restrições de orçamento no post-it, e Anna não tinha pensado em conferir com Imogen antes. Ahh, fazer o quê? Mesmo se ela tivesse passado bem além do limite e tivesse que contar os centavos para cobrir o gasto extra, valeria a pena. Ela tinha se divertido a *esse* nível.

Odiando ver a noite chegar ao fim, ela enrolou para se levantar da mesa e brincou com os botões do casaco.

– Bem... – disse, relutante. – Foi incrível. Mas eu acho...
– A gente podia ir tomar um último drinque – disse Joe, interrompendo. – Isto é, se você quiser. Não são nem dez horas.

O coração dela deu um pulo.

– Ótima ideia – respondeu, sentindo um brilho caloroso por dentro.

Joe não parecia estar com muita pressa para voltar para Julia, não é? E Anna só tinha o apartamento vazio cheio das tralhas de Pete a esperando.

– Que tal passarmos no Lescar para uma rapidinha? Rapidinho, digo. Passarmos lá rapidinho. Não...

Socorro. Não havia mais nenhum filtro no cérebro dela. Anna começou a andar até a porta antes que Joe visse o quanto ela tinha ficado envergonhada, o quanto seu rosto estava vermelho.

– Para mim está ótimo – concordou ele, seguindo-a.

O Lescar ficava a cinco minuto dali, subindo a rua, e no caminho da casa de Anna. Era um pub estiloso com paredes escuras, espaço ao ar livre e ótimos almoços aos domingos. Mas, antes que saíssem da rua principal na direção do pub, passaram pelo Nando's, e os olhos de Anna foram atraídos por duas pessoas sentadas a uma mesa na janela. Uma delas era Pete. A outra era uma mulher que ela não conhecia, com cabelos castanhos num corte pixie.

Anna parou, bamba sobre as botas de cano alto, e ficou assistindo como se estivesse num sonho quando os dois se inclinaram por cima da mesa, um na direção do outro, e se beijaram.

– Ai, meu Deus.

Ela engoliu em seco, sem conseguir desviar os olhos. O vinho tinto e os coquetéis e toda aquela comida começaram a se agitar de um jeito pouco agradável no estômago dela. Sua cabeça doía. Quem era aquela mulher? Por que Pete a estava beijando? Ele até estava com a mão no rosto da mulher, os lábios dos dois aparentemente grudados numa paixão impossível de conter.

– Está tudo bem? O que foi?

As palavras de Joe a fizeram dar um pulo. Ela até tinha esquecido que ele estava ali.

– Eu...

Ela abriu e fechou a boca como um peixe. Mais nada daquilo parecia ser verdade – a risada e a comida deliciosa do Enrico's, a crítica que ela tinha que escrever no dia seguinte, a visão de seu namorado beijando outra mulher. Ela foi tomada por um frio repentino e puxou o casaco com força ao redor do corpo.

– Tenho que ir – murmurou. – Desculpa. Eu... eu só lembrei... – Qualquer desculpa plausível lhe fugiu. – A gente se vê amanhã, tá?

– Não entendi. O que aconteceu?

– Desculpa, Joe – disse Anna. Ah, não. Será que ela realmente ia cair no choro? Por favor, que ela não começasse a chorar. – Eu não consigo... – Ela ergueu as mãos. – Tchau.

Ele pareceu confuso, até atordoado, mas Anna só queria sair dali, tinha que escapar antes que Pete se virasse e a visse. Joe estava dizendo alguma coisa, mas ela não parou para ouvir, só começou a correr. *Vá, rápido.* A adrenalina disparou em seu sangue enquanto ela corria, a respiração saindo acelerada e com força de seus pulmões a cada passo.

Tudo começava a fazer sentido. Um sentido perfeito e horrível. Era como um véu se erguendo e revelando toda a verdade nua e crua por baixo. As desculpas para não ver Anna nos últimos tempos. O bolo que tinha dado nela no sábado à noite. A mudança do dia da noite do futebol – ela devia ter adivinhado que era tudo mentira. A noite do futebol estava enraizada na semana de Pete, uma rocha intransponível. Quanto à mensagem que ele havia mandado naquela noite... será que realmente tinha sido para Anna, ou ele tivera a intenção de mandar para aquela tal Pixie?

Ela apertou o peito com a mão ao dar os últimos passos até o prédio onde morava, sentindo como se seu mundo tivesse perdido o chão. Fazia quanto tempo que ele a estava traindo, afinal? Será que ele estava planejando terminar com ela?

De volta à segurança do apartamento, ela se jogou no sofá e as lágrimas caíram pesadas e com força. Ela ainda não conseguia acreditar. E lá estivera ele no Réveillon, falando sobre morarem juntos! Talvez fosse culpa de Anna por ter reagido com tão pouco entusiasmo, em vez de talhar para ele imediatamente uma chave para a porta da frente com os dentes. Talvez se tivesse sido mais legal, se o tivesse incentivado mais, ela não o teria enviado direto para os braços (irritantemente finos) daquela garota...

Anna assoou o nariz e soltou um soluço, depois enrolou os braços ao redor de si. Então uma coisa lhe ocorreu. A planilha de Pete. Será que Pixie estava lá?

O coração de Anna estava galopando quando ela abriu o notebook, sem nem saber se queria mesmo descobrir. Com dedos trêmulos ela clicou nas planilhas e correu por elas.

> *Livros de ficção científica e fantasia*
> *Sexo com Anna*
> *Gastos do mês*
> *Lista das escalações dos Blades e performance por partida*
> *Declaração do imposto de renda...*

Hummm. Bem, não havia nada inadequado ali. Nada que não fosse Peteresco. Talvez a mulher fosse apenas um caso de uma noite só. Talvez – o estômago de Anna se embrulhou de pânico –, talvez Pete tivesse visto *Anna e Joe* no Enrico's, tivesse tirado conclusões precipitadas e se lançado nos lábios de Pixie como uma forma de vingança.

Anna franziu o nariz. Não. Dar a outra face não era do estilo de Pete. Se ele os tivesse visto no Enrico's, teria entrado lá num rompante, furioso, talvez até desse um soco fraco em Joe. Ainda assim, isso lembrou Anna de que as aparências podiam enganar.

Talvez houvesse alguma justificativa, algum motivo perfeitamente possível para Pete estar com aquela outra mulher. Talvez ela tivesse entendido tudo errado e aquele nem fosse Pete! Fazia meses que ela precisava visitar um oftalmologista. Tinha certeza de que não estava mais enxergando tão bem quanto antigamente.

Aquela minúscula chama de esperança tremeluziu e se apagou tão rápido quanto tinha se acendido. Não se engane, Anna. Você não é *tão* míope assim a ponto de não reconhecer o próprio namorado – ou assim chamado – dando uns amassos num rabo de saia qualquer.

Ela estava prestes a fechar o computador de novo quando algo a incomodou na lista de planilhas de Pete. Como assim "Livros de ficção científica e fantasia" tinha sido atualizada por último? Anna não o via lendo um livro fazia semanas.

Ela abriu a planilha... e ficou boquiaberta. Aquele cafajeste traiçoeiro. Aquele filho da mãe traidor, mentiroso, trapaceiro, se escondendo atrás de livros. Acontece que, no fim das contas, aquela planilha em especial não era uma compilação dos livros favoritos de Pete. Uma vez aberta, o título na verdade era *Sexo com Katerina*. Os olhos de Anna quase saltaram de seu rosto à medida que ela leu os registros.

Boquete sensacional no banheiro dos velhos – 10

Rapidinha no banheiro do Greyhouse. Safadinha! – 9

O MELHOR. Na casa dela. Tântrico! – 11

Os olhos de Anna começaram a arder e ela soltou um soluço chocado. Ah, Pete... Ah, Pixie – ou melhor, Katerina... Ah, não!

Anna empurrou o computador para longe, mas as palavras estavam dançando em seu cérebro, atormentando-a. Ela teria pesadelos com aquilo pelo resto da vida. Uma rapidinha no banheiro fedido do Greyhouse, pelo amor de Deus. Que nojo. E quanto a mulher ter feito *aquilo* em Pete no banheiro verde-abacate dos anos 1970 da casa dos pais dele... Anna não tinha palavras.

Num acesso de raiva, ela puxou o computador de volta e, com dois cliques, deletou a planilha inteira. Em mais dois cliques, deletou a planilha sobre si mesma também. E, cinco minutos depois, tinha criado um documento novinho em folha. Esse se chamava: *Pete, seu merda sem caráter, considere isso um PÉ NA BUNDA.*

Il caffè

(O CAFÉ)

Na quinta, Sophie contemplou a neve fraca caindo em redemoinhos e saiu para encontrar Anna em Marmadukes, um café na frente da catedral de Santa Maria. Parecera um acaso quando, na semana anterior, Sophie tinha visto uma atualização no Facebook de seu amigo Marco, que era chef e estava avisando que, após passar uma semana na feira de Rimini, ia visitar os pais, que moravam ali perto. Sophie o tinha conhecido quando trabalhava numa *pasticceria* maravilhosa em Roma, e os dois sempre se deram bem. Se os pais dele moravam tão pertinho dali, ele provavelmente conhecia bem a área e ela tinha certeza de que ele não se importaria em ajudar.

O Marmadukes era um lugar pequeno e aconchegante, com bandejas de doces e bolos com uma aparência deliciosa dispostos no balcão e "Cast No Shadow", do Oasis, tocando nos alto-falantes.

– Está frio o bastante para o senhor, Alf? – o rapaz atrás do caixa perguntou para o homem idoso com um chapéu de lã a quem servia.

– *Frio?* – zombou o homem. – Aqui está até quente. Temos sessenta centímetros de neve lá nas colinas. Tive que cavar um caminho para a gente agora há pouco. Isso não é nada!

Sophie escondeu o sorriso. O povo de Yorkshire era incrível, pensou consigo mesma ao abrir um espaço entre as pessoas para verificar se Anna estava nos fundos do café. Quente uma ova. Estava pior do que a Sibéria lá fora, mas havia certa teimosia nos habitantes da região – em especial entre os homens, Sophie tinha percebido – que significava que eles veementemente se recusavam a reconhecer até mesmo o menor vestígio de fraqueza.

Anna tinha escolhido uma mesa nos fundos e acenou quando Sophie apareceu. Os cabelos longos e castanhos dela estavam presos com um lápis verde, ela usava óculos com armação preta e havia um cachecol roxo com bolinhas ao redor de seu pescoço, somado a um conjunto mais convencional de suéter preto com decote em V e calça jeans.

– Oi! – chamou.

– Oi – cumprimentou Sophie. – Vou só pegar um chá e já volto. Quer mais alguma coisa?

– Achei que aqueles croissants de chocolate estão com uma cara bem deliciosa – disse Anna. – Se você quiser, eu quero...

Sophie abriu um sorriso largo.

– Dois croissants de chocolate pra já.

Ela jogou o casaco no encosto de uma cadeira e foi até o balcão.

O chá chegou em canecas de Yorkshire (é claro), com garrafinhas de leite das antigas, e Anna e Sophie atacaram os doces.

– Muito obrigada por fazer isso – disse Anna, pegando um pedacinho de massa folhada solta com a ponta do dedo e enfiando na boca. – É muito gentil da sua parte.

– Não tem problema – falou Sophie. – Não sei o quanto ele vai poder te ajudar, mas achei que valia a tentativa.

– Qualquer informação já é um bônus – admitiu Anna. – De acordo com a internet, Rimini é uma cidade bem comprida. Parece que são catorze quilômetros de praias, então deve haver milhares de hotéis e resorts. Minha mãe pode ter ficado em qualquer lugar. – Ela deslizou a foto pela mesa numa embalagem de plástico. – Mas, se seu amigo tiver alguma ideia de onde isso foi tirado, já vai ajudar bastante.

– Claro – disse Sophie.

Ela olhou para a foto do homem moreno no centro, com um braço ao redor de uma mulher jovem e sorridente.

– Uau. Então esse é o seu pai.

– É ele. Gino.

– Consigo ver a semelhança – disse Sophie, olhando mais de perto.

A foto não era das mais definidas, mas não havia como duvidar do semblante bronzeado e dos cabelos e olhos escuros que Gino e a filha compartilhavam. Anna guardou a embalagem de plástico com muito cuidado na bolsa.

– Que empolgante. Pode deixar comigo. Espero que Marco consiga te dar alguma informação útil.

– Obrigada. Mal posso esperar para conhecê-lo. O meu pai, no caso. Nem sei se ele sabe que eu existo.

– Você ainda está planejando ir a Rimini pessoalmente para ver se consegue encontrá-lo? – perguntou Sophie.

– Esse é o plano. – Anna mexeu o chá, parecendo mais pensativa. – Apesar de várias coisas estarem incertas no momento, infelizmente.

– Ah. Coisas boas ou ruins?

– Ruins. – Anna suspirou. – Descobri ontem à noite que meu namorado está saindo com outra pessoa. O que foi maravilhoso, é claro.

Os dedos dela estavam trêmulos ao segurar a colher de chá, e Sophie percebeu que havia círculos escuros sob os olhos dela.

– Ah, merda. Tem certeza?

– Absoluta. Sem sombra de dúvida. – Ela fez uma careta. – Para começo de conversa, vi os dois se beijando no Nando's. Além disso, descobri que ele registrou todo o romance tórrido numa planilha.

Sophie ficou boquiaberta.

– Nem vem! Numa *planilha*?

– Pois é. Numa merda de uma planilha. Com todos os mínimos detalhes.

– Que coisa horrível. E, ao mesmo tempo, patético demais. – Sophie tomou um gole de chá, depois bufou. – Numa planilha, pelo amor de Deus.

– Não é? Que tipo de babaca faz isso?

– Um babaca que não te merece, isso sim – respondeu Sophie. – Francamente. Ele catalogava todos os livros em ordem alfabética também?

– Sim. E tem um registro detalhado de todas as transações financeiras que já fez na vida – respondeu Anna. – Incluindo, e não estou brincando, uma vez em que deu 1 libra para uma pessoa na rua.

– Meu Deus. O último dos grandes filantropos.

– Pois é. O último dos malditos canalhas e tal.

Houve uma pausa. As duas mulheres na mesa ao lado fofocavam com direito a "Ele não fez isso", "Fez, sim!", "Me diga que não fez!", "Estou te dizendo que fez!", falando cada vez mais alto.

– Então, o que vai acontecer agora? – perguntou Sophie. – Ele sabe que você sabe?

– Não. Essa maravilhosa conversa ainda vai acontecer. Mandei um e-mail pra ele dizendo pra tirar todas as tralhas que deixou no meu apartamento até as nove da noite de hoje, senão vou jogar tudo na rua, então ele provavelmente se tocou que estou um pouquinho chateada. – Ela revirou os olhos. – Apesar de que, para falar a verdade, como ele é bem burro, pode até não ter entendido a dica. Enfim... Desculpa ficar reclamando. Você não tem nada a ver com isso.

– Não tem problema. Espero que você consiga dar um jeito nas coisas. – Sophie olhou Anna por cima da xícara. – Sabe, na minha experiência, pegar um avião em busca de aventura, tipo a viagem para Rimini, é a melhor coisa a fazer depois de um coração partido. Talvez você devesse dar uma arejada. Se afastar de tudo por um tempo.

Anna ergueu uma sobrancelha.

– É? Foi isso o que você fez, então?

– Foi.

Depois Sophie parou, se sentindo uma hipócrita. Ela tinha precisado de três anos e várias viagens de avião para sequer *começar* a superar Dan – e olha só como ela ficou na outra noite, reduzida a uma gelatina com a notícia de que ele estava no mesmo país que ela.

– Bem, ajuda a curto prazo, pelo menos – acrescentou depois de um momento. – Mas não sou bem uma especialista no assunto. Custe o que custar, é o que estou dizendo.

– Bem, o que custou ontem à noite foram uns licores suspeitos e bolo. Hoje, é escrever uma crítica e ignorar o telefone. De noite, vai ser limpar o apartamento e provavelmente discutir com ele lá fora na calçada. – Anna fez uma cara feia. – Enfim... Provavelmente é para o meu bem.

– É. Bom, boa sorte.

As duas ficaram em silêncio por um momento, ambas meio desconfortáveis com todas aquelas confissões considerando que mal se conheciam. Atrás delas, as mulheres continuaram a fofocar:

– Eu não acredito.

– Mas é verdade! Eu sabia que ele estava aprontando alguma coisa quando chegou em casa com aqueles cabos de bungee jump. Achei que ou ele ia finalmente dar um jeito no telhado ou ia dar uma de cinquenta tons pra cima de mim.

Anna soltou uma risadinha.

– Deu um nó no cérebro – sussurrou para Sophie, depois tomou o resto do chá num gole. – É melhor eu ir. Obrigada de novo por ajudar com a foto... e pela conversa.

– Disponha – respondeu Sophie. – Esse é o meu número – acrescentou, escrevendo-o num guardanapo. – Me ligue se precisar beber ou reclamar. Ei, e não esqueça o que eu falei sobre pegar um avião se as coisas ficarem complicadas demais. Pode ser justamente do que você precisa, um pouquinho de sol italiano.

– Não é uma má ideia – disse Anna. Ela guardou o guardanapo na bolsa e sorriu. – Enquanto isso, vou ficar ansiosa para ouvir o que o seu amigo tem a dizer. Até mais.

Naquela tarde, Jim tinha uma consulta no hospital e, como Sophie estava de folga, decidiu acompanhar o pai. Se ficasse em casa, só ia ficar tentando pensar em alguma coisa engraçada e melosa para postar como comentário na última atualização no Facebook de Dan, ou então ficar olhando os horários de trem para Manchester.

Ela não podia perseguir o coitado. Considerando o pouco que sabia, ele poderia estar casado com sete filhos àquela altura. (Mas ele não estava casado com sete filhos, como ela bem sabia. Ou, se estava, não tinha incluído essa informação na página do Facebook. Ela tinha conferido.)

Todos esperavam que aquela fosse a última consulta de Jim no hospital. Ele estava usando um medicamento novo desde o segundo infarto e não ficava mais tão sem fôlego e cansado. Trish até tinha parado de argumentar toda vez que Jim mencionava voltar ao trabalho. Talvez, apenas talvez, a vida dele estivesse finalmente voltando para os eixos.

Ainda estava feio do lado de fora, com um vento forte e cortante, mas, assim que entraram na área da recepção do hospital, a temperatura disparou e ela se sentiu caindo de paraquedas numa região tropical. Quando Sophie e os pais pararam para tirar os gorros e os cachecóis, ela avistou um rosto inesperado.

– Roy! – exclamou, surpresa, quando ele entrou. – O que você está fazendo aqui? Está tudo bem?

O sorriso de Roy não estava à vista. Na verdade, ele estava com uma expressão bem arrasada – pálida e estressada, e ficou torcendo as mãos enquanto respondia.

– Geraldine levou um tombo – contou, seus olhos parecendo grandes piscinas de ansiedade. – Ontem. Ela passou a noite aqui.

– Ah, Roy... – disse Sophie. – Ela está bem agora? O que aconteceu?

– Gelo na entrada da frente – respondeu, com a boca trêmula. – Ela estava de salto alto, a boba. Salto alto no gelo, onde ela estava com a cabeça? Eu falei que ela devia colocar uma galocha, mas ela não quis nem saber. Não Geraldine. "Você vai ter que me dopar com clorofórmio antes de me pegar usando galocha em público", foi o que ela disse.

Jim o encarou nos olhos.

– Mulheres... – falou como quem sabe das coisas, o que o fez ganhar um cutucão de Trish.

– Minha nossa, eu sinto muito – disse Sophie, colocando a mão no braço de Roy. – Ela se machucou? O que os médicos disseram? Ah, estes são os meus pais, por sinal. Mãe, pai, esse é Roy, ele é um dos meus alunos.

Roy abriu um sorriso pequeno e tenso. Porém, dava para ver que não era sincero.

– Ela fraturou a bacia – falou. – Eles a mantiveram em observação durante a noite. Eu só dei um pulinho em casa para pegar umas roupas para ela. Ela está com bastante dor.

– Coitadinha – disse Trish, compassiva. – Tem alguma coisa que a gente possa fazer?

– É, me passe o seu número, Roy – pediu Sophie, tirando o celular do bolso.

Parecia que o mundo de Roy tinha virado de ponta-cabeça. Ela se lembrava de Geraldine dizendo que eles não tinham filhos ("Não por falta de tentativa, não é, Roy? Mas não era para ser") e se perguntou como eles iam dar conta.

– Vocês têm família na região ou vizinhos que possam ajudar?

Roy piscava como se as perguntas fossem demais para ele. Parecia tão perdido sem a tagarela e charmosa Geraldine ao seu lado – mais velho e mais frágil, parado ali com o casaco e o cachecol.

– Quer saber – acrescentou Sophie depressa –, vou dar uma voltinha com você agora, tá? Pode ser, pai? Depois encontro vocês dois no setor de cardiologia. – Ela pegou o braço de Roy. – Vamos lá. Me diga para onde a gente vai e vou te fazer companhia.

À noite, de volta em casa, Sophie foi direto para o computador, determinada a engolir o orgulho e comentar no status do Facebook de Dan. Ver Geraldine e Roy de mãos dadas no quarto de hospital e sorrindo enquanto se olhavam nos olhos, ainda apaixonados tantos anos depois, a tinha lembrado de que o amor verdadeiro existia de verdade. Algumas pessoas o encontravam – os pais de Sophie eram outro ótimo exemplo. Será que ela não podia encontrá-lo também? Se existia alguém por quem valia a pena lutar, era Dan Collins.

Tinha sido um dia bom em geral, pensou enquanto esperava a página inicial carregar. Gostara de conversar com Anna. Depois, no hospital, tinham dado alta para seu pai e lhe disseram que ele podia voltar para o trabalho na segunda-feira. Desde então ele não parara de sorrir. Quanto a Geraldine – bem, as coisas não estavam tão boas para ela, infelizmente, com várias semanas de repouso absoluto pela frente e definitivamente nenhum salto alto por um tempo. Coitada, mal deu para reconhecê-la sem a maquiagem e com um pijama de flanela. Mas Sophie estava feliz por ter esbarrado em Roy e ter tido a chance de oferecer um pouco de apoio e conforto. Ela já estava planejando como poderia se organizar com os outros alunos da aula de italiano para ajudar.

No caminho de casa, depois do hospital, a mente de Sophie fervilhou com respostas possíveis para a atualização do ex-namorado: *De volta a Manchester. Estavam com saudade?* Se ela realmente ia responder (e Sophie ia – quem não arrisca não petisca e tal), então ela precisava encontrar a resposta perfeita: descolada, engraçada e com apenas uma pitadinha de paquera, para que ele soubesse que, *oi*, ele ainda tinha alguma chance. Então o que escrever?

Ela descartou um *CLARO QUE SIM* franco (óbvio demais), brincou com alguns trocadilhos (vulgares demais) incluindo o apelido dos britânicos para a Austrália – "Down Under", ou "Lá embaixo" –, cogitou algumas piadinhas internas que mais ninguém ia entender (tomem essa, outros amigos de Dan), antes de decidir pelo caminho mais simples.

Um direto e maduro *Dan! Bem-vindo de volta. Um olá da ensolarada Sheffield* – esse tipo de coisa. Ia dar conta do recado, não é? Nenhum vestígio de ex-louca, mas ainda assim dando a entender que ela também estava no Reino Unido.

Sentindo-se trêmula, ela abriu o navegador e foi até o Facebook. Ela correu a timeline até achar a mensagem dele... e ali estava.

Ela franziu o cenho, o nervosismo sendo substituído por decepção quando viu que 23 comentários já haviam sido feitos abaixo do post inicial. Demorou demais, Sophie.

Gemma Blaine: Cara! Nossa, que saudade. Quando posso te dar um abraço de novo? 😊 *bjbjbjbj*

Alice Harris: Dannyzinho! Quero você pra ontem!

Eloise Winters: É claro que sim! ME LIGA!

Jade Nicholls: MDS DAN! Mal posso ESPERAR pra te ver. Senti saudade, sim, lindo. Beijo grande.

Sophie não conseguia continuar a ler. Beijos. Letras garrafais. Lindo. Quem eram aquelas mulheres e qual era a relação delas com Dan?

Ela fechou o Facebook, sua mão tremendo no mouse. Gemma e Alice e Eloise e Jade... Ela apostava que era apenas a ponta do iceberg. Dan, descontraído e bonito como era, devia ter passado os últimos anos escapando delas todas. E por que Sophie pensara que seria diferente? Ela devia saber.

Bem, nem se o inferno congelasse Sophie adicionaria o próprio nome àquele harém. Dan tinha deixado bem claro em Sidney que todas as coisas boas tinham um fim. Não tinha volta.

All'ufficio

(NO ESCRITÓRIO)

Tentar escrever de ressaca uma crítica gastronômica incrível era uma coisa. Tentar escrevê-la de ressaca e com a imagem do namorado se agarrando com outra mulher aparecendo em flashes na mente a cada trinta segundos era praticamente impossível. Ainda assim, o texto da substituta precisava estar na mesa de Imogen até as quatro da tarde. E Anna sabia que Marla, quando voltasse ao trabalho, iria direto atrás da crítica de Anna como um míssil teleguiado determinado a preparar uma lista longa e implacável com todas as falhas. Outro fato: se houvesse uma única frase meia-boca, Marla ia citá-la como evidência conclusiva de que Anna simplesmente não servia para aquele tipo de trabalho.

Respirar um ar fresco e se encontrar com Sophie tinha ajudado um pouco, especialmente considerando que a professora parecia estar bem confiante de que o amigo ia conseguir ajudar Anna a avançar na caçada a Gino. Mas logo Anna estava de volta ao escritório abafado, a tela à sua frente enlouquecedoramente em branco.

Enrico's, o novo restaurante italiano na Ecclesall Road, tem um ambiente ótimo e uma equipe simpática, começou, antes de imediatamente deletar tudo. Argh. Rígido e fácil de esquecer. Tente de novo.

Você ama comida italiana? Então vai amar Enrico's, o novo restaurante italiano na Ecclesall Road, Anna tentou de novo. Igualmente horrível, decidiu no minuto seguinte, apagando tudo. Aquilo parecia um anúncio cafona.

Era mais difícil do que ela imaginara. A tão importante primeira frase estava lhe escapando. Anna aprendera com lições antigas de Imogen que um jornalista tinha aproximadamente três linhas para fisgar a atenção do leitor. Se ele não estivesse interessado àquela altura, ia virar a página e ignorar a matéria escrita com tanto cuidado.

"Seu texto pode ter a estrutura mais fascinante e brilhante de todas", Imogen gostava de dizer, "mas, se o começo for uma merda, ninguém vai se dar ao trabalho de descobrir esse esplendor."

Anna tomou num gole o resto do café morno, tentando entrar no estado de espírito certo. Ela não costumava ter esse tipo de problema. Maldito Pete e sua língua errante. Ele não apenas tinha feito Anna se sentir uma completa idiota, mas também estava inadvertidamente acabando com a carreira dela ao distraí-la do trabalho que tinha que fazer.

– Está tudo bem? – perguntou Joe, passando por ali bem naquele momento.

A expressão dele estava hesitante, como se ele meio que esperasse que Anna surtasse e saísse correndo como tinha feito na noite anterior.

– Tudo fabuloso – respondeu ela, sarcástica. – Melhor impossível.

Joe ergueu as mãos, na defensiva.

– Não está mais aqui quem perguntou – falou, e foi embora.

Ah, ótimo. Agora ela o tinha espantado quando ele só estava sendo legal. Ela abriu a boca para se desculpar, para dizer que falara aquilo sem pensar, mas a fechou em seguida porque Joe já tinha saído de perto.

Soltando um suspiro, ela se voltou para o computador, aumentou a fonte do título e o colocou em negrito, depois a diminuiu de novo e acrescentou a data. Em seguida incluiu seu nome em itálico e depois tirou. *Vamos lá, Anna. É só começar. Dá muito bem para voltar depois e editar o que ficou ruim. Só escreva, droga!*

Ainda assim, seus dedos pairaram sobre as teclas, se recusando a digitar uma única palavra. Era uma causa perdida. Talvez ela só devesse fingir que estava doente e ir para casa. Mas daí ela não teria feito nada para a crítica e Imogen nunca lhe daria outra chance. Além disso, Marla ia *amar* aquilo. Até dava para imaginá-la se gabando, com uma presunção intolerável. *Mais difícil do que parece, né? Nem todo mundo tem o talento necessário para ser crítico, infelizmente.*

Pensar em Marla lhe deu uma ideia. Como que *ela*, a autoproclamada rainha da cena gastronômica de Sheffield, escrevia? Anna abriu o site do jornal e clicou em críticas antigas, torcendo para encontrar inspiração.

Imagine a cena: é sábado à noite, estou com meu vestido novo da Republic e arrasando com uns saltos altíssimos, saindo com minhas três melhores amigas, todas gatérrimas. Qual é o melhor lugar na cidade para um grupo de mulheres comerem uma comida deliciosa num ambiente estiloso? Que bom que você perguntou...

Anna torceu os lábios. O estilo de Marla era todo eu-eu-eu, mas até Anna tinha que admitir que funcionava, do seu jeitinho. Era bem melhor que as primeiras frases horríveis que ela já tinha escrito e rejeitado, com toda a certeza.

Vamos lá, Anna. Você consegue escrever algo pessoal. Algo animado. É só começar a escrever, pelo amor de Deus.

Ela pousou os dedos nas teclas como uma pianista prestes a se lançar numa peça musical difícil, depois, finalmente, começou a escrever.

– Anna, sou eu. Pete.

– Pode entrar. – Anna segurou a porta aberta, depois deu um passo para trás quando ele tentou abraçá-la. – Não.

– Anna, meu amor, você entendeu tudo errado.

– Eu acho que não. – A voz dela era gelada feito o Ártico, estalando com gelo. – Como que era mesmo, um boquete na casa da sua mãe? Uma rapidinha no banheiro do Greyhouse? Nossa, que maravilhoso, Pete. Cheio de classe. – Ela cruzou os braços e ergueu o nariz. – Só pegue as suas coisas e vá embora.

O choque e o medo encheram os olhos dele. O queixo caiu. Te peguei.

– O que você quer dizer? Como você...? – gaguejou.

– Seu computador – disse Anna, seca. – Estava lá, preto no branco, para qualquer um ler. Qualquer um com meio neurônio consegue adivinhar a sua senha.

O rosto dele murchou como um suflê de queijo.

– Eu... Eu... Eu só estava de bobeira – implorou. – Não significou nada.

– Não piore a situação. – Anna pegou a bolsa de mão. – Vou sair agora. Você tem meia hora para pegar as suas coisas, depois eu nunca mais quero olhar na sua cara. Entendeu?

– Mas, Anna...

– Adeus, Pete.

Ela saiu às pressas do apartamento e foi até o Lescar, onde por trinta minutos torturantes ficou sentada sozinha a uma mesa no canto com um copo de Guinness enquanto tentava ao máximo não chorar.

Quando voltou para casa, todos os pertences de Pete tinham desaparecido, exceto por um recado na mesa.

Sinto muito, Anna. Depois ele começou a escrever *Se um dia...* só para mudar de ideia e riscar. Hum. Ela só podia tentar adivinhar o que estivera prestes a dizer.

Se um dia estiver a fim de transar, me ligue.

Se um dia se sentir desesperada, pode me chamar.

Se um dia decidir que cometeu um erro, sabe onde me encontrar.

É, até parece. O inferno congelaria antes disso.

Se Anna achava que havia atingido o limite de traumas da semana, infelizmente estava enganada. Assim que chegou ao trabalho no dia seguinte, antes mesmo de ter tirado o casaco, Imogen já estava no seu pé.

– Uma palavrinha, por favor, Anna – disse naquele jeito seco e pragmático que imediatamente fazia qualquer um tremer na base.

Ai, meu Deus, pensou Anna, seguindo a chefe até a sala dela. Qual era o problema agora? Só podia ser a crítica gastronômica, Anna sentia isso nos ossos. Imogen tinha odiado. Imogen estava arrependida de pedir que Anna cobrisse a coluna no lugar de Marla. Imogen ia...

– É a crítica gastronômica – começou Imogen, como se estivesse lendo a mente de Anna. – Estou decepcionada, preciso admitir. Estava esperando algo mais vibrante, com mais vida.

– Mais vibrante, com mais vida – repetiu Anna num tom de voz inexpressivo.

– Sim, Anna, aquela vibração maravilhosa que dá vida à sua coluna de culinária. Estava evidentemente ausente desta vez. O que houve? Você tem alguma ideia? Estava doente? Bêbada? Dopada? Você estragou tudo.

Uau. Por que não diz logo como se sente?, pensou Anna, fazendo uma careta.

Ela abriu a boca, considerando se devia ou não vomitar as dores de sua vida romântica nas ombreiras azul-claras da chefe. Não levou nem um segundo para decidir que não. Imogen era tão melosa quando um jacaré.

– Desculpa – falou fraquinho. – Eu devia estar num dia ruim. Vou tentar de novo.

– Tente mesmo. E inclua um toque pessoal dessa vez. Nada sem sal, me dê a sua voz. Deve ser a sua história, tá? Prometi aos revisores que eles vão receber o texto até o meio-dia, então é melhor pôr a mão na massa. Rápido.

Ela girou na cadeira para fazer alguma coisa no computador. Anna entendeu o recado e sumiu dali.

Argh. Era como refazer a lição de casa. Jornalistas não podiam tratar a própria escrita como algo precioso – inevitavelmente era corrigida, editada, cortada – e tudo bem, fazia parte. Mas uma ordem para recomeçar algo do zero era uma história completamente diferente. A única consolação era que Marla não estava ali para testemunhar a caminhada vergonhosa e humilhante de Anna de volta para a mesa.

Ela releu a crítica rejeitada, seu ânimo despencando. Para ser bem justa, Imogen tinha razão em vetá-la. A coisa toda estava bem pomposa, uma crítica que só fazia o mínimo necessário: eu comi isso, meu acompanhante comeu aquilo, o restaurante era assim.

Certo. Mas aquela tinha sido a tentativa do dia anterior. Anna ia arrasar na nova versão. E faria isso em duas horas e quarenta minutos. Se Imogen queria vibração, vida e um toque pessoal, então era bem isso que Anna ia lhe dar.

Se você costuma ler minha coluna de culinária, começou, *já deve saber que tenho um fraco por comida italiana. Então, quando tive a chance de visitar o Enrico's, o novo restaurante italiano na Ecclesall Road, para escrever uma crítica, eu já tinha reservado uma mesa antes que alguém pudesse dizer "bruschetta".*

Ela fez uma pausa. Bom. Dava pro gasto. E agora? *Inclua um toque pessoal,* solicitara Imogen. Pessoal. Está bem. Então Anna se lembrou da mentira de Pete sobre não poder ir ao restaurante com ela e semicerrou os olhos. Será que deveria incluir Pete na crítica, transformá-lo em parte da história? Imogen poderia ficar furiosa com Anna por ter passado dos limites. *Era para ser uma matéria sobre comida, não sobre sua vida pessoal, pelo amor de Deus,* Anna conseguia imaginá-la bradando. Mas, por outro lado, talvez a chefe amasse. E existia jeito melhor de atrair um leitor do que incluindo uma pitada de fofoca da vida real?

Parecia ser o lugar perfeito para uma noite romântica, mas infelizmente meu namorado disse que tinha um compromisso, digitou Anna. *Que pena! Mas sem problemas...*

Ela hesitou, sabendo que a mãe de Pete lia a edição do fim de semana do jornal de cabo a rabo, assim como os colegas de trabalho dele. *Ah, eles que se danem*, pensou. Pete ia colher o que plantou.

Mas sem problemas, porque um colega bonitão estava disposto a me acompanhar, digitou. *Pode chorar, Pete*, pensou, apunhalando as teclas do teclado com ferocidade. *Não preciso de você.*

Ao contrário daquela primeira versão terrível, essa crítica praticamente se escreveu sozinha. A nuvem tinha ido embora e Anna flexionou os músculos da escrita com prazer, sabendo que seu texto estava divertido e interessante, com toneladas daquela vibração elusiva.

Se eu voltarei ao Enrico's? Pode apostar que sim. E aqui está a prova. Quando eu e o Colega Bonitão estávamos saindo, com a cabeça meio zonza depois de uns martínis PornStar perigosos de tão tentadores, eu estava me sentindo tão deliciosamente plena e contente que nem a imagem do meu "namorado" beijando outra mulher no Nando's foi capaz de tirar o sorriso do meu rosto. O mare está cheio de pesce, como dizem!

Ela releu o texto em busca de erros de gramática e ortografia, depois o anexou a um e-mail e o mandou para Imogen antes que pudesse mudar de ideia. Às vezes, uma garota tinha que fazer o que era preciso. E dois dedos do meio erguidos para Pete na crítica do fim de semana iam ser um belo de um começo.

No sábado de manhã, Anna acordou cedo e lembrou a si mesma de que aquele era o primeiro dia do resto de sua vida. Ela catou o top, depois vestiu as calças de moletom e os tênis de corrida e, obedientemente, foi à corrida semanal no Endcliffe Park. Essa era uma das metas de Ano-Novo que ela tinha mantido até o momento, e ela amava se encontrar com as amigas para participar daquela corrida de cinco quilômetros aberta para todos que acontecia todo sábado, fizesse sol ou fizesse chuva.

Uma corrida com as amigas seguida por um brunch caprichado no café do parque era justamente do que Anna precisava. Sua amiga Chloe também terminara um relacionamento recentemente, e, enquanto se deliciavam com garfadas de ovos e bacon, as duas planejaram algumas saídas só das garotas para se apoiarem. Depois, Anna foi para casa se sentindo mil vezes melhor. Ela queria testar algumas receitas novas para a coluna da semana seguinte e então ia fazer uma faxina no apartamento inteiro. Talvez até desse uma olhada no preço das passagens para Rimini. Sophie não tinha dito que viajar era o melhor remédio para um coração partido?

Ela pegou um jornal na banca no caminho de casa e o folheou até achar a crítica. Imogen tinha se declarado "encantada" com o novo e melhorado texto quando o leu ("*Agora, sim!*"), e Anna tinha se deleitado com os elogios (e com o alívio) pelo resto do dia. Ahh, ali estava ela. Anna parou na rua enquanto olhava a crítica, avaliando-a – depois quase derrubou o jornal com o choque que levou.

Espere aí – alguém tinha mudado a manchete. Tipo, alguém tinha reescrito tudo. Ela escolhera o título de: MAMMA MIA! ENRICO'S VÊ O CIRCO PEGAR *FUOCO*, mas as letras garrafais no jornal gritavam: MAMMA MIA! NO ENRICO'S TUDO ACABA EM... AMOR?

Pior ainda, uma das pessoas responsáveis pela diagramação (quem? Espere só até Anna pôr as mãos nela) tinha acrescentado a imagem de um coração partido ao layout, assim como... Ah, não. A silhueta da foto de assinatura de Joe, com pontos de interrogação ao redor, claramente o identificando como o "Colega Bonitão" do texto.

Puta merda. Aquilo era um desastre. Era espetacularmente terrível. Em vez de ser um dedo do meio para Pete, quem fizera o design da crítica tinha dado a entender que era tudo sobre Anna estar se apaixonando por *Joe*. Como isso tinha acontecido? Será que Imogen tivera a ideia, ou o próprio diagramador pensara naquilo sozinho?

Enfiando o jornal debaixo do braço, ela correu até o apartamento e pegou o celular. Tinha que avisar Joe, tinha que lhe dizer que houvera um terrível mal-entendido, tinha que lhe contar que não era – repetindo, NÃO ERA – obra dela.

Tarde demais. Quando ela ligou o celular, viu que Joe já tinha mandado uma mensagem, e seu tom frio gelou Anna até os ossos.

Acabei de ver a crítica. Que merda foi essa? Jules está puta. Valeu, hein?

– Mas eu não... – protestou Anna em voz alta, depois se jogou no sofá, desolada.

Droga. Pior a cada minuto. Como é que ela ia resolver aquilo?

L'abito nuziale

(O VESTIDO DE CASAMENTO)

– Tã-dã! O que acharam?

Catherine piscou para se livrar de pensamentos perturbadores e ergueu os olhos para a figura que havia acabado de emergir de trás da cortina de veludo do trocador da Wedded Bliss. Ela ficou sem palavras.

– Ah! – soltou com entusiasmo depois de um momento.

Seu sorriso ainda estava no lugar? Ela esperava que não estivesse muito na cara que era forçado.

Enquanto isso, Carole, a gerente da Wedded Bliss com cabelos cheios de laquê e bronzeado permanente, batia palmas com uma expressão preocupante de êxtase.

– Aah, ficou absolutamente *deslumbrante*. – Ela suspirou. – Aah, estou até com lágrimas nos olhos. Sensacional!

Catherine ainda não tinha conseguido pensar em algo para dizer.

– Hum... – fez com a voz rouca.

Penny se virou de lado e fez uma pose, uma mão branca enluvada na cintura, a outra segurando a aba do chapéu de caubói branco com laços. Ela ergueu o queixo como se estivesse avaliando um cavalo de rodeio.

– Não era o que você estava esperando, Cath? – perguntou.

– Não exatamente – confessou ela.

Para falar a verdade, ela não tinha muita certeza do *que* estivera esperando. Mas certamente não era um vestido mídi com franjas na barra e botas de caubói brancas com lantejoulas.

– Caiu muito bem – continuou Carole, entusiasmada, dando um passo para mais perto. – Favorece o corpo. Esse estilo acabou de chegar, é "tendência", como dizem.

Penny bateu um pé e fingiu rodar um laço de rodeio por cima da cabeça, o tempo todo se admirando no espelho de corpo inteiro.

– Foi ideia do Darren – contou para Catherine, ignorando o papo de vendedora de Carole. – Eu te falei, não falei, que eu e ele fazemos aula de dança country juntos? Você devia vir junto um dia, é tão divertido. E a gente pensou que, bem, por que não ir com tudo e fazer um casamento com temática country? Você sabe o quanto ele ama filmes de caubói.

– Entendi – disse Catherine, educada.

Darren normalmente era o tipo de cara que vestia apenas camiseta e calça jeans, só às vezes trocando por uma camisa listrada e passando loção pós-barba quando ia ao pub tradicional da cidade, The Plough. Ela não conseguia imaginá-lo galopando até o cartório com calças de caubói e um chapéu de caubói preto, esporas prateadas cintilando nas botas. Bem, no mínimo seria algo original.

– Então o que *ele* vai usar?

– Não estamos aqui para falar sobre *ele*, querida. – Penny soltou uma bufada. – O que você achou *disso*?

– Achei bem... a sua cara – respondeu Catherine com sinceridade, observando as mangas de renda, o corpete de cetim justo, a barra em zigue-zague. – Mas você não tinha decidido que não ia usar branco?

– Eu sei. Mas você já viu como é a maioria dos vestidos nesse estilo? Tem um monte de camurça marrom com franjas. E por mais que eu ame o Darren, não vou vestir camurça marrom no meu próprio casamento. – Ela se olhou no espelho e sorriu. – Mas algo assim definitivamente grita *noiva*.

– Ah, sim, sem sombra de dúvida – concordou Carole com ferocidade. – Esse vestido é digno de uma noiva confiante e moderna, que não tem medo de quebrar as regras.

Penny encarou Carole com uma expressão confusa, como se a estivesse notando pela primeira vez, depois se voltou para Catherine.

– Cath?

Catherine abriu um sorriso fraco. Aquele vestido realmente era digno de *alguma coisa*.

– Ahn...

Penny inclinou a cabeça para um lado e franziu o cenho.

– Está tudo bem? – perguntou. – É só que você está meio quietinha. Não está agindo como você mesma.

Catherine inspirou bem fundo.

– Eu ia te contar depois – começou, olhando de relance para Carole, que entendeu o recado e instantaneamente fingiu estar arrumando um display de tiaras. – Hoje de manhã, eu...

– Desculpe o atraso!

A porta da boutique se abriu com um estrondo naquele momento e Leona, a irmã de Penny, entrou. Catherine a tinha visto nas festas de Penny com o passar dos anos, sem falar nos dois primeiros casamentos da amiga. Leona era loura e peituda, com uma risada de estilhaçar vidros e quadris que podiam partir o coração de um homem.

– Meu Deus, o que você está *vestindo*, meu anjo? – perguntou, dramaticamente jogando as mãos para o alto.

– Esse é o nosso vestido Savannah – interveio Carole, o sorriso ficando levemente frígido. – É para uma noiva divertida e romântica que deseja um design informal, porém deslumbrante.

– Mas é horrível – disse Leona. – Pen, você perdeu a cabeça?

– Ah, lá vamos nós – retrucou Penny, fazendo careta. – Conselhos sobre vestido de casamento da minha irmã que nunca conseguiu fisgar um marido para chamar de seu.

– Ei! Sua égua atrevida. Você quer minha ajuda ou não?

– Não se for pra começar a mandar em mim – retrucou Penny. – Não tem por que ser grosseira no instante que chegou aqui.

Catherine e Carole trocaram olhares.

– A gente tem uma grande variedade de estilos – começou Carole, com bastante tato. – Talvez você queira provar outro modelo?

– Talvez minha *irmã* queira mostrar um pouco de gratidão – disse Leona, abafando o resto da sugestão de Carole. – Talvez ela queira dizer uma palavrinha de agradecimento por eu estar aqui mais uma vez, a ajudando a escolher um terceiro vestido de casamento de merda, quando todo mundo sabe que em seis meses ela vai assinar os papéis do divórcio.

– Ah, não se dê ao *trabalho* – disse Penny, a voz escorrendo sarcasmo.

— Estou falando sério. Se é assim que você vai agir, pode ir embora. Não preciso mesmo da sua ajuda!

— Senhoras, *por favor* — pediu Carole, torcendo as mãos.

— Ótimo. Agora já dirigi até o centro e paguei por uma hora de estacionamento por nada — resmungou Leona, soltando um muxoxo.

— Ah, pelo amor de Deus, Leona, 2 pratas, é sério que você está me enchendo o saco por causa das 2 merdas de libras do estacionamento?

— Calem a boca!

Todas elas se calaram com o grito de Catherine. Penny parecia assustada, enquanto Leona a encarou com um tipo de olhar que dizia "Quem diabos é *você*?". Carole, por outro lado, abriu um sorrisinho de satisfação, mas logo assumiu novamente a cara de paisagem e voltou a fingir estar arrumando as tiaras.

— Desculpa — disse Catherine, corando —, mas isso não vai nos levar a lugar algum. Penny, sinto muito, mas concordo com Leona sobre o vestido. A barra em zigue-zague ficou meio estranha, mas gostei do chapéu e das botas. Carole, tem algum outro vestido nesse estilo *cowgirl* que ela possa provar?

— Sim, é claro — respondeu Carole. — Temos o MaryLou e o Safira. Só vou ver se temos no tamanho certo...

Ela se afastou às pressas e Catherine ficou cara a cara com as duas irmãs, que ainda a encaravam.

— Desculpa — falou mais uma vez. — Eu não quis gritar. É só que hoje foi um dia meio estranho.

— Não tem problema, amiga — disse Penny, se recompondo. — E desculpa você ter sido interrompida com a entrada singela da minha irmã. Ela estava prestes a me contar uma coisa — explicou para Leona.

— Ah, certo — disse Leona. — Pode falar então, o que foi?

Catherine engoliu em seco. Não era assim que ela tinha imaginado as coisas. Leona se acomodou numa banqueta de veludo, cruzou as pernas cobertas com botas até as coxas e se inclinou para a frente com expectativa, exibindo alguns centímetros de decote generoso. Penny cruzou os braços cobertos com renda e assentiu.

— Vá em frente, Cath.

— Eu liguei para Rebecca — admitiu com ousadia.

– A amante do marido dela – acrescentou Penny, fingindo sussurrar para Leona. – O que você disse? Espero que tenha contado umas verdades para ela.

Carole chegou às pressas com dois vestidos de cetim, mas voltou a se fundir discretamente com as paredes quando notou a atmosfera séria. Anos lidando com noivas e seus nervos à flor da pele, mães emotivas e amigas difíceis tinham lhe dado um radar supersensitivo em relação a traumas.

– Eu descobri um negócio – contou Catherine, sem se importar mais com quem estava ouvindo. – Rebecca e Mike estão metidos numa coisa juntos. É ela quem vem dando dinheiro para ele todo esse tempo. Milhares e mais milhares de libras.

Carole tentou, em vão, suprimir uma arfada.

Os olhos de Leona se arregalaram.

– Ela estava pagando seu marido em troca de sexo?

– *Mike?* – Penny não conseguia acreditar. – Quer dizer, sem ofensa, querida, mas não é como se ele...

– Não, não é em troca de sexo – disse Catherine. – É ainda pior.

No final, ela mesma tinha resolvido o quebra-cabeça: os pagamentos, as conferências, o caso. A única coisa de que precisou foi uma ligação para o número no cartão de visitas de Rebecca. Foi então que tudo se encaixou.

– Schenkman Pharma, como posso ajudar?

– Gostaria de falar com Rebecca Hale, por favor?

– Vou ver se ela está disponível, só um instante, por favor... sinto muito, ela está numa reunião, a senhora gostaria de deixar recado?

Catherine se manteve firme. Hora de dar um tiro no escuro.

– Eu queria falar com ela sobre um pagamento que recebi pela Centaur – falou secamente. – Tem mais alguém no departamento que poderia me ajudar?

– É claro. Vou transferi-la para o assistente de Rebecca, Paul.

Tinha sido fácil assim. Depois Catherine tivera uma conversa muito agradável e reveladora com Paul, que parecia bem jovem e pelo visto não era dos mais espertos. Ele alegremente a assegurou de que sim, todos os pagamentos daquele projeto em particular vinham da Centaur, e não diretamente da Schenkman.

– Não tenho certeza do motivo – acrescentou ele. – Acho que é mais fácil para eles manterem registro de tudo separado.

Só um chute, Paul, mas talvez tenha alguma coisa a ver com o fato de que isso aí é bem suspeito do ponto de vista ético?, pensou Catherine, severamente.

– Muito obrigada – falou ao fim da ligação. – Você me ajudou bastante.

– Gostaria que Rebecca retornasse a ligação, senhora... Desculpe, qual é o seu nome mesmo?

– Não precisa, Paul. Acho que já sei tudo de que preciso agora.

Penny franziu o cenho quando Catherine terminou de recontar o que tinha acontecido.

– Então o que você está dizendo? Que essa companhia farmacêutica está pagando Mike? Para fazer o quê?

Leona tinha se jogado para trás na banqueta, claramente não gostando tanto dessa versão de eventos quanto da ideia que havia proposto inicialmente de "dinheiro em troca de sexo".

– Para prescrever o medicamento deles – respondeu Catherine – e sugerir que outros médicos também o prescrevessem naquelas conferências chiques a que ele vai.

– Qual é o medicamento? Viagra ou algo assim? – perguntou Leona, um pouquinho mais interessada.

– Se chama Demelzerol, um tipo de betabloqueador. Novinho em folha no mercado, segundo o que consegui descobrir, e com muito pouca pesquisa clínica.

– E daí? Estou perdida.

Até Penny estava com uma expressão de "É só ISSO?".

Catherine abriu a boca para responder, mas Carole foi mais rápida.

– E daí – falou, como se estivesse conversando com duas idiotas – que esse é um caso óbvio de conflito ético. Ele está prescrevendo o medicamento porque genuinamente acredita que vai beneficiar os pacientes, ou está fazendo isso para encher o próprio bolso?

– Exato – concordou Catherine.

– Isso é suspeito pra caralho – declarou Penny.

– É ultrajante – concordou Leona.

– Eu sei – disse Catherine. Ela abriu bem as mãos e olhou ao redor. – Mas agora que tenho essa informação... como vocês acham que devo agir?

A cabeça de Catherine fervilhava com ideias do que deveria ou não fazer desde que tinha descoberto essa nova informação. A lista de possíveis ações era a seguinte:

Primeira: denunciar Mike para o Conselho Geral de Medicina. Carole (que surpreendentemente parecia saber um bocado sobre ética médica) achava que ele passaria por uma audiência disciplinar e possivelmente perderia a licença. Talvez até tivesse que se defender no tribunal se fosse comprovado que a saúde de seus pacientes fora afetada por suas ações. Justiça seria feita, é claro, mas o que isso significaria para os filhos dos dois? A vergonha acabaria com a vida deles.

Segunda: ela podia chantagear Mike para receber uma parcela do dinheiro. Essa foi ideia de Penny.

– Diga para ele que você não vai sair da casa também – acrescentou por precaução. – Vai ser uma boa lição para ele.

Era bem tentador. Os problemas financeiros de Catherine desapareceriam num piscar de olhos. Mas será que ela conseguiria viver com aquilo pesando em sua consciência? Não. Nunca.

Terceira: ela podia pôr a boca no trombone e tanto denunciar Rebecca e a companhia farmacêutica malandra *quanto* chantagear Mike. Essa foi a contribuição de Leona.

– Que os dois paguem o preço – afirmou com ferocidade. – Se esses dois salafrários estão metidos nessa história juntos, deveriam se ferrar juntos. E já vão tarde.

Ou, é claro, havia a quarta opção: não fazer nadica de nada. Desse jeito, Matthew e Emily nunca teriam que saber que o pai tinha maculado sua reputação profissional. Além disso, Catherine evitaria um confronto grotesco com Mike. Para falar a verdade, essa era a parte que ela mais temia. Ele não ia engolir aquele sapo sem resistir, era fato.

Mas a última sugestão não foi bem aceita pelas três mulheres. Àquela altura, Carole preparara um café para todas e abrira um pacote de biscoito recheado (embora Penny tivesse sido proibida de se servir de quaisquer um dos dois antes de tirar o vestido e pendurá-lo a uma distância segura). Juntas, as três balançaram a cabeça quando Catherine apresentou a quarta opção.

– Não fazer nada? Você não pode deixá-lo se safar – disse Penny.

– Não fazer nada? Quando você podia esvaziar os bolsos do canalha até não sobrar um centavo? Nem vem – falou Leona, espalhando migalhas em meio à indignação.

– Seria moralmente errado – aconselhou Carole, sábia. – Pessoas podem ter *morrido* por causa da ganância do seu ex-marido.

Elas tinham razão. Catherine precisava fazer alguma coisa. Além disso, Anna tinha deixado bem claro na semana anterior depois da aula de italiano: se Catherine não fizesse nada com a evidência que tinha, ela mesmo poderia ser passível de punição. Poderia ser considerada cúmplice do crime! A última coisa que ela queria era que fechassem as grades com *ela* dentro da cela.

Ah, que dilema. Que coisa complicada. Ela desejava nunca ter encontrado aqueles extratos bancários, os folhetos das conferências e o cartão de visita da maldita Rebecca Hale. Mas ela tinha encontrado tudo isso. E então precisava pensar muito bem no que ia fazer com aquela informação – se é que ia fazer alguma coisa.

Quando chegou a hora da aula de italiano naquela noite, ela ainda não havia tomado nenhuma decisão.

– *Buonasera, Catherine* – saudou Sophie, erguendo os olhos de onde estava folheando alguns papéis com anotações na frente da sala. – *Come stai?*

– *Non c'è male* – respondeu Catherine. *Tudo bem. Meio confusa. Sem saber o que fazer. Mas, no geral, tudo bem.*

– Já está todo mundo aqui? – perguntou Sophie, contando os alunos.

– Roy e Geraldine não chegaram ainda – disse Anna, se virando no assento para olhar ao redor.

Roy e Geraldine sempre se sentavam nos mesmos lugares, à esquerda, mas ambas as cadeiras estavam vazias naquela noite.

– Ahh – fez Sophie. – Trago notícias meio ruins sobre Geraldine, na verdade. Tenho certeza de que Roy não vai se importar que eu conte para vocês que ela fraturou a bacia e está internada no hospital.

Arfadas foram ouvidas ao redor da sala.

– Ah, não! – exclamou Anna. – Ela vai ficar bem?

Ai, pensou Catherine. Como esposa de um médico – *ex*-esposa de um médico –, ela sabia que uma fratura na bacia era uma lesão bem dolorosa e que levava semanas para a pessoa se recuperar.

– Como ela está? – perguntou Nita. – O que os médicos disseram?

– E como está Roy? – acrescentou George. – Meu pai ficou um caco quando minha mãe estava no hospital.

– Geraldine vai ficar mais um tempinho internada, eu acho – disse Sophie –, então Roy está... – Ela fez uma pausa diplomática. – Bem, ele está preocupado e chateado, é claro. Eu quis contar para vocês caso tenha alguma coisa que a gente possa fazer para ajudar.

– Eu posso dar um pulinho no hospital para levar umas quentinhas para ele – ofereceu-se Anna de imediato. – Quer dizer, por causa da minha coluna eu ando cozinhando bem mais do que eu consigo comer sozinha.

– Posso ajudar também – soltou Catherine. – Posso fazer compras para ele, ou dar uma carona para o hospital se ele precisar.

Como ela ainda estava procurando emprego, bem que podia fazer algo de útil, pensou.

– Eu moro perto do hospital – acrescentou Nita. – Se Geraldine estiver recebendo visitas, eu poderia aparecer por lá para dar um oi.

– Ah, que maravilha, pessoal – disse Sophie. – Se quiserem me passar o número do celular de vocês, eu posso repassar para Roy. Tenho certeza de que ele apreciaria qualquer ajuda que a gente possa dar. – Ela pegou uma pilha de xerox e começou a distribuí-las. – Bem, com certeza a aula vai ser mais quieta sem os dois, mas mesmo assim vamos começar com a lição de hoje. Acho que vocês vão gostar dessa aqui. Vamos aprender a pedir comidas e bebidas, o vocabulário para diferentes tipos de loja e também a dizer as horas. Vamos lá.

– Estou começando a achar que o Freddie *nunca* vai sair para beber com a gente – resmungou Nita quando eles se apossaram das mesas de sempre no The Bitter End mais tarde naquela noite. – Não consigo entender. Eu, tipo, sinto uma vibe tão legal nele, mas daí ele nunca quer sair pra beber com a gente.

– Ah – disse Catherine. – Eu acho que sei o motivo.

Anna lhe lançou um olhar que dizia: *Você também?*

– Pois é – falou. – Nita, faz um tempinho que eu queria te contar.

– Droga. – Nita suspirou. – Manda bala. Ele tem namorada, né? Típico!

– Freddie? – perguntou Sophie, se enfiando na conversa do nada. – Sim, ele está namorando, vocês não sabiam?

– Eu o vi esses dias – contou Anna. – Até fiquei meio surpresa, na verdade.

– Eu também – concordou Catherine, relembrando a mulher elegante que tinha visto com Freddie na rua na outra semana. – Ela é bem mais velha do que ele, para começo de conversa.

– É? – questionou Sophie, franzindo o cenho. – Não achei.

– Ela? – Anna também estava com a testa franzida. – Eu o vi com um cara. Achei que ele era gay.

Phoebe soltou uma risada e cutucou a irmã.

– Que azar, Neet – falou.

– Um cara? – repetiu Catherine. – Ele estava com uma mulher mais velha quando o vi em Fargate. Inclusive, ela era uma daquelas mulheres superglamorosas.

– Nossa, ele não perde tempo – contribuiu Sophie. – *Eu* o vi se pegando com alguém bem jovem e sexy...

– Homem ou mulher? – interveio Nita com um tom de voz descontente.

– Mulher – afirmou Sophie. – Mais ou menos da sua idade.

– Minha nossa, com quantas pessoas ele está envolvido? – exclamou Phoebe. – Ei! Talvez ele seja um daqueles acompanhantes masculinos.

– Pode ser que você ainda tenha uma chance – disse George para Nita, tirando sarro enquanto dava uma piscadela.

– É, se você estiver disposta a desembolsar o cachê dele – acrescentou Phoebe com uma risadinha maliciosa.

Nita parecia estar de saco cheio.

– Nunca costumo errar essas coisas – falou. – Eu tinha tanta certeza de que tinha uma chance. E agora descubro que ele é o Casanova de Sheffield! – Ela virou o shot e se levantou. – Que se dane, eu vou mesmo é beber. Quem quer mais um?

Catherine estava sentada ao lado de George, que vestia uma camiseta em que estava escrito DONO DA TERRA TODA sobre a imagem de um canteiro. Ela estava começando a gostar de George, amigável e com os pés no chão, depois de ter superado aquela situação embaraçosa da primeira aula. Ele tinha seus 30 e poucos anos, Catherine deduziu, com cabelos louros desgrenhados e olhos castanhos confiantes que sustentavam o olhar dos outros.

– Você tem conseguido trabalhar nos jardins com todo esse frio? – perguntou, puxando papo.

– Não muito – confessou ele. – Mas sou carpinteiro também, então estou montando vários armários de cozinha sob medida nos últimos tempos. – Ele abriu um sorriso grande. – Também posso fazer uma mesa bonita ou uma estante de livros para você se for mais a sua praia.

– Que bacana poder viver desse tipo de trabalho manual – disse Catherine, com aprovação.

– Com certeza. Eu amo – disse ele. – Mas nada supera trabalhar com jardins, na minha opinião. Plantar coisas. Fazer coisas crescerem. Comer as coisas que a gente fez crescer... Isso que é mágico. Na verdade, faz um tempinho que eu queria falar isso... – Ele se inclinou para a frente e se dirigiu a todos na mesa. – Se algum de vocês um dia estiver a fim, faço parte de uma horta comunitária perto de Hillsborough. A gente planta frutas e verduras e as distribui, e estamos sempre precisando de voluntários nos domingos ou nas quintas de manhã.

Phoebe não parecia ter ficado muito impressionada.

– O quê? Cavando a terra e esse tipo de coisa? Olhe estas unhas, George. Não vai rolar, fofo, foi mal.

Ela abanou as mãos com as unhas bem-feitas, o esmalte roxo-escuro cintilando.

– Eu podia te emprestar luvas de jardinagem... – ofereceu George.

Ela balançou-se a cabeça.

– Eu não curto natureza. Fica para a próxima.

– Eu topo ajudar – ofereceu-se Catherine. – Nos domingos eu ajudo numa casa de repouso, mas...

– Então era *você*! – falou Anna de repente. – Na Clemency House? Eu te vi saindo semana passada, bem quando eu estava chegando para ver a minha vó. O nome dela é Nora Morley. Ela disse que você faz uma xícara de chá dos deuses.

– Eu adoro a Nora! – exclamou Catherine. – Ela é tão...

Ela se conteve bem a tempo para não dizer "danadinha". Ninguém queria ouvir aquilo da própria avó, né?

– Ela é tão divertida. Eu cuido do jardim de lá durante o verão – acrescentou para George.

– Uau, você é muito ocupada – comentou Sophie. – E na aula na outra semana você nos disse que não trabalha! Isso quando você ajuda numa casa de repouso e trabalha numa loja de caridade *e* ainda tem seus filhos.

– Ela também passeia com cachorros de um abrigo, ela me contou quando eu estava arrumando o cabelo dela. Não é, Cath? – acrescentou Phoebe.

Todos olhavam para ela com... Bem, ela apenas conseguia descrever aquelas expressões como admiração.

– É – confirmou, sentindo as bochechas ficarem vermelhas.

Catherine não estava acostumava a ser admirada. Era uma sensação absolutamente maravilhosa.

– Nossa, que incrível – disse George. – Bem bacana mesmo.

– É – concordou Anna. – Agora estou me sentindo *bem* preguiçosa.

– Bem, eu não tenho um *emprego* de verdade – reforçou Catherine –, então tenho que fazer alguma coisa para passar o tempo.

– Sim, mas ainda assim. Agora me sinto mal por ter te convidado quando você tem tantas coisas para fazer – disse George. Depois, os olhos dele brilharam. – Ei, se você curte jardinagem, pode muito bem se juntar ao nosso grupo de jardinagem de guerrilha um dia desses. Implantar calçadas te interessa?

– Fazer o *que* com as calçadas? – perguntou Nita.

– Implantar calçadas. A gente se reúne de vez em quando e planta algumas coisas pela cidade, para deixar o lugar mais bonito. Não tem muito para fazer nessa época do ano, mas estamos com um carregamento grande de arbustos frutíferos que queremos plantar no centro se alguém quiser dar uma mão.

– Ahh, guerrilha tipo ativismo político, com direito a balaclava e coisa e tal – percebeu Anna.

– Isso mesmo – confirmou George.

– Está dentro da lei? – Catherine podia ter se dado um chute. Ela soava tão formal e rígida. – Quer dizer, algum de vocês já se encrencou por fazer isso?

Os olhos de George se enrugaram nos cantos.

– Não é *tecnicamente* legal – respondeu. – A terra não é nossa, então por direito não devíamos estar cavoucando ou plantando coisas lá. Mas a maioria dos funcionários do conselho que encontrei fez vista grossa. Não é como se a gente estivesse prejudicando alguém. Levamos às escondidas um canteiro inteiro de girassol para o Peace Gardens ano passado quando cortaram a verba do conselho e eles não tinham como comprar plantas novas. Não sei se você chegou a ver. Ficaram incríveis.

– Eu vi! Eu me lembro deles – afirmou Catherine. – Era tipo um cantinho de Provence, bem aqui em Sheffield.

George pareceu contente.

– É, foi a gente. E plantamos um monte de tulipas e lavandas na Fitzwilliam Street, e um canteiro completo para um pequeno jardim de hortaliças na universidade. Alguns alunos se envolveram e capinaram durante o verão... e depois puderam se servir de todas as verduras e todos os legumes que nasceram.

– Isso é bem legal – disse Sophie.

– A jardinagem de guerrilha é isso, na verdade. Transformar terra sem graça e abandonada em algo bonito e útil. – Ele fez uma pausa. – Então, se alguém quiser fazer parte, é só me avisar. Quanto mais, melhor.

– Eu...

Catherine hesitou. Havia anos de obediência enraizados nela. Foi tomada pela imagem repentina de Mike sendo chamado para resgatá-la de uma cela de delegacia. O que ele ia *dizer*?

– Eu topo – disse Nita. – Parece bem divertido.

– Eu também – falou Sophie. – Acho que íamos ficar lindas com balaclavas, moças.

– Eu podia ir também – disse Anna, pensativa. – Acho que tem um especial de uma revista aí só esperando que alguém o escreva.

Os olhos castanhos de George ainda estavam pacientemente mirando Catherine, esperando a resposta dela.

– Vamos lá! – disse ela, uma corrente elétrica atravessando seu corpo. – É, por que não? Parece divertido. Pode contar comigo!

L'ospedale

(O HOSPITAL)

– Aqui é a enfermaria. – Sophie apertou o botão ao lado das portas e falou com o pequeno alto-falante: – Olá, viemos visitar Geraldine Brennan.

– Podem entrar.

A campainha da porta tocou, e Sophie a abriu, Catherine e Anna na retaguarda. Era quarta-feira à noite e as três tinham ido visitar Geraldine no hospital, seus braços carregados com revistas e uns chocolates chiques.

– Minha nossa! – exclamou Geraldine, suas mãos voando como pássaros quando ela as viu ao pé da cama.

Ela estava encostada numa montanha de travesseiros, resplandecente com um pijama de cetim azul e definitivamente parecendo mais a Geraldine de sempre, pensou Sophie, notando o blush e o batom que ela tinha passado. Já era um avanço.

– O que é isso, as três fadas madrinhas vieram me visitar? – perguntou Geraldine antes que elas tivessem a chance de dizer olá. Ela balançou um dedo. – Estão se revezando, é? Phoebe já apareceu com o babyliss para, usando as palavras dela, "dar um jeito em mim". Isso é muito gentil da parte de vocês, meninas.

– Ficamos todos muito tristes quando soubemos do acidente – disse Anna, colocando os chocolates na mesa de cabeceira do quarto. – Derrotada pelos seus saltos altos, além do mais. Que injusto. Como você está?

– Bem melhor com vocês aqui – respondeu Geraldine. – Que surpresa maravilhosa. Sentem-se. Só me deram duas cadeiras, mas uma de vocês pode se sentar na cama mesmo. Espero que saibam que eu avisei que ia receber *muitas* visitas, que eles deveriam me dar pelo menos quatro cadeiras, mas não me ouviram. É claro, não estou reclamando. Fico grata pelo que conseguir. Enfim, olhe só a minha matraca. Dá para ver que estou quase morrendo de tédio, não é?

– Roy já veio hoje? – perguntou Sophie.

– Roy vem todo dia, Deus o abençoe. Eu fico dizendo, Roy, não precisa se incomodar, principalmente quando as estradas estão cobertas de gelo. Não queremos nós dois aqui dentro, de molho, como um par de vasos. Mas ele insiste. Não consegue ficar longe de mim. – Ela deu uma piscadela travessa. – O que posso dizer? Ainda não perdi o jeito, mesmo numa cama de hospital. Ele não consegue resistir.

Todas riram.

– Você definitivamente ainda não perdeu o jeito – concordou Anna.

– Enfim, foi muito gentil vocês virem aqui visitar uma velhota como eu – continuou Geraldine. – Seis semanas de molho, foi o que os médicos me disseram. Seis *semanas*? Eu disse: Vocês estão de brincadeira, não é? Não consigo sossegar o rabo nem por seis minutos, que dirá seis semanas.

– Você é como o meu pai – disse Sophie com um sorriso largo. – Ele ficou internado antes do Natal e era o paciente mais impaciente do mundo. Não via a hora de poder sair da cama e ir para casa.

– Para mim, ele parece um homem bem razoável – falou Geraldine. As mãos retorcidas dela estavam tremendo de leve nas cobertas, e os cantos de sua boca se inclinaram para baixo. – Eu podia me dar um chute por ter vindo parar aqui, francamente. Isto é, se eu não tivesse fraturado a maldita bacia. Não vou chutar nada por um bom tempo.

– Aposto que as semanas vão passar voando – disse Catherine, com gentileza.

– Aposto que não vão – resmungou Geraldine. – Vou perder a dança do dia dos namorados, fazia semanas que Roy e eu estávamos esperando ansiosos. E vou perder suas aulas, querida. Sem falar na peça!

– Ah, não – lamentou Sophie. – Eu tinha me esquecido da peça. Você tem um substituto?

Geraldine torceu o nariz.

– Provavelmente vão pedir para Brenda Dodds assumir. Essa aí atua tão bem quanto uma raposa de pelúcia. – Então o rosto dela se iluminou. –

A não ser que... Bem, por que *você* não assume o papel, Sophie, querida? Lembro que você disse que era atriz também, e eu podia falar com o diretor. Você ia acabar com Brenda Dodds, confie em mim. Ela não conseguiria atuar nem se sua vida dependesse disso.

Sophie imaginou que Geraldine estava brincando e riu. Mas a outra mulher tinha segurado sua mão e a apertava com novo entusiasmo. Pelo jeito, não era nenhuma brincadeira.

– Eu? Bem... Não faço parte do grupo de teatro, né? – falou, insegura. – Não posso aparecer do nada e pegar seu papel.

– E por que não? Deixe comigo. Vou falar com Max, ele é o diretor. É tão querido. Bem bonito também, tenho que admitir, mas ele juntou os trapos com um rapaz muito gente boa, Josh, então nós não temos nenhuma chance, meninas. Mas, ainda assim, não dá para reclamar de um colírio para os olhos, não concordam?

Sophie estava começando a entender por que Roy confessara que apenas costumava concordar com tudo que a esposa dizia. Geraldine era como uma força implacável que levava as pessoas junto, sem lhes dar a chance de seguir em outra direção.

– Eu... Bem... – gaguejou. – Quer dizer, faz anos que não atuo. Certamente não a nível profissional.

Geraldine bufou.

– Profissional? Não me venha com essa. Ninguém naquele grupo é *profissional*, querida, não se preocupe. Então vou te passar o número do Max, que tal? Ele vai ficar tão feliz. Ele deu uma passadinha aqui ontem e, sinceramente, parecia desolado. Geraldine, ele disse, o que eu vou *fazer* sem você?

– O show deve continuar – disse Anna com um tom de voz recatado. – Acho que você devia tentar, Sophie.

– Viu! *Ela* concorda comigo. – Geraldine não conseguia esconder a sensação de triunfo. – E você também, Catherine, não é? Pronto, Sophie. Viu só? Nós três concordamos. Você não tem escolha agora!

– Geraldine é absolutamente maravilhosa e eu a amo de morrer, mas é como tentar discutir com um rolo compressor – disse Sophie mais tarde, quando as três haviam escapado para um pub perto do hospital. – Quase fico com pena do coitado do cara que está tentando dirigir a peça. Aposto que ela sempre fica se metendo e dando sugestões de como acha que as coisas devem ser feitas.

– Provavelmente foi ele que colocou gelo na calçada da casa dela e causou o acidente – brincou Catherine. – Coitadinha da Geraldine. A aula de italiano vai ficar bem mais silenciosa sem ela, sem sombra de dúvida.

– Então você vai ligar para esse tal de Max? – perguntou Anna, bebericando a cerveja. – Não consegui ler no seu rosto se você queria de verdade ou se por dentro estava secretamente pensando *Nãããããããão!* – Ela fez uma cruz com os dedos, como se estivesse espantando um vampiro, depois deu um cutucão em Sophie. – Não sei se você sabe atuar bem, mas a sua cara de paisagem é o maior sucesso.

Sophie sorriu.

– Sempre amei o teatro, então devo ter comentado com Geraldine naquela outra noite no pub – falou. – Mas não piso num palco desde... nossa, deve fazer oito anos, quando eu estava no fim do ensino médio. – De repente ela viu a si mesma num vestido longo de veludo, com os pés descalços. – Lady Macbeth. *E fel bebei por leite, auxiliares do crime,* e essas coisas.

Meu Deus, como ela tinha amado estar no palco. Já decorara aquela peça de trás para a frente quando chegou o momento de se apresentarem. Foram só algumas apresentações para a escola e os pais, mas, ainda assim, Sophie havia se entregado de corpo e alma ao papel, vivendo e sonhando com a ambição e as conspirações transtornadas de sua personagem.

– Parece uma lembrança feliz – comentou Catherine com gentileza.

– Pois é. É o que eu realmente queria fazer da vida, antes de largar a escola e sair pelo mundo.

Ela sentia calafrios só de lembrar aquele momento eletrizante no fim da peça, antes que a plateia começasse a bater palmas. E como, quando ela se apresentara para agradecer aos aplausos, tivera certeza de que tinham ficado ainda mais altos. *Isso é para mim*, pensara, se enchendo daquela glória jubilosa. *Estão batendo palmas para MIM.*

– Talvez Geraldine tenha feito uma boa escolha, hein? – disse Anna, tirando sarro. – Ela está se rendendo, Cath. Olha só como os olhos dela estão distantes.

Sophie riu.

– Bem, vou ligar pra ele – anunciou. – Ele provavelmente vai me mandar catar coquinho e xingar Geraldine por ter se metido na história, mas nunca se sabe...

Mas não se empolgue demais, lembrou a si mesma. Duas falas, era o que Geraldine tinha dito. Ainda assim, a camaradagem de fazer parte de um grupo de teatro e a carga de adrenalina de se apresentar num palco a estavam puxando como uma correnteza.

– Enfim... – falou, tentando pensar em outro assunto. Foi então que se lembrou. – Ah, meu Deus! Anna! Tenho novidades para você. Eu ia te contar antes.

Ela começou a mexer no celular.

Anna se sentou imediatamente.

– É do seu amigo italiano? O que ele disse?

– Ele disse que acha que a foto foi tirada em Lungomare Augusto – leu em voz alta, mostrando o e-mail para Anna. – É um lugar bem popular para turistas, pelo jeito, com vários hotéis e bares. Então, se você vai sair numa caça atrás do seu pai, é o melhor lugar para começar a procurar. – Ela fez uma pausa. – Você acha que vai mesmo?

– Lungomare Augusto – repetiu Anna consigo mesma, e abriu um sorriso largo. – Ai, meu Deus. Isso é tão emocionante. Obrigada! E, sim, eu iria amanhã se pudesse.

– Ahh... – disse Sophie, lembrando a conversa em Marmadukes. – Você se entendeu com o seu namorado?

– Tecnicamente já é ex-namorado – respondeu Anna.

– Eu vi a sua crítica do Enrico's no fim de semana – comentou Catherine, compassiva. – Mas gostei desse tal Colega Bonitão. O que está acontecendo, então?

Anna soltou um grunhido.

– Eu e a minha boca grande, é isso que está acontecendo – respondeu. – Escrevi aquilo para dar uma alfinetada em Pete, meu ex, sem pensar como Joe, o Colega Bonitão, ia se sentir quando lesse. Ou o que a namorada dele ia achar, na verdade. Sinceramente, ele é só um amigo, eu nunca quis que parecesse que havia algo além disso.

– Ops – disse Sophie.

– Bota *ops* nisso. – Anna suspirou. – E é tudo culpa da minha maldita editora. Ela e o diagramador acharam que seria *hilário* colocar aquela foto de Joe e dar ênfase para a narrativa romântica, que nem *existe*, e agora ele está furioso comigo e é como se eu tivesse perdido um amigo. Pete, é claro, não está nem aí. Provavelmente está ocupado demais transando com a garota nova para perder tempo com algo entediante como o jornal.

– Ah, não – disse Catherine.

– Ah, sim – replicou Anna. – Francamente, os últimos dias foram um pesadelo daqueles. Pelo jeito a namorada de Joe ficou puta da vida e está acusando o coitado de ter pulado a cerca, algo que ele não fez. E *ele* ficou puto da vida *comigo*, porque obviamente pensa que sou uma maníaca obcecada que está desesperada para levá-lo para a cama. Mas... – Ela fez a menor das pausas. – Mas não é verdade!

– Que pesadelo – concordou Catherine.

– Você não pode explicar a situação pra ele? – perguntou Sophie. – Como explicou pra gente?

– Já tentei. Ele não quer ouvir. Está agindo de um jeito bem frio e distante comigo, disse que o transformei na piada do escritório. E o pior de tudo é que a vaca com quem a gente trabalha, que normalmente escreve as críticas de restaurante, acha que tudo isso é a coisa mais engraçada do mundo e não para de falar no assunto. Então, sim, a ideia de sair do país é bem atraente no momento, tenho que admitir.

Anna estremeceu.

– Homens... – disse Catherine com uma veemência surpreendente. – Por que têm que complicar tanto a nossa vida?

– Só ouvi verdades – concordou Sophie, que ainda não havia feito nada em relação ao dilema de Dan Collins. Então ela registrou a ferocidade no tom de voz de Catherine. – Espera, achei que você era uma mulher casada e feliz!

Catherine bufou.

– É, eu também achava. Até que ele resolveu se meter com uma loura idiota que... – Ela se calou. – Deixa pra lá. Mas é por isso que eu saí correndo da aula aquela vez, lembra, quando você estava nos ensinando "*Sei sposata?*". Eu não sabia o que responder.

– Ah, Catherine, sinto muito – lamentou Sophie.

– Não foi culpa sua. – Catherine remexeu o vinho na taça. – Pensei em pedir pra você traduzir "Sim, mas meu marido acabou de me largar", mas decidi que era provavelmente um pouquinho dramático demais para uma aula noturna. Foi por isso que só respondi que sim e deixei por isso mesmo.

– Acabou de vez mesmo? – perguntou Anna. – Não é só uma crise de meia-idade ou...

– Acabou – confirmou Catherine. – Ele disse que nunca me amou de verdade. É difícil superar um comentário desses. Além disso... – A boca dela se retorceu numa careta. – Depois do que eu descobri sobre ele, não o quero de volta.

– Por quê? O que ele fez? – perguntou Sophie antes de se sentir enxerida. – Desculpa. Não é da minha conta.

Anna se inclinou para a frente.

– Tem algo a ver com aquela coisa que você me perguntou na outra semana? Aquele negócio dos pagamentos suspeitos?

Catherine assentiu, torcendo as mãos no colo, mas não disse mais nada. Sophie correu os olhos dela para Anna, sem conseguir entender o que estava acontecendo. Pagamentos suspeitos?

Foi a vez de Anna se desculpar.

– Sinto muito – falou logo depois, notando o desconforto de Catherine. – Juro que eu não quis me intrometer. Não precisa contar nada.

– Não tem problema. É que ainda não decidi o que vou fazer. – Depois, tendo inspirado com força, Catherine começou a contar toda a história tórrida sobre seu ex-marido, que aparentemente estava aceitando suborno de uma representante farmacêutica. – A pior parte é que eu joguei no Google o nome do medicamento que ele está prescrevendo, Demelzerol, e encontrei um monte de fóruns com pessoas conversando sobre como ele fez mal para elas – acrescentou no fim da história. – Estou preocupada que Mike tenha sido convencido a prescrever esse remédio sendo que ele nem parece funcionar direito.

O nome deixou Sophie encucada.

– Espera, você disse Demelzerol?

Por algum motivo o nome não lhe era estranho, e então ela lembrou onde o tinha visto: num frasco de comprimidos no armário do banheiro em casa. O nome sempre a fazia pensar numa garota chamada Demelza, que fora sua colega na escola particular chique.

– É um betabloqueador? Acho que prescreveram esse remédio para o meu pai depois que ele teve um infarto. – O próprio coração de Sophie de repente martelava em seu peito, e ela começava a se sentir apreensiva com o rumo que a conversa estava tomando. – Seu ex não é um dos médicos no Risbury Road Medical Centre, né?

O rosto de Catherine havia perdido toda a cor.

– É – respondeu, rouca, seus olhos arregalados e ansiosos. – É, sim. – As duas se encararam por um momento terrível carregado de acusações e pedidos de desculpa. – Ai, meu Deus, Sophie. O seu pai está bem?

Sophie engoliu em seco.

– Bem, agora ele está – falou –, mas os médicos no hospital mandaram ele parar com o Demelzerol porque ele teve um segundo infarto.

Catherine parecia estar prestes a vomitar.

– Então o remédio não funcionou para ele – disse, com o tom de voz mal acima de um sussurro.

– Não. Na verdade, pode até ter causado o segundo infarto que ele teve no Natal. Ele ficou mal por dias, só agora que permitiram que ele voltasse a trabalhar.

Lágrimas marejaram os olhos de Sophie. Se a saúde do pai tivesse sido colocada em risco por causa de um único médico ganancioso que pensava apenas no próprio bolso, então ela ia... ela ia...

– Ai, meu Deus – disse Anna, arfando. – Que coisa medonha.

Os olhos de Catherine também estavam brilhando.

– É terrível demais – concordou. – Sophie, eu sinto muito mesmo. Odeio Mike por ter feito isso. Vou fazê-lo parar. Prometo.

– Você precisa – pediu Sophie, sua cabeça ainda um pouco tonta por causa do choque. – Meu pai podia ter morrido. A gente achou que ele ia... – Ela se engasgou com as palavras. – A gente achou que o tinha perdido.

Catherine pegou a mão de Sophie e apertou.

– Eu sinceramente sinto muito por vocês terem passado por isso – falou. – Eu estava com medo de confrontar Mike em relação ao que descobri porque... Bem, ele sempre foi meio que um tirano. Eu sabia que ele ia se irritar comigo por ter metido o nariz onde não devia e... – Ela abanou as mãos. – Essas coisas. Mas, agora que sei sobre o seu pai, não vou continuar de boca calada de jeito nenhum.

Apesar dos fortes sentimentos que estavam se revirando dentro de seu corpo, Sophie conseguia ver que Catherine parecia aterrorizada com a perspectiva de confrontar o ex.

– Quer que eu te acompanhe quando você for falar com ele? – ofereceu-se. – Como apoio moral?

Catherine pareceu ficar tentada com a proposta, mas balançou a cabeça.

– Eu mesma preciso fazer isso. Sozinha – falou. – Mas obrigada. Depois te conto como foi.

Enquanto Sophie esperava o ônibus que a levaria de volta para a casa dos pais, seu coração ainda martelava no peito. Ela estava com uma vontade danada de ir atrás desse tal de Dr. Evans e lhe dizer umas verdades. Catherine podia ter medo dele, mas Sophie não tinha. Estava furiosa. Como alguém podia *fazer* uma coisa dessas? Como alguém vivia com esse peso na consciência depois? Médicos em teoria eram caras do bem, salvadores, não pessoas interessadas no que podiam conseguir às custas dos próprios pacientes.

O ônibus chegou e Sophie pagou pela passagem antes de se acomodar num assento no segundo andar. Depois de um momento, percebeu que seu telefone estava tocando nos confins da bolsa. A tela exibia um número desconhecido.

– Alô?

– Oi, estou falando com... Sophie Frost?

Era uma voz masculina, uma que ela não reconheceu.

– Sim?

– Oi, desculpe incomodar à noite. Meu nome é Max Winter, estou ligando em nome do grupo de teatro Sheffield Players.

– Ah!

Isso a tirou de órbita. Geraldine realmente não perdia tempo, não é?

– Olá. Olha, sinto muito se Geraldine ficou te incomodando sobre...

Em seguida, Sophie se conteve. Melhor deixar o homem falar primeiro.

– Nada disso – respondeu ele com um tom de voz tranquilo. – Ela disse que você estava procurando um grupo de teatro e que talvez ficasse interessada no nosso.

– Disse? Quer dizer, excelente. Sim.

– A gente ensaia às segundas, quintas e domingos à noite no momento, então talvez a melhor coisa seja você aparecer no nosso ensaio amanhã para a gente conversar. O que acha?

– Eu acho...

Sophie hesitou, sentindo que tudo aquilo havia praticamente sido jogado em cima dela, sem que ela pudesse opinar. Mas era só um papel pequeno com poucas falas numa peça – não era como se ela estivesse fazendo um teste para uma produção hollywoodiana.

Vá em frente!, ouviu Anna e Catherine encorajarem dentro de sua cabeça.

– Acho uma ótima ideia – falou, por fim. – Obrigada.

Quando encerrou a ligação, ficou sentada no ônibus, sentindo os solavancos e imaginando no que diabos estava se metendo. Até onde sabia, podia ser que o grupo de teatro Sheffield Players fosse um bando de velhinhos mandões como Geraldine e a peça fosse absolutamente terrível. Mas também podia ser a coisa mais divertida do mundo.

Bastará aparafusardes vossa coragem até o ponto máximo, pensou consigo mesma, lembrando as falas antigas de quando fora Lady Macbeth. *Para que não falhemos*. Bem, ela não tinha certeza daquilo, mas valia a pena tentar, certo?

Coraggio

(CORAGEM)

A última vez em que Catherine se sentira tão apreensiva foi quando Matthew e Emily tinham ido buscar o resultado dos testes de conclusão de ensino médio. Mas o que ela sentira então nem se comparava com o suor frio vertiginoso e quase paralisante que tomou conta dela enquanto entrava no The Plough dois dias depois para se encontrar com Mike. Vamos lá, primeiro round. Não literalmente, é claro, embora Penny tivesse lhe aconselhado a "dar pelo menos um sopapo nele, pelo amor de Deus". Ainda assim, ela ia dizer o que queria nem que fosse a última coisa que fizesse. Precisava fazer isso.

Quando se falaram ao telefone antes, ela tinha sido deliberadamente imprecisa e lhe dissera apenas que queria se encontrar com ele para conversarem sobre "o futuro".

– Tá, vou dar um pulinho aí depois do trabalho – concordara Mike naquele jeito grosseiro de "estou ocupado demais para falar com você".

Sem dúvida pensava que Catherine ia começar a chorar e implorar para ficar na casa de novo. Pode tirar o cavalinho da chuva, Mike.

– Vamos nos encontrar no pub – sugerira Catherine, e ele tinha concordado, ainda bem.

Ela imaginava que ele não iria surtar completamente num espaço público, embora não pudesse ter total certeza.

Mike já estava lá quando ela chegou, tendo tomado metade de uma cerveja.

– Então, do que se trata? – perguntou quando ela se acomodou na cadeira à frente dele, uma taça de vinho na mão.

Oi pra você também, Mike. Como vão as coisas, Mike? Que seja. Eles não precisavam perder tempo com formalidades, podiam ir direto para o combate. Catherine inspirou bem fundo e soltou a pilha de papelada – extratos bancários e brochuras de conferências – na mesa.

– Se trata disso – falou, colocando o cartão de visita no topo da pilha com um floreio.

Mike olhou para a pilha à sua frente, em seguida ergueu os olhos alarmados para Catherine. Porém, depois de um segundo de pânico descarado, uma máscara cobriu seu rosto novamente.

– Do que você está falando? – perguntou. – E por que diabos foi bisbilhotar nos meus documentos particulares quando não tem esse direito?

– Estou falando que sei o que você anda aprontando. Todo esse dinheiro, o suborno da Schenkman – disse Catherine, tentando se manter calma. Ela nunca tinha sido boa com confrontos e seu instinto era dar no pé, fugir dali, se desculpar por enfiar o nariz onde não era chamada. Mas então pensou na angústia no rosto de Sophie e lembrou o quanto aquilo era importante. – E acho que é uma coisa *repugnante*.

– Não sei do que você está falando – negou Mike, tentando pegar os extratos bancários. – Vou pegar isso aqui de volta, muitíssimo obrigado.

– Acho que sabe, sim – disse Catherine.

Era como jogar xadrez, pensou, seu coração martelando no peito. Avance e bloqueie, avance e bloqueie. Mike nunca fora do tipo de pessoa que perdia uma discussão de bom grado.

– Acho que você sabe exatamente do que estou falando.

– Catherine... Você já inventou algumas coisas estúpidas antes, mas isso aqui, *isso* aqui realmente é o fim da picada.

Ele estava abalado, dava para ver. Catherine quase conseguia enxergar o cérebro do ex-marido funcionando atrás dos olhos dele, tentando chegar a uma desculpa aceitável. *Pode esquecer, raio de sol*, ela queria dizer. *Você não vai conseguir se safar dessa.*

– Sério? E por que você diz isso?

– Porque você entendeu tudo... Você tirou conclusões precipitadas das mais malucas – vociferou ele. Qualquer cortesia fingida já havia desaparecido. – Achou que ia dar uma bisbilhotada, né? A mulher desprezada querendo se vingar. – Ele a encarou. – É por causa da casa, não é? Você ficou toda nervosinha porque eu quero vender.

– Não é por causa da casa – respondeu Catherine, tentando manter o tom de voz controlado. Naquele momento, desejava ter aceitado a oferta de Sophie de acompanhá-la e apoiá-la. – É porque você está fazendo a coisa errada. Pensando em si mesmo em vez dos seus pacientes. Quase matou Jim Frost no Natal.

Mike girou a cabeça com tanta força que poderia ter dado a si mesmo um torcicolo.

– O que você sabe sobre Jim Frost? – perguntou, agarrando o punho de Catherine.

– O suficiente para saber que não é graças a você que ele ainda está vivo – respondeu ela. – Me solte.

– Você está tentando me chantagear? – sibilou ele, fechando os dedos com mais força. – É disso que se trata? Está querendo jogar sujo, é? Quer uma parte do meu dinheiro?

– Não quero o seu dinheiro imundo – afirmou Catherine, puxando o braço para libertar o pulso. – Já mandei soltar.

Mike balançou a cabeça com os olhos semicerrados.

– Minha mãe sempre achou que você só estava interessada em dinheiro – falou. – E pensar que eu te defendia!

– Não tenho interesse nenhum no dinheiro – disse Catherine, mas sua voz estava falhando.

Maldito fosse Mike. Maldita fosse a mãe podre dele. Ele sempre sabia exatamente o que fazer para provocar Catherine do pior jeito possível.

– Olha só você, sentada aí toda presunçosa, confiando nessa "evidência" que achou – zombou Mike, apontando com a outra mão para a pilha de papéis. – Se achou muito inteligente vindo aqui hoje à noite, não achou? Inteligente pra caralho! Bem, vou te contar uma coisa, Catherine. Você não passa de uma...

Uma raiva incandescente queimou por ela enquanto ele falava. Catherine fora ao pub preparada para ser razoável, mas em questão de cinco minutos ele tinha recorrido às táticas de um menino valentão no parquinho. Vamos colocar Catherine para baixo de novo. Vamos fazer Catherine se sentir uma ignorante de novo. E ela *tinha* se sentido ignorante e desprezível, durante todos os anos que passara casada com ele. Mas não estava mais com Mike – nem era ignorante. A única coisa ignorante que tinha feito era não ter se defendido antes.

– Uma amiga minha é jornalista – anunciou, interrompendo Mike. – Ela já sabe a história toda. Fiz cópia de tudo para ela.

Isso o desconcertou. Isto é, por dois segundos.

– Amiga? Você não tem nenhum amigo – zombou Mike. – Só Penny. E ninguém em sã consciência vai levar alguém como *ela* a sério.

– Eu tenho amigos – disse Catherine baixinho. – E tudo que preciso fazer é ligar para minha amiga jornalista e pedir que ela rode a história. Agora *me solte* ou eu vou começar a gritar.

Ele soltou o punho de Catherine como se estivesse queimando e a mão dela bateu com força na mesa. A pele estava marcada e vermelha onde ele a havia segurado.

– Não vou deixar que você me maltrate de novo – falou em voz baixa. – Nunca mais.

– O quê? Pelo amor de Deus, Catherine. Não precisa de todo esse drama.

Ela ergueu os olhos e encarou o olhar dele sem piscar. Como ela o odiava.

– Ah, acho que precisa, sim – respondeu. – Agora, por que não admite que fez uma coisa errada? Daí podemos conversar sobre como você vai consertar isso.

><

Mike não tinha exatamente se rendido e admitido a culpa do jeito que ela gostaria, mas Catherine ainda era tomada por um enorme orgulho sempre que pensava na cena. Tinha conseguido. Pela primeira vez, tinha enfrentado Mike de verdade, mesmo que ele tivesse tentado usar o truque de sempre de rebaixá-la. Mas dessa vez Catherine não permitiu. Dessa vez, ela ganhou a batalha.

– Você vai parar de aceitar o dinheiro deles e de falar nessas conferências – disse sem rodeios para Mike, uma vez que ele tinha percebido que Catherine estava cem por cento disposta a denunciá-lo. – Além disso, você tem que parar de prescrever esses malditos medicamentos! E se Jim Frost tivesse *morrido*? Você teria sangue nas mãos, Mike. É isso que você quer?

– Eu fiz o que achei que era melhor – murmurou ele, mas ela não ia aceitar nenhuma desculpa.

– Não fez, Mike. O que deu em você? Alguns anos atrás você nunca teria nem sonhado em prescrever medicamentos em que não confiasse completamente. Você sempre foi um homem bom. O que mudou?

Ele colocou a cabeça nas mãos, finalmente com uma expressão de penitência.

– Não sei o que fazer, Cath – falou com uma voz abafada. – Vou cancelar com os corretores, dizer que mudei de ideia. Vai ser o suficiente?

Ela o encarou, abismada por ele, pelo jeito, ainda achar que aquilo tudo dizia respeito a Catherine. *Suficiente?*, ela sentiu vontade de dizer. Suficiente para quem? Não para Jim Frost nem as outras pobres pessoas que ele tinha enganado.

– Ah, tenha dó! – vociferou. – Quem falou em corretores? Isso aqui se trata de *você* fazer a coisa certa. Acho que você precisa conversar com a própria consciência antes de tomar qualquer decisão.

Ele ergueu a cabeça.

– E a jornalista? O que você vai dizer para ela?

Aquilo era tão estranho. Mike... *vulnerável*? Isso nunca tinha acontecido.

– Ainda não decidi – respondeu Catherine. – Vamos nos encontrar de novo daqui a uns dias para você me contar o que pensou em fazer. Enquanto isso – ela se levantou e pegou a pilha de documentos –, vou deixá-lo em paz.

E ela tinha ido embora, de cabeça erguida, sabendo que Mike a estava observando. Sabendo, também, que ele não estava mais se sentindo tão arrogante.

Desde então, o sentimento de amor-próprio e aquela atitude destemida ficaram com ela, tremeluzindo ao seu redor como um tipo de escudo de poder. Pela primeira vez na vida, ela foi corajosa, não tinha deixado que Mike a tratasse como capacho. Ela se sentia incrível.

Empolgada com essa nova confiança, quando foi à floricultura no dia seguinte e viu um aviso na porta anunciando que estavam em busca de pessoas para trabalhar na estufa, ela não hesitou e pegou um formulário para se candidatar à vaga. Por que não? Não tinha dado em nada a tentativa com aquele povo de terno nas agências de emprego temporário, e além disso ficar mexendo em bandejas de sementes e plantas era bem mais seu estilo do que salto alto e maquiagem. Fazer coisas crescerem a deixava feliz.

Enquanto procurava os itens de que precisava, lembrou o que George tinha dito sobre suas façanhas de jardinagem de guerrilha. Antes que se desse conta, tinha jogado umas sementes de girassol extras na cesta e se pegou pensando no melhor lugar para plantá-las em segredo. Era impressionante que flores tão lindas pudessem nascer de uma sementinha tão pequena, pensou enquanto esperava na fila para pagar. Tinha esperança de que a nova sementinha de confiança dentro de si também crescesse e florescesse.

– Quando você começou a se interessar por isso, quer dizer, por jardinagem?

Era sábado e Catherine tinha reorganizado os demais trabalhos voluntários que fazia para ir à horta comunitária sobre a qual George tinha comentado. Era um espaço grande com um pomar, dois canteiros de hortaliças e uma estufa vitoriana antiga. Havia um monte de outras pessoas lá, todas trabalhando em conjunto enquanto seus filhos corriam por todo o lugar e brincavam de pega-pega. Catherine estava ajudando George a cobrir um dos canteiros com uma lona velha para matar as ervas daninhas, prendendo os cantos no chão com o peso de tijolos quebrados.

– Você sempre teve o dedo verde?

– Sim, desde moleque – respondeu George. – Meu pai tinha uma horta e eu costumava ajudar. Era uma coisa só nossa.

– Que legal – respondeu Catherine.

Ela se lembrou de repente de Mike passando horas com Matthew construindo e pintando modelos de réplicas juntos. *Era uma coisa só nossa*, imaginou Matthew dizendo com carinho para alguma mulher no futuro.

– Ele mora por aqui, o seu pai?

– Não muito longe – respondeu George, soltando um pedaço de tijolo no canto da lona com um som surdo. – A caminho de Bakewell.

– Que maravilha – disse Catherine. – E vocês são próximos? Você o vê com frequência?

– Quase toda semana – respondeu ele. – Ele mora sozinho agora, minha mãe morreu há alguns anos. Tento visitar sempre que posso, para ajudar com uma coisinha ou outra, sabe?

– Lembro que você disse outro dia que ele teve dificuldades quando ela ficou doente – comentou Catherine. – Deve ter sido bem difícil. Sinto muito.

Ele se endireitou e abriu um sorrisinho para ela, mas um lampejo de dor passou por seus olhos.

– É – falou. – Bem, acabamos aqui. Que tal a gente começar a limpar a estufa agora? Ela precisa de uma boa faxina antes que a gente comece a plantar em algumas semanas.

– Claro – concordou Catherine, esperando não ter falado nenhuma besteira.

Todo mundo tinha seus pontos fracos.

As estufas claramente estavam precisando de um bom trato. Imundas e cheias de teia de aranha, com uma camada grossa de sujeira nas vidraças, havia um cemitério de plantas mortas num canto, além de umas arvorezinhas cítricas hibernando em vasos e um monte de espaço vazio. George encheu um balde com água quente e sabão, e ele e Catherine começaram a limpar as vidraças encardidas, afastando tatu-bolinhas e aranhas mortas à medida que avançavam.

– Então quando é que vou conhecer o resto da sua família, Catherine? – perguntou George em tom ameno depois de um tempinho. – Acha que eles vão aparecer aqui para ajudar um dia desses?

– O resto da minha... Ah – disse Catherine.

Ahn, nunca?

– Bem, meus dois filhos estão fazendo faculdade em outras cidades, e meu marido... Ele também foi embora. Basicamente é isso.

– Ahh. – Ele estava com uma expressão constrangida. – Desculpa. Eu não sabia.

– É. Eu meio que minimizei toda a história de esposa abandonada na aula de italiano – admitiu, tentando mostrar que se sentia bem tranquila e alegre. – Não costuma ser um assunto legal para puxar conversa.

– Aposto que não.

Eles esfregaram em silêncio por mais alguns momentos, e Catherine se sentiu desconfortável. A confissão claramente também servia para encerrar a conversa.

– Mas está tudo bem – falou com entusiasmo antes que o silêncio se estendesse demais. – Quer dizer... Estou seguindo em frente.

– Que bom – disse George. – O que não te mata te torna mais forte e tal.

– Pois é – concordou Catherine.

Hora de mudar de assunto.

– E você, é casado? Tem filhos?

– Não mais – respondeu ele. – E sem filhos. Meu casamento acabou há uns dois anos, então eu meio que sei o que você está passando.

Ela se concentrou num pedaço particularmente encardido do vidro para não ter que olhar para George.

– O que aconteceu?

– A gente morava em Londres, ambos advogados, acredite se quiser – começou ele.

Catherine tentou não demonstrar tanta surpresa. Vestido como estava naquele momento, com calça jeans desbotada, um blusão grosso de lã azul e galochas enlameadas, além da barba por fazer de um dia, ela não conseguia imaginá-lo com um terno elegante, se dirigindo a um tribunal.

– Daí minha mãe ficou doente e tirei uma licença para vir até aqui e ajudar meu pai. Sou filho único, sabe? Não tenho irmãos.

– Ahh – fez Catherine.

– Depois que minha mãe morreu, eu fiquei dividido. Meu pai estava tão perdido, não tinha ideia de como cuidar de si mesmo. Minha mãe sempre fez tudo por ele – continuou George. – Enquanto isso, Jess estava lá em Londres, cansada de eu não estar lá e perguntando quando eu ia voltar pra casa.

Catherine teve pena dele.

– Uma escolha impossível.

– Pois é – concordou George. – A gente conversou por um tempo sobre nós dois nos mudarmos para cá, nos realocarmos. Um advogado consegue trabalhar em qualquer cidade, afinal. Mas ela... – Ele deu de ombros. – Ah, não sei. Ela é da região de Londres, sempre tratou Yorkshire com certa superioridade, acha que aqui só tem pessoas de boina e whippets. Acho que não se encaixava com a imagem que tinha de si mesma, de como queria que a gente fosse.

– Então você se mudou de volta para cá e ela não?

– Não de imediato. Nós tentamos continuar como estávamos, mas os sinais já estavam lá. Começamos a discutir o tempo todo sobre coisas bobas e triviais que eram só uma desculpa pra gente gritar um com o outro. Daí ela se envolveu com um dos meus amigos e... – Ele abriu bem as mãos, água com sabão pingando da esponja. – E foi isso.

– E como você está agora? – perguntou Catherine, hesitante. – Você me parece bem, mas sei que é difícil.

– É. Bem, demorou um tempinho. Largar meu emprego, meus amigos e minha casa ao mesmo tempo que tentava superar um casamento que não tinha dado certo... era como se o circo estivesse pegando fogo, sabe? De repente eu estava nesse mundo completamente novo: de volta ao Norte, solteiro, minha carreira indo pro beleléu... Foi assustador.

– Imagino.

– Mas também me deu a chance de reavaliar todas as coisas, como se eu estivesse fazendo um inventário da minha vida. Percebi que, na verdade, nunca fui feliz sendo advogado. Alguns dos clientes que eu representava, eu sabia muito bem que eram completamente culpados, mas ainda assim eu tinha que defendê-los, era meu trabalho. Uma vez aqui, precisei só de dois segundos para concluir que não era mais o que eu queria fazer. Em vez disso, me envolvi com carpintaria. Isso que é trabalho de verdade. Fazer algo com as próprias mãos, criar algo gracioso ou útil com madeira... É o que vale a pena. É o que eu quero fazer.

– Sei como é. – Ajoelhada, Catherine se acomodou nos calcanhares, sem se importar com a imundice do chão. – Quando Mike me largou, pensei por um bom tempo sobre o que eu quero fazer também. Por tantos anos eu só fui a esposa de alguém, a mãe de alguém. Acho que esqueci como ser eu, sem querer soar muito doida.

– Não soa nem um pouco doida pra mim.

George abriu um sorriso para ela. Parecia também ter se esquecido da limpeza dos vidros.

– E você já lembrou como ser você?

– Estou chegando lá – afirmou Catherine.

Ela se lembrou do rosto de Mike, a expressão assustada dele quando Catherine havia se defendido daquele jeito tão obstinado na outra noite no pub – quando ela realmente o tinha ameaçado.

– Sim – respondeu com um aceno de cabeça. – Estou chegando lá, com certeza.

Mi dispiace

(SINTO MUITO)

Anna estava começando a achar que nunca iam deixá-la esquecer aquela história do "Colega Bonitão". Seria entalhada na merda do túmulo dela. A semana toda, o trabalho tinha sido completamente terrível, o show de Envergonhar Anna. Colin, aquele velhaco provocador, assobiava toda vez que Joe andava pelo escritório, e Marla insistia em ficar dizendo como eles faziam um casal bonito.

– Sempre tive minhas suspeitas – cantarolava.

– É só um apelido idiota – resmungava Anna aproximadamente 97 vezes por dia. – Eu só queria me vingar do meu namorado. Como eu ia saber que Imogen e os diagramadores iam me sabotar?

Joe vinha agindo de um jeito curto e grosso com ela desde a publicação.

– Na próxima vez que tiver problemas no paraíso, não me meta no meio – foi só o que ele disse com olhos cruéis.

Anna se sentia a pior amiga do mundo.

– Não vejo qual é o problema, os leitores *amaram* – disse Imogen sem preocupação.

Ela estava passando batom quando Anna foi lá para reclamar.

– Já recebemos cartas perguntando quando você e o "Colega Bonitão" – ela fez aspas com os dedos – vão sair de novo. Vai ser que nem naqueles anúncios de café da Gold Blend. Você lembra? Ah, você é nova demais. A tensão sexual se manteve por *anos*.

Anna a encarou, sem saber ao certo se a chefe estava falando sério, fazendo uma piada ou simplesmente tinha perdido a cabeça.

– Do que você está falando? – perguntou. – A crítica do restaurante foi uma exceção, enquanto Marla estava de férias. Ela já voltou, então...

Anna deixou a voz morrer, desejando que Imogen parasse de fazer biquinho para o espelho e prestasse atenção.

– Ahh, mas os leitores amam uma história – respondeu Imogen, se virando e deslumbrando Anna com um sorriso. – Foi o que eu sempre disse. Acho que vou trocar Marla e mandá-la fazer outra coisa por algumas semanas... Ruth vai sair de licença-maternidade, vai dar certo. Vou dizer para Marla que ela precisa ajudar a pessoa nova a se ajustar, mostrar como que se faz e tal.

Anna não gostou nem um pouco do rumo daquela conversa.

– Mas Ruth é uma das repórteres – argumentou com pouca força.

– Sim – disse Imogen. – E Marla fica sempre me dizendo o quanto é flexível. Tenho certeza de que ela ia amar a chance de cair na estrada e fazer jornalismo de verdade, pra variar.

Anna engoliu uma risada zombeteira. Marla ia surtar completamente com a ideia de abandonar sua mesa confortável por qualquer coisa que não fosse uma refeição luxuosa e outra crítica que não exigisse muito dela. Então Anna entendeu todas as implicações do que Imogen estava dizendo.

– Espera, então você quer que...

– Sim – concordou Imogen. – Quero. Você pode escrever a crítica de restaurante dessa semana também, sua segunda tentativa ficou muito boa, sabe? E convide Joe para ir com você de novo. Mal posso esperar para ver o que vai acontecer... nem os nossos leitores. Eles vão amar!

– Ela disse *o quê*? É uma piada?

– Queria que fosse – lamentou Anna, se sentindo miserável.

Ela e Joe estavam na pequena copa do escritório e ela acabara de lhe dar as notícias em frente a uma chaleira fumegante.

– Sinto muito mesmo, Joe. Eu cometi um erro terrível. E você não precisa concordar. Na verdade, facilitaria a minha e a sua vida se você se recusasse. Eu vou entender totalmente.

Era difícil decifrar a expressão de Joe enquanto ele esticava o braço para pegar a caixinha de chá e colocava um saquinho em cada uma das xícaras deles.

– Julia vai ficar uma fera – murmurou.

– Sim. Eu sei. Escute, não se preocupe, vou falar de novo com Imogen e dizer que não é possível.

– Mas eu realmente me diverti com você na semana passada, no Enrico's – acrescentou Joe de forma inesperada.

Ele ergueu o rosto e olhou nos olhos de Anna, e ela sentiu as bochechas esquentarem.

– É mesmo? Quer dizer... é. Eu também.

– E, para ser sincero, com Julia... a gente não tem se dado muito bem há séculos – confessou Joe.

Por algum motivo, Anna sentiu formigamentos por todo o corpo.

– Que pena.

Mas, para falar a verdade, ela não sentia pena nenhuma. De fato, ficou até meio contente. Será que era errado de sua parte? Será que isso fazia dela uma amiga terrível? *Sim*, pensou com firmeza. *Com certeza*.

Um silêncio desconfortável se prolongou, preenchido pelo borbulhar da chaleira e depois pelo clique abrupto quando a água terminou de ferver.

– Se for ajudar, posso falar com Julia – ofereceu-se Anna. – Posso dizer, sabe, que não está rolando nada, eu só chamei o namorado dela de "bonitão" porque...

Joe a olhava de um jeito tão estranho e firme que ela perdeu o fio da meada.

– Porque... – atrapalhou-se – ... eu queria irritar o meu ex.

– Ahh – fez Joe. – Foi só por isso?

Anna corou.

– Bem...

– Aah, aqui estão eles, os pombinhos na cozinha! – cantarolou Imogen bem naquele instante. Ela entrou de supetão e ligou a máquina Nespresso que apenas ela tinha permissão para usar. – Estão planejando o próximo encontro, hein? Tramando a saída romântica número *duo*?

– Imogen!

Anna tinha praticamente gritado. Meu Deus, como ela era constrangedora.

– Não é um encontro.

– Claro que não – reforçou Joe. – E não queremos que você fique armando com a gente assim.

Não queremos?, pensou Anna, cabisbaixa.

– Sim – acrescentou rapidinho. – Com certeza. Não queremos. Porque nós dois... É ridículo só de *pensar* que alguma coisa fosse rolar. Como se eu gostasse do Joe desse jeito!

As palavras dela saíram mais estridentes e indignadas do que fora a intenção, e ela viu Joe fazer uma careta. Argh. Lá estava ela magoando o sujeito de novo, justo quando faziam progresso.

– Exatamente – continuou Joe. – Então se você está falando sério e quer que a gente continue com essa farsa, Imogen, esperamos ser recompensados de maneira justa, considerando a tortura mental que nós dois vamos sofrer.

Tortura mental?, pensou Anna, chateada. Não havia motivo para ele ser tão...

Então notou o brilho nos olhos de Joe.

– Certo, Anna? – disse ele com uma piscadela discreta, enquanto Imogen remexia na máquina.

– Ahn... certo – concordou Anna, embora ainda não soubesse o que Joe estava aprontando. – Certo.

– Me permitam lembrar a vocês dois que sou sua chefe e que vocês vão fazer tudo o que eu quiser – disse Imogen para Joe no seu melhor tom de voz de patroa. Mas dava para ver que ela estava mais entretida do que irritada. – Pode falar, o que vocês querem? E não digam um aumento porque todos nós sabemos que Dick Briggs nunca vai engolir isso.

– Bem, acontece que eu queria falar sobre uma coisa com você – disse Joe. – Sean Davies, nosso herói do rúgbi local, está na seleção do País de Gales, como você sabe, e está esperando ser convocado para a próxima partida do Seis Nações. Faz um tempinho que eu queria perguntar se dá para eu ir assistir. Se Sean acabar jogando, posso conseguir uma entrevista bem maneira com ele depois.

Os ombros de Anna cederam em desânimo. *Ah, Joe...*, pensou, irritada. Típico dos homens! De todas as coisas que podia ter pedido, escolheu a droga de uma partida de rúgbi. Ela pensou que ele fosse mais ousado.

– E quando *é* a próxima partida? – perguntou Imogen com os lábios torcidos.

– Dia 23 de fevereiro – respondeu Joe. – Gales contra Itália. Em Roma.

A boca de Anna se escancarou. *Roma?* Ela tinha ouvido direito? Tá, rebobinando, ela retirava tudo que tinha pensado. Joe era um gênio, e ele tinha acabado de enganar Imogen direitinho.

– E Anna estava me dizendo que tem um curso de culinária italiana que queria fazer – continuou Joe, dando um cutucão nela. – Fica em Roma também. Perfeito para a seção de viagens.

Quê? Como? Ele estava inventando tudo aquilo. Anna adorou!

– Não é, Anna? – perguntou Joe, erguendo uma sobrancelha.

– Ah. Sim – mentiu ela. – É isso mesmo.

– Na verdade, é no mesmo fim de semana – continuou Joe.

Anna sentiu a ficha caindo de repente e ficou de pernas bambas. Uau. Joe estava tentando arranjar uma viagem para os dois para a Itália. Juntos. Imogen não ia aceitar de jeito nenhum, mas ao mesmo tempo... *Joe estava tentando arranjar uma viagem para os dois para a Itália!* O que aquilo significava?

Imogen soltou uma risada.

– No mesmo fim de semana, é? Que coincidência. – Ela pegou a xícara de café *espresso* e tomou um gole, pensativa. – Deixem comigo. Mas, enquanto isso, reservem o próximo restaurante, por favor. E façam o que quiser, mas escolham um lugar bem romântico.

Quando ela foi embora, Anna e Joe ficaram se encarando, abismados, antes de cair na risada.

– Isso nunca vai rolar – disse Anna.

– Mas valeu a tentativa – falou Joe, entregando uma xícara de chá para ela.

– Você realmente inventou tudo aquilo do nada? – perguntou Anna, maravilhada. – É um desperdício você escrever sobre esportes. Devia ser autor de livros. – Ela riu de novo. – Melhor lorota do mundo. Curso de culinária em Roma, sério. Você estava inspirado, hein? É melhor eu tentar achar um na internet, caso ela tente desmascarar nosso blefe.

– Aposto que você podia pegar um trem de Roma para Rimini também – sugeriu Joe. – Não é lá que você acha que seu pai mora?

– Ai, meu Deus, sim. – Anna arfou. – Eu podia mesmo, né?

Ela encarou Joe com animação, sem conseguir acreditar no que poderia acontecer. Além do mais, com todas as despesas pagas pelo trabalho!

– Melhor reforçar o seu italiano – disse Joe, guardando o leite de volta na geladeira. – E reserve outro restaurante para a gente. Vale a pena fingir um pouco de romance para ir para a Itália, né?

– Claro – concordou Anna, depois se surpreendeu ao ver que estava um pouco desanimada.

Fingir um pouco de romance? Não é que ela quisesse que fosse um romance de *verdade*... Bem, ela achava que não, pelo menos. Será que queria?

– Nossa, sim – acrescentou rapidamente, tentando soar mais confiante. – Finja até conseguir. Eu sou especialista em fingir. Fiquei com Pete por dois anos, afinal. Melhor fingidora do mundo, eu. – Do nada ela parecia ser incapaz de parar de repetir a palavra "fingir". – Então... na verdade acho que vou só calar a boca – acrescentou, tentando se controlar. – Obrigada pelo chá. E vamos ficar de dedos cruzados para que Roma dê certo!

Anna não via a hora de ir para a aula de italiano na semana seguinte.

– Vocês não vão acreditar – contou sem fôlego ao entrar na sala de aula. – Eu vou para a Itália, para Roma!

– *Mentira!* – exclamou Sophie com uma voz aguda. – Que notícia maravilhosa. Como assim? E Rimini?

– É, eu vou para lá também – disse Anna, rindo da própria sorte. Ela ainda não conseguia acreditar que Imogen tinha concordado. – Daqui a algumas semanas! Um amigo meu no trabalho arranjou uma viagem para nós dois.

– Uau! Que sortuda – disse Phoebe, assobiando.

– Isso é incrível – falou Roy, que viera para a aula sozinho, com a aparência meio pálida e cansada, mas pelo menos estava lá. – Que bom, querida.

Catherine olhou para Anna com uma expressão arteira que dizia: *Você é bem espertinha.*

– Isso não tem nada a ver com o Colega Bonitão, né? – perguntou.

Anna abriu um sorriso.

– Não é nada disso – falou.

– Ah, não mesmo, madame? Pela crítica de sábado parece que vocês estão se dando *muito* bem – respondeu Catherine com os olhos semicerrados. – Dava para sentir a tensão sexual só de ler.

– Nossa, sim! – concordou Nita. – Eu fiquei, tipo, eles totalmente vão se beijar no fim do jantar. Muah!

– Eu perdi... O que aconteceu? – perguntou Phoebe. – Vocês brincaram de pezinho debaixo da mesa, Anna? Deram uns beijos por cima da cesta de pão?

Anna soltou uma risadinha.

– Não, eu... – começou, depois olhou para Sophie, ciente de que estava tomando um tempo de aula valioso com os detalhes de sua vida particular. – Desculpa – falou. – Estou monopolizando a aula desse jeito. Conto para vocês no pub depois que terminarmos aqui, o que acham?

– Aff, o suspense... – resmungou Nita, revirando os olhos, mas depois deu uma cotovelada em Anna quando ela se sentou. – Mandou bem, amiga. Eu vou me sentar do lado da Anna no pub. – Ela olhou ao redor. – E vejam, até Freddie está interessado na fofoca. Finalmente vamos conseguir te arrastar para o bar, hein, Freddiezinho?

Freddie mordeu o lábio.

– Na verdade, combinei de me encontrar com alguém – disse ele, parecendo se sentir culpado.

– Ah – disse Nita, escorregando no assento.

– Teeenso – cantarolou Phoebe bem baixinho.

– Você pode convidar essa pessoa para ir com a gente se quiser – sugeriu Sophie. – Todos são bem-vindos. Mas, enfim, vamos começar a aula? Hoje a gente vai aprender mais alguns verbos, e vamos começar a praticar conversação sobre a rotina do dia a dia, levantar, tomar café da manhã, ir para o trabalho... esse tipo de coisa. – Ela abriu um sorriso largo. – E *daí* vamos arrancar toda a fofoca da Anna lá no pub. Vamos lá.

O segundo jantar como crítica de restaurante – não era um encontro, Anna ficava lembrando a si mesma – tinha acontecido no Milton's, a *brasserie* nova em Norfolk Street. Com velas bruxuleantes e mesas íntimas para dois, era definitivamente um ambiente romântico, assim como Imogen tinha solicitado, que servia comida francesa moderna e a melhor carta de sobremesas que Anna, com água na boca, já tinha visto.

– Boa escolha – comentou Joe, olhando satisfeito enquanto Anna tirava o casaco. – O restaurante também parece ser legal – acrescentou.

– Ah... obrigada – disse Anna.

Ela tinha decidido usar seu vestido preto de gola canoa favorito e colocado bobs no cabelo para que caíssem em ondas largas sobre os ombros. Anna estava buscando uma aparência de *Mad Men* mais elegante, mas a caminho do centro começou a se preocupar achando que estivesse mais parecida com Jessica Rabbit, só decote e quadris – algo exagerado demais para um jantar com um colega de trabalho.

– Você também.

– Quê, essa coisa velha? – zombou Joe, dando um peteleco na camisa. – Obrigado. Então... – falou, pegando o cardápio. – O que Anna e o "Colega Bonitão" vão aprontar hoje à noite?

Ela revirou os olhos.

– Só porque te chamei assim uma vez não quer dizer que vou repetir – avisou. – Você pode ser renomeado de Colega Chatonildo até a crítica ser impressa.

– Imogen quer romance – lembrou Joe. – E, segundo ela, os leitores de Sheffield estão implorando por algum desdobramento.

– E daí? Sinto informar, mas os leitores de Sheffield vão ficar decepcionados – respondeu Anna, examinando o próprio cardápio.

– Calma, só estou brincando – disse Joe. – Acho que o "Colega Bonitão" pode pelo menos tentar roubar um beijo mais tarde. Você sabe como ele é.

A lista de pratos começou a se embaralhar em frente aos olhos de Anna. Tentar roubar um beijo? Ele estava sugerindo que ela inventasse algo assim pelo bem da coluna, ou estava realmente dizendo que...? A situação estava ficando muito confusa.

– Acho que o "Colega Bonitão" devia lembrar que ainda tem uma namorada antes de fazer qualquer coisa assim – falou Anna com um tom leve, torcendo para que Joe não conseguisse ouvir os batimentos acelerados de seu coração. – Estou a fim de um filé com fritas. E você?

Tinha sido uma noite ímpar. Agradável, definitivamente, mas ninguém poderia negar que fora peculiar. Ficar sentada num restaurante romântico com a intenção de escrever uma crítica romântica fictícia, enquanto sentia atração pelo homem sentado do outro da mesa, mas sem ideia dos sentimentos dele... Mexia com a cabeça e não era pouco.

– Então não aconteceu nada? – perguntou Sophie quando já estavam acomodados nos lugares de sempre no The Bitter End, depois da aula de italiano.

– Nem um beijinho na bochecha – respondeu Anna, tentando não soar decepcionada demais. – O que não é um problema, é claro. Afinal, ele tem namorada, a bela porém chata da Julia.

– Parece que *ela* está saindo de cena – comentou Phoebe.

– Mas você colocou na crítica que "o clima estava fervendo" – disse Catherine. – Eu estava torcendo que essa parte fosse verdade.

– Bem, meio que era – disse Anna –, mas estou fingindo que inventei tudo para que minha chefe largue do meu pé. – Ela fez uma careta. – É tudo complicado demais.

– Mas pelo menos vocês vão juntos para Roma – comentou George.

– Pois é – respondeu Anna. – Ele vai ver a partida de Gales e eu me inscrevi num curso de culinária italiana. Mal posso esperar!

– Que maravilha – disse Sophie. – E daí você vai para Rimini? Para Lungomare Augusto?

– Com certeza. Vou descobrir onde esse *papà* se enfiou e vamos viver felizes para sempre – falou Anna, erguendo o copo. – Um brinde!

Todos tocaram os copos e disseram:

– *Salute!*

– Então você realmente vai – disse Catherine para Anna enquanto George perguntava a Roy sobre Geraldine e os outros se inclinaram mais perto para ouvir a resposta. – Nossa, que empolgante.

Anna abriu um sorriso grande.

– Eu sei. Nem consigo acreditar que Imogen nos deu autorização. Mas em troca temos que escrever pelo menos mais duas críticas para ela, foi o acordo. A jornalista que normalmente cuida da coluna, Marla, está soltando fogo pelas ventas, vou te contar.

– E você já tem uma estratégia de como vai encontrar seu pai? Já conseguiu descobrir mais alguma coisa?

– Bem, andei dando uma olhada na internet – respondeu Anna. – Coloquei a foto dele em uns fóruns de Rimini na esperança de que alguém o identifique antes de eu ir. Também entrei em contato com a moça que cuida do centro de informações turísticas e ela disse que vai me ajudar a procurar nos registros do cartório também. – Ela tomou um gole da bebida. – Ainda assim é procurar uma agulha num palheiro, mas preciso tentar.

– É uma pena que você não tenha conseguido descobrir o sobrenome dele – disse Catherine. – Ia ajudar tanto a encontrar um endereço ou um número de telefone.

Anna começou a brincar com um porta-copo.

– Eu sei, mas minha mãe é teimosa demais. Ela nunca quis falar sobre ele. E Deus sabe que eu tentei. Minha avó também não o mencionou de novo. Quanto à minha tia... ela é leal demais à minha mãe, sei que ela nunca vai me contar nada.

– Talvez valesse a pena tentar mais uma vez com sua mãe – sugeriu Catherine. – Já que você vai viajar até lá. Não acha?

– Hummm.

Anna mordeu o lábio. Catherine tinha razão, mas a que custo? Uma briga daquelas? Meses de silêncio frio?

– Às vezes a gente esconde coisas dos nossos filhos porque queremos protegê-los – comentou Catherine. – Eu mesma já fiz isso. Mas, se deles chegasse até mim e fosse franco, dissesse *Eu quero saber*, acho que eu contaria. Especialmente se estivesse prestes a ir para o exterior numa busca, como você.

Anna não respondeu imediatamente. Estava tentando imaginar o que sua mãe faria se ela colocasse todas as cartas na mesa e lhe informasse que estava indo para Rimini e ponto-final. Será que Tracey a ajudaria ou ficaria no caminho?

– Vale a pena tentar – incentivou Catherine. – Só fale a verdade para ela. Pode fazer toda a diferença.

– Oi, mãe, sou eu.

Eram dez horas daquela mesma noite e Anna, após ter bebido metade de uma garrafa de vinho, tinha decidido agir.

– Olá, querida, eu já estava indo pra cama. Está tudo bem?

– Tudo certinho. – Anna fechou os olhos por um momento e forçou a si mesma a continuar a falar. – Ahn... Mãe. Veja, sei que pode ser um choque, mas ano passado a vovó me contou sobre Gino. Meu pai. E a questão é... Bem, eu vou para Rimini atrás dele daqui a algumas semanas.

A mãe ficou em silêncio, chocada. Anna fez uma careta, esperando a explosão furiosa que sabia estar por vir.

– Seu pai? – disse Tracey, sem entender. – Rimini? Desculpe, querida, não entendi. Do que você está falando?

– Eu vi as fotos de Marie. A vovó me disse o nome dele. Vou para Rimini, mas preciso de mais do que uma foto. Se você pudesse me dizer pelo menos o sobrenome dele ou alguma outra coisa, ia ajudar bastante. Por favor, mãe. Isso realmente está me incomodando. Eu só quero saber.

Fez-se outro silêncio prolongado.

– *Por favor* – repetiu Anna por via das dúvidas. – Me conte, mesmo que seja horrível. Realmente quero conhecê-lo. Comecei a aprender italiano e tudo.

A voz de Tracey ficou trêmula.

– Ai, meu Deus – falou. – Eu não... Ah, Anna...

– Por favor, mãe. *Por favor.*

– Está bem – disse ela, por fim. – Mas não quero fazer isso por telefone. Por que você não vem para cá no fim de semana? Aí eu te conto tudo, prometo.

L'attrice

(A ATRIZ)

Sophie não tinha muita certeza do que esperar quando foi se encontrar com o grupo de teatro no local dos ensaios, um saguão paroquial em Broomhill. Será que os outros integrantes eram aposentados atrevidos como Geraldine?, perguntou-se, cheia de dúvidas. Será que a arqui-inimiga de Geraldine, Brenda Dodds, ia expulsar Sophie de lá com um andador por ser tão impertinente e presunçosa?

Ah, que seja. Brenda que desse seu melhor. Sophie só estava ali fazendo um favor, lembrou a si mesma ao seguir até a porta. Contanto que pudesse dizer para Geraldine que tinha ido ao ensaio e tentado, era o que importava. Provavelmente não ia conseguir o papel mesmo.

Geraldine tinha lhe dado algumas dicas sobre a peça.

– Uma comédia de erros moderna – descrevera com pompa, antes de acrescentar: – Debochando dos ricaços por pensar que são melhores do que realmente são.

O enredo parecia girar em torno de uma família que ganhou na loteria e mudou para pior. Geraldine tinha o papel da corretora que mostrava para a família a mansão que seus integrantes queriam comprar. Para Sophie, não parecia haver um espaço muito grande para desenvolver a personagem. Até Meryl Streep teria dificuldade para transformar um papel tão minúsculo em algo marcante.

Mas Meryl Streep não teria hesitado na frente da porta assim, não é? Ela teria aberto a porta, estampando um sorriso enorme no rosto e entrado. Então foi o que Sophie fez também.

– Olá, você deve ser Sophie! Venha aqui com a gente.

Geraldine tinha razão, pensou Sophie: Max Winder, o diretor, era lindo de morrer, com uma cabeleira negra e olhos azuis afiados que se fixavam diretamente nas pessoas, mesmo do outro lado de um saguão cheio. Ele também tinha um sorriso generoso e largo que instantaneamente fez Sophie se sentir à vontade.

– Oi – cumprimentou, apertando a mão do homem e sorrindo com certa timidez para os outros integrantes do grupo que a encaravam. Era um grupo bem eclético, notou com alegria – de todas as idades, adolescentes e idosos –, e não havia nenhuma senhorinha avançando ameaçadoramente enquanto erguia como um porrete qualquer objeto que a ajudasse a andar. – Obrigada por me convidar. Entendo que Geraldine meio que me jogou pra cima de você.

– Nada disso – disse Max. – É sempre bom quando chega gente nova. – Ele apontou para uns assentos. – Que tal nos contar um pouco sobre você?

Eles se sentaram e conversaram por alguns minutos. Ela lhe contou sobre as viagens e o estilo de vida nômade que vivera até o outono do ano passado.

– Mas sempre amei o teatro – falou. – E como vou ficar no Reino Unido por um tempinho, eu gostaria de tentar minha sorte com a atuação de novo.

– Ótimo, ótimo – disse Max. – Excelente. Posso ouvir você ler alguma coisa? – Ele pegou um roteiro com as páginas dobradas numa mesa próxima e o folheou. – Aqui. Talvez você pudesse ser Rose nessa cena. Vou ser Mark. São um casal que estão passando por maus bocados. Ele acabou de apostar o que restava do dinheiro da semana em bilhetes de loteria.

– Ok – disse Sophie com apreensão.

Ela correu os olhos pela cena para ter uma visão geral. Uma discussão, bom. Ela leu algumas das falas na cabeça, depois deu seu melhor para se colocar na posição de esposa irritada e oprimida, imaginando anos amargos de decepção e frustração se alongando às suas costas. Segurou as páginas com força para que Max não notasse suas mãos trêmulas e esperou que sua voz não a deixasse na mão. *Eu quero fazer isso*, pegou-se pensando. *Quero impressioná-lo.*

Ela inspirou bem fundo e jogou os ombros para trás.

– Pronta quando você estiver – falou.

Como um trecho para uma audição, aquela cena era um presente para um ator. Havia de tudo naquelas linhas de roteiro: confronto, tensão e ritmo, e Sophie deu tudo de si. No fim, ficou surpresa – e encantada – ao ouvir uma salva de palmas fraquinha vinda das pessoas do outro lado do recinto. Tinha até esquecido que eles estavam lá.

– Ah – disse, corando. – Muito obrigada.

Max também aplaudiu.

– Muito bom – falou. – Bem, ficarei muito feliz se você pegar o papel de Wendy, já que Geraldine está de molho. Também espero que você continue com a gente depois. Estamos planejando fazer *Santa Joana* em seguida.

– Eu amo essa peça – disse Sophie. – Eu a estudei quando estava no ensino médio.

– Essa é a resposta certa – respondeu Max com um sorriso. – Deixe-me apresentar você para os outros, daí vou lhe dar seu próprio roteiro. Seu papel é bem pequeno, infelizmente, mas pense nele como um aquecimento para as próximas peças. – Ele ergueu uma das mãos. – Pessoal! Gente, essa é Sophie. Que tal cada um se levantar e contar um pouquinho de si mesmo para ela? Depois a gente começa o ensaio.

Sophie foi para casa naquela noite andando nas nuvens. Tinha sido tão divertido! Sim, seu papel era minúsculo com um escopo limitado para atuar de verdade, mas não era essa a questão. Tinha sido maravilhoso apenas ler um roteiro com os outros, vendo os personagens deles criarem vida fora do papel e se sentindo como uma engrenagem numa máquina fantástica que sempre se tornava maior do que a soma de suas partes. A primeira performance seria dali apenas algumas semanas, então havia certo clima de nervosismo e agitação sobre os figurinos e os últimos ajustes nas posições no palco. Ela tinha esquecido o quanto amava tudo aquilo.

Quando chegou em casa, foi direto para o computador.

Adivinhem quem está de volta aos palcos?, digitou com um sorriso grande. *Rainha do drama... MOI?*

Ela desceu pela timeline para ver o que os amigos tinham aprontado e soltou um gritinho de alegria quando leu que Harry, um amigo dos tempos na Austrália, tinha voltado ao Reino Unido.

Príncipe Harry!, digitou ela. *A gente precisa sair pra tomar uma gelada! Vamos marcar alguma coisa.*

Uma fração de segundo depois de seu comentário ser publicado, apareceu outro. De Dan.

PRÍNCIPE!, ele tinha escrito. *A cerveja é por minha conta. É só dizer o dia e o lugar.*

Ai, meu Deus. Teeenso, como Phoebe diria. Ele devia estar escrevendo a mensagem no mesmo instante que Sophie. Ela mordeu o lábio, tentando decidir o que comentar.

Mentes brilhantes pensam igual ou *Gêmeos!* ou *Mds, a gente sempre está em sintonia, Dan, fomos feitos um para o outro!*

Humm, talvez não.

Porém, antes que ela pudesse pensar em algo interessante, Harry já tinha respondido.

Oi, galera! Que bom saber de vocês. Ainda estão namorando?

Que pergunta. *Eu bem que queria, Harry.* Os dedos dela pairaram sobre o teclado, debatendo a melhor forma de responder. *Não* e uma carinha triste? Definitivamente não. *Não, ele me largou*? Argh. Harry não precisava de todos os detalhes sórdidos. Talvez fosse melhor nem responder nada.

Ela aproximou o rosto da tela quando uma nova mensagem de Dan apareceu. E então foi como se todo o ar fosse arrancado de dentro dela enquanto lia: *Não, cara. Infelizmente estraguei tudo como o idiota que sou.*

Jesus amado. *Infelizmente estraguei tudo*? Isso queria dizer que ele se arrependia? Ou só estava sendo educado, para poupar os sentimentos de Sophie?

Você sempre foi cabeçudo, respondeu Harry com alegria. *Então, vamos sair? A gente definitivamente precisa juntar o grupo de Sidney. Soph, você topa?*

Os dedos dela congelaram no teclado. Ela se sentia completamente desnorteada pela direção que a conversa tinha tomado. Ah, merda. Sair com Harry e o grupo de Sidney – com certeza. Sair com Harry e o grupo de Sidney com Dan – nem tanta certeza assim.

Então ela respirou fundo. Sabendo como Harry era furão, podia ser que todo esse negócio de reencontro nunca saísse do papel. E mesmo se saísse, sempre havia a possibilidade de Sophie cair fora no último minuto. Ela nunca ia dizer *Não* no Facebook e deixar que Dan soubesse que ela ainda nutria sentimentos por ele.

Claro, respondeu de um jeito leve. Depois desligou o computador antes que pudesse se comprometer com algo mais definitivo.

– Prontinho. Ovos, bacon, saquinhos de chá, um pouco de carne moída. Um saco de cenouras, maçãs, leite e manteiga. Era isso, né?

– Obrigado, meu bem. Vou preparar uma xícara de chá para você enquanto está aqui.

Roy arrastou os pés até a chaleira enquanto Sophie começou a guardar as compras na geladeira.

Nos últimos tempos ela se tornara uma visita frequente no sobrado com um terraço pequeno de Roy e Geraldine em Nether Edge, assim como seus alunos da aula de italiano. Catherine sempre aparecia para fazer faxina. George tinha feito uma visita para consertar uma parte quebrada do corrimão da escada, enquanto Anna trazia tortas e bolos que tinha feito, declarando que iam ser jogados fora se Roy não os comesse. A bendita Phoebe também tinha pegado emprestado um jogo de manicure do salão e ido ao hospital para pintar as unhas de Geraldine com um tom vermelho-escuro bem vampiresco. Pelo jeito, mais três senhoras na enfermaria já tinha solicitado que ela voltasse.

– ... que eu não tinha certeza – ouviu Roy dizer naquele momento. – O que você acha?

Sophie voltou para o presente no instante que uma xícara fumegante foi posta ruidosamente à sua frente.

– Desculpa, o que foi? Eu estava distraída – confessou.

– Você parece mesmo estar em outro mundo hoje, querida – comentou Roy, colocando dois cubos de açúcar no chá e misturando. – O que aconteceu?

Sophie suspirou.

– Ah, é só que...

Cale a boca, repreendeu a si mesma antes que pudesse continuar. Roy não queria saber todos os detalhes sórdidos da vida amorosa dela.

– Não é nada – falou sem convicção.

– Não parece que não é nada. Vamos, pode falar. Sou um bom ouvinte. Sophie sorriu.

– É sério, não é nada.

Ele ergueu uma sobrancelha prateada com suspeita.

– Estou casado com Geraldine há quase quarenta anos, meu bem, já ouvi de tudo, sabe? Pode contar. É por causa de um rapaz? Precisa que eu vá trocar uma palavrinha com ele? Eu era bom no boxe quando ainda estava no Exército.

O pensamento de Roy dando um soco em Dan por ela fez Sophie abrir um sorrisinho.

– É uma proposta tentadora, Roy – falou.

– Então *é* por causa de um rapaz. Está te passando a perna, é? Que canalha.

– Bem... é complicado.

– As melhores coisas sempre são – afirmou ele com sabedoria. – Aqui, tenho uns biscoitos em algum lugar, Anna que trouxe. Amanteigados, uma delícia. – Ele mexeu agitado nas coisas, achou o pote com os biscoitos e uns pratos, depois colocou tudo na mesa. – Sirva-se.

– Obrigada. – De repente, Sophie percebeu que queria mesmo falar sobre o dilema que estava buzinando em sua cabeça nos últimos dias. – Então, esse cara... – começou, hesitante. – Fui ingênua e achei que ele fosse o amor da minha vida há alguns anos. A gente estava na Austrália juntos, éramos muito felizes. Eu nunca tinha me sentido assim antes, nem nunca me senti desse jeito de novo. Depois ele me deu um pé na bunda do nada, foi embora do país e fim da história.

– Ele me parece um belo de um estúpido se quer saber o que penso – comentou Roy, molhando o biscoito no leite.

– Só que agora ele entrou em contato de novo – disse Sophie. – E não sei o que fazer.

Me desculpe, ele tinha escrito numa mensagem particular no Facebook no dia anterior. *Agi como um cafajeste egocêntrico. Achei que queria liberdade, mas só senti saudade de você o tempo todo. Fiquei imprestável sem você.*

Talvez seja tarde demais e você esteja com outra pessoa, e nesse caso espero que estejam felizes juntos. Ah, merda, é claro que não. Espero que ele seja um idiota e que você esteja prestes a dar um fora nele. Eu ia amar me encontrar com você de qualquer jeito. O que você acha? Estraguei tudo? Com amor, Dan.

– Hummm – disse Roy, quando ela recontou os detalhes. Ele mastigou o biscoito, pensativo. – Bem, todo mundo erra. Mas não são todos que têm coragem de admitir que erraram.

– Pois é – concordou Sophie. – Ele levou um bom tempo, é claro. Faz três anos desde que eu o vi pela última vez, sabe? Ele obviamente não ficou *tão* incomodado assim.

Roy balançou a cabeça.

– Geraldine e eu nos separamos uma vez – comentou. – Quando ainda éramos namorados. Discutimos sobre a coisa mais boba do mundo. Ela tinha pegado a bicicleta da minha irmã emprestada e deixado do lado de fora da biblioteca. Não estava mais lá quando ela saiu. Mas você acha que ela pediu desculpa pela bicicleta roubada? Não, é claro que não.

Sophie sorriu, amando a ideia de uma Geraldine adolescente pedalando pela cidade.

– Aposto que ela era linda quando jovem – comentou.

– Ô se era. Linda como uma rosa, mas teimosa feito uma mula empacada. Enfim, nós terminamos por causa disso. Janet não parava de me aborrecer por causa da bicicleta, enquanto Geraldine queria *me* culpar por tê-la emprestado em primeiro lugar. – Ele balançou a cabeça. – Comecei a sair com Mary Gibbons, mas nunca foi de coração. E Geraldine se meteu com Bobby Henderson, que todo mundo sabia que era uma pessoa complicada.

– O que aconteceu então?

– Nós fomos a um baile no Cutlers' Hall, os quatro. Nunca vou esquecer: ela usava um vestido branco com rosas cor-de-rosa, e os cabelos longos estavam presos. A coisa mais linda. Tinha conseguido um emprego como cobradora de trem na época, então fui até ela e pedi: "Eu gostaria de uma passagem de volta, por favor, senhorita." "Uma passagem de volta?", perguntou ela, meio com o nariz empinado. "Uma passagem de volta para onde?" E eu disse: "Uma passagem de volta para onde estávamos antes da briga por causa da maldita bicicleta."

– Ahhh – fez Sophie, franzindo o nariz. – Roy, que graça.

– E, daquele dia em diante, nós nunca mais nos separamos. – Ele tomou o chá, seus olhos enevoados com a nostalgia. – Então, veja bem, se vocês dois querem tentar de novo, vocês podem. Não deixe que o passado atrapalhe as coisas.

– Bem, funcionou para você – disse Sophie lembrando com uma pontada de dor como Dan era na época, bronzeado e descontraído, sempre sorrindo.

Ela lembrava como era a sensação da pele dele contra a dela como se fosse ontem.

– Funcionou – respondeu Roy. – E pode funcionar para vocês também, se tentarem. O que você tem a perder?

– Orgulho, dignidade, amor-próprio... – Ela contou cada um nos dedos.

– Mas vale a pena, eu acho. O amor da sua vida? Pedindo outra chance? Não dá para dizer não para algo assim, Sophie.

– Não – concordou ela. – Acho que não. – Ela tomou o resto do chá e ficou de pé. – Enfim, é melhor eu ir. Eu deveria ter começado meu turno no café há meia hora. Obrigada pelo papo... e você tem razão. Você *é* um bom ouvinte.

– Tenho que ser, com uma esposa como a minha – falou ele, fazendo uma cara engraçada. – Obrigado por trazer as compras para mim, querida. E boa sorte com esse rapaz. Se ele tiver o mínimo de bom senso vai se pôr de joelhos e implorar para que você o aceite de volta.

Sophie abriu um sorriso fraco.

– Eu te conto depois.

Il giardino

(O JARDIM)

— Então... — disse Mike, se recostando na cadeira e olhando para Catherine com uma expressão ressabiada. — O que acontece agora?

Era quinta-feira à noite e eles estavam mais uma vez no The Plough, o ponto de encontro dos dois que fazia as vezes de território neutro. *Hora de colocar as cartas na mesa*, pensou Catherine consigo mesma. *Hora de resolver isso de uma vez por todas.*

Naquela noite ela se preparara melhor, tendo pensado por bastante tempo e com bastante afinco tanto sobre o que queria quanto na melhor forma que Mike poderia se redimir. Ele tinha chegado pálido e com a barba por fazer, olheiras escuras e a pele macilenta insinuando noites maldormidas. *Ótimo*, Catherine se pegou pensando sem muita simpatia. Se alguém merecia algumas noites longas e escuras, era Mike depois de seu comportamento podre.

Bebidas na mesa, ela o encarou na mesma medida.

— Quero ficar na casa — falou.

— Eu sabia — disse ele. — Devia ter imaginado que você ia dar um jeito de se dar bem com isso.

Vá à merda, Mike.

— Não é só por mim — continuou Catherine, como se ele não tivesse falado —, mas também por Matthew e Emily. Eles precisam de estabilidade enquanto estão na faculdade, é justo que nas férias e feriados ainda possam voltar para a casa em que cresceram. — Ela cruzou os braços. — Três anos, só isso, até eles se formarem. Quatro, se assim como eu, você pensar que talvez eles precisem de um tempinho para se acertar e encontrar um emprego. Daí você pode vender a casa se quiser.

– Humm – fez ele, sem se comprometer.

– Não é como se ainda tivesse alguma coisa pendente na hipoteca – acrescentou ela, pois havia realizado uma varredura minuciosa de toda a papelada da casa nos últimos dias. – E enquanto isso eu vou cuidar das contas com o meu salário. Você não vai ter que gastar um centavo.

– Seu *salário*? – zombou ele. – Você conseguiu um emprego?

Ela sabia que ele estava agindo daquele jeito particularmente desprezível porque ela o havia desmascarado, mas ainda assim desejava que Mike não tivesse que falar daquela forma, como se a ideia de ela trabalhar fosse uma piada tão grande.

– Sim – respondeu com firmeza. – Consegui, obrigada.

Ele soltou uma bufada.

– Tudo tem uma primeira vez – murmurou.

Imagens de sua vida surgiram na mente de Catherine, mostrando todos os jantares que ela havia cozinhado para ele, todas as cestas de roupa lavada, todos os sacos de lixo protuberantes e as roupas passadas e as escadas aspiradas. Daí veio uma última imagem, das mãos de Catherine apertando o pescoço carnudo e ingrato de Mike.

– Eu teria *adorado* ter um emprego antes – vociferou –, mas você sempre me disse que meu emprego era cuidar de você e das crianças. Lembra?

– Besteira – disse ele com pouca convicção.

– Você minou minha confiança. Disse que eu não podia fazer nada e que ninguém nunca ia querer me contratar – continuou Catherine, seu tom de voz aumentando. – Você se importava tanto em ser o homem da casa, o provedor, o herói da família que pagava pelas férias e pelos presentes, que nunca me apoiou nenhuma vez quando eu mencionava a ideia de trabalhar ou voltar para a faculdade. – Ela o encarou. – *Isso* refrescou sua memória?

– Não – respondeu ele, embora seu olhar dissesse que ele estava lembrando com muita clareza. Mike se remexeu no banquinho. – Qual é o emprego, afinal?

Olhe só aquele sorriso torto condescendente. Ele mal podia esperar para acabar com Catherine e o novo emprego misterioso dela. Na opinião de Mike, ser médico era a profissão mais nobre que existia. Fazer qualquer outra coisa era inferior. *Mas não é tão nobre aceitar suborno, né, Mike?*, ela queria dizer.

– É só um emprego – respondeu com firmeza, se recusando a competir.

Só que, para Catherine, era mais do que isso, é claro.

No dia anterior, ela tinha dirigido até a estufa em Risbury com o formulário de candidatura preenchido e foi recebida prontamente pela gerente, Maggie, que o leu no mesmo instante. Ela apresentou o espaço para Catherine e as duas tiveram uma conversa bem agradável sobre plantas e jardinagem em geral enquanto caminhavam. A estufa era incrível: um galpão grande onde três outras mulheres ficavam de pé em volta de uma mesa grande, cada uma com uma bandeja de vermiculita e adubo, todas plantando sementes ou podando brotos enquanto músicas tocavam no rádio ao fundo.

Eu consigo fazer isso, pensou Catherine, sua confiança se cristalizando de um jeito que nunca fizera em todas a agências de recrutamento às quais havia marchado. Além disso, a estufa tinha um programa de divulgação inspirador, ajudando a ensinar habilidades hortícolas a adolescentes em situação delicada, e ela estava doida para se envolver naquilo se fosse possível.

– Tudo parece muito legal – disse para Maggie, no fim. – Obrigada pelo seu tempo. Me avise se você quiser que eu venha fazer uma entrevista ou algo assim.

Maggie caiu na gargalhada. Com seus cinquenta e poucos anos, ela era uma mulher grande e peituda, com cabelos ruivos cacheados, olhos azul-escuros e pele macia com sardas. Devia ter sido deslumbrante quando jovem.

– O que você acha que foi *isso*? – perguntou com uma mão na cintura. – Minhas entrevistas não são melhores do que isso, meu anjo!

Catherine se sentia tão idiota. Ali estava ela, de calça jeans e botas surradas e sem sequer ter passado rímel.

– Eu teria colocado uma saia e saltos se soubesse que ia ser *entrevistada* – confessou. – Eu teria lavado o cabelo e tal.

Maggie gargalhou mais uma vez.

– Você não vai usar saltos por aqui, amor – falou com um tom de voz amigável. – Além do mais, você está ótima. Pode começar na segunda-feira?

Catherine ficou boquiaberta.

– Quer dizer... que eu consegui o emprego?

– Claro, se você quiser. O pagamento não é dos melhores, preciso avisar, mas é um lugar legal de trabalhar. Acho que eu deveria pedir alguma referência ou algo assim, mas você parece gente boa e não costumo errar sobre as pessoas. – Ela estendeu a mão grande e com sardas. – Então você aceita?

Ainda sem acreditar, Catherine apertou a mão da mulher.

– Aceito.

Pelo resto do dia ela se sentira alegre e entusiasmada. Trabalhar naquele galpão com as mulheres que tinha visto, com as mãos na terra, música tocando no rádio... Ela conseguia dar conta, sabia que conseguia, e seria muito melhor do que se embananar com um computador num escritório com ar-condicionado. Significaria abrir mão da maioria de seus compromissos voluntários, o que era uma pena, mas ela tinha certeza de que iriam entender. Era hora de começar a se dedicar mais a si mesma em vez de passar a vida correndo atrás dos outros.

– Quanto ao dinheiro que você recebeu da Centaur – disse ela para Mike no presente, mudando de assunto –, acho que você deveria devolver.

Ele estava levando a bebida aos lábios enquanto ela falava, mas quase derrubou o copo na mesa quando as palavras de Catherine foram registradas em seu cérebro.

– *Devolver?*

– Não para a empresa farmacêutica – afirmou Catherine com uma cara séria. Ela tinha pensado bastante sobre o assunto. – De volta para a saúde. O Hospital Infantil está fazendo uma arrecadação de fundos, por exemplo, tenho certeza de que iam aceitar de bom grado seu dinheiro sujo. E talvez você devesse dar uma parte para as famílias afetadas pelas suas decisões também. Como Jim Frost. Acho que 10 mil libras ou algo assim deve compensar por quase matar o homem e arruinar o Natal da família dele.

– Não acho... – balbuciou Mike.

– Mas eu acho. – Ela o encarou com autoridade. – Acho que é o mínimo que você pode fazer, Mike. O mínimo. Senão...

A ameaça silenciosa dela – *Senão vou contar para minha amiga jornalista* – pairou entre os dois. *E você sabe que vou fazer isso, Mike.*

Com uma expressão dolorosa, ele tomou um gole dos grandes de *bitter* sem sequer parecer sentir o gosto. Depois a encarou como se não a reconhecesse mais.

– Você mudou – acusou.

Sim, Mike, eu mudei, pensou Catherine. *E mudei para melhor.*

– Você ainda não concordou com a minha sugestão – lembrou.

Ele a fuzilou com os olhos.

– Sim – murmurou, por fim derrotado.

Então tudo aquilo foi só papo furado, pensou ela. Era só revidar que ele mostrava que nada do que dizia passava de conversa fiada. Catherine queria não ter levado tantos anos para descobrir isso – mas pelo menos agora sabia a verdade.

– Que bom, Cath – disse Sophie. – Parece uma semana incrível, com o emprego novo e tal.

Já era sábado e Catherine tinha ido se encontrar com Anna e Sophie para a corrida semanal no Endcliffe Park: ideia de Anna. Era uma manhã cinza com garoa, mas ainda assim havia umas cem pessoas ali e uma atmosfera animada e alegre enquanto todos corriam juntos.

– Tenho um pressentimento de que seu ex não é o único médico que vai repensar as prescrições no futuro – disse Anna, misteriosa, e deu um tapinha no próprio nariz. – Só uma coisinha que andei sabendo no escritório ontem.

– O que aconteceu? – perguntou Catherine.

– Schenkman Pharma, né? Estão numa encrenca danada. Forçados a recolher o Demelzerol e alguns outros medicamentos por causa de uma série de efeitos colaterais... e também estão falando que vão ter que arcar com multas altíssimas. Uma parte dos dados dos testes clínicos vazou e parece que vários resultados negativos foram escondidos nos relatórios oficiais.

Catherine sentiu um peso enorme deixar seus ombros. Então aquele era o fim. O segredo foi descoberto, e a questão estava completamente fora de seu controle.

– Ainda bem – falou. – Estava pesando na minha consciência o tempo todo se eu deveria levar a história para a imprensa, fazer mais alguma coisa. Mas daí eu pensava nos meus filhos e simplesmente não conseguia ir até o fim. Não conseguia me forçar a estilhaçar a imagem que os dois têm de Mike como um homem bom.

Ela comprimiu os lábios, se sentindo sufocada pela emoção e pela culpa. Sem dúvida Sophie ia discordar dela, considerando que seu próprio pai tinha sofrido nas mãos de Mike.

Mas Sophie parecia compreensiva.

– Você estava numa situação impossível – falou. – Na verdade, acho que você foi bem corajosa, enfrentando seu ex e o forçando a tomar uma atitude.

– Com certeza – concordou Anna. – Não se puna por isso, Cath. Você pelo menos fez alguma coisa. Outras pessoas poderiam ter ficado de braços cruzados.

Catherine abriu um sorriso fraco.

– Acho que foi a ameaça da "minha amiga jornalista" que o convenceu no final. Que é você, por sinal.

Anna soltou uma risada.

– Porque eu sou *muito* ameaçadora – disse, fazendo uma careta. – Eu podia... mencioná-lo na próxima crítica gastronômica.

– Colega Bonitão vira Médico Pilantra – sugeriu Sophie, arqueando uma sobrancelha.

Anna fez uma careta.

– Nessa semana, não – falou. – É o especial do Dia dos Namorados, né? Ando cozinhando como uma louca, tentando encontrar o melhor jantar feito em casa para dois para minha coluna de culinária, *e* eu e Joe vamos ter que sofrer com as rosas vermelhas e a música melosa do The White House na noite do Dia dos Namorados para a crítica. Imaginem como a coitada da namorada dele está feliz com isso!

– Merda – disse Sophie. – Sério mesmo? Eu ficaria fula se meu namorado tivesse que sair para jantar com outra pessoa.

– Eu também. E acho que esse namoro está por um triz, sabe? Preciso admitir, fico bem mal por causa disso.

– Não fique – disse Catherine, começando a sentir uma pontada de dor na lateral da barriga. Com todo o tênis que jogou ao longo dos anos, achou que cinco quilômetros estariam no papo, mas falar e correr ao mesmo tempo estava começando a se tornar um problema. – Ele podia ter se recusado a fazer a coisa toda, não é? *Você* não fez nada de errado.

– É. E mais duas semanas e vou estar em Roma, então tudo vai ter valido a pena – comentou Anna, dando de ombros. – Ah, e falando em jornadas épicas, vou visitar minha mãe em Leeds hoje à tarde. Ela finalmente concordou em me contar mais sobre meu pai.

– Sério? Uau, isso é fantástico – disse Sophie.

– Você deve estar muito animada – falou Catherine.

– Eu sei, estou muito empolgada. Bem, empolgada e nervosa, por mais estranho que pareça. Estou com medo de que ela me conte algo horrível sobre ele.

A boca de Anna se franziu, expondo sua preocupação.

– Não – replicou Catherine de pronto. – Tenho certeza de que ela não vai fazer isso. Mas, de qualquer jeito, pelo menos você vai saber.

– É – concordou Sophie. – Aposto que ele é um cara ótimo. Você vai ver.

Depois da corrida, as três tomaram um brunch juntas na cafeteria aconchegante do parque. O recesso tinha acabado de começar, então não haveria aula de italiano durante a semana, mas elas combinaram de se encontrar para a próxima corrida no sábado seguinte.

– Ah, e vocês receberam a mensagem de George sobre participar da guerrilha amanhã? – perguntou Catherine quando estavam se despedindo.

– Não vou poder ir, temos um ensaio extra – respondeu Sophie.

– E eu estou atolada de trabalho – disse Anna. – Você vai, Cath? – Ela deu uma piscadela. – Acho que o George tem uma quedinha por você, sabia?

– Não tem, não! – protestou Catherine. – Ele é legal com todo mundo, não só comigo.

Anna e Sophie se olharam com as sobrancelhas erguidas.

– Acho que você está protestando demais – provocou, depois deu uma cotovelada em Catherine. – Mas ele é gente boa. Podia ser bem pior.

– Na verdade, eu... eu nem tinha *pensado*... – começou Catherine, com dificuldade para colocar as palavras para fora.

Ai, meu Deus. Por que elas tinham dito aquilo? Tinham deixado Catherine toda atrapalhada.

– Enfim... – falou, tentando mudar de assunto. – É melhor eu ir. Boa sorte com a sua mãe, Anna... e com o jantar do Dia dos Namorados. Vou ficar ansiosa para ler tudo que aconteceu.

– E boa sorte para você com o emprego novo – disse Anna. – E para você com a peça, Sophie. Todo mundo quer ir te ver no palco, então nos avise sobre os ingressos, tá?

– Sinceramente, meu papel... se você piscar, vai perder – disse Sophie, mas dava para ver que ela estava contente. Ela abraçou as duas. – Foi ótimo, meninas. Tenham uma boa semana!

No dia seguinte, quando era hora de se encontrar com George para a missão de jardinagem de guerrilha, Catherine ficou lembrando o jeito com que Sophie e Anna a haviam provocado sobre o colega e quase desistiu. Elas só estavam tirando sarro, falou para si mesma, enquanto ficava enrolando na porta da frente. Era só uma brincadeira. Catherine e George... Bem, era impossível. Era bobo até pensar naquilo.

George tinha lhe contado o plano no pub mais cedo naquela semana: o grupo ia limpar um terreno baldio perto de Fox Hill. Não se tratava de nenhuma operação na calada da noite com direito a balaclava e tal, tinha explicado. Eram as preliminares: limpar o terreno e depois adubar o solo.

– A jardinagem é só metade da história – disse ele. – É mais uma questão de transformar espaços negligenciados, retomar a terra para servir a comunidade.

George já estava lá quando ela chegou, junto a um cara irlandês alto chamado Cal e duas mulheres, Jane e Nicki. Armados com luvas de borracha e sacos de lixo, eles começaram a tirar do chão cacos de vidro, latas vazias, umas duas seringas, um pneu velho, pacotes de salgadinho e até camisinhas usadas. Que nojo.

– Qual é o plano depois que tudo estiver limpo? – perguntou. – Vão plantar vegetais e essas coisas aqui?

– A gente quer criar uma horta comunitária – informou Jane. – Nada exagerado, só um pedaço de grama, talvez um canteiro de flores selvagens e outro de verduras... um espaço onde as pessoas possam passar o tempo, basicamente. Há vários apartamentos por aqui, então nem todo mundo tem o próprio jardim. Poderiam usar esse lugar.

– Eu ia amar fazer uma bela de uma festa aqui no verão – disse Cal com uma voz sonhadora. – Talvez até um churrasco, convidar o bairro todo, reunir todo mundo. Isso que é o bom da vida.

Catherine olhou ao redor, imaginando música e pessoas dançando e o cheiro de linguiça numa churrasqueira.

– Agora estou me sentindo culpada por não cuidar mais do meu jardim – confessou. – Ando negligenciando o coitado.

– Pelo jeito você estava ocupada com várias outras coisas – disse George, pegando uma cueca velha com uma careta e a enfiando no saco de lixo.

– Pois é – concordou Catherine. – O mais irritante é que tenho um saco cheio de bulbos no galpão que não plantei ano passado no outono. Eu vivia prometendo para mim mesma que ia plantar, mas daí com... – Ela baixou a voz para que os outros não ouvissem. – Com Mike indo embora, simplesmente não plantei. Eu não me importaria, mas eu tinha comprado uns bulbos lindos de tulipa, são as minhas favoritas, e estariam começando a florescer logo. Enfim, fica para o próximo ano, eu acho.

Após tirarem o lixo do terreno, Cal demarcou uma área para uma jardineira contra a parede de um prédio abandonado. Ele tinha trazido uns dormentes de trilhos de trem para fazer a contenção, depois cavoucaram o solo e o misturaram com baldes cheios de adubo. Por fim, cavaram buracos e plantaram uns arbustos de groselha-preta, uma pereira pequena e duas ameixeiras.

– Já está com uma cara bem mais bonita – comentou Catherine, se afastando e se maravilhando com o que os cincos tinham conseguido fazer numa tarde.

– Vai ficar incrível – concordou Cal. – Você topa ajudar de novo outro dia?

– Com certeza. – Catherine abriu um sorriso para George. – Vou esperar ansiosa.

La verità

(A VERDADE)

– Então... – disse Anna, encarando a mãe com intensidade. – Me conte.

As duas estavam sentadas no solário da casa de Tracey, em cadeiras de palha que rangiam com almofadas grossas e desbotadas. Cada uma segurava uma xícara de café ("Melhor fazer um forte", tinha dito Tracey, o sorriso sem se refletir no olhar). Trinta e dois anos de silêncio teimoso estavam quase chegando ao fim.

Tracey inspirou fundo.

– Certo – falou. – O que a sua avó andou falando?

Lá vamos nós.

– Ela disse que meu pai se chamava... se chama?... Gino e que ele é italiano – respondeu Anna com a voz trêmula.

Ela mal conseguia acreditar que ela e a mãe finalmente teriam aquela conversa.

– Ela disse que ele só arrumava encrenca. E depois você mencionou que foi para Rimini na última viagem antes de eu nascer, e eu pensei: *Rá!*

– Sim, mas...

– A tia Marie me deixou ver as fotos dela da viagem de vocês duas – continuou Anna, incapaz de se calar após ter começado –, e eu só somei dois mais dois. É ele? – Ela pegou a fotografia na bolsa com mãos suadas. – Me disseram que esse lugar se chama Lungomare Augusto. Foi lá que você e o meu pai se conheceram?

Era o momento Sherlock Holmes de Anna: evidência revelada, cartas postas na mesa. Tã-dã! No carro, enquanto dirigia até Leeds, ela tinha imaginado a surpresa indisfarçável de Tracey naquele momento, e, sim, admiração pura por Anna ter montado o quebra-cabeça. Elementar, minha cara mamãe.

Porém, Tracey estava correndo os olhos de Anna para a foto e de volta para a filha, sua expressão cada vez mais confusa. Depois, balançou a cabeça.

– Sinto muito, querida – falou. – Você deve ter entendido errado. Não faço ideia de quem é o cara na foto, mas ele não é seu pai.

– Não... é?

– Não. Me diga exatamente o que sua avó disse se conseguir lembrar.

Atordoada com aquele revés, Anna se esforçou ao máximo para puxar da memória.

– Ela disse que eu era parecida com ele – recordou. – E daí disse: *O italiano. Seu pai. Só arrumava encrenca.*

O silêncio se prolongou por um momento, quebrado apenas pelo aquecedor a óleo ligado ali perto. E então Tracey suspirou.

– Quando sua avó disse "o italiano" – começou com um tom de voz cansado –, ela se referia ao restaurante italiano na Clay Cross onde eu trabalhei como garçonete. Eu tinha 18 anos e tinha acabado de sair da escola de enfermagem. Naquele verão eu trabalhei lá de noite e nos fins de semana, enquanto procurava um emprego decente.

Anna a encarou, horrorizada. Como assim? "O italiano" era um *restaurante*?

– Gino's, era esse o nome – continuou Tracey. – Hoje em dia está fechado. Acho que virou um Costa Coffee.

Gino's. O *restaurante* se chamava Gino's.

– Então meu pai era Gino... seu chefe? – perguntou Anna com a boca seca, enquanto seu cérebro relutava para acompanhar a conversa.

Tracey negou com a cabeça.

– Não tinha nenhum Gino – respondeu. – Era só um nome inventado para parecer autêntico. O gerente se chamava Bob Woldesley. E era um baita de um velho pervertido insuportável.

– Ah, não – disse Anna, atacada por visões do velho e pervertido Bob Woldesley abordando agressivamente sua pobre mãe adolescente na despensa.

(Ainda pior, seu pai se chamava *Bob Woldesley*? Soava como um pedaço de queijo fedorento.)

– Então... é ele? E é por isso que você nunca quis falar sobre isso?

Ela sentia vontade de chorar. O que aquele canalha tinha *feito* com a mãe dela?

– Meu Deus, não, que tipo de garota você acha que eu era? – Foi a vez de Tracey ficar horrorizada. – Eu mandei o Bob para aquele lugar. Até parece que... Enfim, seu pai era o chef. – Ela comprimiu os lábios. – Ele era bem legal. Engraçado. Bonito.

O pai de Anna era um chef. Um chef! A esperança se acendeu de repente dentro dela.

– E *ele* era italiano?

– Tony? Não, meu amor. Ele era londrino. – Ela bufou. – Merdinha sulista. Eu devia saber que ele não prestava.

Anna estava abalada. Um *londrino*? Aquilo não fazia sentido. Ela se *sentira* tão italiana. Tinha passado a amar todas as coisas italianas! E ainda assim todo esse conhecimento novo da cultura, da língua, da culinária... não tinha nada a ver com ela. Nem uma gota de sangue mediterrâneo corria por suas veias.

– Então o que aconteceu? – conseguiu perguntar.

– Foi só um caso – disse Tracey com tristeza. – E era ele quem ditava tudo, me enganou direitinho. A gente saiu umas quatro ou cinco vezes, daí ele me disse que tinha que parar de me ver porque ia se casar.

– Ah, mãe...

Podia ter sido 32 anos antes, mas Anna ainda conseguia ver a mágoa nos olhos de Tracey.

– Àquela altura, é claro que já era tarde demais. Ele foi embora e eu não percebi que estava grávida até uns meses depois, quando minha barriga começou a crescer. É difícil acreditar agora, mas eu era magrinha como um palito na época... até que de repente meus seios estavam enormes e uma barriga apareceu. Um baita de um susto.

– Você contou para ele? Conseguiu encontrá-lo?

– Na época, não. Eu era orgulhosa demais. Além disso, não fazia ideia de onde ele morava. Londres é bem grande. Eu fui até a biblioteca e tentei encontrar o nome dele na lista telefônica de Londres, mas não deu em nada.

A cabeça de Anna estava girando. Ela tinha entendido tudo tão errado.

Não era italiana. Seu pai não era Gino. Não haveria nenhuma busca pelo pai em Rimini.

– Deve ter sido horrível – conseguiu dizer.

– Foi. Sua avó surtou, sempre tinha me dito para ficar com as pernas bem fechadas até me casar, sabe, e... – A boca dela se contorceu numa careta. – Bem, não foi das épocas mais felizes.

Anna estendeu a mão e apertou a da mãe.

– Imagino.

Os olhos de Tracey estavam brilhando.

– Sinto muito não poder te dizer que seu pai era um cara italiano lindo – falou. – Realmente queria que fosse verdade. Eu devia ter te dito algo mais cedo, mas é difícil. Me senti tão idiota.

Anna abraçou a mãe com força.

– Não se preocupe – disse. – Não importa. Eu entendo.

Querido pai,
Esta é uma carta estranha de se escrever, mas...

Ela amassou o papel e o jogou no lixo. Não. Ela nem devia *começar* com "Querido pai" – era informal demais, cedo demais. Até onde sabia, podia até ter conseguido o endereço do Tony Sandbrookes errado, embora, até onde conseguira descobrir, só houvesse uma pessoa vivendo em Londres com aquele nome. Talvez se ela começasse com um simples "Olá"...

– Por quanto tempo mais você está pensando em fazer isso, hein? – veio uma voz gélida bem naquele momento.

Ou talvez ela nem devesse tentar escrever durante o expediente uma carta se apresentando para o pai que nunca conhecera.

– Quê?

Ela ergueu a cabeça e viu Marla a fulminando com os olhos.

– Por quanto tempo mais – repetiu ela com amargura – você está pensando em roubar minha coluna?

Ahh.

– Porque eu odeio trabalhar com notícias – continuou, os olhos em chamas, dando a impressão bem clara de que gostaria de bater o pé. – E acho totalmente injusto que você apenas apareça e tome conta pelas minhas costas.

– Não foi isso que aconteceu.

– Nós duas sabemos que foi. Você e Joe, conspirando juntos. Sussurrando no ouvido de Imogen. E agora vão fazer a crítica do jantar do Dia dos Namorados e...

– Mais dois restaurantes, é só isso que Imogen quer – interrompeu Anna, tentando acalmar a colega.

Mais dois restaurantes, e depois era para ela ir a Roma, apesar de até aquilo lhe parecer um tapa na cara agora que sabia que seu pai estava mais para Rotherhithe do que Rimini. Ela ainda não havia contado para Joe, não havia contado para ninguém. Talvez, se guardasse tudo na cabeça, não seria realmente verdade.

– Depois disso a coluna é toda sua de novo, tenho certeza – acrescentou, cansada. Anna não se importava mais.

Marla semicerrou os olhos.

– Você sabe que ele já tentou se dar bem *comigo* antes, né? – rosnou. – Joe. No jantar de Natal. Enfiou a mão na minha saia durante a sobremesa, me perguntou se eu seria o presentinho de Natal dele.

– Não!

Anna não acreditava nela. Acreditava? Marla parecia ter bastante certeza dos fatos.

Vendo que tinha conseguido arrancar uma reação, Marla continuou:

– Ele faz isso com todo mundo. Você não sabia? Ele é um daqueles caras que só quer saber de se aproveitar de quem der trela. – Ela abriu um sorriso triunfante. – Se eu fosse você, cortava essa farsa de romance pela raiz antes que ele tente algo com você. Se não for tarde demais, é claro.

Ela foi embora de nariz empinado, e Anna assistiu à sua saída de cena. Causando confusão, era isso o que Marla estava fazendo, disse para si mesma. Uma tentativa clara de roubar a coluna "dela" de volta. E ainda assim... Não podia ser verdade que Joe era mulherengo, né? Claro, ele sempre foi charmoso e, sim, tá, um pouco galanteador também... mas colocar a mão na saia de Marla? Presentinho de Natal? Dando em cima de *todo mundo*?

Rangendo os dentes, Anna se voltou para o computador. Não tinha tempo para pensar naquilo com duas colunas para terminar e um monte de correspondência para ler, sem falar na carta para o pai que estava tentando, sem sucesso, escrever. Com a crítica do Dia dos Namorados chegando, e a viagem a Roma na semana seguinte, assim como as novidades sobre seu pai – Tony de Londres – que ainda não tinha engolido, ela sentia que já tinha coisas demais com as quais lidar.

Quinta-feira era o Dia dos Namorados. Pela primeira vez em anos, não havia um cartão bobo de Pete para abrir no café da manhã, nenhum poema obsceno para ler e soltar risadinhas (ele tinha bastante orgulho desses, já tinha virado tradição) e nenhum chocolate com formato de pênis para desembrulhar (uma benção, ela tinha que admitir). Enfiando cereal na boca, pensou nos incontáveis cafés da manhã românticos que estavam acontecendo em quartos espalhados por todo o país e se sentiu terrivelmente sozinha, sentada ali com sua camisola puída e acompanhada apenas pela voz de John Humphrys no jornal matutino do rádio.

Pete tinha desaparecido de sua vida numa velocidade surpreendentemente alta, sem deixar nenhum traço depois da vergonha de tirar seus pertences do apartamento dela. Nenhuma mensagem, nenhuma aparição, nada. Simples assim. E foi o fim. Ela pensou nele escrevendo um novo poema bobo para a nova namorada (*Era uma vez uma mina gostosa, Katerina...*) e foi surpreendida com o quanto isso lhe deu vontade de chorar.

Ela pedalou até o trabalho tentando se sentir indiferente e livre, mas nas duas garagens pelas quais passou havia baldes com buquês enrolados em celofane no pátio, e todas as vitrines das lojas próximas ao escritório estavam cheias de corações vermelhos e cor-de-rosa. O resto do país continuava a celebrar o Dia dos Namorados independentemente da vida amorosa de Anna.

Mas, ainda assim, ela ia sair naquela noite, mesmo que fosse apenas um encontro de mentirinha para uma crítica de restaurante. Depois de ter se matado de trabalhar na coluna de culinária para o Dia dos Namorados, Anna teria ficado bem feliz em abrir mão do romance para, em vez disso, comer peixe com batata frita em algum lugar, mas, infelizmente, tinham uma reserva para dois no The White House, o restaurante com o cardápio temático do Dia dos Namorados mais cafona da cidade. Normalmente Anna teria passado bem longe de lá, mas Imogen, empolgada com o sucesso das últimas duas críticas com participação especial do "Colega Bonitão", tinha decidido ir mais além com o romance e insistido em escolher o local.

– Não seja arrogante, tenho certeza de que vocês vão gostar muito – falara com aquela voz autoritária. – E mesmo que não gostem, finjam que sim. Meu marido joga golfe com um dos donos.

O The White House, assim como muitos outros restaurantes de olho no lucro, estava oferecendo dois jantares na noite do Dia dos Namorados, então Anna tinha reservado o primeiro horário, às seis e meia. Dessa forma, imaginou, Joe pelo menos podia se encontrar com Julia depois num encontro decente.

Seus sentimentos sobre aquela noite estavam divididos, percebeu enquanto se maquiava e prendia o cabelo no banheiro do escritório depois do trabalho. Desde o *contratempo* recente com Marla, Anna não conseguia mais olhar para Joe da mesma forma. Ouvir que ele tinha tentado tirar uma casquinha de Marla – e de várias outras, pelo jeito – tinha acabado completamente com todos os sentimentos vagos e difusos que Anna vinha nutrindo por ele.

Marla provavelmente estava mentindo para provocá-la, disse para si mesma ao passar uma última camada de rímel. Ainda assim, ela estava se sentindo tão *não* romântica quanto era possível. Tinha acabado de se livrar de um namorado merda. Com certeza não ia se deixar envolver com outro tão cedo.

Quando Anna chegou ao restaurante, Joe já estava lá, soltando risadinhas enquanto lia o cardápio. Ele passara a tarde em Hillsborough entrevistando um dos jogadores do Sheffield Wednesday, mas obviamente conseguira um tempinho para passar em casa e se trocar. Estava usando um smoking completo como se estivesse esperando um banquete glamoroso. Anna começar a rir quando o viu.

– Belo traje – balbuciou.

– Pensei em me vestir para a ocasião. Um lugar que tenha um prato chamado Carinho de Salmão no cardápio deve ser de classe, certo?

Anna riu de novo.

– *Carinho* de Salmão? Você acabou de inventar isso.

– Eu, não. – Ele bateu com o dedo no cardápio. – Outro imbecil que inventou. Pelo jeito é salmão assado com "um abraço de molho de salsa verde e batata parmentier".

– *Carinho* de Salmão, francamente. – Anna soltou uma bufada divertida. – Quem em sã consciência gostaria de ganhar um *carinho* de um salmão?

– Talvez outro salmão – respondeu Joe, imitando um peixe. – Afinal é o Dia dos Namorados, Anna. – Ele baixou os olhos para o cardápio de novo. – Mas, se isso não for tentador para você, também tem a Salteira Sedutora.

– Salteira...? Ai meu Deus. Você está me zoando, né?

Ela olhou ao redor, pela primeira vez prestando atenção no salão do restaurante. Balões de hélio cor-de-rosa e prateados se erguiam como decoração de mesa. Uma única rosa estava posta de um jeito bem fálico dentro de um vaso de vidro fino em cada mesa, com uma pitada de confete prateado a rodeando. Faltava só o violinista e uns pombinhos voando por lá para fazer bingo da cartela toda de Dia dos Namorados.

Anna se sentou. Na verdade, por mais estranho que parecesse, os exageros a estavam animando agora que chegara ao restaurante. Dava para imaginar os funcionários gargalhando com gosto enquanto organizavam a coisa toda.

– Bem, se não tiver espumante rosé no cardápio de bebidas, é bom que tenham um ótimo motivo – declarou. Depois soltou uma bufada divertida quando começou a ler o cardápio. – Vou ter que tentar o Clímax Caloroso de Camarão só para ver se consigo fazer o pedido com a cara séria.

– Isso é que é desafio – disse Joe. – Só pense que, quando a gente estiver em Roma, comendo um risoto sem graça ou um canelone, vamos desejar estar degustando o Pato Devotado.

– Pato *o quê*?

Anna estava começando a ficar histérica.

– Nem comece. – Ele abriu um sorriso largo para ela. – Ei. Mal consigo acreditar que Roma vai rolar mesmo, e você? Vai ser incrível.

Ela hesitou, a risada em sua garganta desaparecendo de repente.

– É.

– Eu estava dando uma olhada nos voos, tem um direto de Manchester no sábado de manhã, mas sai às sete, o que é meio chato. Então pensei que, se a gente pegar um voo na noite anterior, podemos passar duas noites lá, e assim não vamos ter que ficar correndo por aí de madrugada. Quando você está pensando em ir para Rimini, por sinal? Porque comecei a dar uma olhada nos trens e...

Ela ergueu a mão, interrompendo Joe.

– Não vou mais para Rimini.

A testa de Joe se franziu.

– Não vai? Como assim? Achei que...

– Acontece que ele não é italiano. Entendi tudo errado. Não tenho nenhum pai em Rimini. – Para seu horror, Anna sentiu as lágrimas brotando em seus olhos e não conseguiu se forçar a olhar para Joe, temendo que ele risse. – Que imbecil, né?

– Ah, não... – Ele estendeu a mão por cima da mesa para segurar a dela. – Tem certeza?

– Que eu sou uma imbecil, ou que meu pai não é italiano? Os dois. Minha mãe me contou. – Ela fungou e secou os olhos com as costas da mão. – Ele é só de Londres. Enguias "gelatinadas" e aquela merda de dancinha de Lambeth, isso que é a minha herança. Então fazer todas aquelas comidas, aprender a língua, ir para Roma... não serviu para nada.

– Isso não é verdade – disse Joe gentilmente. – Porque você amou fazer tudo isso e parecia muito feliz ultimamente. Pelo que me contou, sua aula noturna é incrível, e todas as comidas também fizeram muito sucesso em pouquíssimo tempo, sem falar que graças a elas você conseguiu sua própria coluna! Quem se importa de onde você é? Você ainda pode apreciar essas coisas.

Ele estava sendo tão doce e gentil que Anna realmente *estava* correndo o risco de cair no choro.

– Valeu, Joe – disse com um sorriso fraco.

– Além disso, a gente vai se divertir demais em Roma – lembrou ele. – Na verdade, pode ser que você aproveite mais, sem toda essa pressão! Não vai ter essa viagem estressante para Rimini pesando nas suas costas.

– Isso é verdade – concordou Anna. – Ainda posso fazer o curso mesmo que eu não seja italiana.

– Mas é claro que pode. Não vão fazer teste de DNA na porta, né?

– Vamos torcer que não. – Ela assoou o nariz. – Obrigada por ser tão legal comigo – disse. – Fui muito burra, sério. Não acredito que entendi tudo tão errado.

– Não seja boba – assegurou Joe. – Quem seu pai é não significa nada. Você ainda é a mesma Anna de sempre, engraçada, maravilhosa, uma jornalista talentosa, uma boa amiga, uma chef fenomenal...

– Pode continuar.

– Que precisa tomar espumante rosé imediatamente. Vamos chamar o garçom.

Il ragazzo

(O NAMORADO)

– Mãe!

– Ah, Em! Oi, meu amor. Venha aqui.

Catherine abraçou a filha com alegria, inspirando o aroma de cabelos limpos e perfume. *Sua menina.*

Era sexta à tarde e o fim da primeira semana no emprego novo de Catherine. O trabalho tinha sido simples, mas satisfatório, e suas colegas eram maravilhosas. Maggie também era uma ótima chefe, pondo a mão na terra com elas e incentivando todo mundo com bom humor. (Ela até tinha chegado na quinta com chocolates para a equipe, "para o caso de os namorados de vocês serem tão ruins quanto o meu e se esquecerem de lhes dar alguma coisa no Dia dos Namorados". Não era maravilhoso?!) E com a chegada do fim de semana, ali estava Emily, em casa por dois dias inteiros. Que felicidade.

Catherine tinha esperado aquele momento a semana toda. Já tomara a liberdade de reservar uma mesa aconchegante para duas no andar superior do Browns no sábado, para o almoço, com planos para fazerem compras depois. Se ela não podia mimar a filha com o salário, qual era o objetivo de ganhá-lo?

Uma fração de segundo depois, Catherine notou o jovem ao lado da filha na varanda – um cara alto e bonito com uma jaqueta de couro e um ar de despreocupação arrogante, como se preferisse estar fazendo coisas descoladas com pessoas descoladas num lugar bem mais descolado do que aquele. Ele carregava dois capacetes, e foi só então que Catherine notou o monstro preto e cromado reluzindo às costas do rapaz. Para os olhos de qualquer mãe de uma filha adolescente, aquilo era uma armadilha mortal.

– Ah – fez Catherine, tentando não deixar que seu alarme transparecesse. Emily não tinha mencionado um namorado. Ela definitivamente não tinha mencionado uma moto. Será que ela não sabia como aquelas coisas eram *letais*? – Olá – acrescentou com rapidez.

Lá se foi o fim de semana das meninas.

– Mãe, esse é Macca. Macca, essa é minha mãe, Catherine – acrescentou com um sorriso.

Sra. Evans, se não se importar, Catherine queria dizer.

– E aí – disse Macca com uma voz arrastada, sem fazer contato visual.

– Prazer conhecer você, ahn, Macca – cumprimentou Catherine.

Ela começou a estender a mão para o rapaz apertar, mas ele não pareceu notar, então Catherine rapidamente a abaixou para o lado.

– Podem entrar. Hum... Você vai passar o fim de semana aqui também?

– Ahn... Vou? – disse Macca, como se aquilo fosse indiferente.

Catherine ainda estava tentando aceitar o fato de que a filha tinha voltado para casa numa moto.

Imagens medonhas, dignas de pesadelo, se agitaram na cabeça de Catherine: Emily e Macca desviando de carros, se inclinando em curvas sinuosas, colidindo com um caminhão na pista contrária e indo parar no centro da pista...

– Querem uma xícara de chá? – ofereceu às pressas. *Pare com isso, Catherine.* Eles tinham chegado ali inteiros, não tinham? – Café? – Claramente chá e café eram escolhas de bebida dos velhos de meia-idade, a julgar pela expressão no rosto de Macca. – Suco? Algo mais forte? – falou, desesperada.

– Mãe, sua danadinha, não me diga que você já andou tomando xerez. – Emily riu. – A gente está de boa, obrigada. Eu disse para a Katy que a gente ia encontrar com ela no pub depois. Venha – falou para Macca. – Vou te mostrar meu quarto.

Os dois subiram correndo as escadas, rindo juntos de alguma coisa, e Catherine se arrastou até a cozinha. Ah. Tudo bem então. O jantar de mãe e filha tinha de repente virado um jantar para três. Ela tentou banir os pensamentos pouco caridosos de sua cabeça e tentou olhar para o lado bom. Emily estava de volta, e elas passariam um tempo maravilhoso juntas. Não passariam?

– Então, você também está na faculdade, Macca?
Ela tinha conseguido dar um jeito de fazer a torta de frango alimentar os três, à força da adição de cogumelos e cenouras no recheio e a servindo com as maiores batatas assadas que tinha. Não que aquele pateta parecesse grato pelos esforços, é claro. Ele estava enfiando garfadas generosas na boca como se estivesse desnutrido, uma mão acariciando a coxa de Emily por baixo da mesa enquanto ele comia.
– Tirando um ano de folga – murmurou ele, uma nevasca pequena de massa folhada caindo de seus lábios enquanto ele falava.
– Um ano de folga? Para quê, trabalhar ou economizar para viajar ou...? – perguntou Catherine, apesar de ter bastante certeza de que a resposta dele não seria nenhuma daquelas alternativas.
– Só um ano de folga – disse ele, sem olhá-la nos olhos.
– Macca é músico – comentou Emily, lançando-lhe um olhar encantado.
– Ah. O que você toca?
Meu Deus, como aquela conversa estava dando trabalho. Claramente Macca não andara melhorando as habilidades sociais durante o ano de folga.
– Violão.
– Você faz parte de alguma banda?
– Mãe, dá um tempo – protestou Emily. – Não é uma entrevista!
Catherine a viu revirar os olhos para o namorado e se sentiu traída.
– Só estou demonstrando interesse – disse, magoada.
Emily começou a falar com Macca sobre os planos daquela noite, e Catherine se desligou da conversa. Em sua cabeça rodaram imagens miseráveis da filha passando tempo em apartamentos sórdidos no subsolo com homens repugnantes, janelas escuras que nunca viam nenhuma luz, o cheiro doce e enjoativo de maconha, o som melancólico de notas tocadas num violão.

Veja só Emily, tão alegre, jovem e limpa, com o rosto rosado redondo e as rosetas de andar em pôneis ainda guardadas no armário. A ideia daquele cretino à frente de Catherine ousando manchar o brilho de sua filha lhe deu vontade de matá-lo.

– Bom dia! – disse Catherine no dia seguinte, correndo pela grama com geada na direção de Sophie e Anna.

Ela tinha acordado cedo e decidido ir ao Endcliffe Park, certa de que Emily e Macca continuariam a roncar por mais algumas horas. Era uma manhã fria de céu limpo, e ela fechou a parte de cima do agasalho até o final, sua respiração soltando nuvenzinhas no ar enquanto ela corria.

Sophie estava fazendo polichinelos para se aquecer enquanto Anna alongava as pernas, um gorro azul em sua cabeça.

– Oi. Achei que você ia trazer sua filha hoje – comentou Anna quando Catherine se aproximou.

– Eu ia – respondeu Catherine –, mas do nada ela surgiu com um cara lá de Liverpool. Os dois estavam desmaiados quando me levantei, então achei melhor deixá-los em paz.

– Ah. Namorado sério, então, se ele veio passar o fim de semana – disse Sophie, erguendo uma das sobrancelhas.

Catherine fez uma careta.

– Espero que não – confessou. – Ele é um completo imbecil. E grosseiro demais.

Sophie soltou uma risada.

– Você devia falar com a minha mãe. Levei uns caras horrorosos para casa quando era mais nova – confessou. – Vocês podiam trocar uma ideia.

– Quem nunca, né? – disse Anna. – Mas pena que não rolou aquele fim de semana legal juntas. Lembro que você estava bem ansiosa. – Ela olhou para a linha de partida. – Acho que estão nos chamando.

Catherine tentou colocar as coisas em perspectiva enquanto as três se apressavam para se juntar aos outros corredores. Talvez as garotas tivessem razão, disse para si mesma com firmeza, quando começaram a percorrer o trajeto. Todo mundo tinha tido sua parcela de namorados terríveis, não é? Ela com certeza tivera alguns. Talvez tivesse sido um pouco dura com o coitado do Macca.

Mas então se lembrou da forma como ele havia falado com Emily na noite anterior e toda a boa vontade de Catherine murchou até não sobrar nada. Ela estava subindo as escadas com uma cesta de roupa limpa quando ouviu a voz de Emily saindo o quarto dela.

– O que você acha, essa blusa com a calça jeans, ou meu vestido preto?

Catherine tinha parado, pensando por um momento que a filha estivera falando com ela. Mas depois Macca respondeu:

– Essa blusa é meio justa, né?

– Você acha?

Emily parecia em dívida.

– É. Justa demais. Não acho que você tem o corpo certo para usar algo assim. Sem ofensa.

Foi a fala mais longa que Catherine já ouvira o rapaz dizer, e ela não gostou de nenhuma palavra nela. Sem ofensa mesmo, quando ele acabara de criticar o corpo de Emily daquele jeito. Quem ele estava tentando enganar?

– Ah – fez Emily, hesitante, e Catherine fez uma careta, imaginando a expressão derrotada no rosto da filha. – É melhor eu usar o vestido, então?

– É meio curto. Você não tem nada com uma cara menos de... piranha?

Era como se Catherine estivesse voltando no tempo, ouvindo Mike dizer coisas semelhantes para ela. Lembrava toda a ansiedade que sentia quando mostrava roupas e mais roupas para ele, que sempre apenas balançava a cabeça, os lábios apertados em desaprovação. Ah, Emily... Não ature uma asneira dessas como eu.

– Hum... acho que sim.

Emily soava mal. Catherine conseguiu ouvir os cabides fazendo barulho no guarda-roupa da filha enquanto ela procurava outra roupa.

Ela já tinha passado por isso. Catherine hesitou no último degrau, sem saber o que fazer. Seu instinto era invadir o quarto para defender Emily, mas sabia que talvez a filha não ficasse grata por isso.

– Cath? Tá tudo bem?

A voz de Sophie a arrastou de volta para o presente. Estavam correndo ao longo do playground, mas Catherine estivera a quilômetros dali.

– Desculpa – falou. – Ainda não acordei direito.
– Ainda está pensando naquele namorado imbecil?
– Sim.

No fim, ela não tinha dito nada, apenas fizera questão de falar para Emily como ela estava linda quando a filha finalmente saiu do quarto com uma bata de mangas compridas e calça jeans. Porém, o sorriso de Emily não era sincero, e Catherine conseguia ver que a filha não se sentia nem um pouco linda.

– Como foi com a sua mãe? – perguntou Sophie para Anna no momento seguinte, e Catherine se sentiu mal por ter ficado tão concentrada em si mesma.

– Meu Deus, sim! – exclamou num tom culpado. – O que ela disse? Você descobriu mais alguma coisa sobre o seu pai?

Anna franziu a testa.

– Não – falou. – Na verdade, não.

– Ah – fez Sophie, olhando de soslaio para a amiga. – Mas achei que ela ia te contar...

– Humm – respondeu Anna. – Foi uma conversa meio estranha, na verdade. Ainda estou tentando entender direito. – Ela fez uma careta. – Não foi o que eu estava esperando.

Catherine nunca tinha visto Anna, que era sempre animada, agindo de um jeito tão reservado.

– Você está bem? Não precisa contar pra gente se não quiser – começou a dizer, mas Anna já tinha mudado de assunto.

– Enfim... – falou, aumentando de leve o ritmo dos passos. – Como vocês duas estão? Como está a peça, Sophie?

Sophie olhou rapidamente para Catherine, que deu de ombros. O que quer que tivesse acontecido entre Anna e a mãe claramente não estava aberto para discussão. Não naquele momento, pelo menos.

Catherine chegou em casa se sentindo cheia de energia depois da corrida. Tinha melhorado seu tempo em dois minutos desde a última vez e sua pele formigava com todo aquele ar fresco. Enquanto tirava os tênis na entrada, porém, ouviu a voz de Emily vindo da cozinha, aguda e na defensiva, e o bom humor de Catherine desinflou quase de imediato.

– Ele é só um amigo, eu o conheço desde sempre. É sério, ele não está interessado em mim, não mesmo.

Catherine apurou os ouvidos, mas só conseguiu escutar um murmúrio mal-humorado de Macca em resposta. Depois veio Emily de novo, protestando entre lágrimas:

– Eu não fiz isso! Juro que não! Eu nem *gosto* dele de verdade!

Catherine prendeu a respiração enquanto ouvia a resposta murmurada de novo. O que Macca estava *dizendo* para Emily?

– Não é assim! – exclamou ela, arrasada, e algo dentro de Catherine se partiu.

O que quer que estivesse acontecendo, ela precisava pôr um fim naquilo. Nunca ia permitir que a história se repetisse.

Cerrando os punhos, ela marchou para dentro da cozinha.

– O que está acontecendo? – perguntou.

Emily estava no fogão, espetando o bacon na frigideira com um garfo, e tomou um susto quando a mãe apareceu. Ela só estava usando uma camiseta longa e havia algo irremediavelmente vulnerável em suas pernas rosadas nuas, marcadas com arrepios, e a umidade em seus cílios.

– Ah! Mãe. Não é nada.

– Não me pareceu que era nada. Você passou a impressão de estar bem chateada. De novo. O que está acontecendo?

Emily se encolheu, olhando de relance e com nervosismo para Macca, depois voltou a fitar Catherine.

– É sério, mãe, está tudo bem. A gente só estava conversando.

– Conversando? É assim que vocês chamam? – Catherine colocou as mãos na cintura e encarou Macca. – Bem, deixa eu te dar uma dica, raio de sol. Não vou permitir que você desmereça minha filha na minha casa – disse para ele. – Ouvi você ontem à noite também, fazendo ela se sentir mal por causa do que estava vestindo.

Ele torceu o lábio para ela, com desprezo e descrença.

– Como é que é?

– Você me ouviu. Agir assim é nojento. Nojento e grosseiro. Meu marido me desmerecia do mesmo jeito. Eu tolerei a atitude dele por anos, até minha confiança ficar em frangalhos. Então, pode acreditar, não vou ficar quieta vendo você fazer a mesma coisa com minha filha. Ela vale mais do que isso.

– Mãe! – sibilou Emily, horrorizada.

– Estou falando sério – vociferou Catherine. – Então é melhor começar a tratá-la com um pouco mais de respeito, amigo... ou então pode cair fora da minha casa. Estamos entendidos?

Ele a encarou com olhos cristalinos.

– Pode ser.

– Vou entender isso como um sim – disse Catherine com ferocidade. – Agora vou tomar um banho. E você pense bem no que eu falei.

No andar de cima, segura dentro do banheiro, ela se encostou na parede azulejada, se sentindo tonta, e deixou que a água descesse sobre seu corpo. Minha nossa. Ela realmente tinha *dito* tudo aquilo, com as mãos na cintura, dando lição de moral? Ela mal conseguia acreditar na própria ousadia, na própria ferocidade. Mas cada palavra que dissera foi sincera. Ela nunca ia deixar que a filha aturasse o mesmo tipo de tratamento que a própria Catherine sofrera com Mike: um desmerecimento sarcástico aqui, um "sem ofensa" ali, uma série de comentários depreciativos que resultavam num desequilíbrio de poder, um tirano intimidador e uma mulher sem confiança nenhuma.

Ainda assim, será que Emily algum dia a perdoaria?

– E o que aconteceu depois? Ele foi embora?

– Foi.

Era o dia seguinte, e ela tinha dirigido até a horta depois de uma noite mal dormida, torcendo para que um pouco de trabalho braçal e ar fresco a colocassem nos trilhos. O clima estava inesperadamente agradável e ela estava ajudando George a cavar um canteiro de verduras.

– O único problema é que ela também foi.

– Sua filha? Como assim, os dois simplesmente foram embora?

– Já tinham ido embora quando saí do banho. Nem sequer tomaram o café da manhã.

Ela se apoiou com força na pá, lembrando o choque da casa vazia, correndo por todos os cômodos enquanto chamava o nome de Emily, o bacon abandonado na frigideira. Tarde demais.

– Me sinto horrível, George. O primeiro namorado de verdade que ela trouxe pra casa e eu briguei com o cara e o pus pra fora.

– E você tinha toda a razão, pelo jeito – disse George. – O cara parece ser um canalha daqueles.

– Ele era. O tipo de canalha com quem eu me casei, então sei do que estou falando.

– Bem, então acho que você até fez um favor para ela. – Ele revirou a terra com o rastelo algumas vezes. – O que ela disse depois disso? Vocês já fizeram as pazes?

– Emily e eu? Não. Ela nem está atendendo minhas ligações – disse Catherine, infeliz. – Francamente, George, eu não sou assim, não costumo falar demais desse jeito. Não sei o que deu em mim.

Mesmo enquanto dizia aquelas palavras, ela sabia que não eram estritamente verdade. Ela soubera exatamente o que tinha lhe dado: uma premonição terrível do futuro, de Emily seguindo o mesmo caminho terrível que a própria Catherine seguira, permitindo que um homem acabasse com seu espírito até que ela mal se reconhecesse.

– Espere alguns dias – aconselhou George. – Você provavelmente feriu o orgulho dela perdendo a paciência na frente do cara. Questionou as escolhas dela.

– É com isso que estou preocupada: que ela decida se aliar a *ele*, não a mim. Você sabe como a gente é nessa idade, com as emoções à flor da pele. E os pais não entendem nada, é claro.

– Tenho certeza de que lá no fundo ela sabe que você só estava tentando protegê-la – disse George, e Catherine abriu um sorriso grato.

Era tão fácil conversar com ele. Ela estava tão feliz por ter decidido ir à horta naquele dia.

– Assim como eu tenho certeza de que lá no fundo você sabe que era para estar me ajudando a cavar esse canteiro para verduras aqui.

Catherine riu, apesar da ansiedade.

– Desculpa.

Ela enfiou a pá com força no chão duro, se apoiando nela até que entrasse até o cabo. Esperava que George tivesse razão e que Emily soubesse lá no fundo que Catherine tinha agido por amor. Com certeza ela sabia disso, certo?

O sol escolheu aquele minuto para aparecer entre duas nuvens de algodão grossas e Catherine virou o rosto para o céu, apreciando o calor fraco que oferecia. Em algumas semanas chegaria a primavera, pensou, cavando o solo com uma nova onda de energia. Os dias ficariam mais longos e mais iluminados, as árvores começariam a florescer, as primeiras flores – galantos e prímulas – abririam espaço para narcisos e cerejeiras. Tinha sido um inverno bem longo.

– Sabe, você realmente é uma pessoa legal, Catherine – comentou George do nada.

Ela ergueu os olhos, sem esperar aquilo, e o viu apoiado no rastelo, sorrindo para ela, seus olhos enrugando nos cantos.

– Ah! Sou? Obrigada – disse ela, pega de surpresa.

– Odeio imaginar seu marido te tratando do jeito que você falou – falou George. – Ainda bem que você não está mais com ele.

– Também acho – concordou ela, constrangida.

– E eu estava pensando – continuou ele – que talvez a gente pudesse sair um dia desses. Só nós dois.

Só eles dois... Ai, minha nossa. Ele a estava convidando para sair de verdade? O sentimento inicial de Catherine foi de pânico.

– Bem... Eu... Nossa – falou de um jeito meio bobo. Seu rosto esquentou. – Estou um pouco fora de forma – acrescentou, ficando mais vermelha ainda. Meu Deus do Céu. Parecia que ela estava falando de sexo. – Há muito tempo que não vou a encontros, quer dizer. Encontros com homens.

– Em oposição a encontros com o quê? Texugos? – Faz um tempinho.

– Bem, você não precisa ir a encontros com *homens* – destacou ele com leveza –, apenas comigo. E só se você quiser. – Ele desenterrou uma raiz enorme de espinheiro e a jogou às suas costas. – A gente podia ir tomar uns drinques hoje à noite se você estiver a fim.

– Hoje à noite?

– É, se você não tiver compromisso.

É claro que ela não tinha compromisso. Ela nunca tinha compromisso. Mas sair para tomar uns drinques, com ele? Naquela noite? *Não estou pronta para sair com alguém*, pensou, insegura. Será que algum dia ela estaria pronta?

Ela olhou para George à sua frente e ele sorriu – um sorriso de verdade, acolhedor. Ela retribuiu o sorriso. Por que não, né? Era George. Ele era maravilhoso. E, no próximo momento, um grito desconhecido de entusiasmo começou a rodopiar dentro dela com a ideia de ir com ele a um pub qualquer. Para conversar. Tomar um drinque. Se conhecerem melhor. *É como montar de novo num cavalo*, Penny tinha dito.

– Está bem – soltou.

– Sério? Ótimo – disse George.

Ele sorriu para Catherine, e o estômago dela deu um tipo estranho de rodopio que a deixou sem fôlego.

– Combinado.

Dirigindo para casa mais tarde, ela se sentia eufórica com esse novo avanço. Quem teria imaginado? Ela e George, saindo para tomar uns drinques juntos. Ela meio que esperara que ele lhe desse uma cotovelada e dissesse que era só brincadeira, que não era *daquele* jeito, mas a última coisa que tinha falado para Catherine naquela tarde, enquanto ela batia os pés para tirar a lama das galochas, era que a encontraria às oito da noite no Walkley Arms, um pub perto da horta. Então era sério. Um *encontro* de verdade. BERRO, como sua filha diria.

Será que ele tentaria beijá-la?, perguntou-se, uma sensação histérica borbulhando dentro de si enquanto saía da estrada principal e entrava no vilarejo. Seria o começo de um relacionamento de verdade? Será que ele ia querer transar com ela? Será que eles iam se *apaixonar*?

Meu Deus. Era aterrorizante, para ser sincera. Ela precisava de alguns conselhos de Penny ou... não, Penny, não. Ela só ia dizer para Catherine atacar o coitado no pub e enfiar a língua na boca dele. As meninas da aula de italiano então, Sophie e Anna. O que elas diriam se estivessem ali naquele momento?

Ela quase conseguia ouvir as vozes delas ressoando em sua cabeça. *Oba! Vai com tudo, Catherine!*

Ela acionou a seta para indicar que ia virar à esquerda, na rua de casa, em seguida quase deixou o carro morrer quando viu a figura desolada sentada na porta da frente. Depois de estacionar do jeito mais abominável e apressado do mundo, ela saiu aos tropeços do carro.

– Emily! – exclamou, se apressando até a filha. – Achei que você tinha voltado para Liverpool! Está tudo bem?

Emily caiu no choro assim que Catherine a abraçou.

– Sinto muito, mãe. – Ela soluçou. – Sinto muito mesmo.

– Ah, querida... – Ela puxou a filha para mais perto, o rosto de Emily frio contra o seu. – Entre, vou fazer uma xícara de chá para você. Quanto tempo você ficou sentada aqui?

– Mais ou menos uma hora. Esqueci minha chave e Penny não estava em casa. – Ela secou os olhos na manga enquanto Catherine abria a porta. – Macca terminou comigo.

– Que idiota – disse Catherine com convicção, seu coração se partindo ao ver aquele rosto marcado pelas lágrimas e aquelas bochechas inchadas.

– Eu sei que você não gostou dele, mãe, mas eu realmente o amava. Eu o amava.

– Ah, querida, venha aqui...

Emily sempre fora do tipo que não escondia os sentimentos, e naquele momento seu rosto estava retorcido em pura dor e tristeza. Catherine apenas queria embrulhá-la no próprio amor feroz e nunca mais deixar que outra pessoa a magoasse. Ela podia *matar* Macca, aquele imbecil maldito. Ela *ia* matá-lo se algum dia o visse de novo.

– Ele disse... Ele disse que eu era *comum* demais.

Ela se engasgou naquela palavra, mais lágrimas caindo na blusa de lã de Catherine.

– Comum? Que besteira! Você é a garota mais maravilhosa, especial e linda do planeta – retrucou. – E não ouse deixar que qualquer pessoa lhe diga o contrário. – Ela deu mais um abraço forte na filha. – Comum, uma ova. Imagine só! Agora entre rapidinho que vou cuidar de você.

Emily assoou o nariz e arrastou os pés para dentro da casa, permitindo que Catherine fizesse alvoroço enquanto servia chocolate quente e um pacote de Jaffa Cakes para a filha.

– Valeu, mãe – disse ela com um sorriso fraco, seus olhos vermelhos.

Um último soluço trêmulo balançou os ombros dela. – Sinto muito por ter saído daquele jeito ontem. Ele ficou tão bravo que eu não sabia o que fazer. Falou que, se eu não fosse com ele, ele ia me largar no mesmo instante.

Catherine se sentou ao lado da filha à mesa e fez carinho na bochecha dela.

– Sinto muito por ter colocado você nessa posição – disse. – Eu provavelmente não devia ter surtado com ele daquele jeito. É só que o jeito que ele estava te tratando me deixou nervosa. Eu não gostei de ver aquilo.

Emily assoprou o chocolate quente.

– Ele era bem legal comigo às vezes – falou na defensiva, com os olhos caídos.

– Às vezes não é o bastante – aconselhou Catherine. – Pessoas que ligam e desligam os momentos de ser legal não são confiáveis. Acredite em mim.

Houve um silêncio curto enquanto ela pensava em Mike. Eles não se falavam desde o confronto no pub e ela se perguntou, inquieta, se ele havia mantido a palavra quanto ao dinheiro, ou se já mudara de ideia.

– A gente não tinha muito em comum, acho – admitiu Emily depois de um momento. – Quer dizer, ele era bonito, mas, sabe... a gente nunca *conversava*, não de verdade. E ele sempre ficava com ciúmes quando outros homens me olhavam.

– Parece que ele era inseguro. Pessoas assim desmerecem a gente para que *elas* se sintam melhor. Como... – começou ela, depois parou.

– Como o papai fazia com você? – incentivou Emily.

Catherine entrelaçou os dedos no colo. Ela não queria falar mal de Mike para Emily. Ele era o pai dela, o herói dela.

– Às vezes – admitiu baixinho.

Emily apoiou a cabeça no ombro de Catherine.

– Na verdade, eu meio que curti quando você gritou com Macca, sabia, mãe?

Um nó se formou na garganta de Catherine.

– É mesmo?

– É. Eu fiquei tipo *Mandou bem, mãe!*, por ter me defendido. – Ela mordiscou outro Jaffa Cake. – Que bom que você ficou do meu lado, não do lado dele.

– Sempre vou ficar do seu lado, Em. Sempre. Nunca se esqueça disso.

– Valeu, mãe.

Elas ficaram sentadas ali num silêncio agradável por alguns minutos enquanto Catherine se sentia tonta com o alívio de as duas estarem do mesmo lado de novo. Aliadas.

– Sinto muito que o fim de semana não tenha sido tão bom – disse Emily depois de um tempinho –, mas não tenho nenhuma aula amanhã pela manhã, então posso dormir aqui se não tiver problema. Talvez a gente pudesse sair e tomar um chá juntas.

– Seria maravilhoso – concordou Catherine.

Logo em seguida o rosto sorridente de George apareceu em sua mente e ela lembrou que já tinha feito planos. O encontro.

– Ahh – fez. – Hum... Eu meio que tinha combinado de sair com alguém hoje à noite. Mas tenho certeza de que posso remarcar.

Emily se afastou dela – só um tiquinho, mas Catherine sentiu.

– Com quem? – perguntou ela. – Penny?

– Não, não Penny. Só alguém que conheci na horta. Era onde eu estava hoje.

– Ah. – Uma frieza nova havia tomado a voz de Emily. – É um homem?

– Sim, mas...

– O papai sabe?

– Não é assim, Em.

– Não?

Não? Catherine odiava a distância que havia aparecido entre elas de repente.

– Não importa. Vou adiar – falou rapidinho.

– É esquisito ver você saindo com outro homem.

– Eu não estou *saindo* com ele.

Emily a estudou, sua testa se franzindo de leve.

– Não é meio cedo demais? Quer dizer, não faz muito tempo que o papai estava aqui no Natal. Acho que você não deveria se apressar, mãe.

Disse a garota que tinha acabado de entregar o coração para um energúmeno como Macca.

– Não estou apressando nada, Em. Enfim, seu pai e eu já estávamos separados no Natal, lembra? Ele foi embora no dia que você e Matthew foram para a faculdade.

Mas Emily não parecia estar ouvindo.

– Você já beijou esse homem? Já *dormiu* com ele?

– Emily! Que tipo de pergunta é essa?

– Matthew já sabe? Ele já conheceu o cara?

– Não! Não tem nada para *saber*! – O relacionamentozinho dela, recém-nascido e frágil como uma flor de dente-de-leão, tinha se tornado algo horrendo e sinistro em questão de segundos. – Veja bem, não é nada de mais. Vou me encontrar com ele outro dia, tá? Prefiro sair com você.

– Prefere?

Se ela preferia? Catherine tentou bloquear aquele sentimento palpitante e animado que havia surgido dentro dela quando voltara para casa mais cedo. Emily... George... Ah, era injusto que ela tivesse que escolher entre os dois. É claro que a filha ia ganhar todas as vezes – especialmente quando estava vulnerável e um grude daquele jeito.

– Sim – afirmou com firmeza. – É claro que prefiro. Deixa eu tirar essa calça jeans suja e a gente vai se divertir muito juntas, só nós duas.

Emily sorriu – finalmente – e tudo pareceu valer a pena.

– Valeu, mãe.

De: Catherine
Para: George
Oi, George, sinto mt mt mt, mas podemos remarcar os drinques? Emily (filha) apareceu aqui, o namorado idiota terminou com ela, precisa de mim. Sinto mt mesmo.
Você se importa? C

De: George
Para: Catherine
Sem problemas. Espero q ela esteja bem. G

De: Catherine
Para: George
Talvez a gente pudesse sair outro dia?

– Mãe? Eu perguntei: você vai querer sobremesa?

– Ah. Ahn... Não. Estou cheia, obrigada.

Catherine deu uma olhada no celular de novo enquanto Emily olhava pensativa para o cardápio. Ainda nenhuma resposta.

– Humm, petit gâteau com calda de chocolate... parece uma delícia. Tem certeza de que não quer nada?

– Tenho. Mas peça um pra você. Parece ótimo.

Mais tarde, quando chegaram em casa, ainda não havia nenhuma resposta de George. Será que ele já tinha desistido da ideia?

> De: Catherine
> Para: George
> Desculpa de novo por hj à noite. E obrigada pela conversa + cedo. Ajudou bastante. A gente se vê na aula bj

Catherine e Emily se sentaram para assistir a uma comédia romântica juntas com uma garrafa de vinho, mas Catherine não conseguia se concentrar. Talvez o celular dele estivesse sem bateria. Talvez ele estivesse num lugar sem sinal. Mas talvez o silêncio significasse que ele tinha ficado irritado com ela por ter cancelado o encontro. Mas ela tinha explicado, não tinha? Não era nada contra ele!

O celular dela vibrou com outra mensagem e Catherine quase derramou o vinho na pressa para ler. Mas era de Anna.

> De: Anna
> Para: Catherine
> Acabei de ouvir no jornal que fizeram uma doação enorme para a campanha do Hospital Infantil, tipo, enorme mesmo. Um doador misterioso, disseram. Não tem nada a ver com você, né?! Bjs, A

Catherine abriu um sorrisinho. Então Mike realmente cumprira a promessa: tinha doado o dinheiro, passado uma borracha em tudo. Isso realmente era uma boa notícia. É claro, isso também significava que o celular de Catherine estava funcionando perfeitamente bem. *Vamos lá, George, fale comigo.*

Ela tentou prestar atenção no filme, mas sua mente continuava a vagar para longe, imaginando o que poderia ter acontecido num universo paralelo em que ela tivesse passado perfume, escolhido um vestido bonito e depois, com os joelhos tremendo de nervosismo, ido encontrar George. Talvez ela nunca soubesse.

Il spettacolo

(A PEÇA)

– Puta merda.

– Jim! Olha a boca! – repreendeu Trish enquanto acomodava xícaras sujas de café no lava-louça.

– Não consigo acreditar nessa merda.

– JIM!

– Não é 1º de abril ainda, né? Mas que diabos...?

Sophie, que estava concentrada no próprio café da manhã, olhou para cima e viu o pai encarando um extrato bancário, seus olhos azuis arregalados.

– O que foi, pai?

Jim passou a mão na testa e balançou a cabeça.

– Deve ser um erro – falou com voz rouca, balançando a cabeça mais uma vez. – Só pode ser. Porque de que outra forma 10 mil libras foram parar na nossa conta?

– Quê? Deixa eu ver. – Sophie nunca tinha visto a mãe se mexer tão rápido. – Meu Deus, Jim. Olha só isso. Dez mil libras! – Trish afundou na cadeira como se o choque fosse demais para ela. – Como é que isso foi parar aí?

– Não faço ideia – disse Jim. – Transferência de fundos, é só o que diz. O banco deve ter feito alguma besteira, você vai ver. Alguém com dedos gordos digitou o número errado, é o que eu acho. Melhor ligar para lá e avisar. – Ele ergueu o extrato no ar. – Deem uma boa olhada, moças. É bem provável que esses 10 mil sejam arrancados daí mais rápido do que vocês consigam dizer "gastança".

Durante um momento calmo do turno da manhã no café, Sophie deu um pulinho nos fundos do prédio sob o pretexto de tirar o lixo e ligou para Catherine.

– Entrou – falou. – O dinheiro. Muito obrigada.

– Ah, que bom. Fico muito feliz. Obrigada por ter me passado os dados bancários. Eu não tinha certeza se Mike ia realmente cumprir o combinado. Mas a consciência dele devia estar pesando uma tonelada.

– Ele depositou 10 mil – disse Sophie, com um lampejo de alegria ao lembrar o prazer chocado dos pais. – Foi muito difícil manter a cara séria hoje de manhã. Meus pais acham que é algum erro, ainda não se tocaram de que o dinheiro é deles mesmo.

– Bem, espero que eles gostem de gastá-lo. E sinto muito por ter colocado você na posição de ter que guardar segredo, mas...

– Tudo bem. Eu entendo.

Sophie sabia que essa era a condição que Mike tinha imposto para Catherine, com medo de que, se a verdade viesse à tona, fosse o fim da carreira dele.

– Obrigada. Bem, fico feliz que no final tenha dado tudo certo de qualquer jeito. Ei, Dan já deu sinal de vida?

– Nenhum pio. Preciso ir. Obrigada de novo, Cath. Até logo.

Dan já deu sinal de vida? Quem dera. Sophie estava quase sem esperanças de receber alguma resposta dele àquela altura. Havia um limite de vezes que uma pessoa podia atualizar o Facebook e o e-mail antes que ficasse com vontade de se dar um soco. Depois de mandar uma resposta cuidadosamente redigida para ele, a qual tinha levado quase uma hora para compor, não tinha recebido absolutamente nenhum retorno. Por que os homens *faziam* essas coisas – davam a entender que havia uma chance, um futuro, para depois ignorar a pessoa completamente quando recebiam uma resposta? Inferno, não era como se Sophie estivesse pedindo para *ele* lhe mandar 10 mil libras. Bastavam dez linhas de texto. Até um "Oi" já era alguma coisa.

Será que ela o havia ofendido de alguma forma? Ela tinha lido e relido a mensagem que enviara, tentando decifrá-la a nível forense, procurando em vão o que tinha dito que poderia ter posto Dan para correr.

Não se preocupe com isso, tinha escrito. *Estou bem. Que bom saber de você.* (Claro que ela tinha omitido todos os detalhes sobre persegui-lo em vão ao redor do mundo, o coração partido que se prolongou por meses (anos), o fato de que nunca mais havia se apaixonado.) *Me avise se algum dia vier para estas bandas*, tinha terminado com leveza. *Com amor, Sophie.* Ela não tinha dito *Me ligue* ou *Vamos nos encontrar!* ou *Vamos reatar!!!*, mesmo que estivesse convencida de que esses pensamentos deviam estar praticamente audíveis, atravessando o Peak District até chegar a Dan na forma de ondas de som. Talvez tivesse sido o "Com amor, Sophie" que o tinha assustado. Mas ele tinha escrito "Com amor, Dan", não tinha? Ele tinha dito que esperava que ela não estivesse saindo com alguém, que sentia saudade dela, que tinha ficado imprestável sem ela!

Enfim, já fazia três anos que ela o havia superado, então uma conversa curta no Facebook não ia mudar nada. Além disso, ela estava ocupada demais para pensar em Dan no momento, com os turnos no café, o planejamento das aulas de italiano do bimestre seguinte e a estreia da peça naquela semana. Ela certamente não tinha tempo para ficar agonizando por causa de umas frases na tela de um computador. Ponto-final.

Ela ia ficar triste quando a peça acabasse. Fazia apenas umas duas semanas que estava ensaiando com o grupo, mas sentia que já havia criado um vínculo imediato com eles. Amava o enigmático e sexy Max, cuja paixão pelo teatro contagiava a todos. Adorava Ruby e Gareth, que faziam os dois papéis principais. Ambos tinham seus 20 e tantos anos e eram divertidíssimos. Havia duas adolescentes, Beth e Alys, ambas tão tímidas que se escondiam atrás das franjas e do excesso de maquiagem, mas que eram ótimas atrizes e realmente ganhavam vida quando diziam suas falas. As duas estavam perdidamente apaixonadas por Jonty, que tinha 30 anos, cabelos castanhos, covinhas e a risada mais obscena que Sophie já ouvira. E a velha guarda também era fabulosa: Valerie, que preparava todos os figurinos em sua máquina de costura da Singer; Patrick, sempre bem-apessoado e brilhando com gel no cabelo e um terno cintilante; Meredith, que fazia a maquiagem de todos e sempre prendia os cabelos grisalhos num coque elegante; e Dickie, que uma vez fora um figurante na novela *Emmerdale* e vivia se gabando de conhecer gente importante. Quanto a Brenda Dodds, ela era um amorzinho e sempre trazia brownies caseiros para os ensaios. Era um mistério por que Geraldine não gostava dela.

Seriam duas apresentações – quinta e sexta – e, de acordo com Max, ambas estavam praticamente esgotadas. A companhia não tinha um teatro próprio, mas tinha conexões com uma escola secundária próxima que cedera seu palco e suas instalações por uma pequena taxa. Não era exatamente o The Crucible, o teatro principal de Sheffield, mas, ei, tinham que começar em algum lugar. E àquela altura os figurinos e o cenário já estavam prontos, e todo mundo praticamente sabia todas as falas. Era hora do show.

Sophie não tinha feito muito alarde sobre sua participação na produção, mas quando bisbilhotou por trás das cortinas antes da primeira apresentação, seus joelhos falharam ao ver que seus pais estavam sentados, ansiosos, na segunda fileira, e Anna, Catherine, Phoebe, Nita e Roy também estavam lá, nos fundos. De repente os olhos de Sophie ficaram marejados de emoção, e ela teve que respirar fundo três vezes. Eles vieram. Tinham se dado ao trabalho de comprar ingressos e vir se sentar em cadeiras de plástico naquele auditório com cheiro de giz por causa dela. Quando Sophie olhou o celular, viu que Geraldine também tinha lembrado e mandara uma mensagem. *Arrasa, garota*, dizia.

– Dois minutos – disse Max bem naquele momento, e um burburinho começou nos bastidores.

Beth se pôs a reclamar do próprio cabelo, Ruby teve um problema com as roupas que foi resolvido com três grampos de Valerie, e Jonty se trancou no banheiro para fazer uns exercícios estranhos de voz que davam a impressão de que ele estava fazendo gargarejo e sendo estrangulado ao mesmo tempo. Sophie começou a ficar apavorada, sua garganta horrivelmente seca. Ai, meu Deus. Ela realmente ia ter que subir no palco na frente de todas aquelas pessoas e falar. Atuar! Por que ela um dia pensou que aquilo era uma boa ideia? Por que tinha deixado Geraldine a convencer a fazer aquilo?

Max se aproximou dela pelas costas e deu um aperto em seu ombro.

– Você vai arrasar, querida – falou. – Assim que subir no palco, a adrenalina vai tomar conta e vai passar voando. Vai dar tudo certo.

– Vai dar tudo certo – repetiu Sophie titubeando, sentindo a respiração pesar nos pulmões.

E então as luzes no auditório se apagaram, um silêncio se instaurou e as cortinas se abriram para revelar Ruby e Gareth no palco.

– Que comece o show – murmurou Max.

Acabou antes que Sophie percebesse – seus pés a levando até seu lugar no palco, suas falas ditas sem pausa ou erro, uma mão na cintura, uma expressão exasperada para o público (que deu risada) e então *clip-clop, clip-clop*, fora do palco de novo. Porém, era mais do que aquilo: era a sensação estrondosa que vibrava por todo o seu corpo, quase impossível de conter; era o orgulho que sentiu enquanto o público aplaudia durante duas rodadas de agradecimentos; e era a alegria de ver os sorrisos enormes no rosto de seus pais, Phoebe lhe dando um joinha e os amigos todos aplaudindo. Era como a adrenalina de usar uma droga, uma viagem pura de felicidade e alívio e "eu consegui!".

E então ela por acaso olhou para os fundos do auditório e viu outro rosto familiar lá na última fileira, as mãos no ar enquanto aplaudia, o rosto com um sorriso grande estampado. Era Dan. Quando os olhos dos dois se encontraram e um choque ricocheteou por Sophie, ele colocou os indicadores entre os lábios e assobiou.

Como é que ele...?, perguntou-se ela, atordoada, depois lembrou que havia colocado um link da peça no Facebook. Foi assim. E ali estava ele, realmente ali no mesmo ambiente que ela de novo. Sophie teve que reunir todas as suas forças para não sair correndo do palco quando as cortinas se fecharam pela última vez.

O elenco gritou e se abraçou enquanto todos iam para os bastidores.

– Fabulosos, gente, vocês foram fabulosos! – exclamou Max, dando tapinhas nas costas de cada um à medida que passavam. – Ruby, você arrasou no final. Gareth, excelente, meu amigo. O público amou todos vocês. Muito bem. Fantástico!

Sophie mal conseguia ouvir o que eles diziam. Ela estava se sentindo quente e fria por todo o corpo, ainda aturdida por ter visto Dan na plateia. Ela não o tinha apenas imaginado, não é? Não, ele realmente estava lá. Aplaudindo. Sorrindo para ela. Assobiando. Ações falavam mais alto do que palavras, como qualquer estudante de teatro sabia. E, naquele momento, as ações dele falavam muito alto mesmo.

– Está tudo bem, Soph? Você está um pouco corada.

Era Ruby, com a mão nas costas de Sophie, os olhos brilhando de pura energia.

– Eu... É. Tudo. Você foi incrível, por sinal.

– Obrigada! Você também. Acho que Max tem um espumante na geladeira se quiser um pouquinho!

– Claro, pode ser. – Ela engoliu em seco, ciente de que estava agindo de um jeito estranho. – Só vou retocar a maquiagem e ver meus amigos. Volto num minutinho.

Estavam todos lá, aglomerados na entrada dos artistas: seus amigos da aula de italiano, seus pais. Dan. Pessoas muito importantes para ela. Sophie não sabia quem cumprimentar primeiro.

Anna e Catherine se adiantaram para lhe dar um abraço, resolvendo o problema.

– Ei! Você foi incrível! – exclamou Anna.

– A peça toda foi ótima – comentou Catherine com entusiasmo.

– Geraldine vai ficar tão orgulhosa quando eu contar para ela – disse Roy, com os olhos marejados.

– Aquele cara moreno era bem bonito, hein? – dizia Nita. – Sabe se ele está solteiro?

– Muito bem, querida – disse sua mãe, se adiantando para lhe dar um beijo. – Você foi incrível.

– Você foi a melhor – falou Jim. – Foi, *sim*!

– Ah, pai... – disse Sophie, com carinho. – Duvido que...

– Bem, eu não duvido – retrucou ele. – Você brilhou lá no palco, como uma estrela de verdade.

– Realmente brilhou – concordou Anna. – Acho que uma nova carreira está se descortinando à sua frente, sabe?

Dan, ela percebeu, estava atrás de todo mundo, sorrindo enquanto a observava recebendo todos os elogios. Meu Deus, ele estava mais lindo do que nunca, com aqueles olhos castanhos calorosos e aquela covinha na bochecha. Seus cabelos estavam um pouco mais curtos do que na época de surfista na Austrália, com menos cara de *boyband*, de certa forma mais maduro. Havia um casaco preto sobre um dos braços, e Sophie percebeu que nunca o tinha visto com roupas de inverno.

– Oi – falou ela sem fazer nenhum som, se sentindo sem fôlego por estar compartilhando o mesmo ar com ele de novo.

O sorriso dele aumentou.

– Oi – respondeu, também mexendo apenas os lábios.

Os outros continuavam a falar – Roy estava apresentando todos para os pais de Sophie e Phoebe estava fazendo algum comentário –, mas Sophie não ouvia nada. Não via nada. O corredor pareceu se encolher cada vez mais ao seu redor, até que o mundo consistisse apenas dela e de Dan.

Ela deu um passo para a frente, e ele a imitou. Então os dois correram para se encontrar ao mesmo tempo e praticamente caíram nos braços um do outro. Ela estava meio rindo, meio chorando, e conseguia sentir o cheiro de Dan (igualzinho) e estava sendo esmagada pelo abraço dele (igualzinho) e era, sem sombra de dúvida, o melhor momento que ela já vivera em anos.

– A gente vai para o pub, então, ou não? – Sophie ouviu a voz de Jim depois de um tempo. – Quero fazer um brinde à minha filha talentosa.

– E eu quero saber quem é aquele cara – ouviu a mãe murmurar em resposta. – Onde que ela o escondeu todo esse tempo, hein?

Sophie se separou de Dan e se postou ao lado dele, sorrindo abertamente para todos.

– Mãe, pai, esse é o Dan. A gente namorou quando estávamos na Austrália há alguns anos.

Os homens apertaram as mãos com solenidade enquanto Trish parecia toda inquieta e animada.

– Olá! Que emocionante! Então... você é australiano?

– Até parece. Sou de Manchester – respondeu ele, e todo mundo riu.

– E essas são algumas das pessoas para quem estou ensinando italiano – continuou Sophie. – Catherine, Anna, Roy, Phoebe e Nita... esses aqui são minha mãe e meu pai, Trish e Jim. E Dan.

Roy estava olhando para Dan de cima a baixo, avaliando-o.

– É esse aí que...? – perguntou.

Sophie corou.

– Hum. Sim. Sim, Roy. É ele.

Roy se inclinou para a frente e apertou a mão de Dan. Um aperto daqueles fortes, pelo jeito.

– Ouvi falar de você – comentou, com um tom de aviso na voz. – E não quero saber de mais nenhuma palhaçada, não com a nossa Sophie.

– Roy, você não precisa...

– Estamos entendidos? – perguntou Roy para Dan.

– Com certeza absoluta – disse Dan, olhando para Sophie de soslaio.

A cabeça dela estava começando a girar. Ela nem sequer sabia direito o que Dan estava fazendo ali. Definitivamente era hora de ir para o pub.

– Vamos lá – falou. – Acho que o elenco todo vai pro Queen's Head se todos toparem!

– Espero que não tenha problema eu ter aparecido aqui assim – disse Dan para Sophie enquanto saíam do auditório da escola para a noite. – Eu ia te responder no Facebook, mas daí pensei, bem, na verdade talvez seja melhor cara a cara. Mas meio que esqueci que talvez tivesse outras pessoas aqui para te ver.
– Ele baixou o tom de voz: – Achei que aquele homem lá ia me dar um soco.

Sophie riu.

– Roy? Ele é um amor. Mas ele me disse mesmo que um dia foi bom de boxe quando estava no Exército. Provavelmente é melhor não irritá-lo.

Ela sentia a necessidade de ficar olhando para Dan o tempo todo, para garantir que não o havia conjurado das profundezas de sua imaginação. Alto, esbelto, com cabelos bagunçados e uma voz grossa e sexy: sim, definitivamente era ele.

– É tão estranho fazer isso, passear numa rua da Inglaterra juntos, quer dizer – acrescentou Sophie. – Por quanto tempo você vai ficar?

Os dois eram iguais, ela sabia: viajantes com passaportes cheios de carimbos. Então ela quase tropeçou na calçada quando ele respondeu:

– Acho que estou de volta de vez agora.

– Sério?

Ela não estava esperando isso.

– É. Não me leve a mal, foi uma aventura e tanto. Pessoas incríveis, lembranças incríveis, momentos incríveis... tirando aquela disenteria horrível na Índia. Mas era tudo tão temporário, sabe? Agora só quero desfazer as malas, não só a bagagem física, mas a bagagem mental também. Ter uma porta da frente e uma chave de novo, um endereço onde as pessoas possam me achar. Tentar a vida por aqui. – Ele riu meio constrangido. – Meu Deus, isso foi bem pedante. Deu pra entender alguma coisa?

– Sim. Deu pra entender bem, na verdade. – Eles caminharam em silêncio por um momento. – O que você acha que vai fazer agora que voltou? Porque esse é o meu problema: descobrir o que eu quero fazer aqui.

– Consegui uma vaga na faculdade para setembro – falou ele quando chegaram ao pub e ficaram esperando os outros os alcançarem. – Uma pós-graduação em educação. Quero ser professor de música. – Ele abriu um sorriso. – Que coisa mais de adulto, né?

– Adulto demais, chega a dar medo – respondeu ela, abrindo a porta do pub e sentindo uma pitada de inveja.

Até Dan sabia o que queria fazer da vida. Quando é que ela ia decidir?

Max insistiu em comprar uma bebida para todo o elenco, enquanto Jim, o homem mais pão-duro de toda Yorkshire, insistiu em pagar uma rodada para os amigos de Sophie.

– Não é todo dia que a gente tem um golpe de sorte, né? – falou, dando um tapinha na carteira.

– Rápido, alguém tire uma foto – brincou Sophie. – Essa é a primeira e última vez que vocês vão ver meu pai comprando bebidas sem uma arma apontada para a cabeça dele.

Trish, enquanto isso, fez questão de escolher um lugar bem ao lado de Dan quando se apossaram de duas mesas grandes.

– Então... – começou, olhando para ele com uma expressão bem direta e curiosa. – O que você faz da vida, Dan?

Sophie grunhiu por dentro. *Você é bom o suficiente para nossa filha?* estava subentendido, em alto e bom som. Mas esse era Dan, ela lembrou a si mesma: o charmoso, descontraído, amigável Dan, que tinha viajado a pé pela Índia com apenas dois pares de calças jeans e um canivete. Se havia alguém capaz de lidar com Trish, era ele.

– Um dia vou ser professor de música – respondeu Dan. – Meu curso começa no outono. Então, enquanto isso, estou trabalhando numa loja de música em Manchester e dando umas aulas de violão à parte. – Ele abriu aquele sorriso largo e amável, a que ninguém conseguia resistir. – Então basicamente passei de viajante preguiçoso para estudante dedicado – acrescentou com alegria. – Acho que meus pais vão dar uma festa no dia que eu conseguir um emprego decente com todos os benefícios e tal.

– Isso soa familiar? – perguntou Sophie para os pais.

– É claro que não – disse Trish, demonstrando lealdade, mas Jim soltou uma gargalhada.

– Pode apostar que sim – falou o pai. – Se bem que eu e sua mãe andamos pensando...

– Meu Deus, lá vamos nós – disse Sophie, fazendo uma careta.

– Bem, é só que, com aquele dinheiro saindo do nada no outro dia – disse Jim (e Catherine, que ouviu, corou) –, a gente pensou em gastar uma parte com você. Faculdade ou o que quer que você queira fazer. Temos noção de que fomos nós que estragamos suas chances na primeira vez, sabe? Então, se a Escola de Teatro ainda interessar...

– Ai, pai!

Ela se sentia engasgada com emoção. Quase não conseguia falar.

– Isso é sério?

– Claro que sim! Sua mãe não se importa de trocar uma viagem cinco estrelas por um acampamento no Lake District... Estou brincando. Ainda vamos fazer uma viagem incrível. Mas queremos que você tenha liberdade para fazer escolhas também.

– E dessa vez não vamos interferir – disse Trish. – É uma promessa.

Dan apertou a mão de Sophie.

– Tem uma Escola de Teatro bem boa em Manchester, sabia? – comentou.

Sophie trocou um olhar com a mãe.

– A gente sabe – disseram juntas.

As novas amigas de Sophie estavam sorrindo para ela.

– Vai nessa! – incentivou Anna.

– Parece perfeito – acrescentou Catherine.

– Todos nós vamos viajar para ver você se apresentar no West End de Londres – provocou Jim. – Já consigo até ver seu nome nos holofotes: SOPHIE FROST. Nossa menininha.

– Para com isso, pai – pediu Sophie, mas não conseguia parar de sorrir.

Fazia anos que ela havia abandonado os sonhos de ser atriz, arquivando-os como "Nunca vai rolar". E naquele momento estavam lhe oferecendo uma segunda chance – um bilhete dourado e deslumbrante de uma segunda chance. *Até que enfim*, pensou, *isso é o que eu realmente, realmente quero fazer. É o que eu sempre quis, lá no fundo.*

– Saúde, gente – falou, com um nó na garganta enquanto erguia o copo. – Um brinde ao que quer que aconteça agora.

– Saúde! – disseram todos em coro.

Dan tinha que ir embora por volta das dez e meia da noite para pegar o último trem de volta para Manchester, e Sophie foi tomada por uma ansiedade repentina de que nunca mais o veria de novo quando ele começou a se despedir.

– Você precisa mesmo ir agora? – perguntou, ao acompanhá-lo até a porta. Ela se forçou a manter as mãos pendendo ao lado do corpo para que não agarrasse as mangas do casaco de Dan em desespero. – Quer dizer... a gente pode se encontrar de novo?

– Eu espero muito que sim – respondeu ele, e a abraçou com aquele aperto esmagador e maravilhoso de novo.

Então os dois se afastaram, sorrindo um para o outro, tomados de repente pela timidez.

– Então... posso te ligar? – perguntou ele. – Está bem assim? Podemos... começar de novo?

Uma onda enlouquecida de alegria começou a explodir dentro dela.

Sim. Sim! Está de brincadeira? Sim!

– Eu ia adorar – respondeu ela.

Ele a beijou, primeiro com gentileza, depois com mais paixão, e ela balançou de encontro a ele, tonta de saudade. Sophie só queria se embebedar dele, ficar daquele jeito para sempre.

– Por que você não me visita no fim de semana? – perguntou ele, por fim, sua voz suave no ouvido dela.

– No fim de semana?

O coração dela deu um pulo.

– Aluguei um apartamento no centro. É meio que do tamanho de uma caixa de sapatos, mas é bem perto de tudo. A gente podia passar um tempo decente juntos.

Calafrios se espalharam pela pele de Sophie, mesmo que o pub estivesse bem quente. Um tempo decente juntos. Escola de Teatro. O rosto dele no auditório, a mão dele na dela. Aquela noite já parecia uma compilação dos melhores sucessos. Havia tantos momentos que ela iria repassar inúmeras vezes na cabeça depois.

– Sempre gostei de caixas de sapato – disse para Dan, e o beijou de novo.

Due notti a Roma

(DUAS NOITES EM ROMA)

Na sexta-feira de manhã, Anna estava sentada de pernas cruzadas na cama com seu notebook, se preparando para escrever o que provavelmente seria sua última crítica gastronômica para o *Herald*.

Estava trabalhando de casa porque tinha que fazer as malas e estar no aeroporto para o voo até Roma à tarde, mas tinha prometido que ia mandar a crítica para Imogen pela manhã. Entregar a última coluna seria um alívio de certa forma: Marla ia parar de pegar no seu pé, Imogen ia parar de brincar de cupido e, é claro, Anna e Joe não seriam mais forçados a passar por aquela situação ridícula e constrangedora juntos. Dizer que tinha sido um parto era o eufemismo do ano.

Então por que ela não se sentia mais feliz por estar se livrando de toda aquela coisa?

Para o último jantar de crítica juntos, duas noites antes, ela e Joe haviam ido à Maxwell's, a nova churrascaria da cidade, e tinham quase morrido de rir enquanto conversavam sobre como Anna podia encerrar com estilo sua última contribuição para a coluna. Joe tinha sugerido um infeliz incidente de engasgo envolvendo o "Colega Bonitão", uma espinha de peixe e um pulinho à emergência do hospital – "Bem, ia render uma bela de uma história, né?" –, mas Anna tinha se oposto, temendo um possível processo da Maxwell's, assim como qualquer chance de futuros brindes. Marla não ia lhe agradecer por isso.

– Talvez o *Rival* Bonitão apareça, proclamando que está perdidamente apaixonado por mim – propôs Anna. – Ele e o Colega Bonitão saem no soco durante os aperitivos, voa vinho para todo lado, lágrimas caem...

– Não tenho certeza se o Colega Bonitão é bom de briga – interrompeu Joe. – Ele ia sair correndo pelos fundos, choramingando e temendo pela própria vida.

– Tudo bem, vamos dar um gás no romance então – disse Anna. – Um pedido de casamento durante a sobremesa. *Nossos olhos se encontraram por cima do tiramisù...*

– Calma lá – falou Joe. – O Colega Bonitão não é o tipo de maníaco que apressa as coisas assim. Lembre-se de que ele nem se deu bem ainda. – Os olhos dele brilharam com malícia. – E *essa* é uma boa ideia...

– Quê? O Colega Bonitão se dando bem comigo? Bem aqui na Maxwell's?

Anna sentira-se corar com aquela mera sugestão. Tá, então ele obviamente estava apenas brincando, mas ainda assim...

Joe abanou a mão, indiferente.

– Credo, não, ele tem classe demais para fazer uma coisa dessas – respondeu. – Ele vai esperar até vocês dois estarem indo embora juntos, daí vai achar um ponto de ônibus conveniente.

– Ah, nossa, que lindo – disse Anna, revirando os olhos. – Acho que ele ia ser jogado para baixo do próximo ônibus conveniente então, por ser um cafajeste sem um pingo de romantismo. – Ela fez um som de algo sendo esmagado enquanto pressionava as mãos juntas. – Aqui jaz Colega Bonitão Achatado.

– Só estou tentando ajudar.

É, até parece. Ela preferia que não ajudasse. Tentar decidir se ele estava ou não dando em cima dela... aquilo era de matar.

– Talvez, em vez de paixão, a gente precise do oposto – falou, tentando levar a conversa para terras mais seguras. – Um dramalhão daqueles: Colega Bonitão confessa que está apaixonado por outra pessoa.

– Contanto que não seja a chefe deles. E definitivamente não o Colin. Não tenho certeza se os leitores estão prontos para um triângulo amoroso gay.

– Não, já sei: ele está apaixonado pela antiga crítica de restaurantes – disse Anna, soltando risadinhas. – Vai deixar Marla nas nuvens, já imaginou? Um confronto de colunistas.

Ops, ela provavelmente não devia ter dito aquilo, pensou no momento seguinte, lembrando como Marla havia se gabado de Joe ter dado em cima dela. *Você sabe que ele já tentou se dar bem comigo antes, né? Enfiou a mão na minha saia durante a sobremesa, me perguntou se eu seria o presentinho de Natal dele.*

– Nem se fosse o fim do mundo – disse Joe, largando o cardápio, horrorizado. – Não brinque com isso.

Isso deixou Anna nervosa.

– Ah, toquei na ferida, é? Ouvi falar que vocês dois tiveram um momentozinho juntos.

Merda. Ela devia estar bebendo rápido demais. Desejou não ter dito *aquilo* também. Não bastasse ter dado a impressão de que estava com ciúmes, também fizera Joe ficar apavorado.

– Quê? Ela que te contou, foi?

Ele faz isso com todo mundo. Você não sabia? Ele é um daqueles caras que só quer saber de se aproveitar de quem der trela.

– Ela disse algo sobre você ter dado em cima dela... Desculpa. Não é da minha conta. Essas coisas acontecem, né? – Ela baixou o olhar para o cardápio rapidinho quando os olhos de Joe faiscaram. – O que você vai querer?

– Aquela vaca mentirosa – falou ele, irritado. – Puta merda. Foi *ela* que veio para cima de mim, se jogou em mim quando saí do banheiro no dia da festa de Natal. Não acredito que ela te contou que foi o contrário. Você acredita em mim, né?

– É claro.

E acreditava mesmo. Fazia todo sentido. Por que Anna tinha desperdiçado um segundo sequer levando Marla a sério?

– Eu nunca... Eca. Ela disse isso mesmo? Eu *nunca* ia tentar alguma coisa com ela. Nunquinha na minha vida.

Ele parecia tão desconfortável que Anna começou a se sentir mal.

– Desculpa ter mencionado isso. É sério. Menções a Marla estão proibidas pelo resto da noite. Agora, vamos fazer o pedido, pode ser? Aquele garçom vai se sentir rejeitado se a gente o dispensar mais uma vez.

Quando começou a escrever a crítica, Anna escolheu ignorar todas as ideias malucas e decidiu ser direta, sem sequer mencionar Joe. Descrição da decoração – feito. Descrição da comida – feito. Descrição do cardápio de bebidas – feito. Bem informativo, mas deliberadamente sem graça.

Quarenta minutos depois de receber a crítica, Imogen prontamente a devolveu com um único comentário: DEIXE MAIS SEXY. Era meio que inevitável, na verdade. Então, com um suspiro, Anna reabriu o arquivo da manhã e ficou encarando a tela até as palavras perderem o sentido. Como ela podia descrever o último jantar dos dois sem deixar a desejar? Como podia fazer jus a ele?

É claro que tinha sido errado deixar Joe de fora na tentativa anterior. A noite *era* Joe – a conversa fácil dos dois, as piadas bobas, o jeito como riam e brincavam. O jeito, vez ou outra, como trocavam um olhar intenso e eletrizante. *Você também está sentindo isso?*, ela quisera perguntar. *Não estou imaginando, né? Porque estar com você me faz tão bem.*

Ela fitou o notebook, em seguida deletou a última tentativa completamente. *Que se dane*, pensou, por fim. Era preciso correr o risco. Talvez por ter visto Sophie e o ex, Dan, se beijando daquele jeito depois da peça na noite anterior e sentido a inveja queimar. Às vezes era preciso seguir o coração, mesmo que isso fosse completamente aterrorizante.

Ela inspirou fundo e começou a digitar, primeiro de forma hesitante, mas depois com mais convicção, os dedos voando pelo teclado. O café esfriou ao seu lado enquanto as palavras surgiam com cada vez mais velocidade. Então ela leu a crítica inteira de cabo a rabo, seu coração martelando no peito. Ali estava, preto no branco: a coisa mais sincera que ela já havia escrito. Será que ela tinha coragem de mandar aquilo para ser publicado?

A campainha da porta soou bem naquele momento.

– É o correio – ouviu quando atendeu o interfone. – É uma carta, precisa assinar.

– Obrigada – falou, e enviou o e-mail antes que pudesse mudar de ideia. *Vamos ver o que Imogen acha disso*, pensou, correndo para abrir a porta.

Ela assinou para receber a carta e conversou um pouquinho com o carteiro, depois subiu a escada de volta e preparou um café forte. Seu celular fez um barulho indicando a chegada de um e-mail. Era Imogen. PERFEITO, era só o que dizia.

Anna engoliu em seco. Tarde demais para mudar de ideia. Ela abriu o envelope distraída, torcendo para não ter cometido um erro gigantesco. Então começou a ler a carta e esqueceu todo o resto.

Querida Anna,

Obrigado pela carta. Foi um grande choque para mim, mas eu me lembro, sim, de Tracey, e de trabalhar no Gino's, então você definitivamente encontrou o homem certo. Só me arrependo por não ter feito parte da sua vida pelos últimos 32 anos. Eu e minha esposa – o nome dela é Dina – não conseguimos ter filhos, e isso sempre foi motivo de grande tristeza para nós.

Acredite em mim quando digo que estou muito feliz por saber que, no fim das contas, sou pai. Eu ia amar conhecer você se for possível.

Você perguntou sobre a minha vida depois que saí de Yorkshire. Eu me casei com Dina e nós alugamos um apartamentinho na Clerkenwell Road, em Londres.

Sempre fomos muito felizes aqui, trabalhando no restaurante que era dos meus avós, chama-se Pappa's. Sou o chef principal, e Dina trabalha na recepção. O Pappa's fica numa área chamada "Pequena Itália" (minha mãe é italiana), e os clientes e funcionários meio que viraram parte da família com o passar dos anos.

Obrigado por compartilhar recortes do seu trabalho. Fico tão feliz por minha filha escrever sobre comida! Tentei sua receita de zabaglione e até minha mãe – sua nonna! – disse que foi o melhor que já provou. Eu ia amar cozinhar para você um dia. Por favor, venha nos visitar. Todo mundo está muito animado para saber mais sobre a nova integrante da família.

Estou incluindo uma foto minha com Dina, e outra dos meus pais. Todos esperamos te conhecer muito em breve.

Com muito amor,

Seu pai, Antonio

Os olhos de Anna estavam marejados quando ela chegou ao fim da carta. Lágrimas de alegria. Lágrimas de encanto e admiração. Ela leu tudo de novo, depois uma terceira vez. Não via a hora de contar *aquilo* para Joe!

Oito horas depois, ela e Joe estavam sentados numa trattoria na Piazza di Spagna, na base das escadarias. Em Roma!

O céu era um preto de veludo acima deles, mas a praça ainda estava borbulhando com turistas subindo a famosa Scalinata (a escadaria mais larga da Europa, segundo o guia de turismo de Joe), admirando os campanários belamente iluminados da igreja no topo e tirando fotos uns dos outros ao redor da fonte abaixo. Dentro de Anna, um orgulho profundo se agitou. Aquele *era* seu país. Ela não soubera o tempo todo?

Ela tinha guardado o segredo dentro de si pelo resto do dia, sem querer contar as novidades para Joe em ambientes tão sem graça como o aeroporto ou o ônibus até o centro da cidade. Uma história brilhante como a dela merecia ser contada no melhor cenário possível. Ela esperou até estarem sentados no restaurante, cada um com uma taça de *prosecco*, depois contou tudo para ele.

Joe ficou boquiaberto.

– Então, no fim das contas, ele *é* italiano. – Ele soltou uma risada. – Uau, Anna. Você tinha razão o tempo todo.

– Ainda não consigo acreditar – admitiu Anna. – Toda a família dele é italiana, ele é chef no restaurante italiano deles... Quer dizer, tem como ficar mais perfeito do que isso?

– É incrível. Legal demais. E sua mãe não fazia ideia?

– Até onde ela sabia, o nome dele era Tony Sandbrookes. Veja bem, o pai dele é inglês. Só que ele, na verdade, era... *é* Antonio, com uma mãe e avós italianos. Para mim, é ainda melhor do que ter um pai que mora na Itália, que eu provavelmente não veria com tanta frequência, que talvez nem soubesse falar inglês. – Ela abraçou o próprio corpo com um sorriso grande no rosto. – Agora posso pegar um trem para Londres sempre que quiser vê-lo. Simples assim!

– Bem, isso merece um brinde – disse Joe, enchendo as taças deles mais uma vez. – Que novidade incrível, Anna. Um brinde à família, a novos começos... e a estar na Itália, a terra do seu pai. – Eles tocaram os copos, e Joe sorriu. – Ainda estou em choque. A gente realmente está aqui!

– Eu também. Fiquei esperando Imogen surgir no aeroporto para nos arrastar de volta para o escritório. – Anna inspirou os aromas de tomate, orégano e vinho, apreciando o som de vozes italianas ao redor. – É tudo graças a você. Obrigada um bilhão de vezes por ter tido a ideia de sugerir isso para ela.

– Bem, obrigado a você por escrever críticas gastronômicas tão fantásticas que a fizeram topar de fato – respondeu Joe.

– Formamos uma bela equipe – comentou Anna, saboreando o *prosecco* borbulhante em sua língua.

– Somos incríveis – concordou Joe, e os dois trocaram um sorriso.

Ele realmente era muito bonito, pensou Anna consigo mesma. Que golpe de sorte, primeiro ela conseguindo o negócio gastronômico, e depois ele entrando no jogo daquele jeito. Nem em seus sonhos mais ousados Anna imaginaria que os dois terminariam ali, juntos.

– Falando em Londres... – disse ele bem naquele momento, parecendo meio desconfortável, e Anna foi arrancada dos devaneios.

Londres?

– Eu ia te contar... vou viajar para lá daqui a umas semanas. Tenho uma entrevista de emprego.

O choque fez Anna se engasgar com a bebida.

– Como assim, você? Em Londres?

– É. Estão precisando de um jornalista esportivo novo no *The Guardian*. Eu enviei meu currículo para lá sem muita esperança, mas me chamaram para fazer uma entrevista.

Foi um balde de água fria.

– Uau. Então... você vai se mudar pra lá?

– Bem, se eu conseguir o emprego, vou. Acho que seria um deslocamento diário meio absurdo se eu ficasse em Sheffield.

O bom humor de Anna desapareceu naquele instante, sendo substituído pela dor da perda. O escritório ficaria horrível sem Joe. A *vida* de Anna ficaria horrível sem Joe, ela percebeu.

– Eu realmente sentiria sua falta – soltou.

Ele fez uma careta.

– Eu nem fui embora ainda! E pode ser que eu nem consiga o emprego. Só me pareceu uma boa oportunidade. O próximo passo.

– Com certeza – concordou Anna, tentando soar alegre. – Bem, boa sorte.

Ela conseguiu abrir um sorrisinho fraco, mas não deixou de se sentir desamparada com a ideia de Joe indo embora. Então se lembrou da última crítica gastronômica, que seria publicada no dia seguinte, e ficou tensa. Ah, não. Por que diabos ela tinha decidido escrever algo tão pessoal, tão sincero? Ela chegou a pensar em correr para o banheiro e fazer uma ligação de emergência para Imogen, implorando para que ela não publicasse o texto, oferecendo qualquer coisa: dinheiro, o resto da própria carreira como jornalista, sua alma... mas já era tarde demais. Àquela altura, o jornal já estaria na gráfica.

– Você vai ter que dar um pulinho para ver meu pai quando estiver em Londres. Conhecer o Pappa's – falou com alegria enquanto o garçom colocava *bruschettas* e azeitonas pretas entre eles. – *Grazie*.

– Com certeza – concordou Joe, enfiando uma azeitona na boca. – E você, quais são seus planos de carreira? Sem dúvida está na hora de um livro de receitas ou seu próprio programa de TV. Você podia ser a próxima Nigella, lambendo colheres de madeira na cozinha enquanto flerta com a câmera.

– Acho que não – respondeu Anna, revirando os olhos.

– O incrível de escrever é que dá para fazer isso de qualquer lugar – lembrou-lhe Joe. – Você tem uma experiência sólida como repórter, além de culinária e crítica gastronômica. E você é boa no que faz. Você realmente é, Anna. O que está te impedindo de escrever para revistas ou para um jornal maior? O que está te impedindo de dar esse salto também?

Ela percebeu que havia comido um pedaço inteiro de *bruschetta* sem sequer sentir o gosto, quebrando a primeira regra de escrever sobre comida em três mordidas. Ela não conseguia encarar Joe nos olhos. Falando a verdade, ele podia deixar de pensar que ela era uma jornalista tão incrível assim quando lesse a crítica da Maxwell's no dia seguinte.

– Não sei – falou Anna, com cautela. – Inércia, eu acho. Medo do desconhecido. – Ela engoliu em seco. – Joe, tem uma coisa que preciso te contar. Sobre o jornal de amanhã.

– Humm?

Um grande grupo de fãs galeses de rúgbi escolherem aquele momento para passar pela janela do restaurante, envoltos em bandeiras com dragões vermelhos, dois deles usando adereços de cabeça em forma de narciso amarelo, as pétalas gigantes envolvendo seus rostos. Joe os observou distraído, depois se voltou para Anna.

– O que você estava dizendo mesmo?

Ela terminou a taça de *prosecco* num único gole. Dane-se. Ele ia descobrir por conta própria logo. Ela não ia arruinar a noite.

– Deixa pra lá – falou. – Vamos pedir mais uma garrafa?

O jornal tinha pagado para eles ficarem num hotel simples perto das escadarias – dois quartos, é claro –, e Anna estava incrivelmente bêbada quando se arrastaram para lá depois do jantar. Ela não conseguira tocar no assunto da crítica de novo, mas em sua mente aquilo havia ofuscado a noite toda. O que ela tinha *feito*? Apesar de toda aquela conversa sobre inércia e como era difícil largar o emprego atual, a ideia de pedir as contas na segunda-feira de manhã e nunca mais voltar se tornava mais atraente a cada minuto. A primeira crítica com o Colega Bonitão já tinha sido ruim o bastante. Como é que ela ia fazer os outros esquecerem a nova crítica?

– Bem... – disse Joe, quando estavam de volta ao hotel e tinham chegado ao andar dos quartos. – Sei que você vai ter que acordar cedo amanhã...

– Pois é, melhor ficar por aqui – completou Anna antes de Joe.

– Ah – fez ele. – Não posso te tentar com um último drinque?

Tentar Anna? Se ao menos ele soubesse... Mas ela já estava caindo de bêbada e, se tomasse um gole a mais, provavelmente ia fazer um gigantesco papel de boba.

– Melhor não – falou. – Espero que dê tudo certo amanhã.

Espero que você não receba uma avalanche de mensagens dos seus amigos zoando você por minha causa. Ela suspirou. Ah, merda. Ela não podia simplesmente não dizer *nada*.

– Escute, Joe. É melhor eu avisar – soltou. – A crítica amanhã... Eu sinto muito, tá? Espero que você não fique bravo.

Os olhos dele eram de um preto líquido na luz fraca do corredor. Era difícil decifrar a expressão dele.

– Por quê? O que você disse?

Ela desviou os olhos.

– Você vai ver. Mas sinto muito, tá? Espero que... a gente fique bem.

– Meu Deus. O que diabos você...? Espere, Anna, você não pode só...

Ela abriu a porta do próprio quarto e se apressou para entrar, deixando que a porta se fechasse às suas costas. Então ficou parada ali na escuridão, com o coração acelerado, desejando não ter sido tão impulsiva. *Perfeito*, Imogen tinha dito – e no momento parecera perfeito. Só que então...

Joe estava batendo na porta.

– Anna! Me deixe entrar.

Aquilo era excruciante. O que ela devia fazer? Anna fechou os olhos e desejou que Joe fosse embora. Que confusão ela tinha criado!

– Eu te vejo amanhã – falou por fim.

Por favor, vá embora. Só vá.

Veio uma pausa.

– Tá – disse Joe, hesitante. – Escuta, não se preocupe. Tenho certeza de que o que quer que você tenha dito não foi tão ruim assim.

Quer apostar?, pensou Anna, se sentindo miserável.

Ela se sentou na cama de solteiro mole que soltou um suspirinho quando o ar escapou. Enfim, pelo menos ela o havia avisado. O que estava feito estava feito. E um dia novo estava por vir...

Crítica gastronômica: Churrascaria Maxwell's
Por Anna Morley

No papel, a Maxwell's parece um acréscimo elegante ao conjunto da Leopold Square: um restaurante sofisticado que surpreende com uma grande variedade de carnes nobres maturadas e frutos do mar, um cardápio de bebidas decente e uma decoração luxuosa. O Colega Bonitão e eu nos arrumamos de acordo, imaginando que seria uma experiência incrível.

Mas agora preciso confessar uma coisa: esta é minha última crítica para o Herald e eu queria encerrar com estilo. E então, já acomodados na mesa, enquanto estávamos beliscando os aperitivos (os meus: um caranguejo delicioso e salada de abacate; os dele: dois medalhões maravilhosamente crocantes de queijo de cabra com espinafre), começamos a conspirar juntos, ambos sugerin-

do ideias para transformar esta crítica em algo verdadeiramente inesquecível. Brincamos sobre inventar um rival romântico, uma corrida drástica para o hospital por causa de uma espinha de peixe errante (aviso aos advogados: isso não aconteceu), até alguma paixão espontânea entre nós. Afinal, pelos comentários que recebi em críticas anteriores, sei que os leitores do Herald *têm um gostinho por certa intriga numa mesa de restaurante.*

Nós passamos para os pratos principais, ainda conversando sobre o teor da crítica. Eu escolhi um filé de costela marmorizado de 285 gramas com batata gratinada e uma salada de acompanhamento (incrível), enquanto o Colega Bonitão declarou estar morrendo de fome e pediu uma bisteca bovina de 450 gramas acompanhada de batata frita com parmesão e ervas (ele devorou tudo). E foi então que me ocorreu: por que eu estava tentando inventar uma historiazinha boba para agradar você, caro leitor, quando eu estava em negação quanto à melhor história de todas? Por que eu não assumia sinceramente, para mim e para todos, a verdade: eu estava (e ainda estou) apaixonada pelo Colega Bonitão.

Pronto. Está dito. Talvez você tenha adivinhado desde o começo, mas, acredite em mim, eu não fazia ideia. Ao longo das últimas quatro semanas, enquanto jantávamos pela cidade, conversamos, rimos e nos divertimos tanto que eu nem acreditava que estava sendo paga para isso. Querido leitor, estou perdidamente apaixonada por ele. O problema é que não sei se ele sente o mesmo.

Enfim... De volta ao restaurante. A comida estava fantástica, não encontrei uma única falha. Os funcionários eram simpáticos e prestativos, o ambiente era acolhedor e agitado. Resumindo, a Maxwell's é um ótimo lugar tanto para um jantar romântico a dois quanto para sair com um grupo de amigos. Obrigada, Maxwell's, pela excelente noite – e por me ajudar a perceber o que estava debaixo do meu nariz há tanto tempo.

Quando o alarme de Anna tocou na manhã seguinte, por um momento ela se sentiu desorientada, até que fragmentos do dia anterior atacaram sua cabeça com uma velocidade vertiginosa. A carta do pai. O voo para Roma. O jantar com Joe. A crítica gastronômica...

Merda. De repente ela estava bem acordada, arrancando a camiseta larga com a qual havia dormido e entrando no chuveiro. *A crítica gastronômica.* Ela tinha que sair dali e ir para o curso antes que Joe tivesse a chance de lê-la.

Cinco minutos depois, ela penteava o cabelo molhado e se vestia às pressas, então pegou a bolsa e desceu para o térreo. O curso de culinária começava com a ida até um mercado em Trionfale para comprar ingredientes com Stefano, o chef, antes de voltarem para a cozinha do restaurante dele perto dos jardins do Vaticano a fim de preparar um banquete juntos. Ela chamara um táxi para levá-la até o mercado, mas tinha quinze minutos para tomar um café da manhã rápido até ele chegar. Por sorte, a manhã de Joe seria mais tranquila, já que a partida começava só às duas e meia da tarde. Ele ainda estaria na cama, alegre, sem a mínima ideia do que Anna havia feito.

O restaurante do hotel era pequeno e meio sombrio, mas tinha um cheiro reconfortante de café e torrada. Depois de encher a bandeja com comida, Anna se sentou a uma mesa vazia e tomou o primeiro gole do café. Delícia. Até aquele café de máquina do hotel tinha um gosto melhor na Itália.

Ela desdobrou um papel onde havia impresso o itinerário e o releu pela centésima vez. Ia ser um dia ótimo, cozinhando com um chef italiano de verdade, aprendendo com um mestre. Com sorte seria tão interessante e agradável que ela nem teria tempo para pensar em Joe o dia todo. Já de noite... Bem, de noite ela ia descobrir se Joe ainda estava falando com ela. Ela iria se preocupar com aquilo depois.

– Posso sentar?

Anna quase deu um pulo ao ouvir a voz, e então Joe se sentou à sua frente, os cabelos ainda úmidos do banho.

– Ah. – Anna engoliu em seco. – Não achei que fosse te ver agora de manhã.

– Eu li a crítica – disse ele sem enrolar. – Eu procurei na internet ontem à noite. Isso é que matar um cara de suspense.

– Ai, meu Deus.

Anna enterrou o rosto nas mãos. Era justamente isso que ela quisera evitar. Ela e sua boca grande!

– Sinto muito, Joe. Não sei o que me deu. Você deve achar que sou uma...
– Você falou sério? Ou Imogen te fez escrever aquilo?

Os olhos dela ainda estavam cobertos, ela não conseguia se forçar a olhá-lo. Mas ele havia lhe dado uma rota de fuga se ela quisesse. Podia dizer que sim, Imogen me obrigou, ela me disse o que escrever...

Anna engoliu em seco. Não. Isso seria uma mentira. Muito devagar, ela tirou as mãos do rosto e olhou para Joe. Depois inspirou fundo e contou a verdade.

– Eu falei sério – disse, com a voz trêmula. – E sei que você acabou de terminar com Julia e provavelmente não está interessado...

– Graças a Deus – disse Joe, esticando os braços para segurar as mãos de Anna sobre a mesa. – Porque eu sinto o mesmo.

Anna ficou sem fôlego.

– É... É sério?

– Não está na cara? É claro que sim. Faz séculos. Acho você deslumbrante e engraçada e inteligente...

Ela soltou uma risada de alegria. O mundo estava dando voltas.

– Sério mesmo?

– Seriíssimo. Por que você acha que eu e Julia terminamos? Eu sabia que não sentia a mesma coisa por ela.

Os dois sorriram um para o outro por um momento vertiginoso. O coração de Anna disparou.

– Isso quer dizer... que a gente pode se beijar? – arriscou-se ela.

– Quando em Roma, faça como os romanos – disse Joe. – Pode apostar que sim.

Qual è il tuo numero di telefono?

(QUAL É SEU NÚMERO DE TELEFONE?)

George parecia ter sumido de Sheffield, para grande desânimo de Catherine. Ele não apareceu na aula de italiano na terça depois do encontro-que-não--foi-um-encontro. Ele não foi à peça de Sophie dois dias depois, mesmo que Anna tivesse comprado um ingresso para ele. E então, quando Catherine foi até o terreno baldio em Fox Hill no sábado para ajudar com o novo jardim comunitário, ele também não estava lá.

– George? – repetiu Cal quando ela perguntou sobre ele. – Não vi o cara a semana toda. Deve estar com muito trabalho e tal.

Já era terça-feira de novo, e era hora da aula de italiano. Catherine se pegou prendendo a respiração ao entrar na sala de aula – e logo em seguida a soltou, decepcionada, ao constatar que George não estava lá. Ela desejava ter ligado para ele em vez de ter mandado só uma mensagem na semana anterior. Dava para entender errado uma mensagem com tanta facilidade, não dava? Se Catherine ao menos tivesse falado com George, ele ouviria a decepção na voz dela. Ai, por que as coisas tinham que ser tão difíceis?

Phoebe, Nita, Sophie e Roy estavam todos rodeando Anna, percebeu Catherine no momento seguinte, e logo lembrou que a amiga acabara de voltar de Roma. Ah, e é claro – ela havia escrito aquela crítica incrível no *Herald* abrindo o coração sobre Joe!

– Anna! – exclamou, se apressando para se juntar a eles. – Como foi em Roma? Você se divertiu?

Anna estava radiante, não havia outra palavra para descrever.

– Demais – respondeu, a alegria brilhando em seu rosto. – Tenho tanta coisa para contar para vocês! Por favor, digam que a gente pode ir até o pub depois da aula.

– Com certeza – disseram Catherine e Sophie em coro.

– *Todos* nós vamos – reforçou Nita, olhando enfaticamente para Freddie, que acabara de entrar na sala. – Mal posso esperar para ouvir todos os detalhes.

Mais tarde, nas mesas de sempre no The Bitter End, todos – incluindo Freddie – ouviram, atentos, enquanto Anna descrevia o fim de semana na Itália para eles: o curso de culinária no sábado que parecia ter sido fantástico e as poucas horas visitando pontos turísticos que ela e Joe conseguiram encaixar antes do voo de volta para casa no domingo.

– *E* eu consegui falar bastante italiano também – anunciou, orgulhosa.

– Mas e você e o Colega Bonitão? – perguntou Catherine. – Vamos lá, não deixa a gente nesse suspense!

– Nossa, sim – concordou Sophie, impaciente. – Eu li a crítica no sábado e *uau*. Fiquei toda arrepiada.

– Eu também! – exclamou Phoebe, colocando as mãos no peito de modo teatral. – Tão romântico. O que ele *disse*?

Anna abriu um sorriso enorme.

– Ele disse que sente o mesmo. E agora ele é o Namorado Bonitão, não só Colega.

– Eba! – gritou Nita. – Nossa, nós, garotas, estamos com tudo esses dias, né? Primeiro Sophie e o gostosão *dela*. Agora você, Anna. Quem vai ser a próxima? – Ela bateu as pestanas. – Só pode ser *euzinha*, né?

– Bem, não acho que vá ser eu – comentou Catherine com uma risadinha.

– Não? – Anna a olhou intrigada. – Achei que...

– Não – disse Catherine, o coração martelando.

Ela viu Anna e Sophie trocarem um olhar e rezou fervorosamente para que elas não mencionassem o nome de George. Não em voz alta, na frente do resto da turma. A última coisa que Catherine queria era que os outros entendessem errado ou começassem a fofocar sobre ela. *Ah, nossa. Ela tem uma quedinha por ele, então?*

– Recebi uma mensagem de George mais cedo avisando que ele não participaria da aula hoje – disse Sophie baixinho, enquanto Phoebe começava a contar para os outros uma história engraçada sobre uma de suas clientes. – Parece que a esposa dele se envolveu num acidente e está no hospital. Ele foi para Londres vê-la.

– Eu não sabia que ele era casado – comentou Anna.

– Não é mais – respondeu Catherine.

Mas ela sentia que seu coração estava sendo apertado por um punho de ferro. George largando tudo e correndo para Londres para ficar ao lado do leito da ex... O que isso significava?

– Ele falou mais alguma coisa?

– Não, só isso. Parece bem sério. – Sophie fez uma pausa, observando-a por cima da taça de vinho. – Está tudo bem, Cath? Aconteceu alguma coisa entre vocês dois?

– Não exatamente. Ele me chamou para tomar uns drinques na outra semana...

– Eu sabia! – exclamou Anna.

– Mas eu disse que não. Ou melhor, eu disse que sim, mas depois tive que cancelar. Minha filha estava... Bem, ela precisava de mim. – Catherine mordeu o lábio. – E desde então ele não me respondeu mais e achei que talvez ele estivesse irritado comigo. Mas pelo jeito ele tem outras coisas com que se preocupar agora.

– Acho que sim. Bem, tomara que...

Mas Sophie não pôde continuar a frase porque de repente Anna estava cutucando as duas e indicando que algo bem mais interessante acontecia do outro lado da mesa.

– Meu número de telefone? – dizia Nita.

Freddie corou de leve ao perceber que todos os outros pareciam estar ouvindo, mas seguiu firme.

– Achei que a gente pudesse sair uma noite dessas – falou para Nita. – Praticar nosso italiano num restaurante italiano, talvez?

Um vislumbre de triunfo apareceu no rosto de Nita, mas quase imediatamente sumiu.

– Espere aí um minutinho – respondeu. – Não sei se quero ser só mais uma na sua lista.

– Minha lista? Quê? – perguntou ele, confuso.

– Ouvi falar de todas as suas conquistas, Freddie. Não sou idiota, sabe! – disse Nita, fulminante.

– Conquistas? – repetiu Freddie. – Do que você está falando?

Sophie deu uma tossidinha.

– Bem, eu falei para Nita que te vi com uma garota de cabelos escuros no Gladstone antes do Natal – confessou.

– E eu te vi abraçando uma mulher mais velha bem linda no centro no outro dia – disse Catherine, se sentindo a maior fofoqueira do mundo naquele momento.

– E eu te vi com um rapaz em Porter Brook no mês passado – acrescentou Anna. – Foi mal, cara.

Freddie ia ficando mais boquiaberto a cada revelação.

– Espera aí – falou. – A garota morena em Gladstone deve ter sido Maria. Minha ex-namorada – acrescentou para Nita. – A família dela é italiana, e foi por isso que comecei o curso, porque era para a gente ir a um casamento enorme na Toscana em junho e eu queria aprender algumas frases novas, sabe?

– Ahh, que fofo, Freddie – disse Phoebe com simpatia, o que a fez ganhar um olhar furioso da irmã.

– Só que a gente terminou duas semanas depois – admitiu Freddie. – Então não estou mais com ela.

– Mas e a mulher mais velha, hein? – perguntou Nita com os lábios torcidos. – E esse cara com quem Anna te viu?

Ela não ia deixar Freddie se safar tão fácil assim.

Ele parecia desconcertado.

– Bem, eu não sou gay, então o cara deve ter sido um amigo meu. – Ele franziu a testa enquanto pensava. – The Porter Brook, foi o que você disse? Há umas duas semanas? Deve ter sido meu amigo Lee. Ele tinha acabado de perder o emprego e estava arrasado. A gente se abraçou, mas foi só isso. Eu não comecei a beijar o cara nem nada disso.

– Desculpa – disse Anna, envergonhada. – Eu tirei a conclusão mais errada.

– E quanto à mulher mais velha... – Freddie estava inexpressivo. Em seguida, seu rosto se iluminou. – Ah! Por acaso ela estava vestindo um casaco azul longo? Cabelos louros meio prateados, talvez presos num daqueles coques chiques?

– Um *chignon* – falou Phoebe, prestativa. – Bem elegante.

– É, acho que sim – disse Catherine.

Freddie assentiu.

– É a minha mãe. E eu definitivamente não saio beijando *ela* na boca, acreditem em mim.

Catherine corou.

– Ah, sinto muito, Freddie – desculpou-se. – Você deve nos achar um bando de fofoqueiras.

– É só porque você é tão lindo – comentou Anna. – A gente não consegue não te notar, é só isso.

– Bem, não estou saindo mais com Maria, ou com meu amigo Lee, ou com a minha mãe – disse Freddie, as bochechas ficando rosadas. – Então, Nita, vou tentar de novo: você gostaria de sair para jantar comigo uma noite dessas?

– Pelo amor de Deus, diga que sim – implorou Roy. – Coitado do rapaz. Acabe com o sofrimento dele, Nita!

A garota abriu um sorriso enorme.

– Sim – concordou. – Eu ia amar! – Seu sorriso ganhou um toque de malícia quando ela olhou para a irmã. – Eu te *avisei*! – falou antes de se inclinar por cima da mesa e dar um belo de um beijo em Freddie.

Phoebe celebrou, e Sophie, Anna e Catherine aplaudiram. Roy deu tapinhas nas costas de Freddie.

– Não é de estranhar que você nunca veio ao pub com a gente antes – comentou ele com uma risada. – Isso aqui é barra-pesada, né? Vou comprar uma bebida para você, filho. Vou comprar uma bebida para *todos*. Geraldine vai amar isso aqui!

De: Catherine
Para: George
Sinto muito pela sua esposa. Ela está bem? E você? Me ligue se precisar conversar. C

De: George
Para: Catherine
Obrigado. Ela caiu da bicicleta, foi atropelada por um carro. Uma lesão feia na cabeça, hemorragia interna, ossos quebrados. Passou a semana toda na UTI. ☹

De: Catherine
Para: George
Meu Deus, que horrível. Sinto muito mesmo. Espero que você esteja aguentando firme aí.
Estou aqui caso precise conversar. Bjs

Mas ele não ligou. Ele nem respondeu. Então, pensou Catherine com tristeza, era o fim.

Due settimane dopo

(DUAS SEMANAS DEPOIS)

Anna passou pelas cascatas e fontes da Sheaf Square, uma mochila com uma muda de roupa pendurada num ombro enquanto se aproximava da estação de Sheffield. *Próxima parada: Londres*, pensou, e um arrepio percorreu seu corpo. Toda a investigação que tinha feito, todos os devaneios e tudo que havia imaginado... terminariam naquele dia. Depois de quase 33 anos no mundo, ela finalmente ia conhecer o pai.

Eles tinham se falado ao telefone uns dias antes e um peso fora retirado de seus ombros, um peso que ela nem percebera estar carregando até que tivesse sumido. Seu pai existia de verdade. Ela tinha conversado com ele. Ele tinha um sotaque londrino e uma gargalhada rouca e disse que mal podia esperar para conhecê-la.

– Eu também – ela conseguira dizer enquanto lágrimas inesperadas ardiam em seus olhos. – Ah, eu também.

– Espero que não tenha problema, mas todo mundo está bem animado com a sua vinda para cá. Minha esposa, minha mãe, toda a família quer te conhecer. Se for demais, posso pedir pra eles se controlarem, então é só me avisar se preferir que...

– Vou amar conhecer todo mundo – afirmou Anna, a felicidade borbulhando dentro de si com a ideia dessa grande família italiana a esperando. – Quanto mais melhor.

Ela tinha passado a noite anterior fazendo um bolo para ele – bem, para todos, na verdade. Ela demorara um pouco para escolher a receita certa, mas tinha decidido preparar um bolo de camadas, *dolce alla napoletana*, com creme de confeiteiro e amêndoas laminadas. Ela esperava que eles gostassem do bolo, e, o mais importante, que gostassem dela também.

Seu celular soltou um bipe na mochila de repente, e ela parou para ler a mensagem.

Espero que dê tudo certo hoje, querida. Pensando em você. Bjs, Mamãe

Anna se sentia grata porque a mãe estava aceitando esse novo contato dela com o pai tão bem. Tracey tinha ficado bem emotiva quando Anna por fim revelou a verdade. Embora nunca costumasse mostrar seus sentimentos, Tracey tinha caído no choro, se repreendendo por não ter tentado encontrar o pai de Anna com mais afinco, admitindo o quanto fora difícil ser mãe solo, se desculpando caso tivesse decepcionado Anna de alguma forma.

– Ah, mãe... – disse Anna, com o choro preso na garganta e a cabeça girando com todas aquelas confissões. – Você não me decepcionou. Nunca pensei isso, nem por um minuto!

Mas Tracey ainda estava a todo vapor.

– E sei que fui dura com você às vezes, mas é que eu não queria que você... – As palavras dela foram afogadas por uma nova onda de soluços. – Eu não queria que você cometesse os mesmos erros que cometi. Não que *você* tenha sido um erro...

– É sério, mãe, você não precisa dizer isso.

– Você foi... *é*... a melhor coisa que já me aconteceu. E falo sério. Pode ser que eu não tenha dito isso o bastante...

– Mãe, tá tudo bem.

– Mas espero que você saiba que estou falando sério.

As duas se abraçaram por uns minutos até que Tracey soltou uma risadinha meio gaguejada e secou os olhos.

– Desculpa. Não sei de onde saiu tudo isso.

Anna abraçou a mãe uma última vez, depois a soltou, justamente quando Lambert, o gato enormemente obeso e laranja, entrou desfilando na sala, exigindo que lhe dessem atenção com um miado alto. As duas mulheres riram e a conversa se voltou para temas mais normais: trabalho, a avó de Anna, a previsão do tempo para o fim de semana (o céu ia abrir, de acordo com Tracey), mas Anna sentia que havia um novo entendimento entre as duas, um novo tipo de proximidade. Não havia mais segredos mantendo-as separadas. Tudo estava bem.

Outra mensagem tinha chegado. *Obs.: Tire uma foto dele para mim, por favor? Ele era bem bonitão lá naqueles tempos.*

Anna soltou uma risada enquanto guardava o celular de volta na mochila e ia na direção da estação, acenando ao ver que Joe a esperava do lado de fora.

– Uau, olha só pra você – provocou Anna. – Que luxo.

– É, até parece – ridicularizou ele, olhando para o próprio terno. – Comprei numa promoção numa loja de departamentos. – Ele se inclinou para lhe dar um beijo. – Tudo bem?

Ela o beijou, tomada pelo habitual arrebatamento de quando estava com Joe.

– Ansiosa pra ir. E você? Já praticou todas as perguntas difíceis de entrevistas? Onde você se vê daqui a cinco anos e essa merda toda?

Ele arqueou uma das sobrancelhas.

– Sentado na cadeira do chefe, comandando tudo, é claro – falou. – Venha. Temos dez minutos até o trem sair. Vamos comprar um café e achar nossos lugares.

Ela sorriu para ele, e os dois entraram juntos na estação. A própria pergunta que Anna havia feito martelava em sua cabeça. Onde *ela* se via dali a cinco anos? Bem, aquilo era impossível de responder. Naquele momento, ela sentia como se qualquer coisa pudesse acontecer.

Mas a resposta simples tinha apenas duas palavras: com Joe. Contanto que estivesse com ele, Anna sabia que estaria feliz.

Epílogo

Io ricordo

(EU LEMBRO)

O céu italiano era de um azul brilhante e sem nuvens, e a fragrância das buganvílias cor-de-rosa ao redor do bar de piscina de Lucca se misturava de um jeito inebriante com o odor do bronzeador de óleo de coco e da fumaça de cigarro. Catherine tinha 20 anos, um bilhete de trem cheio de carimbos, um vestido vermelho e o melhor bronzeado de sua vida. O ar cintilava com o calor e com um milhão de possibilidades. Tudo podia acontecer.

E então ali estava ele, Mike, saindo da piscina, a água escorrendo pelos braços musculosos: era alto, com um porte atlético, pele dourada e um sorriso torto. Quando ele se endireitou, ela não pôde deixar de notar a forma como o calção de banho revelava apenas a parte superior dos ossos do quadril e sentiu um arrepio repentino de desejo.

Ele foi até ela, gotículas de água ainda grudadas no corpo, sem tirar os olhos dela.

– Ciao, bella – cumprimentou, com um tom de voz baixo e rouco.

O corpo dela todo ficou quente. Ela ficou sem fôlego. Aquele era o momento pelo qual havia esperado durante todo o verão. Ela arqueou a sobrancelha num flerte e retribuiu o sorriso.

– Ciao – falou.

Que verão tinha sido aquele. Catherine e sua amiga Zoe fizeram mochilão juntas durante as férias da universidade e acabaram trabalhando como camareiras em Lido di Jesolo, na Riviera de Veneza. Um dia depois do turno, Catherine tinha descido sozinha para a piscina e lá estava ele. *Ciao, bella*, tinha dito com o melhor sotaque italiano que sabia fazer. Ela ficara caidinha por ele desde o primeiro instante.

Mike ficou lá por dez dias com um grupo de amigos, e os dois se divertiram bastante juntos, dançando na balada do resort, tomando coquetéis sórdidos, se beijando apaixonadamente quando o sol se punha... e todo o resto. Nenhum deles pensara que seria qualquer coisa além de um caso de férias: dois jovens levados pelo calor do Mediterrâneo e pela própria luxúria estonteante. Mas o teste de gravidez provou o contrário.

Engraçado como as coisas aconteciam na vida, né? Às vezes parecia que ciclos inteiros se completavam. Porque naquele momento, quase vinte anos depois, Catherine estava de volta a Veneza, a uma curta viagem de barco do lugar onde tudo tinha começado.

– *Una spremuta, per favore. Grazie* – pediu à garçonete que se aproximou para pegar seu pedido.

Era um dia glorioso e ensolarado de abril, e Catherine tinha combinado de se encontrar com os outros num café com vista para o Grande Canal. Dali dava para ver os táxis aquáticos e as gôndolas, os vários turistas se movendo devagar enquanto tentavam capturar pedacinhos do esplendor da cidade com suas câmeras.

– *Un momento* – respondeu a garçonete com um sorriso.

Quinze dias antes, o bimestre tinha terminado no Hurst College e o curso de italiano de dez semanas chegara ao fim. Todos os alunos – bem, quase todos – tinham saído para comer num restaurante italiano depois e se despedir. E então, no dia seguinte, por impulso, Catherine havia comprado passagens para Veneza e reservado um apartamento a um pulinho da Basilica dei Frari. Bem, por que não? Era permitido fazer coisas assim quando se era livre, leve e solta, afinal.

Veneza era maravilhosa, tão bela quanto Catherine lembrava. Ainda mais, na verdade, porque aos 20 anos ela não tinha apreciado a pura grandiosidade da Ponte Rialto, da Praça de São Marco, do Palazzo Ducale e, ah, de tudo. Ela tinha esquecido, também, como em cada esquina se esbarrava em *piazzas* deslumbrantes e igrejas antigas, como todos aqueles gerânios vermelhos floresciam nas janelas, como os gatos de rua magros se esgueiravam por becos empoeirados, como havia cordões de pimenta-malagueta e tigelas cheias de limões gordos por toda parte, como peças feitas de vidro de Murano cintilavam em cada vitrine...

Ah, sim. Bem, no presente ela apreciava tudo. Cada pedacinho arrebatador de tudo.

O suco chegou e, após agradecer à garçonete vestida toda de preto, ela tomou um gole, sentindo o sol quente de primavera no rosto. Ainda mal conseguia acreditar que estava mais uma vez ali, só a alguns quilômetros do lugar onde sua vida havia mudado de curso tão dramaticamente quase vinte anos antes. Bem, pelo menos agora estava de volta aos trilhos, isso era fato. Avançando a todo vapor.

A última aula de italiano tinha sido bem triste, como se algo realmente importante estivesse acabando. Durante as dez semanas do curso, a turma tinha se transformado em algo maior do que apenas uma experiência de aprendizado para ela. Cada integrante do grupo lhe dera algo precioso do próprio jeitinho: amizade e uma nova confiança em si mesma, sem falar no melhor corte de cabelo de todos. Ela planejava manter contato com cada um.

Phoebe recentemente havia sido promovida e Catherine tinha agendado outro corte com ela em breve. Freddie e Nita estavam juntos e já planejavam dar uma fugidinha para Milão num fim de semana. Geraldine havia recebido permissão para voltar para casa, sob a condição de que ficasse na cama. Ela esperava estar zanzando por tudo de muletas em algumas semanas, e as férias italianas – a maior viagem da vida dela e de Roy – ainda estavam nos planos, adiadas para setembro.

Anna tinha conhecido o pai e a *nonna* recentemente e, pelo jeito, havia recebido boas-vindas calorosas e dignas da Pequena Itália. Ela e Joe continuavam muito bem juntos, e Anna brilhava de felicidade sempre que falava dele. Durante o jantar de despedida, ela havia anunciado que Joe tinha recebido uma oferta de emprego em Londres e aceitado – e que ela tinha decidido se mudar para lá com ele. Ia continuar a coluna de culinária como *freelancer* enquanto procurava trabalho em Londres.

– E meu pai disse que sempre vai ter uma vaga para mim no Pappa's caso eu não consiga nada – complementou com um sorriso largo.

Catherine ia sentir saudade, mas sabia que aquilo era o certo para a amiga.

– Espero que você venha nos visitar muito – falou quando as duas deram um abraço de despedida no fim do jantar.

– É claro que sim – garantiu Anna. – Vou voltar o tempo todo para pegar um gostinho de Yorkshire, espere só.

Sophie, também, estava fazendo grandes planos para o futuro. Tendo descoberto o que queria fazer da vida, não perdeu tempo e fez um teste para a Escola de Teatro em Manchester, que lhe ofereceu uma vaga. Dessa vez, ninguém interceptou a oferta e Sophie aceitou com alegria. Antes que as aulas começassem em setembro, ela e Dan estavam economizando para viajar juntos de trem pela Europa, em seu último período de liberdade. Catherine ficava feliz, já que o dinheiro sujo de Mike estava sendo usado para propósitos tão brilhantes, em vez de ficar parado como algo podre na conta bancária dele.

Quanto a George, bem, infelizmente ele nunca voltou às aulas. Catherine imaginou que ele não conseguisse se concentrar no curso. Mas, mesmo que nada tivesse acontecido entre os dois, virar amiga dele tinha sido uma coisa maravilhosa e recompensadora por si só, percebeu. Ela carregava consigo um pacotinho de sementes de flores silvestres o tempo todo e as espalhava sempre que passava por uma rua encardida ou um canteiro negligenciado num terreno baldio; quem sabe alguma semente conseguiria abrir caminho até uma fenda para florescer. Como George e os amigos da jardinagem de guerrilha, Catherine não conseguia deixar de ver a cidade como um grande jardim, apenas esperando para ser preenchido com flores e frutas. Era surpreendente a velocidade com que uma região – ou até uma pessoa – mal-amada podia ser transformada.

Uma voz a interrompeu bem naquele momento. Duas vozes.

– Oi, mãe!

– *Ciao!*

Eles tinham voltado, Matthew e Emily, se jogando nos assentos à frente de Catherine na mesa, ambos com óculos de sol e camiseta, seus braços já ficando bronzeados.

– Oi – disse ela com alegria. Olhe só aqueles dois, tão lindos e confiantes. O que mais uma mãe poderia querer? – Acharam alguma coisa legal enquanto estavam fazendo compras?

– Eu comprei essa máscara de carnaval maneira – disse Emily, tirando o objeto de uma sacola e o colocando na frente do rosto. A máscara era de um branco fantasmagórico com espirais douradas e azul-pavão ao redor dos olhos e das bochechas. – Incrível, né? Com certeza vou usar no baile de máscaras da faculdade em junho.

– Linda – concordou Catherine, sorrindo.

Emily tinha um namorado novo, que, Catherine ficava satisfeita em dizer, era um baita avanço em relação a Macca.

– E nós dois compramos isso aqui para você, mãe – falou Matthew, entregando uma sacolinha para ela. – Para agradecer. Estar aqui é muito legal.

Catherine lembrou que mal recebera presentes no Natal e sentiu como se seu coração expandisse enquanto tirava uma caixinha embrulhada com papel cor-de-rosa.

– Ah, gente, obrigada – disse, desembrulhando um coração de vidro de Murano numa corrente de prata delicada. – Que lindo – falou, colocando o colar no pescoço. – Lindo mesmo. Muito obrigada.

– Bem, *nós* é que agradecemos por nos trazer para cá – disse Emily com afeição, apertando o braço da mãe. – Amei Veneza. É, tipo, o melhor lugar do mundo!

– Concordo – disse Catherine. – E é justo que vocês dois venham para cá. Afinal, foi aqui que vocês dois começaram a vida.

– Onde nós dois...? Ah. – Matthew parecia enojado. – Entendi.

– Quer dizer, você e o papai...? Aqui? – perguntou Emily.

– Só a alguns quilômetros daqui – respondeu Catherine. – E a gente só era um pouquinho mais velhos do que vocês dois. Que ideia estranha, né?

– É uma ideia completamente aterrorizante – falou Emily com um calafrio. – Contraceptivo o tempo todo para mim, muitíssimo obrigada.

Matthew ainda estava fazendo careta.

– Acho que preciso beber alguma coisa – murmurou, procurando em vão algum garçom. – O que você quer, Em?

– Coca diet, por favor. A não ser que mais alguém já vá começar a beber, nesse caso quero uma cerveja.

– Boa ideia – disse Matthew. – Estamos de férias, né?

Catherine tirou uma nota de 20 euros da bolsa e a entregou.

– Aqui – falou. – Três Peronis.

Quando Matthew saiu em busca das bebidas, Emily ergueu os óculos de sol.

– Está tudo bem com você e o papai? – perguntou. – Encontrei com ele na semana passada e ele disse que vai morar com aquela mulher, sei lá qual é o nome dela. Ainda não a conheci, mas ele quer que eu e Matthew os visitemos na casa deles. Tem problema para você?

– Não tem problema – respondeu Catherine, porque era a verdade.

Tinha percebido que ela e Mike eram tão diferentes que não conseguia mais se imaginar num relacionamento com ele de novo. Ela o vira algumas semanas antes, na noite de despedida de solteira de Penny. Com tanto lugar para ir, ele estivera na mesma boate, fazendo aquelas dancinhas ridículas de tiozão na pista de dança. As pessoas estavam se cutucando e sorrindo com malícia, e Catherine tinha sentido pena dele no começo... até o momento em que o viu agarrando uma garota que definitivamente não era Rebecca. Não, ela estava muito bem sem ele. Mike e Rebecca se mereciam, na opinião de Catherine.

– Você acha que vai se apaixonar de novo um dia, mãe? – perguntou Emily, parecendo preocupada. – O que aconteceu com aquele cara, aquele com quem você ia se encontrar naquela noite para tomar um drinque?

– Cervejas a caminho – disse Matthew bem naquele momento, voltando a se sentar com elas à mesa. Ele se inclinou para trás na cadeira, mãos cruzadas atrás da cabeça, e abriu um sorriso contente. – Por favor, me diga que você já parou de falar sobre nossa imaculada conceição.

– Sim, a mamãe estava prestes a nos contar sobre o cara de quem ela gosta – respondeu Emily, e a alegria sumiu do rosto dele.

– Ah – fez. – Não sei se quero ouvir isso.

– Ignore o Matthew – pressionou Emily. – Continue, mãe. O que aconteceu? Ele ainda está em cena? – Ela brincou com os óculos de sol, parecendo de repente bem menos confiante. – Sinto muito por aquela noite, sabe? Me senti mal depois. Fazer você ficar comigo em vez de sair com ele, especialmente quando você foi tão incrível e corajosa com Macca.

Catherine olhou para a filha do outro lado da mesa com carinho. Emily tinha amadurecido tanto desde que saiu de casa.

– Não tem problema – falou. – Mas obrigada.

– *Tre Peroni?* – disse a garçonete bem naquele momento, com três cervejas numa bandeja.

Ela colocou as garrafas na mesa, cada uma acompanhada de um copo.

– *Grazie* – agradeceu Catherine.

– *Prego*.

– Mãe? – incentivou Emily. – O que aconteceu?

Catherine serviu cerveja no próprio copo, sem querer responder de imediato.

– Bem... nada – admitiu. – Ele passou por uns maus bocados nos últimos tempos. A esposa dele acabou... Bem, ela morreu recentemente. Pelo jeito foi bem horrível.

– A *esposa* dele? – Emily soou escandalizada. – Você não me disse que ele era casado!

– Eles se separaram há alguns anos – respondeu Catherine. – Ela estava com outra pessoa. Mas, ainda assim, a gente não para de gostar da pessoa só porque não está mais com ela.

– Então... o quê? Foi só isso? – perguntou Emily, soando decepcionada.

Catherine bebericou a cerveja, se perguntando pela milionésima vez como George estava. Eles tinham trocado mensagens quando ele estava na fossa, e, até onde sabia, ele havia voltado para Sheffield, mas parecia estar sumido. Ela sentia falta da natureza alegre dele, sentia falta de conversar com George e sentia falta daquela animação nervosa que formigou por seu corpo quando ele a chamou para tomar um drinque. Mas sabia que a perda chocante e repentina o teria afetado com força. Apenas esperava que ele estivesse bem.

– Bem... – Catherine tomou outro gole da Peroni fria, que estava descendo com muita facilidade. – Na verdade, não tenho certeza. Séculos atrás contei para ele o quanto eu amo tulipas. E comentei que fiquei com raiva de mim mesma porque estava tão perdida no outono com a história do seu pai indo embora que deixei para plantar os bulbos de tulipa tarde demais.

– Entendi...

Emily estava com a testa franzida, como se não conseguisse entender que direção aquilo estava tomando.

– E aí eu saí de casa uma manhã dessas e havia dois vasos de tulipas no jardim da frente. Vermelhas e amarelas, lindas de morrer.

– Quê? E você acha que ele colocou lá?

– Não sei. Mas aí cheguei ao trabalho e tinha mais vasos de tulipa do lado de fora do portão. Desta vez eram roxas e brancas. Minha chefe, Maggie, disse que não tinha ideia de onde surgiram.

– Ahhh, que amor! – exclamou Emily.

– Meio esquisito, na minha opinião – murmurou Matthew.

– Então só posso presumir que é uma mensagem para mim. Uma mensagem de agradecimento. Dele.

– Mas só *pode* ser uma mensagem – disse Emily com entusiasmo. – Uma mensagem incrível e linda e romântica. Nossa, queria que alguém fizesse isso por mim.

– Um dia alguém vai fazer – garantiu Catherine. Então fez uma pausa. – Mas a questão é: o que eu faço agora?

– Liga pra ele, sua boba – disse Emily.

– E vocês não iam se importar? Se ficássemos juntos?

A pergunta de um milhão de dólares. O motivo para ela ter hesitado em entrar em contato com George imediatamente.

– Mas é claro que não! Né, Matt?

Matthew deu de ombros.

– Acho que não. Contanto que ele seja um cara decente.

– Ele é. Ele é bem incrível. – Uma sensação inebriante de ânimo percorreu o corpo dela. – Tem certeza de que não tem problema? Porque quero que saibam que vocês dois sempre vêm e virão em primeiro lugar. Vocês sabem disso, né?

– Pelo amor de Deus! É claro que a gente sabe. Você não precisa dizer todas essas coisas. – Emily pegou a mão dela e apertou. – Vá em frente, mãe. A gente fica feliz por você. Né, Matt?

– É. Está tudo bem, mãe. Contanto que ele saiba que vai ter que lidar comigo se um dia machucar você.

Catherine soltou uma risada.

– Penny disse a mesma coisa. Ela também me disse que já vai colocá-lo na lista de convidados do casamento no fim do mês e que não vai aceitar não como resposta.

– Tudo certo então – disse Emily. – Não tem como o pobre coitado fugir. Deus o ajude. – Ela abriu um sorrisão. – Mas é sério, fico feliz por você. Feliz mesmo. Então você acha que vai ligar para ele quando a gente voltar?

Uma sensação borbulhante de expectativa se espalhou por Catherine. Ela estava *feliz*, percebeu. Feliz de estar ali com os filhos naquele lugar tão deslumbrante, feliz com o rumo que sua vida tinha tomado e feliz com o modo como tudo tinha terminado de um jeito tão maravilhoso. Ela estava pronta para tentar de novo, e ter a bênção dos filhos era a peça que faltava do quebra-cabeça, o último pedacinho de confiança que ela estava procurando.

– Sim – falou, sua voz falhando. – Acho que vou.

Havia alguma coisa conectando Veneza à vida amorosa dela, concluiu enquanto a conversa passava para as provas futuras de Matthew e depois para os planos de Emily para o verão. *Obrigada, Veneza,* pensou consigo mesma. *Grazie. Não sei o que está me esperando na próxima esquina dessa vez... mas estou muito animada para descobrir.*

Palavras e frases em italiano

Se você ficou com vontade de tirar férias na Itália, tenho um presente para você! Aqui estão algumas palavras e frases essenciais que podem ser úteis. Boa viagem!

Bom dia	*Buongiorno*
Adeus	*Arrivederci*
Oi/Tchau	*Ciao*
Meu nome é...	*Mi chiamo...*
Qual é o seu nome?	*Come si chiama?*
Com licença	*Scusi*
Obrigado/Obrigada	*Grazie*
Por favor	*Per favore*
Eu não falo italiano	*Non capisco l'italiano*
Onde fica...?	*Dovè...?*
A praia mais próxima	*La spiaggia più vicina*
O castelo	*Il castello*
A piscina	*La piscina*
Um lugar legal	*Un locale simpatico*
Quanto custa...?	*Quanto costa...?*
Eu vou querer...	*Vorrei...*
Um café	*Un caffè*
Uma cerveja	*Una birra*
Uma taça de vinho branco	*Un bicchiere di vino bianco*

Receitas da Anna

Se você não vai conseguir ir para a Itália nas férias, pode pelo menos comer como um italiano com as receitas a seguir, inspiradas na coluna de culinária de Anna. *Buon appetito!*

Focaccia

Esta receita simples pode ser adaptada ao seu gosto – tente passar um pouquinho de azeite de oliva aromatizado com alho e alecrim no pão ou acrescentar cebola-roxa e azeitonas cozidas antes de pôr para assar.

Rende um pão

250g de farinha de trigo
1 colher (chá) de sal
1 sachê de 7g de fermento seco
1 colher (sopa) de azeite de oliva
200ml de água gelada
azeite de oliva e sal marinho para os toques finais

1. Coloque os ingredientes secos numa tigela, depois acrescente o azeite de oliva e 150ml de água. Misture até formar uma massa, depois sove por dez minutos enquanto gradualmente acrescenta o resto da água. Você também pode fazer isso numa batedeira com o gancho de massa se preferir.

2. Passe um pouco de azeite no balcão, depois ponha a massa ali e sove por mais cinco minutos. Em seguida, passe azeite dentro de uma tige-

la limpa (e grande!) e coloque a massa dentro dela. Cubra com uma toalha e deixe num ambiente aquecido até que a massa tenha dobrado de tamanho.

3. Quando a massa tiver crescido o suficiente, será preciso "pôr para dentro", o que basicamente significa dar uns socos nela – extremamente satisfatório. Depois coloque a massa numa assadeira grande forrada com papel-manteiga e a espalhe para que fique com o formato correto. Deixe repousar por volta de uma hora.

4. Enquanto isso, preaqueça o forno a 220ºC. Antes de assar a massa, use a ponta dos dedos para fazer furinhos na parte superior, depois regue com azeite de oliva e polvilhe com sal marinho. (Se for acrescentar as cebolas-roxas cozidas etc., a hora é agora.)

5. Asse por 20 minutos. (Sua cozinha vai ficar com um cheiro maravilhoso!)

6. Sirva quente, regando com mais um pouco de azeite de oliva.

Tiramisù

Ama café? Ama chocolate? Então você vai amar esse clássico italiano fácil de preparar...

Rende seis porções

570ml de creme de leite fresco
250g de queijo mascarpone
60ml de vinho marsala
5 colheres (sopa) de açúcar refinado
300ml de café forte (feito com 2 colheres de sopa de café instantâneo e 300ml de água fervendo)
170g de biscoito champanhe

30g de chocolate meio amargo
cacau em pó para polvilhar

1. Bata o creme de leite, o queijo mascarpone, o vinho e o açúcar numa tigela até ficar homogêneo.

2. Molhe metade dos biscoitos champanhe no café (use um prato ou tigela rasos para facilitar sua vida), virando-os para que fiquem bem encharcados, em seguida os coloque no fundo da travessa.

3. Espalhe metade da mistura de creme por cima dos biscoitos com café, depois rale o chocolate e coloque a maior parte em cima da mistura de creme. (Reserve uns 5g para depois.) Molhe o resto dos biscoitos no café, depois os espalhe em cima da camada de creme e os cubra com o resto do creme.

4. Cubra com plástico-filme e coloque na geladeira por algumas horas (ou até o dia seguinte). Para servir, espalhe o resto do chocolate ralado em cima e polvilhe com cacau em pó. O *tiramisù* fica bom por até dois dias – mas provavelmente vai sumir muito antes!

Agradecimentos

Não dá para escrever um livro sobre uma aula de italiano sem a gente mesmo fazer uma aula. Portanto, um muito obrigada para Cinzia Azzali e um grande *buongiorno* para Lindsey, Dina, Annabel e Maria. Viu? Eu disse que este livro não falava sobre vocês, podem relaxar agora. Como sempre, muito obrigada a Lizzy Kremer, agente extraordinária, pelo feedback, pelas orientações e pelas risadas. É ótimo fazer parte do time Kremer! *Grazie* para as pessoas maravilhosas na Pan Macmillan: Caroline, Natasha, Jeremy, Wayne, Anna, Jodie, Becky... Eu me sinto tão sortuda por trabalhar com vocês. Spritz para todo mundo!

Muito amor e gratidão para Fran Punnett, assim como para Dave, Ella, Darcey e Marnie, que me contaram sobre todos os lugares mais legais de Sheffield e me levaram a alguns deles. É divertido demais sair com vocês. Quando posso voltar?

Uma taça de espumante *prosecco* para minhas colegas de escrita em Bath – Jo Nadin, Anna Wilson, Catherine Bruton e toda a turma noturna de segunda. Amo quando nós, autoras, nos encontramos para conversar... e almoçar... e beber...

Obrigada a todo mundo que me mandou mensagens simpáticas no Facebook e no Twitter ou me mandou um e-mail dizendo que gostou de um dos meus livros. Realmente faz diferença! Espero que também gostem deste aqui. E, por fim, obrigada à minha família – Martin, Hannah, Tom e Holly – por motivos demais para listar. Vocês são incríveis.

CONHEÇA OS LIVROS DE LUCY DIAMOND

A casa dos novos começos
O café da praia
Os segredos da felicidade
Uma noite na Itália

Para saber mais sobre os títulos e autores da Editora Arqueiro,
visite o nosso site e siga as nossas redes sociais.
Além de informações sobre os próximos lançamentos,
você terá acesso a conteúdos exclusivos
e poderá participar de promoções e sorteios.

editoraarqueiro.com.br